파우스트―한 편의 비극 2

책세상문고
세계문학
035

파우스트
—한 편의 비극 2

Faust
Eine Tragödie

요한 볼프강 폰 괴테
김수용 옮김

책세상

일러두기
1. 이 책은 괴테Johann Wolfgang von Goethe의 《파우스트—한 편의 비극*Faust. Eine Tragödie*》을 완역한 것으로, 1999년 쇠네Albrecht Schöne가 편집한 Deutscher Klassiker Verlag판을 텍스트로 삼았다.
2. 주석은 모두 옮긴이가 붙인 것이다.
3. 본문 옆의 숫자는 원문의 행 번호다.
4. 맞춤법과 외래어 표기는 1989년 3월 1일부터 시행된 〈한글 맞춤법 규정〉과 《문교부 편수 자료》, 《표준국어대사전》(국립국어연구원, 1999)을 따랐다.

차례

파우스트—한 편의 비극 1
- 헌사   7
- 무대에서의 서연   9
- 천상의 서곡   21
- 비극 제1부   29
- 주   296

파우스트—한 편의 비극 2
- 비극 제2부— 전5막   315
  - 제1막   317
  - 제2막   434
  - 제3막   549
  - 제4막   647
  - 제5막   710
- 작가 인터뷰   773
- 작가 연보   795
- 주   804

비극 제2부 — 전 5막

Johann Wolfgang von Goethe

| 제1막 |

밝고 아름다운 곳

파우스트, 꽃이 만발한 풀밭에 누워 지치고 불안한 모습으로 잠을 청하고 있다.
해질 무렵
요정의 무리 공중에서 떠돈다. 귀엽고 자그마한 자태들.

아리엘

 (에올스의 하프에 맞춰 노래한다) 꽃잎이 봄비처럼
 모두의 머리 위에 흩날리면,
 들판의 초록색 축복이
 모든 이들에게 반짝이면,   4615

>   자그마한 요정들 자비로운 마음으로
>   도움을 줄 수 있는 곳으로 달려가지요.
>   성스러운 자이건 사악한 자이건
> 4620 요정들은 불행한 사람을 가엾이 여깁니다.

이 사람의 머리 위를 부유하며 맴도는 너희 요정들아,
고귀한 요정의 방식으로 너희들 힘을 보여주려무나,
이 사람 가슴속의 격렬한 싸움 달래어주고,
불로 지지는 듯 고통스런 자책의 화살을 뽑아내어
4625 여태껏 겪은 끔찍한 공포로부터 그의 마음을 씻어다오.
밤이 지새는 동안 네 차례 번(番)을 서는 것처럼
지체하지 말고 친절하게 네 단계 치유 작업을 수행해다오.[111]
우선 그의 머리를 시원한 베개 위에 누이고,
다음엔 레테 강[112]의 이슬로 목욕시켜주어라.
4630 그가 휴식으로 기운을 차려 아침을 맞으면
경련으로 굳어진 사지도 곧 부드러워지리라.
요정들의 아리따운 의무를 다하여
그를 거룩한 빛 속으로 되돌려주어라.

합창

>   (혼자서, 둘이서 그리고 여럿이서, 교대로 그리고 다 같이) 바람이 훈훈하게
> 4635 초록에 싸인 들판에 가득하면,

황혼이 달콤한 향기와
안개 겉옷을 내려뜨리네.
감미로운 휴식 조용히 속삭여주고
마음을 달래어 어린아이처럼 잠들게 하라.
그리고 이 지쳐버린 사람의 눈앞에서 4640
하루의 문을 닫아주어라.

밤은 이미 내려앉았고
별과 별이 성스럽게 서로 어울려
큰 불빛, 작은 불꽃
가까이서 반짝이고 멀리서 빛난다. 4645
여기 이 호수에 반짝이며 비치고,
저 위 맑게 갠 밤하늘에 빛난다.
깊은 휴식의 행복을 확인해주는 듯
달빛은 휘영청 하늘에 가득하다.

시간은 벌써 흐르고 흘러서 4650
고통도 행복도 사라져버렸다.
예감하라! 그대는 건강해질 것이니,
새날이 밝아옴을 믿을지어다.
골짜기들은 푸르러지고, 언덕은 솟아올라
휴식의 그늘을 주는 나무들로 뒤덮일지라. 4655
그리고 일렁이는 은빛 물결 속에

씨앗은 넘실대며 추수를 향해 익어가리라.

　　　　　소원과 소원을 이루고 또 이루려면
　　　　　저기 저 아침 햇살을 바라보아라!
4660　　　그대는 가벼운 잠에 빠져 있을 뿐,
　　　　　잠은 껍질이로다, 벗어던질지어다!
　　　　　다른 무리들 주저하며 빈들거릴지라도
　　　　　그대는 과감하게 행동하는 것을 망설이지 마라.
　　　　　현명하며 재빨리 실천하는 고귀한 사람,
4665　　　그는 모든 것을 이룰 수 있노라.

　　　　　거대한 굉음이 태양이 다가옴을 알린다.

아리엘
　　　　　듣거라! 들어보아라! 호렌[113]의 저 폭풍우 소리를,
　　　　　요정의 귀에는 우렁찬 소리 들리므로
　　　　　이미 새날이 탄생했도다.[114]
　　　　　바위의 문이 덜컹대며 열리고
4670　　　푀부스[115]의 수레바퀴 요란하게 구른다.
　　　　　빛은 이 무슨 거대한 소리를 동반하는가!
　　　　　트럼펫이 울리고 트롬본 소리도 요란하구나.
　　　　　눈이 부시고 귀는 깜짝 놀라도다.
　　　　　결코 들을 수 없는 이 소리 너희 요정들은 견뎌낼 수

없으니
꽃송이 속으로 숨어들어라, 4675
조용히 살려면 깊숙이, 더욱 깊숙이,
바위틈, 잎사귀 무성한 곳으로 숨어들어라.
저 소리 듣게 되면 너희들 귀머거리 되리라.

파우스트

삶의 맥박이 새로이 활기차게 뛰며
여명의 하늘을 향해 부드러운 인사 보낸다. 4680
대지여, 그대는 간밤에도 변함없더니,
이제 내 발밑에서 상쾌한 기운으로 숨 쉬면서,
어느새 나를 즐거움으로 감싸주기 시작했구나.
그대는 지고의 존재를 향해 항시 노력해가려는
힘찬 결심을 내 안에 불러일으켰도다. 4685
여명 속에 세계는 이미 활짝 열렸다.
숲에는 수없이 많은 생명의 소리 울려 퍼지며
안개의 띠가 골짜기를 넘나들며 펼쳐져 있다.
그러나 하늘의 밝은 빛은 깊은 곳에도 미치니
크고 작은 가지들, 생기 있고 힘차게, 움터 나온다, 4690
숨어 잠자던 저 땅 속 깊은 향기로운 곳에서부터.
진주 같은 이슬방울 꽃과 이파리에 맺혀 한들거리고
대지로부터는 온갖 영롱한 색깔들이 떠오르는구나.
내 주위로 한편의 낙원이 펼쳐졌도다.

4695 위를 올려다보라!──거대한 산봉우리들은
어느새 이 지고로 장엄한 시간을 알려주누나.
산봉우리들은 영원한 빛을 먼저 향유한다,
우리 인간에겐 뒤늦게 내리비치는 그 빛을.
이제 알프스의 푸르른 경사진 초원엔
4700 새로운 광휘와 선명함이 주어지고
그것이 차츰차츰 아래로 뻗어 내려오더니──
태양이 떠오른다!──그러나 슬프게도 벌써 눈이 부셔
나는 몸을 돌려야 한다, 눈의 아픔을 온몸에 느끼며.

아마 이러하리라, 동경에 찬 희망이
4705 소망하는 지고의 목표에 아주 가깝게 접근하여
성취의 문이 활짝 열려 있음을 발견했을 때가.
그러나 그 영원한 근원[116]으로부터 거대한 불길이
쏟아져 나오고, 우리는 경악에 차 발길을 멈춘다.
우리는 생명의 횃불을 붙이려 했건만
4710 불바다가 우리를 둘러싸는구나, 이 무슨 거대한 불길인가!
불타오르며 우리를 휘감는 이것은 무엇일까? 사랑인가? 미움인가?
교차하는 고통과 희열에 무섭도록 혼란스러워서
우리는 다시 땅을 바라본다,
새벽녘의 안개 베일 속에 우리를 숨기고자.

그러니 태양이여 내 등 뒤에 머물러다오! 4715
절벽에서 쏟아져 내리는 폭포수를
나는 점차 커져가는 기쁨으로 바라본다.
더 깊이 떨어질수록 폭포수는 몇 천 갈래,
다시금 몇 만 갈래로 흩어져 쏟아지며
공중 높이 수많은 물거품을 쏘아 올린다. 4720
그러나 얼마나 아름다운가, 물보라에서 생겨난
영롱한 무지개는! 때로는 선명하게, 때로는 허공에 흩어
지며
끊임없이 변하면서도 계속하여 하늘에 걸려 있지 않은가,
주변에 향긋하고 시원한 소나기를 뿌려주면서.
무지개는 인간의 노력을 비춰주는 거울이다. 4725
이것을 잘 음미해보라, 그러면 좀 더 정확히 이해하리라,
삶은 오로지 채색된 반영에서만 파악될 수 있다는 사실
을.[117]

황제의 궁성

옥좌가 있는 방

황제를 기다리고 있는 각료들
나팔 소리

여러 신하들 화려한 옷차림으로 등장한다.
황제가 옥좌에 앉는다, 황제의 오른편에는 점성술사가 자리한다.

황제
가깝고 먼 곳에서 모여든
경들에게 인사를 보내노라.
4730 현자(賢者)는 내 곁에 보이는데,
어릿광대 바보놈은 어디에 있는가?

젊은 귀족
폐하의 외투자락을 바짝 뒤따르다
계단에서 굴러 떨어졌습니다.
사람들이 그 뚱보놈을 떠메고 나갔습니다만
4735 죽었는지 취했는지는 알 수가 없습니다.

두 번째 젊은 귀족
그 즉시 다른 녀석 하나가 놀랄 만큼 잽싸게
그 자리로 밀고 들어왔습니다.
제법 근사하게 치장은 했습니다만
그 모양이 하도 기괴하여 모두 다 흠칫 놀랐습니다.
4740 경비병들이 도끼창을 십자형으로 교차시켜
그자를 문턱에서 제지했습니다만 ──
그런데도 저기 들어와 있나이다, 저 대담한 바보놈이!

메피스토펠레스

(옥좌 앞에 무릎을 꿇고) 미움을 당하면서도 항시 환영
받는 게 무엇이겠습니까?
보고 싶어 하는 대상이면서도 항시 내쫓기는 게 무엇이
겠습니까?
늘 보호받고 있는 게 무엇이겠습니까?   4745
심하게 꾸짖음을 당하고 욕을 먹는 게 무엇이겠습니까?
폐하께서 부르실 필요도 없이 대령하는 자가 누구이겠습
니까?
누구나 그 이름 듣기 좋아하는 자는 누구이겠습니까?[118]
옥좌의 계단으로 다가오는 자가 누구이겠습니까?
스스로 추방당한 자는 누구이겠습니까?   4750

황제

지금 그렇게 지껄여대면 안 된다!
이곳은 수수께끼 풀이를 할 장소가 아니로다.
그것은 여기 계신 이 분들의 소관이로다.
허나 어디 네가 한번 풀어보라, 기꺼이 들어주겠다.
어째 짐의 먼젓번 어릿광대는 멀리 멀리 가버린 듯싶구나.   4755
그의 자리를 네가 차지하고 짐의 곁으로 오라.

      메피스토펠레스, 계단을 올라가 황제의 왼편에 선다.

사람들의 중얼거림

    새로운 어릿광대라고——새로운 두통거리로군——
    저놈 어디서 왔지?——어떻게 들어왔고?——

　　　　　먼젓놈은 고꾸라졌지 —— 그놈은 볼 장 다 본 셈이군

4760　　　그놈은 술통 같았는데 —— 이놈은 널빤지처럼 말랐네.

황제

자, 그대들 충성스러운 신하들이여,
멀리서 가까이서 잘 와주었소,
경들은 별의 위치가 상서로울 때 모였나니
하늘은 우리에게 행운과 안녕을 약속하고 있소.
4765　그러나 말들 해보시오, 왜 우리가 하필 이때에
이런저런 논의로 머리를 싸매야 하는지를?
우리가 모든 근심걱정 털어버리고
가장 무도회를 열어 가면을 쓰고
마냥 흥겹게 놀아보려는 이 시기에 말이오.
4770　그러나 경들이 부득이하다고 생각하고
또 각료 회의가 이미 소집되었으니, 시작하시오.

재상

지고한 덕성이 마치 성스러운 후광인 양
폐하의 머리를 감싸고 있습니다, 오직 폐하께옵서만
이 덕성을 유효하게 행하실 수 있는즉
4775　그것은 바로 정의입니다! —— 모든 사람이 사랑하는 것,
모든 사람이 요구하고, 소망하며, 없이는 못 사는 것이옵니다.

그것을 백성에게 베푸시는 건 오로지 폐하께 달렸습니다.
하오나, 아아! 인간 정신에 분별력이, 마음에 선의가,
손에 행동하려는 의지가 있은들 무슨 필요가 있겠습니까,
마치 온 나라에 열병이 만연하여 기승을 부리는 듯하고, 4780
사악함이 또 다른 사악함을 부화하는 이런 판국에 말입니다.
이 높은 곳에서부터 넓은 나라 안을 내려다보면
마치 악몽을 꾸는 듯합니다.
기형적인 것이 기형적인 것들 안에서 설쳐대고
불법이 마치 법인 양 날뛰고 있으며 4785
그릇된 것투성이의 세계가 펼쳐져 있으니 말입니다.

어떤 자는 가축을, 다른 놈은 부녀자를 약탈하고
제단으로부터 잔, 십자가, 촛대 등을 훔쳐가고도
여러 해 동안 온몸 멀쩡하고 털끝 하나 다치지 않은 채
오히려 그런 짓 한 것을 자랑하고 있습니다. 4790
이제는 고소인들이 법정으로 몰려옵니다,
그러나 재판관은 높은 의자 위에서 거들먹거리고나 있으니,
그사이에 폭동의 소요가 점점 커져서
성난 파도가 되어 물결치고 있습니다.

4795 힘 있는 공범자의 도움을 받는 자는
치욕스럽고 뻔뻔스럽게도 제 무죄를 주장합니다만,
죄 없는 자라도 아무런 도움 없이 홀로 자신을 변호하면
유죄!라는 언도를 받게 됩니다.
그래서 온 세상은 산산조각 날 지경이고
4800 정당한 것들이 몰락하고 있습니다.
그러니 어떻게 우리를 올바른 것으로 이끄는
그런 의식이 발달할 수 있겠습니까.
이런 상황이 계속되면 마침내는 옳고 바른 사람도
아첨하는 자나 뇌물을 주는 자의 유혹에 넘어갈 것입니다.
4805 죄지은 자를 처벌하지 못하는 재판관은
결국은 범죄자들과 한통속이 되고 맙니다.
소신이 아주 음울한 그림을 그렸습니다, 차라리 이 그림을
두꺼운 포장으로 덮어버리고 싶습니다.

       잠시 사이를 두고

이제 결단을 내리셔야 합니다,
4810 모두가 가해자가 되고, 모두가 피해자가 되는 상황에서는
황제께서도 그 희생자가 되실 수 있사옵니다.
군사령관
모든 것이 무섭게 미쳐 날뛰는 난세이옵니다.

저마다 때리고 또 맞아 죽고 하는 판이라서
명령을 내려도 도대체 듣지를 않습니다.
시민들은 그들의 성벽 뒤에서   4815
기사들은 암벽 위의 요새에서
도당을 짜서 우리에게 항거하며
저들의 세력을 공고히 하고 있습니다.
용병들은 인내심을 잃고
거칠게 급료를 요구하고 있습니다,   4820
헌데 우리가 급료를 다 지불하고 나면
이자들은 모조리 도망쳐버릴 겁니다.
용병들이 원하는 것을 금하기라도 했다면
아마 벌집을 쑤셔놓은 것 같은 상황이 벌어졌을 겁니다.
이들이 지켜주어야 할 이 나라는   4825
이자들에 의해 약탈당하고 황폐해지고 있습니다.
이들을 미친 듯 날뛰도록 내버려두었기에
제국의 절반은 이미 폐허가 되어버렸습니다.
나라 밖에는 왕들도 아직 여럿 있지만
아무도 자기 일이라고는 조금도 생각하지 않습니다.   4830

재무상

누가 지금 동맹국들을 믿을 수 있겠습니까!
그들이 우리에게 약속한 원조금은
믿을 수 없는 수돗물처럼 끊겼습니다.
그뿐이겠습니까, 폐하, 폐하의 이 넓은 국토 안에서

4835 소유권이 누구에게로 넘어갔는지 아십니까?
어디를 가든 새로운 자가 나타나 세력을 잡고는
제국으로부터 독립해서 살려고 합니다.
그자들이 하는 짓을 우린 방관할 도리밖에 없습니다.
우리는 너무 많은 권리들을 이양했기에
4840 쓸 만한 권리 하나 남아 있지 않습니다.
그리고 당파들도, 그들이 무어라고 불리든 간에,
오늘날에는 전혀 믿을 수가 없습니다.
그들이 비난을 하든, 칭찬을 하든,
사랑하든, 증오하든 그 결과는 매한가지입니다.
4845 황제당이건 교황당이건
몸을 숨기고는 나서려고 하지 않습니다.
모두 제 일에만 매달려 있는 요즘 같은 세상에
누가 이웃을 도우려 하겠습니까?
황금이 나오는 문은 닫혀버렸는데
4850 모두가 긁어내고 파내고 모아서
국고는 텅 비어 있습니다.

궁내상

저 역시 얼마나 곤경을 겪고 있는지 모릅니다!
날마다 절약을 해보려고 하지만
날마다 초과해서 쓰고 있습니다.
4855 그러니 매일매일 새로운 고통이 생겨납니다.
요리사들은 아직 물자 부족으로 어려움을 겪고 있지 않

습니다.
멧돼지, 사슴, 토끼, 노루,
칠면조, 닭, 거위, 오리 등
자연 산물인 공물은 확실한 수입인지라
아직 상당히 들어오고 있습니다. 4860
그러나 마침내 포도주가 떨어졌습니다.
이전에는 지하실에 술통이 가득 찼고
산지(產地)와 연도(年度)도 최상의 것들이었는데
고귀하신 분들이 한없이 퍼마시는 바람에
마지막 한 방울까지 동이 나 버렸습니다. 4865
시의회가 시청의 술 창고까지 개방해야 할 처지입니다.
큰 잔으로 마시고, 대접으로 퍼마시고는
나중엔 식탁 밑에 먹은 걸 온통 토해놓습니다.
이제 소신이 계산하고 모두 지불해야 하는데
유대인 대금업자는 제 처지를 조금도 봐주지 않습니다. 4870
다음 해 세입(歲入)을 담보로 해서야 돈을 꾸어주기 때문에
우리는 해마다 다음 해 음식을 앞당겨 먹고 있는 실정입니다.
돼지는 살찔 겨를도 없으며,
침상의 이부자리마저 저당 잡혀 있습니다.
식탁에 오르는 빵도 외상입니다. 4875

황제

(잠시 생각에 잠긴 후에, 메피스토에게) 말해보아라, 광대놈아, 너도 무슨 부족한 게 있느냐?

메피스토펠레스

저요? 없고말고요. 폐하와 폐하 신하들의 행렬이 휘황찬란하게 주위에 꽉 찼는데 부족한 것이라니요! 폐하께서
거역할 수 없는 명령을 내리시는데, 무슨 걱정입니까?
4880 준비된 군세가 적들을 흩어버리고,
지혜와 다양한 행동력을 겸비한
선한 의지가 대령하고 있는데 무슨 걱정입니까?
이런 별들이 빛나고 있는데
어찌 재난들이 한데 모여 암흑이 될 수 있겠습니까?

웅성대는 소리

4885   교활한 놈이로다── 제법 영리한데──
거짓말로 알랑대고 있어── 들통 날 때까지 늘어놓겠지──
난 벌써 알아차렸어── 저 녀석의 뱃속을──
어떻게 되어갈까?── 무슨 사업 계획이겠지 뭐──

메피스토펠레스

이 세상에 부족함이 없는 곳이 어디 있겠습니까?
4890 저기에는 이것이, 여기에는 저것이 부족하지요, 그런데 이 나라엔 돈이 없습니다.

물론 돈을 바닥에서 긁어모을 수는 없으나,
지혜는 아주 깊이 묻혀 있는 것도 파낼 수 있나이다.
산속 광맥이나 성벽 바닥에서는
주조된 금화든 그렇지 않은 황금이든 찾아낼 수 있사옵니다.
누가 그걸 캐낼 수 있느냐고 물으신다면,   4895
재능 있는 사람의 본성과 정신의 힘이라고 말씀드리겠습니다.

재상

본성과 정신이라고! 그건 기독교 신도에게 할 말이 아니다.
그런 말들이 아주 위험하기 때문에
무신론자들을 화형에 처하는 것이다.
본성은 죄악이고 정신은 악마일지니,   4900
이것들 사이에서 의심이라는
흉악한 잡종이 태어나는 것이다.
우리에겐 절대 안 된다!──황제의 유서 깊은 제국에서는
두 개의 종족만이 일어났으니
이들이 황제의 옥좌를 존엄하게 받들고 있는 것이다.   4905
성직자와 기사가 바로 이들인데,
이들은 어떤 폭풍우와도 맞서 싸웠고,
그 보상으로 교회와 국가를 위임 받은 것이다.
혼란스런 정신의 천민 의식으로부터는

4910　반항심만 자라나게 마련이니,
　　　이단자들이 바로 그들이다! 마술사들도!
　　　그리고 이들이 도시와 농촌을 망쳐놓는다.
　　　이제 네놈은 뻔뻔스런 농담을 빌려서
　　　그런 자들을 이 고귀한 궁정 안으로 살며시 끌어들이려 하는구나.
4915　그런데도 폐하께서는 이런 타락한 마음을 믿으려 하시다니요.
　　　이 어릿광대놈과 이단자들은 가까운 친족들입니다.

메피스토펠레스
　　　말씀을 듣자오니 학식이 높으신 분임을 알겠구려!
　　　당신이 직접 만져보지 않은 것은 아주 멀리 떨어져 있고,
　　　당신이 직접 움켜잡지 않은 것은 당신에겐 전혀 존재하지 않는 것이며,
4920　당신이 직접 계산하지 않은 것은 진실이라 믿지 않으시고,
　　　당신이 직접 달아보지 않은 것은 당신에겐 무게가 없는 것이며,
　　　당신이 직접 주조하지 않은 돈은 통용될 수 없다고 생각하시지요.

황제
　　　그렇게 불만을 토로한다 해서 우리의 결핍이 해소되지는 않소.

재상은 지금 그런 단식절(斷食節) 설교 같은 말로 무얼
하자는 것이오.
그 끝없이 지속되는 언제, 어떻게 식의 토론에는 신물이   4925
나오.
우리에게 돈이 없다, 좋다, 어디 돈을 만들어보아라.

메피스토펠레스
원하시는 대로 만들어드리지요, 그 이상도 만들어 올리
겠나이다.
쉬운 일이기는 하나, 쉬운 것이 어려운 법입니다.
돈은 이미 있습니다, 그러나 그것을 손에 넣는 일,
그것이 기술입니다. 어느 분이 그 일을 시작할 수 있으신   4930
지요?
자, 생각 좀 해보시죠. 그 끔찍했던 공포의 시대,
이민족의 홍수가 나라와 백성을 휩쓸고 갔던 그때에,
이런저런 사람들이 겁에 질려서
가장 귀한 물건을 여기저기에 숨겨놓았습니다.
강대한 로마 시대 이후로 그래왔고,   4935
어제까지, 아니 오늘까지도 줄곧 계속되어왔습니다.
그 모든 것들이 조용히 땅속에 묻혀 있습니다.
땅은 황제의 것인즉, 그것들은 당연히 폐하의 소유입니다.

재무상
어릿광대 바보놈 치고는 제법 말을 잘하는데,
사실 그것은 예로부터 황제의 권리입니다.   4940

재상

악마가 당신들에게 황금의 올가미를 씌우고 있소.

기독교도에게 어울릴 만한, 정당한 것은 절대 아니오.

궁내상

저자가 궁중에 필요한 것을 마련해주기만 한다면

약간의 부정은 기꺼이 감내하겠소.

군사령관

4945 저 바보 녀석 영리하군요. 모두가 원하는 것을 약속하다니.

병사들이야 돈의 출처 따위는 묻지도 않을 거요.

메피스토펠레스

여러분이 저한테 속았다고 생각되시거든,

여기 한 분 계십니다! 이분 점성술사에게 물어보십시오,

이분은 별의 궤도며 별자리며 시간을 잘 알고 있소이다.

4950 자, 말하시오, 오늘의 천문은 어떠하오?

웅성대는 소리

    두 놈 모두 사기꾼이다──서로 죽이 잘 맞는군──

    바보와 몽상가라──옥좌에 바짝 붙어 있으니──

    지겹게 불러댄──낡은 가락이다──

    바보가 속삭여주는 것을──현자가 말하는구나──

점성술사

4955 (메피스토가 속삭이는 대로 말한다) 태양은 그 자체로 순수한 황금이오,[119]

사자(使者)인 수성은 총애와 보수를 얻으려 일하고,
금성 부인은 여러분 모두를 매혹시켰고,
아침저녁으로 여러분을 사랑스럽게 바라보지요.
숫처녀 달님은 성깔이 무척 변덕스럽고
화성은 후려치지는 않으나 힘으로 여러분을 위협합니다.   4960
하지만 가장 아름답게 빛을 내는 것은 목성이지요.
토성은 크지만, 우리 눈에는 멀리 그리고 작게 보입니다,
금속으로서 토성은 별로 대단한 게 못 됩니다,
가치는 없으면서도 무겁기만 하지요.
그렇지요! 달이 해와 결합하면,   4965
금이 은과 결합하는 것이니, 세상은 유쾌해집니다.
그 밖의 것들이야 무엇이든 얻을 수 있습니다,
궁전, 정원, 젖가슴, 발그레한 뺨,
이 모든 것을 그 박학하신 분이 마련해낼 수 있지요,
그분은 우리들 중 누구도 할 수 없는 것을 행할 수 있습   4970
니다.

황제

저자가 하는 말이 반복되어 들린다만,[120]
그런데도 납득이 가지 않는구나.

웅성대는 소리

저게 우리에게 무슨 소용이람——쓸모없는 수다야——

달력에 나오는 별점 치는 이야기거나——연금술 따

위야——

4975 저런 얘기 많이 들었지——그리고 헛된 소망을 가
져보기도 했고——

그 박학하다는 놈 와봤자——아마 사기꾼일 거야
——

메피스토펠레스

사람들이 빙 둘러서서 놀랄 뿐,

이 훌륭한 발견을 믿으려하지 않는군.

그러면서도 어떤 자는 알라우네[121]의 뿌리에 대해서,

4980 또 어떤 자는 검은 개에 대해서 허황된 얘기를 떠벌리지.

어떤 자는 빈정거리고,

어떤 자는 요술이라고 비난하지만, 천만에.

그자도 발바닥이 한 번쯤은 간지럽고,[122]

또 다른 자도 잘 걷던 걸음을 걸을 수 없을 때가 있을 것
이다.[123]

4985 여러분 모두는 영원히 지배하는 자연의

은밀한 작용을 느낄 것이오.

대지의 가장 깊숙한 영역으로부터

생명의 흔적이 천천히 솟아오르고 있습니다.

사지가 온통 꼬집히는 듯하거나,

4990 서 있는 곳이 섬뜩하게 느껴지는 분은

지체 없이 결단을 내리고 그곳을 파헤쳐보시오,

거기에는 악사(樂士)나, 보물이 묻혀 있을 것이오!

웅성대는 소리

> 발이 납덩이처럼 무거워지네——
> 팔에 경련이 나는데——이건 통풍(痛風)이다——
> 엄지발가락이 근질근질하구나—— 4995
> 온 등판이 아파오는데——
> 이런 징조로 미루어보아 이곳에
> 아주 귀한 보물이 묻혀 있을 것 같다——

황제

어서 서둘러라! 넌 다시 빠져나가지 못한다,
네 거짓의 거품이 정말인지 증명해보아라, 5000
그 귀중한 장소들을 즉시 알리도록 해라.
네 말이 거짓이 아니라면 나는
칼과 왕홀을 내려놓고
몸소 이 고귀한 손으로 그 일을 완수하리라.
네 말이 거짓이면, 네놈을 지옥으로 보내겠다! 5005

메피스토펠레스

지옥으로 가는 길이라면 혼자서도 아마 잘 찾을 수 있을
거요.
그러나 도처에 임자 없이 묻혀서 기다리고 있는
보물들을 일일이 알려드릴 수는 없는데요.
밭고랑을 갈던 농부가
흙덩이와 함께 황금 단지를 파내는 수도 있고, 5010

진흙 담벼락에서 초석(硝石)이나 캐어낼까 하다가
금빛 찬란한 금화 꾸러미를 발견하고는
가난한 손에 그걸 들고 놀라며 기뻐하는 수도 있나이다.
보물이 파묻힌 곳을 아는 사람은
5015 어떤 지하 저장실이라도 폭파해야 하고
어떤 협곡, 어떤 지하 갱도라도 헤치고 들어가야 합니다,
지옥 가까이라도 말입니다!
아주 오래전부터 보존되어온, 널찍한 술 창고에서
그는 황금 술잔, 대접, 접시들이
5020 줄지어 놓여 있는 것을 볼 겁니다.
루비로 만든 술잔도 있어
그가 이 잔을 한번 사용해볼까 하면
그 옆에는 아주 아주 오래된 술도 있습니다.
하지만—— 보물 전문가의 말이 사실이라면——
5025 술통의 나무는 이미 오래전에 썩어 문드러지고
주석(酒石)이 술통이 되어 포도주를 담고 있답니다.
황금과 보석뿐만 아니라
그런 고귀한 포도주의 정수까지도
밤과 두려움 속에 숨어 있나이다.
5030 현자는 이런 곳을 끈기 있게 찾아봅니다.
대낮에 무얼 찾는 건 어린애 장난이죠,
신비스러운 것은 어둠 속에 자리 잡고 있나이다.

황제

그런 것들은 네 몫으로 해라, 어둠이 무슨 소용이 있단 말이냐!

그 무엇이 가치가 있다면, 그 가치는 밝은 낮에야 드러나는 법이다.

누가 깊은 밤중에 악당을 정확하게 알아볼 수 있단 말이냐? 5035

암소는 그저 검고, 고양이는 잿빛으로만 보이게 마련인데.

황금으로 가득 찬 땅속의 항아리들,

네 쟁기를 꺼내서 이 항아리들을 파내도록 하라.

메피스토펠레스

괭이와 삽을 들고 몸소 파십시오,

농부의 일은 폐하를 위대하게 만들 것이며 5040

금송아지들이 떼를 지어

땅속에서 솟아나올 것입니다.

그러면, 주저하시지 말고 기쁜 마음으로

폐하 자신은 물론 사랑하는 여인도 치장해주시지요.

빛깔과 광택이 찬란한 보석은 5045

아름다움과 위엄을 더욱 높여줄 것입니다.

황제

당장 시작하라, 당장! 언제까지 끌 작정인가!

점성술사

(먼젓번과 같이) 폐하! 그처럼 성급한 욕망일랑 억누르

시고,
화려한 즐거움의 놀이를 먼저 끝내도록 하십시오.
5050 흐트러진 마음으로는 목적에 이를 수 없습니다.
우선 마음을 가다듬고 속죄를 함으로써
천상의 자비를 통해 지하의 보물을 얻을 수 있습니다.
선을 원하는 자는 우선 자신이 선해야 하며,
즐거움을 원하는 자는 자신의 피를 진정시켜야 합니다.
5055 포도주를 요구하는 자는 스스로 잘 익은 포도를 짜야 하고,
기적을 바라는 자는 자신의 믿음을 굳건히 해야 합니다.

황제
그렇다면 즐거움 속에서 시간을 보내도록 하자!
마침 고대하던 성회(聖灰)의 수요일도 다가오고 있도다.
그동안 우리는, 어찌되든 간에,
5060 더욱 즐겁게 거친 사육제를 벌이도록 하자.

나팔 소리. 퇴장

메피스토펠레스
업적이 있어야 행운도 따른다는 사실을
저 바보 녀석들은 결코 깨닫지 못할 것이다.
설혹 저자들이 현자의 돌[124]을 가지고 있다 해도
그 돌에 현자는 없을 것이다.

곁방들이 딸린 넓은 홀

가장 무도회를 위해 단장되고 장식되어 있다.

의전관
여러분은 악마춤, 바보춤, 해골춤 따위밖에 모르는 독일   5065
땅 안에 있다고 생각하지 마십시오.
더 유쾌한 축제가 여러분을 기다리고 있습니다.
폐하께서는 로마 원정길에
당신 자신을 위해, 또 여러분을 즐겁게 하기 위해,
험준한 알프스 산맥을 넘어   5070
명랑하고 유쾌한 나라[125] 하나 얻으셨습니다.
황제께서는 교황의 성화(聖靴)에 입 맞추시고,
먼저 통치권을 간구하셨고,
그리고 황제의 관(冠)을 받으러 가셨을 때에
우리에게 어릿광대의 모자를 가져다주셨지요.   5075
이제 우리는 모두 새로이 태어났습니다.[126]
세상을 잘 아는 사람들은 모두 다 유쾌한 마음으로
이 모자를 귀밑까지 푹 눌러씁니다.
모자는 이들을 미쳐버린 바보같이 보이게 만듭니다만,
모자 밑에서 그들은 능력껏 현명하답니다.   5080
사람들이 떼를 지어 오는 것이 벌써 보입니다,
혼자 떨어져서 비틀거리기도 하고, 정답게 짝을 짓기도

했군요.
합창대들도 꼬리를 물고 밀어닥칩니다.
들어오고, 나가고, 온통 난리법석입니다.
그러나 온갖 허튼 짓거리를 해보아도
이 세상은, 예나 지금이나
하나의 커다란 바보에 불과하지요.

여자 정원사들

(만돌린의 반주에 맞추어 노래한다) 여러분의 갈채를 받으려고
저흰 이 밤 한껏 치장을 했답니다.
피렌체의 젊은 아가씨들이
화려한 독일 궁정을 찾아왔어요.

갈색의 곱슬머리에 멋으로
매혹적인 꽃 몇 송이 꽂았지요.
비단실, 비단 솜뭉치가 여기서
제 소임을 다하고 있답니다.

우리의 번쩍이는 공예품 꽃들
일 년 내내 피어 있으니
우린 그걸 큰 업적이라고, 정말 정말
칭찬받을 만하다고 생각한답니다.

>   온갖 색깔의 조각들이 5100
>   좌우 동형 멋지게 균형을 이루어서,
>   한 조각씩 떼어놓으면 흠볼 수도 있겠으나
>   전체를 보시면 매혹되실 거예요.
>
>   우리 꽃 파는 처녀들도
>   보기에 사랑스럽고 매혹적이지요. 5105
>   여인들의 천성은 원래
>   예술 작품과 아주 가깝답니다.

의전관
그대들 머리 위에 이고 있는,
팔에서 온갖 색으로 피어오르는
넘쳐나는 꽃바구니를 보여드리시오. 5110
자, 모두들 마음에 드는 것을 고르시오.
서두르세요. 이 아치형의 통로들이
꽃을 든 사람들로 꽃밭을 이루도록 합시다.
파는 아가씨들이나 파는 물건 모두
우 몰려들어 둘러싸고 덤벼들 만한 값어치가 있답니다. 5115

여자 정원사들

>   이 유쾌한 곳에서 흥정을 하세요,
>   하지만 장바닥처럼 후려 깎으면 안 돼요.
>   몇 마디 뜻 깊은 말로

사신 꽃의 꽃말을 알려드리지요.

열매 달린 올리브 가지

5120 난 어떤 꽃송이도 시기하지 않고
어떤 싸움이건 피한답니다.
그런 건 내 천성에 맞지 않지요.
그러나 난 이 땅의 정수이며,
내 천성에 대한 확실한 증거로서
5125 어디에서나 평화의 상징이 되었지요.
오늘만큼은 제가 아름다운 머리를
기품 있게 장식할 수 있기를 바랍니다.

이삭으로 만든 화환

(황금빛) 케레스[127]의 선물로 여러분을 치장하면
귀엽고 사랑스럽게 어울릴 거예요.
5130 실용적으로 가장 쓸모 있는 제가
장식물로도 아름다울 수 있기를 바랍니다.

환상의 화환

당아욱 비슷한 알록달록한 꽃들
이끼에서 피어난 기적의 꽃!
자연적인 꽃은 아닙니다만,
5135 유행은 그런 걸 만들어내지요.

환상의 꽃다발

테오프라스트[128]라도 내 이름을
여러분께 감히 말하려 들지 못할 거예요.[129]

그래도 난 많은 여자분들의 마음에 들고 싶어요,
비록 모두의 호감을 살 수는 없다 하더라도 말예요.
머리에 날 꽂으시거나, 5140
앞가슴 한구석에 내 자리를 마련해줄
마음을 정함으로써
날 가지시려는 분들의 마음에 말입니다.

   도전[130]

화려한 색깔을 지닌 환상의 꽃들이여
나날의 유행을 위해서 피어나시오, 5145
자연이 결코 펼치지 않는
경이롭고 기이한 모습을 취하시오.
초록색 줄기, 황금색 꽃망울,
풍염한 곱슬머리 사이로 내비쳐 보이시오!

장미꽃 봉오리

하지만 우리는 숨어 있겠어요. 5150
싱싱한 우릴 찾아내는 분은 행복할 거예요.

여름이 나 왔노라 소식을 전하고
장미꽃 봉오리 꽃망울을 터뜨리면,
그 누가 그런 행복을 외면할까요?
약속하고 그 약속을 지키는 것은[131] 5155
꽃의 나라에서
눈과 감각과 마음을 다 같이 지배한답니다.

초록으로 뒤덮인 통로에서 여자 정원사들이 그들의 상품을 곱게 단장하고 있다.

남자 정원사들

(테오르베[132]의 반주에 맞춰 노래한다) 꽃들이야 고요히 피어나
당신들의 머리를 매력적으로 꾸미라 하지요.
5160 그러나 열매는 유혹 따윈 하면 안 되지요.
사람들은 열매를 맛보고 즐기려 한답니다.

갈색으로 그을린 얼굴들이
버찌며 복숭아며 자두를 내놓았습니다.
사시오! 혀나 입에 비하면
5165 눈은 좋은 재판관은 아닙니다.[133]

어서 오시오, 무르익은 이 과일들을
맛있고 즐겁게 들어보시오!
장미에 대해서는 시를 쓰지만
사과는 한입 깨물어야 합니다.

5170 허락해주시오, 우리가 당신들
풍요로운 젊음의 꽃과 동료가 되는 것을.
우린 잘 익은 이 넘쳐나는 과일들을

이웃해서 보기 좋게 높이 쌓아놓겠소이다.

재미있게 얽어놓은 나뭇가지와 꽃 아래서,
예쁘게 장식된 정자 한편에서, 5175
모든 걸 한꺼번에 찾아볼 수 있습니다,
봉오리도 잎도 꽃도 열매도.

기타와 테오르베의 반주에 맞추어 교대로 노래하면서
두 패의 합창대는 그들의 상품을 차곡차곡 쌓아올리며
팔기를 계속한다.

어머니와 딸이 등장한다.

어머니

애야, 네가 태어났을 때,
나는 널 예쁜 모자로 꾸며주었단다.
넌 얼굴이 정말 사랑스러웠고 5180
몸매도 아주 나긋나긋했지.
그래서 당장 네가 신부라도 될 듯이 생각했단다,
당장 아주 부자한테 시집이라도 갈 듯이,
새색시가 될 듯이 생각했단다.

아아! 이제 벌써 여러 해가 5185

헛되이 흘러가버렸구나.
각양각색의 구혼자 무리들이
어느새 다 널 지나쳐 가버렸으니.
너도 어떤 녀석하고는 날렵하게 춤을 추었고,
5190 또 다른 녀석에게는 팔꿈치로
은근한 신호를 보냈건만.

별의별 잔치를 다 궁리해보았건만,
온통 헛일이었고,
벌금 내기, 술래잡기 다 해보았지만
5195 아무런 소용이 없었다.
오늘은 모두 온갖 바보짓 하는 날이니
애야, 너도 단단히 준비하고 있어라,
혹시 한 녀석이라도 네 품에 걸려들지 모르니.

젊고 예쁜 여자 친구들이 합세하여 정답게 지껄이며 떠들어댄다.

어부와 새잡이꾼이 그물, 낚싯대, 끈끈이 장대와 다른 도구들을 들고 등장해서 예쁜 소녀들 사이로 섞여든다. 서로 마음을 끌고, 붙들고, 도망치고, 잡아두려고 하는 가운데 즐거운 대화의 기회가 만들어진다.

나무꾼들

    (거칠고 난폭하게 등장한다) 비켜라! 비켜!
    우리는 공간이 필요하다.   5200
    우리가 나무를 베면
    우지끈 소리를 내며 쓰러지고,
    이것을 나르다 보면
    여기저기 부딪치기 마련이다.

    우릴 자랑하는 말이지만   5205
    이것 하나 똑똑히 알아두오.
    거칠게 일하는 놈들
    이 나라에 없다면,
    세련된 분들,
    아무리 머리를 굴려본들   5210
    어떻게 살아갈 거요?
    명심해두시오!
    우리가 땀 흘리지 않으면
    당신들은 얼어 죽는다는 걸.

어릿광대들

    (서투르게, 거의 바보처럼) 너희들은 바보,   5215
    날 때부터 허리가 구부러졌지.
    우리는 똑똑한 사람들,

짐 같은 건 안 나르지.
우리의 모자도
5220 저고리도 누더기도
아주 가벼워서 나르기 쉽지.
우리야 기분 좋고
항시 노라리라서,
슬리퍼나 끌고
5225 장터나 사람들 붐비는 곳을
어슬렁거리지.
멍하니 서서 구경하는데
누군가 우릴 고함쳐 부르네.
그런 소리 들리면
5230 혼잡한 사람들 사이로
뱀장어처럼 빠져나가서,
함께 껑충껑충 뛰고
같이 미친 듯 날뛴다.
너희들이 우리를 칭찬하든,
5235 아니면 우리를 욕하든,
우린 개의치 않는다.

식객들

(아첨하듯, 또 무얼 탐하듯이) 당신네 씩씩한 짐꾼 양반들

그리고 당신들의 의형제인
숯 굽는 양반들,
그대들은 우리에게 소중한 분들이오.　　　　　　　　　　5240
그럴 것이 그 모든 굽신거림이,
지당한 말씀이라면서 하는 끄덕거림이,
꾸며낸 미사여구가,
상대방의 기분에 따라
따스하게도 차갑게도　　　　　　　　　　　　　　　　5245
이중으로 입김을 부는 것[134]이
도대체 무슨 소용이 있겠소?
하늘에서 불길이,
그것도 무시무시한 불길이,
떨어진다 해도 마찬가지요,　　　　　　　　　　　　　5250
아궁이 가득히
활활 불을 지펴주는
장작이 없다면
그리고 숯 더미가 없다면 말이오.
그래야 굽고 부글부글 끓이고　　　　　　　　　　　　5255
삶고 또 휘젓고 할 게 아니오.
진짜 식도락가는,
접시까지 핥는 사람은,
고기 굽는 냄새 잘 맡고,
생선이 요리되는 것도 알아맞힌답니다.　　　　　　　　5260

그래야 주인집 식탁에서
솜씨를 보여주지요.

술주정꾼

(제정신이 아닌 채) 오늘은 내 화 돋우지 마라!
걸릴 것 없이 자유로운 기분이다.
5265   신선한 즐거움과 유쾌한 노래들,
그것들을 이 몸이 몸소 가져오셨지.
그래서 난 마신다! 마시고, 마신다!
자, 잔을 부딪치자! 쨍그랑, 쨍!
저기 뒤쪽 친구, 이리 나오게!
5270   자, 잔을 부딪치자고, 옳거니, 그래야지.

내 여편네 성나서 고함질렀지,
이 알록달록한 옷을 비웃더라고.
아무리 내가 뻐겨보아도 욕하는데,
내 꼴이 가장무도회 옷걸이 같다나.
5275   그러나 난 마신다! 마시고, 마신다!
자, 잔을 부딪치자고! 쨍그랑, 쨍!
옷걸이 여러분, 잔을 부딪칩시다!
부딪치는 소리 울리면, 제대로 된 것이오.

날 보고 떠돌이라고는 말하지 마라,

내 맘에 드는 곳에 난 와 있는 거니까.　　　　　　　　　5280
　　　주인이 외상술 안 주면 안주인이 주고,
　　　마지막엔 하녀가 외상술 준다.
　　　그러니 난 언제나 마신다! 마신다. 마신다!
　　　자, 듭시다, 여러분! 쨍그랑, 쨍!
　　　모두들 서로 잔을 부딪칩시다, 그렇게 계속해요!　　　　5285
　　　보아하니 제대로 된 것 같소이다.

　　　내가 어디서 어떻게 퍼마시든,
　　　끝장은 항시 같은 꼴이오.
　　　날 그대로 누워 있게 내버려두시오,
　　　더 이상 서 있을 수가 없으니 말이오.　　　　　　　　　5290

합창

　　　모든 형제들이여, 마시고, 마시자!
　　　새로이 건배하자, 쨍그랑, 쨍!
　　　의자 위에 단단히 앉아 있어라,
　　　식탁 밑에 널브러진 녀석은 끝장이로다.

의전관

　　　여러 유형의 시인이 등장함을 알린다. 자연 시인, 궁정 시인, 기사 시인, 감상 시인, 열정 시인 등등. 서로 경쟁적으로 밀치고 닥치는 통에 아무도 낭독의 기회를 얻지 못한다. 한 시인이 살그머니 지나가며 몇 마디 읊조린다.

풍자 시인

5295 그대들은 아는가, 나 같은 시인을
정말 즐겁게 해주는 것이 무엇인지를?
아무도 듣고 싶어 하지 않는 것을
노래하고 말할 수 있음이로다.

밤의 시인과 묘지 시인[135]은 그들이 지금 막 새로 나타난 흡혈귀와 아주 흥미로운 대화를 나누는 중인지라 올 수 없노라고 사과의 말을 전해왔다. 이 대화에서 새로운 시의 형태가 생겨날 수도 있다는 것이다. 의전관은 별 수 없이 그것을 인정하고 그 대신 그리스 신화의 인물들을 불러낸다. 이들은 현대적인 가장을 하고 있으나 원래의 특성과 매력을 잃지 않고 있다.

우미(優美)의 여신들

아글라이아

우리는 삶에 우아함을 주노라.

5300 무얼 주는 데에는 우아함이 깃들어야 하도다.

헤게모네

받는 데도 우아함이 같이 있을지니,
소망을 성취하는 것은 기쁜 일이도다.

오이프로지네

    평범한 나날들의 울타리 안에서라도[136]
    감사의 표현은 지고로 우아해야 하도다.

      운명의 여신들[137]

아트로포스

    가장 나이 많은 내가 이번에   5305
    실을 잣도록 초청 받았노라.
    연약한 생명의 실을 자을 때는
    생각도 많이 하고, 고려할 것도 많도다.

    나긋나긋하고 보드라운 실을 뽑으려고
    나는 제일 고운 아마를 가려내었고,   5310
    매끈하고 날씬하고 고른 실이 되도록
    이제 재치 있는 손가락으로 다듬으리라.

    그대들 즐거울 때나 춤을 출 때에,
    지나치게 흥에 겨우면,
    이 실의 한계를 생각해볼지어다,   5315
    조심하라! 실이 끊어지려 하노라!

클로토

    얼마 전부터 이 가위가

나에게 맡겨진 것을 알아둘지어다.
우리 큰 언니의 하는 행동이
별로 신망을 얻지 못했기 때문이도다.

쓸모라곤 전혀 없는 낡은 실은
빛과 공기 중에 길게 잡아 늘이고,
최상의 이익을 얻으리라고 바라는 젊은 실은
잘라서 무덤으로 끌고 가곤 하니.

그러나 나 또한 젊은 혈기에
벌써 몇 백 번이나 실수를 했도다.
그래 오늘은 나 자신을 억제하려고
가위를 가위집에 넣어두었노라.

이렇게 기꺼이 자신과의 약속에 묶여
나 이 무도장을 즐겁게 바라보고 있노라.
이 자유로운 시간에 그대들은
걱정 없이 그저 흥겹게 계속 놀아볼지어다.

라케시스
나만이 유일하게 사리 판단을 할 수 있기에,
질서를 유지하는 역할을 내가 맡았노라.
내 물레는 항시 돌아가고 있지만

결코 서두른 적은 없었도다.

실이 오면 물레에 감으며
한 올 한 올 제 길로 이끌었노라.
한 가닥의 실도 잘못 감지 않았으니,
가닥가닥 모두 빙글빙글 돌아가며 순응했도다.   5340

한 번이라도 내가 정신을 팔게 되면,
뒤죽박죽 세상 꼴에 나는 두려워지리라.
시간을 세고, 해를 재며
세상을 짜는 분이 실타래를 넘겨받으신다.

의전관
여러분이 옛글에 아주 박학다식할지라도   5345
지금 오고 있는 자들을 알지 못할 것이오.
많은 재앙을 심는 존재이긴 하나, 이들을 보게 되면
빼어난 외모 때문에 반가운 손님으로 맞을 겁니다.

아무도 믿지 않겠지만, 이들은 복수의 여신들입니다.
예쁘고, 몸매 좋고, 친절하고, 나이도 젊습니다.   5350
그러나 이들과 관계를 맺어보면 알게 될 것이오,
이 비둘기들이 어떻게 뱀처럼 상처를 입히는지를.

비록 이들이 사악하다 할지라도, 그래도 오늘만은
모든 바보가 자신의 어리석음을 자랑하는 날이니,
5355 이들도 천사의 명성을 요구하지 않고,
도시와 시골의 골칫거리로 자처하고 있습니다.

   복수의 여신들[138]

알렉토
 무슨 소용이 있으리오, 그대들은 우리를 믿게 될 터인데,
우리는 예쁘고, 젊고 게다가 고양이처럼 애교도 부릴 줄 알거든요.
그대들 중 누군가가 귀여운 애인을 갖게 되면
5360 우린 그 사람의 귀를 살살 긁어주지요

우리가 그와 눈을 마주 보며 말할 수 있을 때까지.
그 여자 이놈 저놈에게 추파를 보내고,
머리는 멍청하고 허리는 굽었으며 게다가 절름발이라고,
그리고, 이미 약혼한 사이라면, 아무 쓸모없는 여자라고.

5365 우리는 신붓감을 괴롭히는 법도 알고 있지요.
당신 남자 친구 몇 주 전 하필 그녀에게

심지어 당신 험담까지 하더라고요!
그러면 화해를 해도 앙금은 남게 마련이지요.

메게라

그런 거야 장난이네요! 그들이 일단 결혼을 하면
그때는 내가 나섭니다. 어떤 경우에도 난 할 수 있어요.   5370
가장 아름다운 행복을 변덕을 수단으로 삼아 망쳐놓는 것을.
인간도 변덕쟁이고 시간도 변덕쟁이인 걸요.

아무도 소원했던 것을 굳게 움켜쥘 수 없지요.
지고의 행복이라도 익숙해지면
어리석게도 더 큰 소원을 동경하니까요.   5375
태양을 버리고는 서리를 따뜻하게 만들려는 격이지요.

나는 이런 모든 방법을 잘 이용할 줄 안답니다.
내 충실한 친구 아스모디[139]를 데려와서
적절한 시기에 불행의 씨를 뿌리지요,
그래서 짝을 이룬 사람들을 파멸시킨답니다.   5380

티지포네

배반한 남자에게 이간질하는 혓바닥 대신
나는 독약을 풀고 비수의 날을 세울 것이오.
네가 다른 여자를 사랑하면 조만간에
파멸이 너를 파고들리라.

5385 순간의 달콤함이
부글대는 쓸개즙으로 변하리라!
여기에는 에누리도 흥정도 없으니,
저지른 만큼 속죄해야 한다.

누구도 용서 운운하지 마라!
5390 바위를 향해 고발하노니,
메아리를 들어보라! '복수'라고 하지 않는가!
제 짝을 바꾼 자는 죽어야 하노라.

의전관

여러분, 옆으로 물러서시오,
이제 오고 있는 것은 당신들과는 부류가 다릅니다.
5395 당신들도 보지요, 산이 하나 들이닥치고 있습니다.
옆구리에는 현란한 양탄자가 자랑스럽게 늘어져 있고,
머리에는 긴 이빨과 뱀 같은 코가 달려 있습니다.
신비롭군요, 그러나 그것을 풀 열쇠를 보여드리지요.
목덜미에는 귀엽고 가녀린 여인이 앉아서

가느다란 막대기로 능숙하게 그것을 몰고 갑니다.   5400
그 위에 서 있는 또 한 분의 존엄하고 고귀한 여인은
광휘에 둘러싸여 내 눈을 몹시 부시게 합니다.
양옆으로는 기품 있는 부인 둘이 사슬에 묶인 채 걸어가는데
한 여자는 두려워하고, 다른 여자는 즐거워 보입니다.
한 명은 자유를 갈망하고, 또 한 명은 자유롭게 느끼고   5405
있군요.
자, 모두 자신이 누구인지 소개를 하시오.

두려움

    연기를 내뿜는 횃불, 등불, 촛불들이
    이 혼란스런 축제의 홀을 희미하게 비춰주누나.
    이 거짓의 얼굴들 사이로
    나는 사슬에 묶여 끌려나왔도다.   5410

    물러가라, 웃고 있는 이 우스꽝스런 무리들아!
    너희들의 히죽대는 웃음은 내 의구심만 일깨운다,
    나를 적대시하는 자들이 모두
    오늘밤 내게 밀어닥치는 듯하구나.

    보아라! 친구 하나가 적이 되었도다,   5415
    그자의 가면을 나는 이미 알아차렸다.
    그는 나를 살해하려 하다가

　　　　　　이제 탄로가 나자 살그머니 도망치는구나.

　　　　　　아아, 어느 쪽으로든 도망쳐서
5420　　　　이 세상을 벗어날 수만 있다면.
　　　　　　하나 저 세상에서는 죽음이 위협하니
　　　　　　이 연기와 공포 속에 얽매어 있을 수밖에.
　　　희망
　　　　　　안녕하세요, 사랑스런 자매들,
　　　　　　여러분은 어제와 오늘
5425　　　　가장무도회를 즐기셨지요,
　　　　　　하지만 난 잘 알고 있답니다,
　　　　　　내일은 당신들이 가면을 벗을 것임을.
　　　　　　횃불들이 희뿌연 빛을 뿌리는 이곳에서
　　　　　　우리의 기분이 별로 즐겁지 않았다면,
5430　　　　밝고 명랑한 대낮에는
　　　　　　모든 걸 우리의 뜻대로 할 수 있을 거예요.
　　　　　　때로는 어울려서, 때로는 혼자서
　　　　　　아름다운 들판을 자유로이 거닐기도 하고,
　　　　　　내키는 대로 쉬거나 무얼 하기도 합니다.
5435　　　　또 근심 걱정 없이 살아가면서
　　　　　　결코 포기하지 않고 항시 얻으려 노력하지요.
　　　　　　어디서나 환영받는 손님으로
　　　　　　우린 편안한 마음으로 들어섭니다.

틀림없이 어느 곳에선가
최상의 것을 찾아낼 수 있습니다. 5440

지혜

두려움과 희망이라는
인간의 가장 큰 두 개의 적[140]을 나는
사슬에 묶어 사회로부터 격리시켜 놓았습니다.
물러서시오! 그대들은 구원되었소.

나는 이 살아 움직이는 거대한 코끼리를 5445
조종하고 있어요, 보시지요, 등에 지휘탑을 얹은 채
이놈은 한 걸음 한 걸음 꾸준히
가파른 길을 올라가고 있습니다.

허나 저 위 지휘탑에는
여신이 날렵한 날개를 활짝 펴고 5450
승리를 쟁취하려
사방을 돌아보고 있습니다.

광휘와 영광이 이 여신을 둘러싸고 있어
사방팔방으로 멀리까지 빛나고 있습니다.
여신은 스스로를 빅토리아라 칭하지요, 5455
모든 행동을 관장하는 여신이십니다.

초일로-테르지테스[141]

후! 후! 내가 마침 잘 왔군,
내 당신들 싸잡아서 심하게 꾸짖어야겠소!
하지만 내가 목표로 삼은 건
5460 저 위의 빅토리아 부인이오.
이 여자 하얀 날개 두 짝 달고 있어서인지
자신이 아마 독수리나 되는 양 생각하지,
또 어디든 자기가 그저 돌아보기만 하면
백성들과 땅이 모두 자기 것인 양 생각하지.
5465 그러나 어디서 무언가 명예로운 일이 생기면
나는 울화가 치밀어서 견딜 수 없다.
낮은 것은 높다고, 높은 것은 낮다고,
굽은 것은 곧다고, 곧은 것은 굽었다고,
그렇게 말해야만 내 직성이 풀리지.
5470 이 세상 어디서나 그런 식으로 할 것이다.

의전관

이 개 같은 건달놈아,
이 거룩한 의전봉의 멋진 일격을 받아보아라,
당장 몸을 웅크리고 비비 꼬아라!
저것 봐라, 난쟁이 둘을 겹쳐놓은 것 같은 꼬락서니가
5475 참으로 빠르게도 구역질나는 덩어리로 뭉쳐지는구나!
참 놀랄 일이로다!——덩어리가 알이 되고,
알은 부풀어올라 두 쪽으로 갈라지는구나.

그 속에서 쌍둥이 한 쌍이 굴러 나오는데
한 놈은 살무사고 또 한 놈은 박쥐다.
살무사는 먼지 속을 기어다니고 5480
박쥐는 시커먼 몸뚱이로 천장으로 날아오른다.
저 두 놈 합치려 서둘러 밖으로 나가는데,
난 저런 놈들하고는 아무런 관계도 맺고 싶지 않다.

웅성대는 소리

    서둘러요! 저 뒤편에는 벌써 춤판이 벌어졌단 말이오.
    맘에 안 들어! 이곳을 벗어났으면 좋겠네. 5485
    당신도 느끼지요, 귀신 떼거리들이
    우리 주위를 둘러 엮고 있는 것을?
    내 머리 위로 무언가 윙윙 대며 날아다니네──
    난 그것이 발에서 느껴지는데
    우리들 중 다친 사람은 없어요. 5490
    그러나 모두들 겁에 질렸어.
    재미 보기는 다 틀렸어──
    바로 그게 저 짐승들이 바랐던 것이지.

의전관

가장무도회의 의전관 직무가
내게 부여된 이후 5495
나는 착실하게 문간을 지켰습니다,
여기 여러분의 이 즐거운 자리에
기분 망치는 것들이 숨어들지 못하도록 말이오,

흔들리지도 물러서지도 않았습니다.
5500 그런데 창문을 통해서
바람 같은 유령들이 들어오지 않을까 걱정입니다.
귀신이나 마법으로부터
여러분을 보호할 능력은 내겐 없답니다.
저 난쟁이도 의심스러웠지요.
5505 그러나 저걸 봐요! 저쪽에서 거창한 것이 몰려오고 있어요.
몰려오는 저 형상들의 의미를
내 직책에 맞게 풀어드리고 싶습니다만
내가 이해하지 못하는 것은
또한 설명할 수도 없습니다.
5510 모두 날 좀 도와 가르쳐주십시오!
저 군중들 사이를 휘돌아 다니는 것이 보입니까?
네 마리 용마(龍馬)가 끄는 화려한 마차가 무언가에 의해
들려 운반되듯 모든 것을 뚫고 부유해오고 있습니다.
그러나 마차는 사람들을 갈라놓지는 않는군요,
5515 어디서도 사람들이 한편으로 몰리는 것은 보이지 않습니다.
멀리서 색색으로 반짝거립니다,
마치 마법의 등이 비추는
오색찬란한 별들이 어지러이 빛나는 것처럼.
용마들이 콧김을 내뿜으며 무섭게 달려오는군요!

물러서시오! 소름이 끼칩니다!

마차를 모는 소년

       멈추어라!   5520

말들아, 날개를 접고

익숙한 고삐의 조임을 느껴라,

내가 너희를 제어하듯 스스로를 제어하여라,

내가 열광케 할 때 무섭게 질주하여라——

우리의 방문으로 이 궁전에 경의를 표하자꾸나. 5525

둘러보렴, 사람들이 점점 불어나서

경탄하며 우리를 몇 겹으로 에워싸고 있다.

의전관 나오시오! 당신의 방식대로,

우리가 당신들을 떠나버리기 전에,

우리를 묘사하고 우리의 이름을 대보시오. 5530

우리는 알레고리[142]이고

그대는 우리를 그렇게 이해해야 하오.

의전관

당신의 이름을 댈 수는 없을 것 같소,

그러나 당신의 모습을 표현할 수는 있을 듯하오.

마차를 모는 소년

그럼 어디 해보시오!

의전관

      솔직히 고백하자면   5535

그대는 젊고 아름답소.

아직 어른이 안 된 소년이오, 그러나 여인들은
그대를 이미 성숙한 남자로 보고자 할 것이오.
내 보기엔 그대는 장차 여자깨나 희롱할 것 같소,
5540 여자를 유혹하는 일에 타고난 사람이란 말이오.

마차를 모는 소년
그거 듣기 싫은 소리는 아니오! 계속하시오,
수수께끼[143]를 풀 유쾌한 말을 생각해내보시오.

의전관
검은 번개처럼 번쩍이는 두 눈하며 칠흑 같은 곱슬머리는
보석으로 장식된 머리띠 때문에 더욱 더 돋보이오!
5545 자줏빛 단과 번쩍이는 금실로 장식된
아주 우아한 옷자락이
그대의 어깨에서 신발까지 흘러내리고 있소!
그대를 계집애 같다고 탓할 수도 있겠소만
좋든 나쁘든 그대는 지금 벌써
5550 처녀들의 인기를 독차지했을 거요,
그들이 당신에게 사랑의 가나다를 가르쳤겠지요.

마차를 모는 소년
그럼 당당한 모습으로 마차 위 옥좌에 앉으셔서
현란한 빛을 발하고 있는 이분은 누구일까요?

의전관
그분은 부유하고 자비로운 임금님처럼 보이는데,
5555 저런 분의 총애를 얻은 사람은 복이 있을 것이오!

무얼 얻으려 더 이상 애쓸 필요가 없을 테니까.
저분은 어디에 무엇이 부족한지 살피고 계시는군요,
베푸는 순수한 기쁨은 그에겐
재산과 행복보다 더 큰 듯하오.

마차를 모는 소년
그대는 거기서 멈추어서는 안 되오, 5560
저분의 자태를 아주 정확하게 표현해야 합니다.

의전관
존엄은 표현될 수 없는 것이오,
하지만 달처럼 둥근 건강한 얼굴,
두툼한 입술과 활짝 핀 두 뺨이
터번의 장식 밑에서 빛나고 있소이다. 5565
주름 많은 옷에 아주 안락한 모습이란!
저 단아함에 대해 내가 무얼 말할 수 있겠소?
존엄한 외양은 그분이 지배자임을 알려줍니다.

마차를 모는 소년
풍요로움의 신이라 불리는 플루토스,[144]
바로 그분이 화려한 모습으로 오신 것이오. 5570
지엄하신 황제께서 그분을 몹시 원하십니다.

의전관
그대 자신에 관해서도 이것저것 말해볼 수 있겠소?

마차를 모는 소년
나는 낭비입니다, 시(詩)이지요.

　　　　자신의 가장 고유한 재화를 아낌없이 써버릴 때
5575　비로소 완성되는 시인이랍니다.
　　　　나 역시 측량할 수 없이 부유합니다,
　　　　그래서 플루토스에 못지않다고 자부하지요.
　　　　그분의 무도회와 연회를 활기차게 만들고 장식하지요,[145]
　　　　그분에게 없는 것을 나는 나눠줍니다.

　　　의전관

5580　큰소리치는 것이 그대에게 아주 잘 어울리오.
　　　　그러나 당신의 재주를 좀 보여주시오!

　　　마차를 모는 소년

　　　　자 보시오, 내가 이렇게 손가락을 튀기기만 해도
　　　　마차 주위가 벌써 빛나고 번쩍거리지요.
　　　　저기 진주 목걸이가 하나 튀어나오닙다.

　　　　　　사방으로 계속 손가락을 튀기면서

5585　금목걸이와 귀걸이를 받으시오.
　　　　흠잡을 데 없는 빗과 조그만 관(冠)도,
　　　　반지에 박을 아주 귀한 보석도 가지시오.
　　　　때론 나는 작은 불꽃을 선사하기도 합니다,
　　　　어디 불 지를 곳이 없나 기대하면서 말이오.[146]

　　　의전관

5590　이 사랑스런 사람들 움켜잡고 잡아채고 하는 꼴 좀 보게!
　　　　주는 사람을 밀쳐서 거의 꼼짝 못하게 할 지경입니다.
　　　　그는 꿈속에서인 양 보석들을 튕겨내고

이걸 붙잡으려고 이 넓은 홀이 야단법석이로군요.
그러나 지금 내가 보고 있는 것은 새로운 술책입니다.
한 사람이 애써 무얼 움켜잡았는데,   5595
그게 실은 온통 헛수고입니다,
얻은 것이 그에게서 훨훨 날아가버리니까요.
진주를 꿴 줄이 풀어지자
손안엔 풍뎅이들이 기어다닙니다.
이 가련한 바보가 이 벌레들을 내동댕이치자   5600
요것들이 이 사람 머리 주위에서 윙윙거리고 있어요.
다른 사람들도 제대로 된 물건 대신
가치 없는 나비들만 붙잡았군요.
이 사기꾼 녀석이, 그렇게 많은 약속을 해놓고는
고작 겉으로만 금빛으로 번쩍거리는 것을 주었군요.   5605

마차를 모는 소년

보아하니 당신은 가장을 구분할 줄은 아는 듯하오,
그러나 껍질 속에 숨은 본질을 규명하는 것은
궁중에서 의전관이 할 일은 아니오.
그런 일에는 좀 더 날카로운 안목이 필요합니다,
그러나 그런 일로 언쟁을 벌이고 싶지는 않소.   5610
주인님, 당신에게 직접 묻겠습니다.

    플루토스를 향해

당신은 저에게 바람처럼 달리는
사두마차를 맡기지 않으셨던가요?

제가 그 마차를 지시하시는 대로 탈 없이 몰지 않았던가요?
5615 당신이 뜻하시는 곳에 제가 가지 않았던가요?
또 대담하게 말을 몰아
당신을 위해 승리의 종려나무 잎을 쟁취하지 않았던가요?
당신을 위해 얼마나 자주 싸웠는지는 모르겠습니다만
여하간 싸울 때마다 저는 이겼습니다.
5620 당신의 이마를 장식한 영예로운 월계관은
제 마음과 손으로 엮어 짠 것이 아니었던가요?

플루토스

너에게 증명을 해줄 필요가 있다면
나는 기꺼이 말하리라, 너는 내 정신의 정신이라고.
너는 항시 내 뜻에 따라 행동하고,
5625 나 자신보다도 더 부유하도다.
네 공로에 보답하려고 나는 이 초록색 나뭇가지를
어떤 왕관보다 더 소중히 여기고 있도다.
모든 이들에게 진심 어린 말을 전하노니,
내 사랑하는 아들아, 너는 나의 기쁨이로다.

마차를 모는 소년

5630 (군중들을 향해) 보시오, 내 손안의 가장 큰 선물들을
나는 주위에 두루 뿌렸습니다.
이 사람 저 사람의 머리 위에서

내가 뿌린 불씨가 타오르고 있군요.
불씨는 한 사람에게서 다른 사람에게로 튀기도 하고,
이 사람에겐 머물러 있는데 저 사람으로부터는 달아나기도 합니다. 5635
아주 드물게는 불길이 확 치솟아
순식간에 불꽃으로 피어나서 짧은 순간이나마 환하게 빛납니다.
그러나 많은 경우 사람들이 알아차리기도 전에
슬프게도 타버려서 꺼지고 맙니다.

여자들의 재잘거림

   저 사두마차 위에 앉아 있는 자는 5640
   틀림없이 협잡꾼일거야.
   바로 그 뒤에는 광대놈 하나 쭈그려 앉아 있는데
   굶주림과 목마름으로 바짝 말라 있네.
   저런 몰골은 아직 한 번도 본 적이 없어.
   꼬집어도 아마 아픈 줄도 모를 거야. 5645

말라빠진 남자[147]

내 곁으로 오지 마라, 구역질나는 계집년들아!
내가 결코 너희들의 호감을 살 수 없으리라는 걸 알고 있다.
여자들이 아직 알뜰하게 집안 살림을 꾸려갔던 때만 해도
난 아바리치아라고 불리던 여자였다.
그때는 우리 집 형편이 아주 좋았지, 5650

들어오는 것은 많고 나가는 것은 없었으니까!
나는 함과 장롱을 열심히 보살폈다.
허나 그게 어찌 죄악이란 말인가?
하지만 최근 들어 여편네들이
5655 더 이상 절약하는 습관을 지키지 않고,
또 모든 불량한 빚쟁이처럼,
가진 돈보다 더 많은 욕망을 갖게 된 이후
남편들은 많은 어려움을 참아야 했다.
어디를 둘러보아도 있는 것은 빚뿐이고,
5660 여편네는 물레질해서 번 돈을 몽땅
몸치장과 정부놈에게 써버린단 말이다.
또 사악한 정부놈들과 어울려서
고급으로 처먹고 더 고급으로 마셔대니.
그러니 내 몸 안에서 황금에 대한 욕심이 커질 수밖에.
5665 그래 나는 남자가 되었고, 이름은 가이츠다.[148]

우두머리 여자

용은 용들하고나 욕심을 다투라지.
저자의 말은 결국은 거짓과 속임수일 뿐이야!
저잔 남자들을 부추기러 온 것이야.
그렇잖아도 사내들이 아주 고약한데 말이야.

여자들의 무리

5670 저 허수아비 같은 놈! 따귀나 한 대 갈겨줘라!
십자가처럼 바짝 마른 놈이 우릴 위협하겠다고?

우리가 저 따위 상통을 두려워할까 보냐!
저 용들은 나무와 마분지로 만든 거야.
자 용기를 내서 쳐들어갑시다!

의전관
내 의전봉에 걸고 명하노니, 조용히들 하시오! 5675
하지만 내가 나설 필요도 없겠군요.
보세요, 저 성난 괴물들이
재빨리 사람들을 쫓아내고 차지한 자리에서
두 쌍의 날개를 활짝 펼친 채 요동치고 있습니다.
용들은 화가 난 듯 비늘로 덮인 5680
불 뿜는 아가리를 이리저리 흔들고 있어요.
사람들은 달아났고, 이제 그 자리는 텅 비었습니다.

  플루토스가 마차에서 내린다.

의전관
저분의 내리는 모습, 제왕 같구나!
그가 눈짓하자 용들이 움직이며
황금이 든 상자와 그 위에 앉아 있는 가이츠를 5685
마차에서 끌어내립니다.
이제 상자는 그분의 발치에 놓여 있습니다.
어떻게 이런 일이 있을 수 있는지 그저 신기합니다.

플루토스

(마차를 모는 소년에게) 이제 너는 성가시기 짝이 없는 짐에서 벗어났도다.

5690 자유롭게 되었으니, 이젠 홀가분하게 네 영역으로 가거라!

여기는 네가 있을 곳이 아니로다! 추악한 형상들이
알록달록 뒤얽혀 거칠게 우리 주위로 몰려들고 있구나.
네가 성스러운 밝음의 내면을 명확하게 볼 수 있는 곳,
네가 오로지 너의 것이며 너만을 믿을 수 있는 곳,

5695 아름다움과 선함만이 기쁨인 그곳으로,
고독의 영역으로 가거라!──그곳에서 네 세계를 창조하라.

마차를 모는 소년

그러시면 저를 당신의 귀한 사자라 생각하고,
아주 가까운 친척으로서 당신을 사랑하겠습니다.
당신이 머무는 곳에는 풍요로움이 있고, 제가 있는 곳에서는

5700 모두가 아주 귀중한 수확을 거뒀다고 느낍니다.
그러나 모순에 찬 삶에서는 사람들은 자주 방황도 하지요,
당신을 따를까, 아니면 저를 추종할까 하면서 말입니다.[149)]
당신의 추종자들은 물론 일하지 않고 한가로이 살아갈

수 있지요.

그러나 저를 따르는 자들은 항시 무엇인가 해야 합니다.

저는 남몰래 제 일을 수행하지 않습니다, 5705

숨만 내쉬어도 벌써 탄로가 나니까요.

그럼 안녕히 계십시오! 당신은 제게 행복을 베풀어주셨습니다,

그러나 나지막이 속삭이시기만 해도 바로 돌아오겠습니다.

  올 때와 마찬가지로 퇴장한다.

플루토스

이제 보물을 풀어놓을 때가 되었으니

의전관의 지팡이로 자물쇠를 치겠노라. 5710

열렸도다! 자, 보시오! 청동의 가마솥 안에서

무언가 펼쳐지더니 황금이 피처럼 끓어오른다,

먼저 왕관, 목걸이, 반지 등의 패물이 보이는데

황금이 끓어올라 이 패물을 녹여서 삼킬 것만 같다.

군중들의 서로 외치는 소리

  아, 저것 좀 봐! 풍성하게 솟아올라 5715

  상자 가장자리까지 가득 찼어.

  황금 그릇들이 녹아나고,

  돈 꾸러미들이 뒹굴어 다닌다.

  방금 찍어낸 듯한 금화들이 튀어나오네,

  오, 내 가슴이 마구 요동치는구나. 5720

　　　　　내가 탐내는 걸 모두 여기서 볼 수 있다니!
　　　　　그것들이 바닥으로 떨어져 굴러다닌다.
　　　　　당신들에게 주는 것이니 어서 이 기회를 이용하시오,
　　　　　그저 허리 굽혀 주워서 부자가 되란 말이오.
5725　　　우리는 번개처럼 재빨리
　　　　　상자를 통째로 차지하겠소.

　　의전관

　　무얼 하는 것이오, 바보 같은 자들아? 내 앞에서 무슨 짓
　　들이오?
　　이건 그저 가장무도회의 장난일 뿐이오.
　　오늘 저녁에는 더 이상 아무것도 탐해서는 안 되오.
5730　당신들에게 정말 황금을 주었다고 믿으시오?
　　이런 놀이에서는 가짜 동전이라도
　　당신들에게는 과분하오.
　　이런 한심한 인간들 같으니! 멋진 허구적 가상이
　　곧장 천박한 사실이 되어야 한단 말인가.
5735　당신들의 진실이란 무엇인가?──흐릿한 망상의
　　꼬투리를 온통 움켜잡고 있는 것이오.
　　가면을 쓴 플루토스, 이 가장무도회의 영웅이여,
　　이 무리들을 내 곁에서 몰아내주시오.

　　플루토스

　　당신의 의전봉은 이럴 때 쓰는 것이니
5740　그것을 내게 잠시 빌려주시오.

이걸 재빨리 들끓는 불꽃 속에 집어넣겠소.
자, 가면 쓴 여러분, 조심하시오.
번쩍이고 터지고, 불똥이 튑니다!
의전봉이 벌써 뻘겋게 달아올랐구나.
너무 가까이 밀치고 달려드는 자는 누구든 5745
당장 사정없이 화상을 당할 것이오.
자, 이제 한 바퀴 돌아보겠소.

비명과 혼란

 아이고! 이제 우린 죽었구나.
 도망칠 수 있는 사람은 도망쳐요!
 뒤에 있는 양반 물러서요.── 5750
 내 얼굴로 뜨거운 불똥이 튄다.
 달아오른 지팡이가 날 무겁게 짓누른다.
 우린 모두 다 끝장이로구나.
 물러나요 물러나, 가면 쓴 양반들아!
 물러나요 물러나, 얼빠진 무리야── 5755
 오, 날개가 있다면 날아서 도망칠 텐데.

플루토스

둥글게 둘러싸던 무리들이 어느새 밀려났도다.
불에 덴 사람은 없을 것이오.
군중들은 물러났소,
몰려난 것이오. 5760
그러나 질서를 확고히 하기 위해

보이지 않는 원을 그려놓겠소.

의전관

당신은 진정 훌륭한 일을 해냈습니다.
당신의 현명하신 능력에 진심으로 감사드립니다.

플루토스

5765 고귀한 친구여, 아직 인내심이 필요하오,
아직도 이런저런 소동이 있을 듯하오.

탐욕

자, 이제는 맘 내키는 대로
즐기면서 둘러선 사람들을 구경할 수 있겠구나.
어디에 뭔가 구경거리와 먹을거리가 있으면,
5770 항시 여자들이 앞장을 서니까 말이야.
이 몸이 아직 완전히 녹슬지는 않았지,
예쁜 계집은 언제 봐도 예쁘단 말이야.
더구나 오늘은 내겐 모든 게 공짜니까
마음 놓고 좀 치근거려봐야겠다.
5775 하지만 이렇게 사람들로 넘쳐나는 곳에서는
말로 해서는 누구의 귀에나 다 잘 들리는 것은 아닐 테니,
좀 영리하게 굴어야겠다. 잘 되기를 바라면서 말이야,
몸짓으로 내 뜻을 분명하게 표현하는 거야.
손짓 발짓 몸짓만으론 충분치 않을 테니
5780 무언가 장난질이라도 꾸며내야겠다.
축축한 진흙처럼 황금을 주물러볼까 보다,

그럴 것이 이 금속은 무엇으로든 변하거든.

의전관

저자 무얼 하려는 거야, 저 말라깽이 바보가!

굶어 죽은 귀신 같은 놈도 유머를 아는가?

금을 온통 반죽으로 만들고 있네. 5785

저자의 손에 들어가니 금이 물렁물렁해지는구나.

저놈, 짓이겨보고 둥글게 뭉쳐보고 하지만,

결과는 늘 흉측한 형태이로다.[150]

그걸 저쪽 여자들에게 보여주자,

여자들이 모조리 비명을 지르고 도망치려 하는구나, 5790

몹시 화가 났다는 몸짓을 하는데.

저 광대놈, 고약한 짓에 이골이 난 모양이군.

풍기를 문란하게 해놓고는

아주 좋아하는 부류인 듯하다.

그런 일에 내가 잠자코 있을 수는 없지. 5795

저놈을 쫓아버리려 하니 내 의전봉을 돌려주시오.

플루토스

밖에서 무엇이 우리를 위협하고 있는지 저자는 모르고 있소.

바보짓 하도록 내버려둡시다,

곧 그런 장난을 칠 여지도 없어질 테니.

법은 강하지요, 그러나 화급한 비상 사태는 더 강합니 5800
다.[151]

혼잡과 뒤죽박죽 노래

> 산봉우리에서, 숲 속 골짜기에서
>
> 거친 무리들 돌연히 떼를 지어 오네,
>
> 거침없는 발걸음으로 몰려와서
>
> 위대한 목신 판을 찬양하누나.

5805
> 이들은 아무도 모르는 것을 알고 있으며,[152]
>
> 텅 비어 있는 원[153] 안으로 밀고 들어간다.

플루토스

나는 그대들과 그대들의 위대한 판 신을 잘 알고 있노라!

그대들은 함께 대담한 행보를 내디뎠도다.

몇몇만이 알고 있는 비밀을 나 또한 알고 있기에

5810 나는 이 엄격한 금단의 원을 공손히 열어놓노라.

이 사람들에게 행운이 따랐으면 좋으련만!

기이하기 짝이 없는 일이 생길 수도 있는데

이들은 자신들이 어디로 가고 있는지도 모르는구나,

조금도 예견하지 못하누나.

거친 노래

5815
> 모양낸 양반들, 당신들 겉으로는 번지르르하군!
>
> 우리는 거칠게, 난폭하게 온다오,
>
> 높이 뛰고 빨리 달려서
>
> 우리는 조야하고 힘차게 등장한다오.

파운들[154]

파운의 무리들

즐겁게 춤을 춥니다, 5820
곱슬머리 위엔
참나무 관,
가늘고 뾰족한 귀가
물결치는 머리카락 뚫고 솟아나왔지요,
코는 납작하고 얼굴은 넓적하나, 5825
그래도 여자들은 싫어하지 않는답니다.
파운이 손 내밀어 춤을 청하면
절세미인도 쉽게 거절하지 못합니다.

사티로스[155]

염소 발에 비쩍 마른 다리를 하고
이제 사티로스가 뒤따라 뛰어나옵니다. 5830
말랐지만 억센 발과 다리가 제격이랍니다.
영양처럼 높은 산봉우리에 올라
사방을 둘러보는 걸 즐겨 하지요.
자유로운 공기 속에서 심신이 상쾌해지면
골짜기 저 아래 안개와 연기 속에서 살아가면서도 5835
안락하답시고 생각하는
아이와 여자와 남자들을 비웃어줍니다.
깨끗하고 방해받지 않는
저 위의 세계가 오로지 우리의 것이기에.

놈들[156]

난쟁이 무리가 총총걸음으로 나옵니다. 5840

이들은 서로 짝짓는 걸 싫어한답니다.
이끼가 낀 옷에 자그마한 밝은 등불을 들고서
이리저리 뒤섞여 재빨리 움직이지요.
모두가 제각기 자기 일만 하면서
5845 빛을 내는 개미처럼 우글거립니다.
이리저리 바삐 오고갑니다,
종횡으로 일도 하지요.

착한 꼬마 요정 귀텔[157])과 가까운 친척이고
바위의 외과 의사로서 명성이 자자하지요.
5850 우리는 높은 산에서 피를 뽑아냅니다, 말인즉
가득 찬 광맥에서 광물을 채취한다는 겁니다.
행운을 비오![158]) 행운을 비오! 하는 위로의 인사를 나누며
우리는 금속을 무더기로 파내지요.
이것은 원래 선의에서 이루어진 것입니다,
5855 우리는 착한 사람들의 친구거든요.
그러나 우리가 파낸 황금 때문에
사람들은 도둑질도 하고 뚜쟁이질도 합니다,
전쟁이라는 대량 학살을 생각해낸 오만한 사람에게
무기를 만들 쇠가 부족하지 않게도 해줍니다.
5860 이 세 가지 계율[159])을 업신여기는 자는
다른 계율도 지키지 않습니다.
그러나 이 모든 것은 우리의 죄는 아니지요,

그러니 당장이라도 우리처럼 인내심을 가지시오.

거인들

거친 사나이들이라 불리고
하르츠의 산중에서는 꽤 유명하다. 5865
자연처럼 벌거숭이이며 힘은 억센데
모두가 거인처럼 걸어나온다.
오른손엔 전나무 줄기,
허리에는 울퉁불퉁한 동아줄,
가지와 잎으로 엮은 거친 앞치마, 5870
교황님도 갖지 못한 호위병들이다.

합창단을 이룬 님프들

   (위대한 판을 둘러싸고) 그분도 오셨구나!
   세계의 모든 것을
   구현하시는
   위대하신 판께서도.[160] 5875
   너희 유쾌한 무리들아, 저분을 둘러싸라,
   춤을 추며 두둥실 저분 주위를 떠다녀라,
   저분은 엄격하나 마음이 착하시어
   너희들이 즐겁기를 바라신단다.
   저분은 대낮 푸른 하늘 아래서도 5880
   항시 깨어 계시지만,
   시냇물이 졸졸 노래 불러주고
   산들 바람 솔솔 불면 부드럽게 잠드시지요.

	저분이 한낮에 잠잘 때면
5885	나뭇잎도 움직이지 않으며,
	싱싱한 초목의 상쾌한 향기가
	고요한 공중을 말없이 채운답니다.
	요정들도 시끌벅적할 수 없고
	서 있는 곳에서 잠들어야 하지요.
5890	그러나 갑작스레 세차게
	그분의 목소리 우레처럼
	노도처럼 울려 퍼지면,
	모두가 어찌할 바 모릅니다.[161]
	싸움터의 용맹한 병사들도 산산이 흩어지고
5895	영웅도 이 혼란 속에서 몸을 떱니다.
	그러니 존중해야 할 분을 존중합시다,
	우리를 이끄시는 분에게 영광 있을지어다!

놈의 대표

(위대한 판에게) 번쩍이는 값비싼 보화가
실처럼 바위틈에 뻗쳐 있을 때는
5900 현명한 마법의 지팡이만이
그 미로를 가리켜줍니다.

우리가 혈거하는 종족처럼
캄캄한 굴속을 집 삼아 살아갈 때
당신은 한낮의 맑은 공기 속에서

보화를 자비롭게 나누어줍니다.[162]   5905

이제 우리는 바로 곁에서
신기한 샘 하나를 발견했습니다,
이 샘은 그렇게도 얻기 어려웠던 것을
편안하게 주겠다고 약속합니다.

이것을 당신께서는 성취할 수 있으시니,   5910
주군이시여, 저 상자를 당신의 보호 아래 두십시오.
당신의 손에 있는 모든 재화는
온 세상에 유용하게 쓰일 것입니다.

플루토스
(의전관에게) 우리 침착하게 마음을 가다듬어야겠소,
그리고 일어날 일은 편안한 마음으로 일어나게 합시다.   5915
그대는 언제나 아주 용기 있는 사람이오.
이제 곧 아주 무시무시한 일이 눈앞에 벌어질 것이오,
현세와 후세 사람들은 그걸 한사코 부인할 것인즉,
당신은 그것을 충실히 기록해야 하오.

의전관
(플루토스가 손에 든 의전봉을 붙잡으면서) 난쟁이들이   5920
위대한 판을 천천히
저 불의 샘으로 이끌고 있습니다,
샘은 깊숙한 심연으로부터 끓어올랐다가

다시 밑바닥으로 가라앉는군요.
샘의 입구는 음울하게 열려 있습니다.
5925 샘은 다시 달아올라 탕처럼 부글대며 끓어오르는데
위대한 판은 유쾌한 듯 서서
그 경이로운 광경을 즐기고 있습니다.
진주 거품이 여기저기서 튀는군요,
저분 어떻게 저런 난쟁이놈들을 믿고 저러실까요?
5930 이제 몸을 굽혀 깊숙이 안을 들여다보시네요.
저런, 그의 수염이 샘 속으로 떨어져버렸습니다!
저 미끈한 턱을 가진 분이 누구일까요?
손으로 가려 볼 수가 없군요.
그런데 이제 엄청난 사고가 뒤따르는군요.
5935 수염이 불타면서 되날아와서,
저분의 화관과 머리와 가슴에 불을 붙였습니다.
즐거움이 고통으로 변해버렸습니다그려.
불을 끄려고 사람들이 무리지어 달려나왔지만,
아무도 불길로부터 벗어나지 못합니다.
5940 아무리 두들겨보고 때려보아도
새로운 불길이 치솟는군요.
이 불의 원소에 휘말려
가장한 사람들이 몽땅 불타고 있습니다.

그러나 내가 듣는 것, 귀에서 귀로 입에서 입으로

우리에게 전해지는 것, 이 무슨 끔찍한 사실이란 말인가! 5945
오, 영원히 불행한 밤이여
너는 우리에게 커다란 고통을 가져왔도다.
아무도 듣고 싶지 않은 이야기가
내일이면 우리 모두에게 전해지리라.
여기저기서 외치는 소리 내게 들려오누나. 5950
바로 황제께서 저러한 고통을 겪고 계시노라고,
오, 이것이 사실이 아니었으면!
황제도 수행하는 무리들도 불타고 있습니다.
그분을 유혹하고
송진 붙은 나뭇가지를 몸에 두른 채, 5955
울부짖듯 노래하며 미쳐 날뛰어
모두의 파멸을 불러온 시종들에게 저주 있으라.
오, 젊음이여, 젊음이여, 그대는 결코
환락의 와중에서 절제할 수 없단 말인가?
오, 폐하여, 폐하여, 당신은 결코 당신이 가진 5960
절대 권력만큼 현명하게 행동할 수는 없으십니까?

벌써 숲도 불길에 싸였도다,
불길은 혀를 핥는 듯 날름거리며,
나무로 엮은 격자 천장으로 솟구칩니다,
온통 불바다가 될 것 같군요. 5965
비탄의 한도도 넘어섰습니다,

대체 누가 우리를 구해줄까요?
그토록 풍요롭던 황제의 영화도 내일이면
하룻밤 화재의 잿더미가 될 것이오.

플루토스

5970 공포심은 이만하면 충분히 퍼져나갔으니
이제는 도움의 손길을 뻗을 차례로다!
이 신령스러운 지팡이로 내려쳐서 그 마법의 힘으로
땅이 흔들리고 울리도록 하자.
너 광활하게 넓은 허공이여,
5975 싸늘한 향기로 가득 찰지어다.
안개여, 비를 품은 구름이여
다가와서 주위를 떠돌며
불타오르는 혼잡을 덮을지어다!
부슬비 내리고, 바람 살랑 불며, 구름 피어오르고,
5980 떠돌며 스며들어 조용히 불기운을 약하게 만들어라.
도처에서 불을 끄며 화재와 싸울지어다,
너희 고통을 덜어주는 물의 기운이여,
이 같은 허황한 불의 유희를
한줄기 번갯불로 변하게 하라!
5985 정령들이 우리를 해치려 하면
마법이 나서야 하노라.

유원지

아침해

황제와 궁신들, 남자들과 여자들.
파우스트, 메피스토 점잖고 눈에 띠지 않게 풍습에 따른 옷차림을 하고 있다. 두 사람 무릎을 꿇고 있다.

파우스트
폐하, 어제의 그 불꽃놀이 요술을 용서해주시겠습니까?
황제
(일어나라고 손짓하면서) 나는 그런 장난을 아주 좋아하오.
갑자기 나 자신이 활활 타오르는 불의 영역에 있음을 보았는데
마치 내가 플루토[163]가 된 것 같았소. 5990
암흑과 석탄으로 된 바위 바닥이
불로 벌겋게 달아오른 채 널려 있었소. 여기저기 구멍에서는
무수히 많은 거친 불길이 소용돌이치며 솟아올랐고,
타오르면서 한데 뭉쳐 하나의 원형 천장을 이루었소.
불길은 치솟아올라 까마득히 높은 천장을 만들어내는데 5995
그 천장은 생기자 사라지고 없어졌다간 다시 생겨났다오.

나선형의 불기둥이 늘어선 넓은 방 저편으로
여러 종족들의 긴 행렬이 움직이는 것을 보았는데,
이들은 넓은 원을 이루며 다가와서는
6000 언제나 그랬듯이 충성을 맹세했소.
그중에는 내 궁전의 궁신도 한두 명 보였다오,
나는 마치 수천의 살라만더의 영주가 된 기분이었소.

메피스토펠레스

폐하께서는 그들의 영주이십니다! 모든 원소가
폐하의 존엄성을 절대적인 것으로 인정하기 때문입니다.
6005 불의 복종심은 이미 시험해보셨으니,
이제는 무섭게 미쳐 날뛰는 바닷속으로 뛰어들어 보옵소서,
폐하께서 진주가 즐비하게 깔린 바닥을 밟으시자마자
멋진 원이 부글대며 형성될 것입니다.
보랏빛 단으로 장식된 밝은 녹색의 물결이 폐하를 중심으로
6010 아래위로 출렁이며, 지고의 아름다운 궁전으로
부풀어오르는 것을 보시게 될 것입니다. 폐하께서 어디로 가시든
그 궁전도 한 걸음 한 걸음 함께 갑니다.
사방의 물의 벽들도 떼 지어 화살처럼 빨리 움직이며
이리저리 헤엄치는 물고기들의 생동하는 모습을 즐깁니다.

바다의 괴물들도 이 새로 생겨난 온화한 형상을 향해 몰 6015
려들어서,
마구 덤벼들어보지만, 안으로 들어올 수는 없습니다.
찬란한 금빛 비늘로 덮인 용들이 노닐고,
상어가 입을 딱 벌리면 폐하께서는 그 입속을 보고 웃으
실 겁니다.
지금도 폐하의 궁신들이 폐하께 즐거움을 드리지만
그렇게 흥청대는 물속을 보신 적은 없을 것입니다. 6020
폐하께선 물론 사랑스러운 것들과 떨어져 계시지 않아도
됩니다.
호기심 많은 네레우스[164]의 딸들이
영원한 물속에 있는 이 화려한 궁전을 보러올 거니까요.
젊은 애들은 수줍으면서도 물고기처럼 팔팔 뛰고
나이 든 애들은 영리하지요. 벌써 테티스에게도 말이 전 6025
해졌으니
그녀는 제2의 펠레우스에게 손과 입을 내밀 겁니다.
그 다음엔 옥좌를 올림포스 산 위 신들의 거처로.

황제

그 허공의 영역은 그대에게 맡기겠다,
그 옥좌에 오르기에는 아직 이르다.[165]

메피스토펠레스

지고하신 지배자시여! 당신은 이미 지상 세계를 소유하 6030
고 계십니다.

황제

그 무슨 행운이 그대를 이곳으로 보내주었단 말인가?

마치 천일야화에서 직접 튀어나온 것 같구나.

그대가 세헤라자데만큼 재치가 풍부하다면,

그대에게 최상의 은총을 약속해주겠노라.

6035 자주 있는 일이지만, 이 일상의 세계가 마음에 들지 않을 때는

그대를 부를 테니 항시 대기하고 있을지어다.

궁내상

(급히 등장한다) 폐하, 저는 살아생전 이런 지고한 행복을,

저를 이렇듯 기쁘게 해준 지고한 행복을

아뢸 수 있으리라고는 생각지도 못했습니다.

6040 폐하의 앞에서 저는 황홀경에 빠졌습니다.

부채란 부채는 모두 정리되었고,

고리대금업자들의 성화도 진정되었으니

저는 지옥 같은 고통에서 해방된 것이지요.

천국에서도 이보단 더 즐거울 수 없을 것입니다.

군사령관

6045 (황급히 뒤따르며) 급료가 선불로 처리되었으며

군대 전체가 새로 계약을 맺었습니다.

병사들은 싱싱한 피가 끓어오르는 듯 느끼고,

술집 주인과 작부들은 살판이 났습니다.

황제

경들 가슴을 활짝 펴고 숨 쉬고 있소이다!
주름 잡힌 얼굴들은 환해졌고! 6050
그대들 참으로 화급하게도 들어오는구려!

재무상

(모습을 나타낸다) 이 일을 수행한 이 두 사람에게 하문하옵소서.

파우스트

이 일은 재상께서 말씀드리는 것이 좋겠습니다.

재상

(천천히 들어온다) 이 늙은 나이에 소신 참으로 행복합니다.
모든 고통을 행복으로 바꾸어놓은 6055
이 더없이 중대한 종잇장을 보고 내 말을 들으시오.

　　　낭독한다

"알고자 하는 모든 사람에게 알리노라.
이 종이 한 장은 일천 크로네에 해당된다.
제국의 땅속에 묻혀 있는 무수한 보화들이
이 가치에 대한 확실한 담보로서 확보되었다. 6060
이 풍요로운 재화가 발굴되면 즉시
보상용으로 사용되도록 조치가 취해졌다."

황제

불법 행위가, 엄청난 사기극이 벌어졌구나!

누가 여기 황제의 서명을 위조했는가?
6065 이런 범죄 행위를 처벌하지 않고 내버려둔단 말인가?

재무상

기억을 더듬어보십시오! 폐하께서 몸소 서명하셨습니다, 바로 어젯밤입니다. 폐하께서는 위대한 판으로 분장하고 계셨지요,

재상께서 저희들과 함께 폐하께 다가가 말씀드렸습니다. "이 성대한 축제의 즐거움이 백성들의
6070 행복이 될 수 있도록 몇 자 적어주십시오."
폐하께서는 분명히 적으셨지요, 그래 어젯밤으로
이것을 마술사로 하여금 천 배로 만들게 했습니다.
이 혜택이 모두에게 골고루 나누어지도록
우리는 곧바로 모든 지폐에 도장을 찍었습니다,
6075 그래서 십, 삼십, 오십, 일백 크로네짜리 지폐가 준비된 것입니다.
폐하께서는 이 일이 얼마나 백성들을 기쁘게 했는지 상상도 못하실 겁니다.
당신의 도시를 보십시오, 전에는 반쯤 죽은 듯 곰팡이가 슬었는데,
지금은 모든 것이 생동하며 흥겨워서 우글거리고 있습니다!
비록 폐하의 이름이 진작부터 세상을 복되게 했지만,
6080 지금처럼 사람들의 환영을 받은 적은 없습니다.

다른 자모(字母)들은 이제 쓸모가 없어졌고
오로지 폐하의 서명에만 모두가 행복해합니다.

황제

그러니까 내 백성들 사이에서 이 종이쪽이 금화 대신 통용된단 말이오?
군대와 궁중의 급여도 이것으로 충분히 치를 수 있단 말이오?
그렇다면 이상하긴 해도 그것을 인정할 수밖에 없구려.

궁내상

순식간에 퍼지는 것을 막기란 불가능합니다.
마치 번개처럼 흩어져 유통되고 있습니다.
환전 은행은 문을 활짝 열어놓고 있고
사람들은 지폐를 온통
금화, 은화로 바꿉니다. 물론 할인은 하지요.
돈을 바꾼 사람들은 푸줏간, 빵집, 술집으로 향합니다,
이 세상의 반은 그저 먹고 마시는 것만 생각하고,
나머지 반은 새 옷 입고 뻐기려는 듯합니다.
소매점에서는 옷감을 끊어주고 재단사는 옷을 짓습니다.
"황제 만세"라는 외침과 함께 술집에서는 술이 넘쳐흐르고,
지지고 굽고 접시 달그락거리는 소리 요란합니다.

메피스토펠레스

테라스를 외로이 거닐다보면

멋지게 단장한 기가 막힌 미인을 보게 되지요.
한쪽 눈은 화려한 공작선으로 살짝 가리고,
6100 그녀는 우리에게 싱긋 웃으며 지폐에 눈짓을 보냅니다.
그러면 재담이나 말로 구슬리는 것보다 훨씬 빨리
풍요로운 사랑의 은총이 전달됩니다.
이젠 지갑이나 돈주머니를 귀찮게 끌고 다닐 필요가 없습니다,
지폐 한 장이야 품 안에 쉽게 지니고 다닐 수 있지요,
6105 사랑의 편지와 함께 편하게 넣어둘 수도 있습니다.
신부는 기도책에 넣어 경건하게 들고 다니며,
병사는 더 재빨리 달아날 수 있도록
허리의 전대를 가볍게 할 수 있습니다.
제 이야기가 이 거대한 업적을 하찮은 것으로
6110 끌어내리는 듯 들렸다면 폐하께서 용서해주시기 바랍니다.

파우스트
폐하의 영토 땅속 깊이 묻혀 죽은 듯
때를 기다리는 무진장한 보화가
이용되지 않고 있습니다. 아주 원대한 생각이라 할지라도
이 보화의 풍요로움을 결코 제대로 생각해낼 수 없습니다.
6115 더할 수 없이 드높이 날아오른 공상도
아무리 애써 상상해본다 한들 결코 충분할 수 없습니다.
하오나 깊이 통찰할 수 있는 정신은

무한한 것에 대해 무한한 신뢰를 가집니다.

메피스토펠레스

금이나 진주 대신 이러한 지폐는 아주
편리합니다. 자신이 얼마나 가지고 있는지도 훤하고요. 6120
또 먼저 값을 깎거나 교환할 필요 없이
마음 내키는 대로 사랑이나 술에 취할 수가 있습니다.
경화(硬貨)를 원하면, 환전소가 준비되어 있지요.
그곳에 경화가 없으면 잠깐 파내면 됩니다.
파낸 잔이나 목걸이는 경매에 부치면 되고요. 6125
이렇게 해서 상환이 끝나면 지폐는
우리를 뻔뻔스레 조롱한 의심꾼들을 부끄럽게 만들지요.
사람들이 지폐에 익숙해지면 다른 것은 원하지도 않을
겁니다.
그때부터 폐하의 모든 영토에는
보석, 황금, 지폐가 충분하게 될 겁니다. 6130

황제

짐의 제국은 그대들 덕택에 이 큰 복리를 얻었으니,
가능하면 그 업적에 걸맞은 보상을 하고 싶소.
제국의 땅속을 그대들에게 맡길지니
그대들은 땅속 보화의 존엄한 관리자들이오.
그대들은 보물이 묻혀 있는 광범위한 지역을 잘 알고 있 6135
소,
그러니 파낼 때는 그대들의 말에 따라야 하오.

이제 우리의 재물을 관리하는 두 분 대가(大家)[166]들은 합심하여

그대들의 임무를 즐거운 마음으로 완수하시오.

지상 세계와 지하 세계가

6140 　하나가 되어 서로 협력하시오.

재무상

저희들 사이에는 조그만 분쟁도 일어나지 않을 것입니다.

소신은 이분 마술사를 동료로 맞게 되어 기쁩니다.

　　　　파우스트와 함께 퇴장

황제

이제 궁중의 한 사람 한 사람에게 지폐를 하사할 것이니

어디에 사용할지를 말하도록 하라.

시동

6145 (받으면서) 저는 좋은 것 실컷 사면서 즐겁고 유쾌하게 살렵니다.

다른 시동

(받으면서) 저는 애인에게 당장 목걸이와 반지를 사주겠습니다.

시종

(받으면서) 이제부터는 곱절 좋은 술을 마시렵니다.

다른 시종

(받으면서) 주머니 속에서 주사위가 벌써 굼실거리고 있습니다.

기주(旗主) 기사[167]

(신중하게) 성과 전답을 담보로 진 빚을 갚겠습니다.

다른 기주 기사

(마찬가지로) 이 재화를 다른 재화와 함께 간직하겠습니다. 6150

황제

나는 새로운 행동을 향한 의욕과 용기를 희망했건만.
그러나 그대들을 아는 사람이라면 쉽사리 짐작 가는 일이지.
나는 잘 알고 있노라, 재물이 아무리 쌓여도
그대들은 항시 그 모양 그 꼴이라는 사실을.

어릿광대

(가까이 오면서) 은혜를 베푸시는데, 소인에게도 나눠주 6155
십시오.

황제

네가 다시 살아났다 해도, 이 돈을 모조리 퍼마시는 데
쓸 텐데.

어릿광대

마술의 종잇장이라! 난 이게 뭔지 잘 모르겠다.

황제

아마 그럴 것이다. 제대로 쓰지도 못할 테니까.

어릿광대

저기 또 다른 지폐가 떨어져 내리네, 어째야 할지 모르겠

다.

황제

6160 받아두어라, 네 녀석에게 떨어진 것이니.

      퇴장

어릿광대

오천 크로네가 내 손에 들어오다니!

메피스토펠레스

두 발 달린 술통놈아, 다시 살아났느냐?

어릿광대

자주 있는 일인데 뭘, 허나 이번처럼 잘된 적은 없었소.

메피스토펠레스

너무 좋아서 땀까지 흘리고 있구나.

어릿광대

6165 이걸 좀 봐요, 이게 돈과 마찬가지란 말이죠?

메피스토펠레스

그걸로 네놈은 목구멍과 배때기가 탐내는 걸 살 수 있지.

어릿광대

그럼 밭, 집, 그리고 가축도 살 수 있소?

메피스토펠레스

물론이지! 그걸 내밀기만 해봐라, 못 사는 것이 없을 테니.

어릿광대

그럼 숲과 사냥터와 양어장이 딸린 성도 살 수 있단 말이오?

메피스토펠레스

    그렇고말고!

네 녀석이 지엄하신 성주님 노릇 하는 꼴을 보고 싶구나!   6170

어릿광대

오늘 밤에는 지주가 되는 꿈이나 꿔봐야지!

    퇴장

메피스토펠레스

(혼자서) 그 누가 아직도 우리 어릿광대 바보놈의 현명함을 의심할 수 있단 말인가.

어두운 복도

파우스트. 메피스토펠레스

메피스토펠레스

왜 날 이 어두운 복도로 끌어냅니까?

저 안에서의 즐거움이 충분치 못해요?

잡다한 궁중 인물들이 붐비는 데서는   6175

장난이나 속임수를 칠 기회가 많을 텐데요?

파우스트

그 말은 그만두게, 자네도 이미 예전에

그런 짓 싫증이 나도록 해보지 않았나?

그러나 지금 자네가 이리저리 피하는 것은
6180 나에게 확실한 대답을 하지 않으려는 수작이겠지.
하지만 난 지금 안 하고는 못 배길 일이 있단 말일세.
궁내상과 시종이 날 몰아세우고 있는데,
황제가 헬레네와 파리스를 보고 싶어 한다네,
그것도 당장에 말일세.
6185 황제는 남자와 여자의 이상적인 전형을
뚜렷한 형태로 보시겠다는 거야.
빨리 일을 시작하게, 내 약속을 어길 수는 없네.

메피스토펠레스

경솔하게 그런 약속을 하다니 어처구니가 없소이다.

파우스트

이보게 친구, 자네의 마술이 우리를
6190 어디로 끌어갈지 자넨 생각해보지 않았지.
우리가 황제를 부자로 만들어주었더니
이제는 즐겁게 해달라고 하시네.

메피스토펠레스

그런 일이 당장에 이루어질 수 있다고 생각하시오?
우린 이 요구로 더 힘든 단계에 봉착한 거요.
6195 당신은 전혀 낯선 영역[168]에 손을 뻗었고
결국은 무모하게 새로운 빚을 지고 말 것이오.
헬레네를 굴덴[169]의 종이 유령 끌어낸 것처럼
그렇게 쉽사리 불러낼 수 있다고 생각하다니.

얼빠진 마녀나 귀신 나부랭이,
병신 난쟁이라면 즉석에서 대령하리다.   6200
그러나 이런 악마의 정부들이, 뭐 흠잡을 데는 없습니다만,
고대의 고귀한 여인들을 대신할 수는 없지요.

파우스트

또 그 낡아빠진 타령이로구나!
자네하고 이야기하다 보면 늘 무엇 하나 확실한 게 없어.
자네는 모든 장애물의 애비 노릇을 하고   6205
수단 하나 내놓을 때마다 새로운 보상을 요구하지.
내 알지, 자네가 몇 마디만 중얼거리면 되는 거야,
주변을 돌아보는 사이에 자넨 그들을 데려올 수 있어.

메피스토펠레스

고대의 이교도들하고는 난 아무 상관이 없어요,
그자들은 그들만의 지옥에서 살고 있단 말이오.   6210
그러나 한 가지 방법이 있기는 하오.

파우스트

                      말해보게, 꾸물거리지 말고.

메피스토펠레스

이런 고상한 비밀을 밝히고 싶지 않습니다만.
여신들이 고독 속에서 고귀하게 좌정하고 있는데,
그들 주변에는 공간도 시간도 없소이다.

6215 그들에 대해서 말하는 것조차도 당황스럽소이다.
그들은 어머니들이요!

파우스트

(깜짝 놀라며) 어머니들이라고!

메피스토펠레스

소름이 끼쳐요?

파우스트

어머니들!──어머니들!──참으로 기이하게 울리는군.

메피스토펠레스

사실 그들은 기이하지요. 당신들 인간에게는 알려지지 않은
여신들이고, 우리도 그 이름을 입에 올리기 꺼린다오.
6220 그들의 거처로 가려면 아주 깊은 곳으로 뚫고 들어가야 합니다.
우리가 그 여신들을 필요로 하다니, 다 당신 잘못이오.

파우스트

그곳으로 가는 길은 어디로 나 있지?

메피스토펠레스

길 같은 건 없소, 발길이 닿지 않은 곳,
들어설 수 없는 곳으로 가야 하오. 간청될 수도,
간청할 수도 없는 곳으로 향하는 길을 가야 하오. 가보시

겠소?
열어야 할 자물쇠도 들어 올릴 빗장도 없소이다.   6225
그저 적막함에 이리저리 밀려다닐 겁니다.
황량함과 적막함이 무엇인지나 아시오?

파우스트

그따위 주문일랑 늘어놓을 필요는 없을 것 같군.
어쩨 그 마녀의 부엌 냄새가 나는데그래.
이미 오래전에 흘러가버린 그때의 그 냄새 말일세.   6230
나도 이 세상과 왕래할 수밖에 없지 않았던가?
공허한 것을 배우고, 공허한 것을 가르치면서 말이야.
내가 통찰한 바를 그대로 이성적으로 말하면
반대의 목소리가 두 배나 더 크게 울렸었지.
그래 이 세상의 불쾌하고 어리석은 짓거리들을 피해서   6235
심지어는 적막한 곳, 황량한 곳으로 도망쳐야 했었지.
그러나 완전히 무시당한 채 혼자 살지 않으려고
마침내는 악마에게 내 몸을 내맡겨야만 하지 않았던가?

메피스토펠레스

당신이 망망대해를 헤엄쳐 건너다보면
거기서 무한한 공간을 볼 것이오,   6240
허나 연이어 밀려오는 파도 또한 눈에 띌 것이오.
빠져 죽을까 봐 오싹하긴 하겠지만 말이오.
하여튼 당신은 무언가 볼 수 있을 거요. 아마 초록빛
고요한 바다를 헤쳐 지나가는 돌고래며,

6245 흘러가는 구름, 해, 달 그리고 별들을 볼 수 있겠지요.
그러나 영원히 공허한 저 먼 곳에서는 아무것도 보지 못할 것이오.
당신이 내딛는 발걸음 소리도 듣지 못하고
당신이 기대어 쉴 만한 단단한 것도 찾지 못할 것이오.

파우스트

너는 새 신도에게 거짓말을 늘어놓는
6250 비교(秘敎)의 우두머리 사제처럼 말하는구나,
그저 거꾸로 되었을 뿐이지. 너는 날 공허 속으로 보내어
내 힘과 재능을 더 증진시켜주려는 게 아닌가.[170)]
말하자면 날 마치 그 고양이처럼 다루어
너를 위해 불 속에서 밤을 집어오도록 하려는 거지.
6255 좋아, 계속해라! 어디 밑바닥까지 밝혀내보자.
네가 말하는 허무 속에서 나는 모든 것을 찾아내려고 한다.

메피스토펠레스

당신이 떠나기 전에 칭찬을 해드려야 할까 보오,
정말 악마를 제대로 알고 계시구려.
자, 이 열쇠를 받으시오.

파우스트

                이 조그만 것을!

메피스토펠레스

6260 우선 잡으시오, 그리고 이 열쇠를 우습게 여기지 마시오.

파우스트

열쇠가 내 손안에서 커지는구나! 빛나고 번쩍이기도 하누나!

메피스토펠레스

이제 이 열쇠가 무슨 물건인지 아시겠소?
이것이 올바른 장소를 찾아낼 것이오.
열쇠를 따라가시오, 당신을 어머니들한테로 이끌어줄 것이오.

파우스트

(몸서리 치며) 어머니들한테! 들을 때마다 오싹 충격을 느끼도다! 6265
내가 이다지도 듣고 싶지 않은 이 말은 대체 무엇일까?

메피스토펠레스

새로운 말이 마음에 거슬릴 정도로 당신이 옹졸하단 말이오?
기왕에 듣던 말만 들으려 하시오?
앞으로는 어떤 낯선 말이 들려와도 혼란스러워 마시오,
이미 오래전부터 아주 기이한 것들에도 익숙해지지 않으 6270
셨소?

파우스트

그러나 난 무감각한 상태에서 내 행복을 찾지는 않겠다.
전율은 인간의 가장 훌륭한 천성이로다.
비록 세상이 우리에게 이 감정을 쉽게 허용하지 않으나,

이런 감정에 사로잡혀야 비로소 비상한 것을 깊이 느낄 수 있다.

메피스토펠레스

6275 그러면 내려가시오! 아니, '올라가시오!' 라고 해도 상관없겠소.
그게 그거니까. 이미 생성된 것에서 벗어나
형태로부터 자유로운 절대적 형식의 공간으로 가시오.[171]
이미 오래전부터 존재하지 않았던 것에 즐거움을 느껴보시오.
구름덩이들처럼 휘감기며 얽혀드는 것들이 있을 테니
6280 열쇠를 흔들어서 쫓아버리시오.

파우스트

(열광적으로) 좋다! 열쇠를 굳게 움켜쥐니 새로운 힘이 느껴지노라.
가슴을 활짝 펴고 새로운 위대한 과업을 향해 나가보자.

메피스토펠레스

벌겋게 달궈진 삼발이 향로가 보이면
당신은 아주 깊은, 더할 수 없이 깊은 근저에 다다른 것입니다.
6285 향료의 불빛으로 당신은 어머니들을 볼 수 있을 것이오.
이들은 앉아 있기도 하고, 서 있기도 하며 오고 가기도 할 겁니다.
형상의 나타남, 형상의 뒤바뀜.

영원한 의미의 영원한 유희지요.
주변엔 온갖 피조물의 형태가 떠돌고 있소이다.
어머니들은 당신을 보지 못할 것이오, 그들은 그저 그림자만을 보기 때문이죠. 6290
마음을 단단히 다잡으시오, 위험이 매우 크기 때문입니다,
그러고는 곧장 삼발이 향로를 향해 달려드시오,
열쇠로 향료를 건드리시오!

        파우스트. 열쇠를 들고 단호히 명령하는 자세를 취한다.

메피스토펠레스
        (그를 바라보며) 그러면 되었소!
향로가 당신에게 달라붙어 충직한 종처럼 따를 겁니다.
침착하게 솟아오르면 행운이 당신을 끌어올려줄 것이니, 6295
어머니들이 알아차리기 전에 향로를 가지고 돌아올 수 있을 것이오.
그리고 일단 향로를 이곳으로 가져오면
당신은 영웅도 미녀도 밤의 세계로부터 불러낼 수 있소이다.
그러면 당신은 이런 행동을 감행한 첫 번째 사람이 되는 겁니다.
행동은 이루어지고, 바로 당신이 그것을 수행한 것이지요. 6300

그 다음에는 마법의 조작을 통해
향불의 연기를 신들의 모습으로 변형시켜야 합니다.

파우스트

그럼 이제 어떻게 하지?

메피스토펠레스

                혼신의 노력으로 내려가시오,
발을 구르며 내려가고, 발을 구르며 다시 올라오시오.

        파우스트. 발을 구르며 내려간다.

메피스토펠레스

6305 열쇠가 저자에게 아주 유용하게 쓰이기를!
다시 돌아오게 될는지 궁금하군.

밝게 불 밝힌 홀들

    황제와 제후들, 오고 가는 신하들

시종

(메피스토펠레스에게) 당신 우리에게 유령 장면을 약속했는데,
바로 시작하시오! 폐하께서도 어서 보고 싶어 하시오.

궁내상

방금 폐하께서 어찌 되었나 물으셨소.

서둘러요, 당신! 우물쭈물하다가는 폐하께서 마음이 상하실 거요.

메피스토펠레스

내 동료가 그 일 때문에 떠나갔소,

그는 어떻게 할지 이미 알고 있고

그래서 틀어박혀 조용히 실험하고 있습니다.

아주 애를 쓰고 있을 겁니다,

그럴 것이 아름다움이라는 보물을 끌어내리려면

현자의 마법이라는 최고의 비술이 필요하니까요.

궁내상

당신들이 무슨 비술을 쓰든 상관없소,

황제께서는 여하튼 모든 것이 완료되기만을 바라시오.

금발의 여인

(메피스토펠레스에게) 여보세요, 한 말씀만! 보시듯이 제 얼굴은 깨끗합니다,

그러나 지긋지긋한 여름이 오면 그렇지가 못해요!

갈색을 띤 붉은 반점이 수없이 돋아나서

하얀 피부를 덮어버리니 정말로 화가 나요.

제발, 처방 하나 좀!

메피스토펠레스

        안됐군요! 이렇게 빛나는 얼굴이

오월에는 당신의 얼룩고양이처럼 반점으로 덮이다니.
6325 개구리 알과 두꺼비 혀를 즙을 내어 걸러내시오,
보름달이 비칠 때 아주 조심스레 증류시켰다가,
달이 기울면 깨끗하게 바르시오.
봄이 오면 반점들은 사라져버릴 거요.

갈색 머리 여인

사람들이 몰려와서 당신을 둘러싸고 아양을 떠는군요.
6330 저도 약을 부탁합니다! 한쪽 발이 동상에 걸려
걷는데도 춤을 추는데도 지장이 많아요.
심지어는 인사를 할 때도 어색하게 움직인답니다.

메피스토펠레스

내 발로 한번 밟게 해주시오.

갈색 머리 여인

아이, 그거야 연인들 사이에서나 하는 짓인데요.

메피스토펠레스

6335 아가씨! 내가 밟는 것은 더 큰 의미를 가졌다오.
어떤 병을 앓든 같은 것은 같은 것으로 고치는 법이오.
발은 발로 치료하고, 사지 육신 모두 그런 식이죠.
이리 와요! 주의해요! 되갚을 필요는 없어요.

갈색 머리 여인

(소리 지르며) 아야! 아야! 무척 아파요! 정말 심하게 밟았어요,
마치 말발굽에 밟힌 것 같네요!

메피스토펠레스

         이제 나왔소.   6340

이제부턴 맘대로 춤출 수 있고,

식탁에서 실컷 먹으면서 연인과 발장난도 칠 수 있소.

귀부인

(들이닥치며) 제발 좀 들어가게 해주세요! 내 고통은 너무 크고

가슴속 깊숙한 곳이 끓고 에이는 듯합니다.

어제까지만 해도 그이는 내 눈길에서 행복을 찾았는데, 6345

이제는 그 여자와 소곤대며 내게 등을 돌렸어요.

메피스토펠레스

그건 좀 심각하오, 하지만 내 말을 잘 들어요.

살그머니 그 남자 곁으로 다가가야 하오,

그리고 이 숯을 받아요, 이걸로 그의 소매나 외투나 어깨에,

어디든 편한 곳에, 선을 하나 그으시오. 6350

그럼 그 남자는 가슴속에 정다운 참회의 아픔을 느낄 겁니다.

하지만 당신은 그 숯을 즉시 삼켜야 하오.

포도주나 물은 입에 대서는 안 됩니다.

그 친구 오늘 밤에라도 당신 문 앞에서 한숨을 쉴 거요.

귀부인

그건 독약은 아니겠죠?

메피스토펠레스

6355 　　　　　　(화가 나서) 존중받아 마땅한 것은 존중하시오!
이런 숯을 구하려면 멀리 나서야 한단 말이오.
이 숯은 예전에 우리가 부지런히 불을 지폈던
화형장의 장작 더미에서 나온 것이오.

시동

저도 사랑에 빠졌는데, 어리다고 상대를 안 해줘요.

메피스토펠레스

6360 (방백으로) 누구 말을 들어줘야 할지 모르겠군.

　　　　시동에게

너무 젊은 여자에게만 네 행복을 걸어서는 안 되지.
나이 든 여자들은 널 소중히 여길 거다.

　　　　다른 사람들이 몰려온다.

벌써 또 다른 사람들이로구나! 이거 정말 악전고투일세!
결국 사실을 털어놓고 빠져나갈 도리밖에.

6365 형편없는 미봉책이구나! 하지만 상황이 어려우니 별 수 없지!
오 어머니들이여, 어머니들이여! 제발 파우스트 좀 풀어주시오!

　　　　주위를 돌아보며

홀의 등불들이 벌써 흐려졌구나,
궁중 사람들이 모두 한꺼번에 움직이고 있다.

모두 직위의 서열에 따라 줄을 지어가는구나,
긴 복도와 회랑을 지나서. 6370
그렇군! 이들은 옛 기사의 홀이었던
넓은 공간으로 모이는구나, 그래도 다 들어가지는 못할
것 같다.
넓은 벽마다 벽걸이 카펫이 풍성하게 걸려 있고,
구석과 벽감은 무기로 장식되어 있도다.
이런 곳에서는 마법의 주문도 필요 없을 것 같다, 6375
유령들이 저절로 나올 것 같으니 말이다.

기사의 홀

희미한 조명, 황제와 신하들이 들어선다.

의전관
연극을 소개하는 제 오랜 소임이
유령들의 은밀한 준동으로 인해 위축되었습니다.
이런 혼란스러운 진행을 합리적인 근거로
설명해보려 하지만 헛된 일이군요. 6380
안락의자도 걸상도 모두 준비되었고,
황제께서는 막 벽을 마주 보시고 좌정하셨습니다,
벽걸이 카펫에 그려진 위대한 시대의
전쟁 모습을 아주 편안하게 바라보실 수 있을 겁니다.

6385 이제 모두 착석했습니다, 황제와 신하들은 빙 둘러앉았고,
뒤편에는 긴 의자들이 빽빽이 들어섰습니다.
유령이 나오는 이런 음울한 시간에도
애인은 애인 곁에 정답게 자리를 잡았군요.
이렇게 모든 사람들이 제대로 자리를 잡았으니,
6390 준비가 다 된 거지요, 유령들이여 나와도 좋다!

    나팔 소리

점성술사
연극이 곧 시작되도록 할지어다,
폐하께서 명령하셨도다, 너희 벽들아 열려라!
그 무엇도 장애가 될 수 없도다, 여기엔 마법이 펼쳐지노니.
벽걸이 카펫은 불길에 말린 듯 사라지고,
6395 벽은 갈라져서 뒤로 물러난다.
그 뒤편으로 깊숙한 무대가 마련된 듯 보인다.
신비로운 빛 하나 우리를 비쳐주는 듯하구나.
이제 나는 무대 전면으로 올라서겠다.

메피스토펠레스
(프롬프터 구멍에서 나타나며) 여기서 사람들의 인기나 얻어볼까 보다,
6400 대사를 불러주는 것은 악마의 화술이거든.

점성술사에게

그대는 별들이 운행하는 박자도 아는 사람이니,
내가 속삭여주는 말도 아주 잘 이해할 것이오.

점성술사

바로 이곳에 기적의 힘으로
육중한 고대의 신전이 나타났습니다.
그 옛날 하늘을 짊어졌던 아틀라스와 같이, 6405
여기 많은 둥근 기둥들이 줄지어 서 있습니다.
기둥들은 엄청난 바위의 무게도 능히 견디어낼 듯합니다,
기둥 두 개면 벌써 큰 건물 하나쯤은 받칠 만하거든요.

건축가

이것이 고전 양식이란 말인가! 칭찬할 수 없소이다.
뚱뚱하고 지나치게 육중하다고 해야 할 것 같소. 6410
거친 것을 고상하다고, 서투른 것을 웅대하다고들 말하는군요.
무한히 솟아오른 날씬한 기둥을 나는 좋아하오.
뾰족한 지붕은 정신을 드높여줍니다.
그러한 건축물이 우리의 영혼을 가장 고양시켜주지요.

점성술사

별이 허용해준 이 시간을 경건한 마음으로 받아들이시오. 6415
이성은 마법의 주문으로 묶어버리고,
그 대신 화려하고 대담한 상상력은

마음껏 자유로이 날뛰도록 하시오.
이제 그대들이 대담하게 갈망했던 것을 직접 눈으로 보시오.
6420 불가능한 것이나, 바로 그 때문에 믿을 만한 가치가 있습니다.

파우스트
(반대쪽 무대 전면으로 올라온다)

점성술사
사제의 복장을 하고, 화환을 쓴, 기적을 만드는 사람,
이제 그는 확신에 차서 시작한 일을 완성하려 합니다.
삼발이 향로 하나가 그와 함께 텅 빈 구멍에서 떠오릅니다.
벌써 그 향로에서 향 연기의 냄새가 풍겨오는 것 같습니다.
6425 그는 이 거룩한 사업을 축복할 준비를 하고 있군요.[172]
그러니 앞으로는 일이 그저 순탄하게 진행될 수밖에 없겠지요.

파우스트
(위풍당당하게) 무한한 곳에 군림하며, 영원히 고독하게,
그러나 함께 모여 사는 어머니들이여,
그대들의 이름으로 행하노라. 그대들의 머리 주변을

생명의 형상들이 활기차게 떠돌고 있으나 생명은 없도다.   6430
한때 온갖 광휘와 찬란함 속에서 존재했던 그것이
거기서 움직이고 있도다, 다시 존재하기를 영원히 추구
하기에.
전능한 힘으로 그대들은 그것을 나누어서
낮의 천막으로도, 밤의 둥근 천장 아래로도 보내도다.
어떤 자들은 삶의 성스러운 행로가 움켜잡을 것이고,   6435
다른 자들은 대담한 마법사가 찾아나서노라.[173)]
마법사는 자신에 차서, 모든 사람들에게 아낌없이 보여
주도다,
그들이 원하는 것들을, 경이로운 것들을.

점성술사

벌겋게 달아오른 열쇠가 향로에 닿자마자
뿌연 안개가 방을 덮어버립니다.   6440
안개는 살며시 스며들어 구름처럼 피어오릅니다,
늘어나고, 뭉치고, 얽히고, 떨어지고, 짝을 짓곤 하네요.
이제 유령을 다루는 대가의 작품이 어떠한지를 보십시오!
구름 같은 안개가 떠돌면서 음악을 만들어냅니다.
허공에서 울리는 음향에서 알 수 없는 무언가가 솟아납   6445
니다,
구름이 움직이니 모든 것이 멜로디가 되는군요.
둥근 기둥도, 또 기둥에 새겨진 세 줄기 장식도 울리니,
신전 전체가 노래 부르는 듯합니다.

안개 같은 것이 가라앉습니다. 그러자 걷힌 안개의 베일로부터

6450 아름다운 젊은이 하나가 박자에 맞춰 걸어나오는군요.
여기서 내 임무를 끝낼까 합니다. 젊은이의 이름을 댈 필요는 없겠지요,
어느 누가 저 우아한 청년 파리스를 모르겠습니까!

파리스 등장

귀부인
오! 피어나는 젊은 힘의 저 광휘란!
둘째 귀부인
신선하면서도 무르익은 복숭아 같네!
셋째 귀부인
6455 달콤하게 솟아오른 저 입술의 섬세한 선 좀 보아!
넷째 귀부인
저런 잔으로 홀짝거리고 싶은 모양이죠?
다섯째 귀부인
차림새는 거칠지만 잘생기긴 했네.
여섯째 귀부인
세련미가 좀 떨어지는데.
기사
기껏 양치기 같은 느낌이 드는군요,

왕자다운 자태나 궁중의 예절 같은 건 전혀 보이지 않아   6460
요.

다른 기사

옳은 말씀! 반 벌거숭이로는 저 청년 괜찮게 생겼지만,
갑옷을 입었을 때가 참모습인데 과연 어떠할지 두고봐야
합니다!

귀부인

그가 앉네요, 사뿐히, 편안하게.

기사

저자의 품에 안기면 희희낙락거릴 기분이라는 말이죠?

다른 귀부인

팔을 머리 위에 올린 모습이 참 멋지기도 해라.   6465

시종

저런 무례함이란! 절대로 허용할 수 없는 짓이다!

귀부인

당신들 남자분들은 만사에 흠을 잡는군요.

시종

폐하의 면전에서 감히 기지개를 켜다니!

부인

그는 단지 연기하는 것뿐이에요! 자기 혼자만 있다고 생
각해요.

시종

아무리 연극이라도 여기서는 궁중 예법에 따라야 하오.   6470

귀부인

저 사랑스런 젊은이가 부드럽게 잠들었네.

시종

이제 곧 코를 골 겁니다. 자연 그대로죠, 완전히!

젊은 귀부인

(황홀해져서) 향 연기에 섞여 나는 이 향기는 무엇이죠?
내 가슴속 깊은 곳까지 시원하게 해주네요.

나이 든 귀부인

6475 정말! 한 줄기 향내가 마음속 깊이 스며드네요.
저 젊은이에게서 나오고 있어요!

가장 나이든 귀부인

                        그건 젊음의 꽃향기라오.
젊은이의 몸 안에서 향기로운 연고로 만들어져서
주변의 공기 중으로 퍼져나간답니다.

    헬레네 등장

메피스토펠레스

바로 저 여자로군! 내 마음을 뒤흔들어놓을 정도는 아니다.

6480 예쁘기는 하나, 내가 끌리는 형은 아니다.

점성술사

이번에는 내가 더 이상 할 말이 없습니다,

명예를 아는 사람으로서 솔직하게 고백하는 바입니다.
저런 미인이 오는데, 불같은 혀를 갖고 있은들 무슨 소용이 있으리오!
예로부터 아름다움은 찬미의 대상이었으나,
저런 미녀를 보는 자는 넋을 잃을 것입니다. 6485
그녀를 소유했던 자는 너무 큰 행복을 받은 것이었지요.

파우스트

내가 아직도 두 눈으로 보는 것인가? 아니면 의식의 깊숙한 곳에서
철철 넘쳐흐르는 아름다움의 샘이 나타난 것인가?
내 두려운 여행길이 더할 수 없이 축복받은 선물을 가져왔구나,
지금껏 세계는 내게 참으로 하찮은 것이었다, 꽉 닫혀 있 6490
었고!
그러나 내가 사제가 된 지금 세계는 어떻게 되었는가?
비로소 바람직한 것, 근거를 가진 것, 영속적인 것이 되었도다!
내가 어느 때인가 그대로부터 다시 떨어지게 된다면,
그땐 삶의 숨결이 내게서 사라져도 개의치 않으리라!
언제인가 마법의 거울에 나타나 내게 기쁨을 주고, 6495
나를 황홀케 했던 아름다운 자태는
이러한 아름다움에 비하면 한갓 거품에 지나지 않는 것을!

그대야말로 내 온갖 힘의 활동을,

지고로 순수한 열정을,

6500 동경과 사랑과 흠모와 미칠 듯한 마음을 바칠 대상이로다.

메피스토펠레스

(프롬프터 구멍으로부터) 정신 좀 차리시오, 맡은 역할을 제대로 해요!

나이 든 귀부인

키도 크고 몸매도 아름다운데, 머리가 너무 작아요.

젊은 귀부인

저 발 좀 봐요! 어찌 저리 볼품없을 수가 있을까!

외교관

이와 비슷한 영주 부인들을 본 적이 있습니다.

6505 저 여자는 머리부터 발끝까지 아름답다고 생각되는군요.

궁신

잠든 젊은이에게 살그머니 다가가는군요.

귀부인

젊고 순수한 모습 곁에 서니 참으로 추하군요!

시인

그녀의 아름다움이 저 청년을 밝게 비추어주고 있는 겁니다.

귀부인

엔디미온과 루나[174]처럼! 마치 그려놓은 것 같아요!

시인

바로 그렇습니다! 달의 여신이 하강한 듯하지요.   6510

그녀가 젊은이 위로 몸을 숙이네요, 그의 숨결을 마시려는 것처럼.

정말 부럽군요!──저런 입맞춤이란!──이건 너무하군.[175]

궁녀장

이 많은 사람들 앞에서! 너무 지나치군!

파우스트

저런 어린애에게 이 무슨 불쾌한 애정 표시인가!

메피스토펠레스

                              조용히!

조용히 해요!

유령이 하고 싶은 대로 하게 내버려두란 말이오.   6515

궁신

그녀가 살그머니 물러서네요, 재빨리, 젊은이가 깨어나는군요.

귀부인

그녀가 돌아보아요! 내 그럴 줄 알았지요.

궁신

젊은이가 놀라는군요! 기적 같은 일을 당했으니 당연하지요.

귀부인

여자에겐 눈앞의 일이 전혀 기적이 아니지요.

궁신

6520 그녀가 예의 바르게 젊은이에게 돌아가네요.

귀부인

남자를 가르치려는 것이에요.
이런 경우 남자들은 모두 어리석지요,
자기가 첫 번째 남자라고 생각한단 말에요.

기사

나는 그녀를 높이 평가합니다! 품위 있고 고상하고!

귀부인

6525 저 창녀를! 저런 걸 천하다고 하는 거예요!

시동

내가 저 남자라면 좋으련만!

궁신

그 누가 저런 그물에 걸려들지 않을까요?

귀부인

이 보물은 이미 많은 사람들의 손을 거쳤답니다,
금박도 상당히 벗겨졌지요.

다른 귀부인

6530 저 여잔 열 살 때 이미 몸을 망쳐버렸지요.[176]

기사

기회가 오면 사람들은 모두 최상의 것을 취하려 하기 마

련인데,
나는 저 아름다운 찌꺼기라도 기꺼이 가지고 싶습니다.

학자

저 여자를 똑똑히 보고는 있지만, 솔직히 말해서
그녀가 진짜 헬레네인지는 의심스럽습니다.
눈에 보이는 것은 과장되기 쉽거든요, 6535
그래서 나는 무엇보다도 기록된 것을 중시하는데.
내가 읽은 바로는 그녀는 실제로 트로이의 모든
수염 허연 노인네들의 각별한 호감을 샀다고 합니다,
그런데, 내 생각으로는, 그게 이번 경우에도 완전히 들어맞아요.
나는 젊지 않지만 그래도 그녀가 맘에 듭니다. 6540

점성술사

더 이상 아이가 아닙니다! 이제 대담한 영웅으로서
그녀를 껴안으니, 여자는 전혀 저항하지 못합니다.
억센 팔로 그녀를 들어 올리는군요,
아마 그녀를 납치해가려나 보지요?

파우스트

      천둥벌거숭이 바보놈아!
감히 그런 짓을! 들리지 않느냐! 멈추어라! 도가 지나쳤도다! 6545

메피스토펠레스

지금 꼴불견 귀신 놀이를 하고 있는 것은 바로 당신이오!

점성술사

한마디만 더 하겠습니다! 지금까지 벌어진 모든 일을 감안하여

이 연극을 '헬레네의 납치'라고 부르겠습니다.

파우스트

뭐 납치라고! 내 이 자리에 멍하니 서 있는 것은 아니다!

6550 이 열쇠가 내 손안에 있지 않은가!

이것이 날, 고독의 공포와 파도를 헤치고,

이 안전한 해안으로 이끌어주었도다.

여기 나 두 발로 굳건히 서 있노라! 여기 모든 것이 현실이도다,

이곳으로부터 정신은 유령과 싸울 수 있으며,

6555 이중의 세계, 이 위대한 이중의 세계[177]를 펼칠 수 있는 것이다.

그녀 그렇게 멀리 있었는데, 이제 더할 수 없이 가까이 있도다,

내가 그녀를 구하겠다, 그러면 그녀는 이중으로[178] 내 것이 되리라.

대담하게 해보자! 그대 어머니들이여, 그대들은 허용해주어야 하오,

한번 그녀를 알게 된 사람은 그녀 없이 살아갈 수 없다오.

점성술사

아니 무슨 짓을 하는 거요, 파우스트! 파우스트!──억지로 6560
그녀를 붙잡다니, 벌써 그녀의 형상이 흐릿해진다.
열쇠를 젊은이한테 향하더니
그걸로 그의 몸을 건드리는구나!──큰일 났다, 큰일 났어! 이런! 순식간에!

    폭발, 파우스트 바닥에 쓰러져 있다. 유령들은 연기 속으로 흩어진다.

메피스토펠레스

(파우스트를 어깨에 둘러매고) 참 꼴좋구려! 바보를 걸머지면
결국 악마도 손해를 보기 마련이라니까. 6565

    어둠, 소란.

| 제2막 |

높고 둥근 천장의 좁은 고딕식 방

예전 파우스트의 방 그대로임.

메피스토펠레스
(커튼 뒤에 나타난다. 그가 커튼을 들어 올리고 뒤를 돌아보자, 낡은 구식 침대에 누워 있는 파우스트가 보인다.) 여기 누워 있구려, 불행한 자여! 풀기 어려운
사랑의 굴레에 끌려들다니!
헬레네로 인해 넋을 잃은 자는
쉽게 제 정신을 차리지 못하지.
　　　주변을 돌아보며

위를 보아도, 이편저편 둘러보아도, 6570
조금도 변한 게 없구나, 그대로 온전히 남아 있다.
채색된 창유리가 더 흐려진 듯하고
거미줄은 더 많아졌구나.
잉크는 말라 굳어졌고, 종이는 누렇게 색이 바랬으나,
모든 것이 제자리에 놓여 있다. 6575
파우스트가 악마에게 자신을 팔아넘긴 계약서를 쓴
그 펜까지도 아직 여기에 남아 있구나.
그렇다, 펜대 깊숙한 곳에는 그자로부터
내가 꾀어 뽑아낸 피 한 방울도 그대로 굳어 있다.
이러한 둘도 없이 진귀한 물건은 6580
최고의 수집가라도 기쁘게 해줄 것이다.
저 낡은 털가죽 옷도 예전 그 옷걸이에 그대로 걸려 있구나.
저 옷을 보니 언젠가 한 어린애를 가르쳤던
장난스러운 강의가 생각나는구나,
그 친구 청년이 되었어도 아직 그걸 되씹고 있을 거야. 6585
따뜻한 털옷아, 너를 걸쳐 입고,
자기만은 절대로 옳다고 여기는
교수로서 다시 한 번 거들먹거리고 싶은
욕구가 정말이지 생겨나는구나.
학자들이야 그런 확신에 잘도 이르지만, 6590
악마야 그런 것은 이미 오래전에 잃어버렸지.

털옷을 내려서 턴다. 귀뚜라미, 딱정벌레 그리고 나방
들이 튀어나온다.

곤충들의 합창

어서 오세요! 어서 오세요!
우리의 옛 수호자시여,
우리는 이리저리 날고 윙윙거리며
6595 당신을 이미 알아보았습니다.
당신은 은밀히 우리의 씨를
그저 몇 안 되게 뿌렸습니다만,
이젠 우리 수천의 무리로 불어나
춤을 추며 나옵니다, 아버지시여.
6600 익살꾼이야 가슴속에
깊숙이 숨어 있지만,[179)]
이들은 털옷으로부터
재빨리 기어나옵니다.

메피스토펠레스

이 어린 내 자식들이 날 기쁘게 해주다니 정말 뜻밖이구나!
6605 씨만 뿌려놓으라, 그러면 언젠가는 수확을 하게 되리라.
이 낡은 털옷을 다시 한 번 털어봐야겠다,
여기서 한 마리 더, 저기서도 또 한 마리 날개를 퍼덕이며 나오는구나.
뛰어올라라! 흩어져라! 요 사랑스러운 것들아,

서둘러 무수히 많은 구석으로 몸을 숨겨라.
저기 낡은 상자들이 있는 곳, 6610
여기 갈색으로 변한 양피지 속,
먼지 쌓이고 조각난 낡은 항아리들 속,
저 해골들의 텅 빈 눈구멍 속,
이런 폐물 더미나 곰팡이가 핀 곳에는
언제나 귀뚜라미 같은 벌레들이 있어야 한다. 6615

   털옷을 입는다.

자 내 어깨를 다시 한 번 덮어다오,
오늘 나는 또 다시 교수님이 되셨다.
그러나 교수라 자처한들 무슨 소용이 있으랴,
날 그렇게 인정해줄 사람들은 다 어디 있단 말인가!

   그가 종을 치자 날카롭고 귀청을 파고드는 듯한 소리가
   울려 퍼진다. 이 소리로 방들이 진동하고 문짝들이 활
   짝 열린다.

조수
(길고 어두운 복도를 비틀비틀 걸어오며) 이 무슨 소리 6620
인가! 온몸이 오싹해진다!
층계가 흔들리고 벽이 진동하는구나.
채색된 창유리를 통해
번쩍거리는 번갯불이 보인다.

바닥이 갈라져 튀어오르고, 천장에서는
6625 석회와 돌조각들이 떨어지네.
그리고 문들은, 굳게 빗장이 걸려 있었는데,
기이한 힘에 의해 빗장이 풀려버렸다.
저길 좀 봐! 무시무시하구나! 거인 하나가
파우스트 선생님의 낡은 양털 옷을 입고 서 있네.
6630 그의 시선, 그의 손짓에
난 무릎을 꿇어버리고 싶어진다.
달아나야 할까? 이대로 서 있어야 할까?
아아! 내게 무슨 일이 닥칠 것인지!

메피스토펠레스

(손짓하며) 여보게, 이리 오게나! 자네 이름이 니코데무스지.

조수

6635 존귀하신 분이여! 그렇습니다.──기도하겠습니다.[180]

메피스토펠레스

그건 그만두세!

조수

              제 이름을 알고 계셔서 정말 기쁩니다!

메피스토펠레스

물론 알고 있지, 나이는 들었지만 아직도 학생이지,
그래, 만년 학생 양반이지! 학식 있는 사람도
그렇게 계속 대학에 다니지, 다른 것을 할 수 없으니 말이야.
그렇게 해서 별 볼일 없는 카드 조각 집[181]이나 짓고,   6640
하기야 아무리 뛰어난 정신이라도 완전히 지을 수는 없다네.
그러나 자네들의 스승은 다르지, 정말 뛰어난 분일세.
고귀한 바그너 박사를 모르는 사람이 누가 있겠나,
현재 학문 세계의 일인자이신 분을 말일세!
혼자서 학계를 짊어지고 있으며,   6645
날마다 지혜를 증진시키는 유일한 분이네.
지식에 굶주린 청중과 수강생들이
떼를 지어 그분 주위에 모여들지.
그분만이 유일하게 강단에서 빛나는 존재일세.
그는 성 베드로처럼 열쇠를 사용하여   6650
지상적인 것이든 초지상적인 것이든 열어젖혀 보여주지.
그분이 어느 누구보다도 찬연히 빛나기에
어떤 명성, 어떤 명예도 그에게 견줄 수가 없네.
파우스트의 이름조차도 퇴색해 보인다네.
그분만이 유일하게 새로운 것을 창조해내지.   6655

조수

용서하십시오! 존귀하신 분이여! 이런 말씀드리면,
제가 감히 반론을 펴는 것 같아 죄송합니다만,
말씀하신 모든 것들은 전혀 문제가 되지 않습니다,
겸손이야말로 그분의 천성이기 때문입니다.

6660　그 고명하신 분의 불가사의한 실종을
그분은 도저히 납득할 수 없으신 듯합니다.
그래서 그분의 귀환에서 위안과 행복을 간구하신답니다.
파우스트 박사가 떠난 후에도 이 방은,
그분이 계시던 때 그대로 손끝 하나 대지 않았고,
6665　옛 주인이 돌아오기만 기다리고 있습니다.
저도 이 방에 감히 들어올 생각조차 못한답니다.
지금 별의 운행 시각이 어떻기에 이런 일이 생겨나지요?
벽들은 겁을 먹은 듯이 보이고
문기둥들이 흔들거리고, 빗장은 튕겨져 나갔으니 말입니다.
6670　그렇지 않았으면 선생님께서도 들어오시지 못했을 겁니다.

메피스토펠레스

자네 선생님 지금 어디에 계시지?
나를 그에게로 안내하거나 그를 내게 모셔오게나.

조수

아! 그 일이라면 그분께서 엄중한 금지령을 내리셨는데
제가 감히 그렇게 해도 좋을지 모르겠습니다.
6675　몇 달 동안 그 엄청난 작업을 위해
그분은 아주 은밀하고 조용히 파묻혀 계십니다.
학자들 중 가장 연약하신 분인데
지금은 숯 굽는 사람처럼 보입니다,

귀에서 코까지 시커멓게 칠을 하고,
두 눈은 불을 부느라 충혈이 된 채, 6680
순간순간을 숨 가쁜 갈망으로 보내고 있습니다.
부집게의 짤그랑 소리만이 마치 음악처럼 울리지요.

메피스토펠레스

내가 들어가는 것을 그가 거부하지 않을 텐데,
난 그의 성공을 앞당겨줄 사람이거든.

> 조수는 퇴장하고 메피스토펠레스는 점잖게 자리에 앉는다.

내가 여기 자리를 잡자마자 6685
낯익은 손님 하나 저 뒤편에 나타나는군.
저 친구 그러나 지금은 가장 진보적인 학파[182]의 일원이니,
한없이 건방지게 굴 것 같은데.

학사

> (복도를 달려오면서) 방문과 대문이 모두 열려 있다니!
> 이제 드디어 희망을 가져도 되겠군, 6690
> 지금까지와 같이, 산 사람이 죽은 자처럼
> 곰팡이 속에서 움츠려들고 썩어가며
> 살아 있으면서도 죽어가는
> 그런 일이 없으리라는 것을.

|6695| 이 담들, 이 벽들
기울어서 허물어질 것 같구나.
그러니 빨리 피하지 않으면
우린 그 밑에 깔려버리고 말 것이다.
나는 여느 사람 같지 않게 대담하지만
|6700| 누가 뭐래도 더 이상 들어가지 않겠다.

그런데 오늘 대체 무슨 일이람!
바로 여기가 아니었던가, 꽤 몇 해 전에
내가 순진한 신입생이었을 때,
두렵고 불안한 심정으로 찾아왔던 곳이?
|6705| 내가 수염 난 늙은이들을 믿고서
그들의 허튼소리에 감동했던 곳이?

이자들은 케케묵은 낡은 책들에서
무언가 알아낸 것으로 우리를 속였지,
알고는 있으나 스스로도 믿지 않는 것으로
|6710| 그들 자신과 우리들의 삶을 망쳐버렸다.

아니 그런데?——저기 방 안 뒤편에
한 사람이 아직도 앉아 있잖아, 어둠 속에서도 뚜렷한 모습으로!
가까이 가서 보니 정말 놀랄 일이군,

저자 아직 그 털옷을, 그 갈색 털옷을 입고서 앉아
있네.
정말이지 내가 그를 떠날 때 그대로, 6715
아직 그 투박한 양털에 싸여 있다니!
내가 그의 말을 이해할 수 없었던 그 당시에는
저자 꽤 학식이 많은 것처럼 보였지만,
오늘은 허튼소리 해봤자 아무 소용없을 거다.
힘차게 그에게 다가가자! 6720

늙은 양반, 망각의 강 레테의 탁한 물결이
당신의 삐딱하게 기울어진 대머리를 휩쓸지 않았다면,
여기 그 옛 학생이 온 걸 알아볼 것이오,
이제는 대학의 매질에서 벗어난 그 학생을 말이오.
당신은 예전에 보았던 모습 그대로군요. 6725
하지만 나는 전혀 다른 사람이 되어 다시 왔소이다.

메피스토펠레스
내 종소리가 자네를 불러들였다니 반갑네.
난 그때 자네를 조금도 과소평가하지 않았다네,
애벌레나 번데기를 보면 그것이 장차
화려한 색깔의 나비가 되리라는 것을 이미 알 수 있거든. 6730
곱슬머리와 레이스로 장식된 옷깃에
자넨 어린애다운 기쁨을 느꼈었지.
머리를 땋아 내린 적은 아마 없었겠지?

오늘 보니 짧은 스웨덴식 머리[183]를 하고 있는데,
6735 아주 결단력 있고 씩씩하게 보이는군 그래,
허나 제발 극한적으로 되어[184] 집으로 돌아가지는 말게나.

학사

친애하는 노교수님! 우린 예전의 그 장소에 있긴 하지만
시대가 새롭게 흐르고 있는 것을 생각해야죠,
그러니 애매모호한 말은 삼가시오.
6740 이제 우리의 보는 눈은 완전히 달라졌습니다.
당신은 착하고 충직한 젊은이를 가지고 놀았죠,
그것도 별다른 재주 부리지도 않고 해냈는데,
오늘날엔 그 누구도 감히 그런 짓거리 못합니다.

메피스토펠레스

젊은이에게 순수한 진실을 말해주면
6745 아직 주둥이가 노란 것들이 전혀 좋아하지 않는단 말이야.
그러나 그들도 그 후 여러 해를 거치면서
그 모든 것을 절실하게 직접 체험하게 되면,
그것들이 자기들의 머리에서 나온 양 생각하고는
선생은 바보였다고 떠벌리지.

학사

6750 선생이 아니라 아마 사기꾼이겠죠!——그도 그럴 것이 어느 선생이
우리 면전에 대고 진실을 말해준단 말입니까?

선생들이란 모두 순진한 아이들을 상대로 때로는 진지하게,

때로는 유쾌하고 영리하게, 늘였다 줄였다 할 줄 알지요.

메피스토펠레스

배우는 데는 물론 때가 있지,

그런데 자넨 벌써 가르칠 준비가 되어 있는 것 같군.   6755

하기야 그 후 많은 달과 수년이 지났으니

자네도 아마 충분한 경험을 쌓았겠지.

학사

경험이라고요! 그런 건 거품이요 먼지입니다!

정신과는 결코 견줄 수 없는 것이지요.

고백하시오, 사람들이 예로부터 경험적으로 알아온 것은   6760

전혀 알만한 가치가 없는 것들이라고……

메피스토펠레스

(잠시 후에) 오래전부터 생각했는데, 난 바보였네,

이젠 내가 정말 공허하고 어리석게 보이네그려.

학사

그 말씀 정말 반갑습니다! 마침내 이성의 목소리를 듣는군요,

당신은 내가 본 최초의 합리적인 노인네십니다!   6765

메피스토펠레스

나는 숨겨진 황금의 보물을 찾으려고 했지,

그런데 기껏 형편없는 석탄이나 캐냈다네.

학사

솔직히 고백하시오, 당신의 두개골, 당신의 대머리가
저 텅 빈 해골보다 더 가치 있는 것은 아니죠?

메피스토펠레스

6770 (상냥하게) 여보게, 자넨 자신이 얼마나 거친 사람인지
모르지?

학사

독일어로 예의 바르게 말하는 것은 거짓말하는 것과 마
찬가지요.

메피스토펠레스

(그의 바퀴 달린 의자를 점점 무대 전면으로 밀고 오면
서, 관중석을 향해) 여기 무대 위에 있으니 앞이 안 보이
고 숨이 막힐 것 같군요,
나도 당신들 틈에 자리 하나 얻을 수 있을까요?

학사

그의 시대가 이미 흘러가버려 더 이상 아무것도 아닌 자가
6775 아직도 무엇인 척하는 것이 내 눈에는 오만한 수작으로
보이오.
인간의 생명은 핏속에 살아 있습니다, 그런데 바로 그 피
가
젊은이의 몸속보다 더 활기차게 도는 데가 어디 있습니
까?

젊은이의 몸 안에는 신선한 힘 속에 살아 있는 피가 있고,
그 몸 안에서는 새로운 생명이 생명으로부터 창조됩니다.
그곳에서는 모든 것이 약동하고, 무엇인가 행해지며 6780
약한 것은 쓰러지고 유능한 것이 뻗어나갑니다.
우리가 세계의 절반을 정복하는 동안
당신들은 대체 무엇을 했습니까? 앉아 졸고, 생각하고,
꿈꾸고, 이런저런 궁리하고, 허구한 날 계획이나 세웠지요.
확실히 늙음은 차가운 열병이나 마찬가지입니다. 6785
필연적인 변덕에 오한을 일으키니 말이오.
사람이 삼십 세가 넘으면,
이미 죽은 것이나 진배없어요.
그러니 당신들을 늦지 않게 때려죽이는 것이 가장 좋을 것이오.

메피스토펠레스
악마도 여기서는 더 할 말이 없군. 6790

학사
내가 원하지 않으면, 어떤 악마도 존재할 수 없소.

메피스토펠레스
(옆을 보며) 악마가 곧 네놈 발을 걸어 넘어뜨릴 거다.

학사
이것은 젊음의 가장 고귀한 소명이오!
이 세계, 이것은 내가 창조하기 전엔 존재하지도 않았다.

6795 태양은 내가 바다에서 끌어올렸고,
달의 차고 기욺도 나로부터 시작되었다.
낮은 내가 가는 길에서 예쁘게 단장을 했고,
대지는 나를 향해 푸르러지고 꽃을 피워 올렸도다.
무수한 별들도 그 첫날밤에
6800 내 손짓 하나로 그 찬란함을 펼친 것이다.
나 말고 그 누가 당신들을 옹졸한 속물적 사상의
모든 굴레로부터 해방시켰단 말이오?
그러나 나는 자유로이, 정신이 내게 말해주는 대로,
내 내면의 빛을 기쁘게 따릅니다,
6805 그리고 재빨리, 다시없는 희열 속에서,
어둠을 뒤로하고 밝음을 향해 나아갈 것이오.

    퇴장

메피스토펠레스

그대 독창적 존재여,[185] 멋대로 뽐내면서 나아가보렴!
그러나 그 누구도, 어리석은 것이든 현명한 것이든 간에,
옛 사람들이 이미 생각하지 않았던 것은 생각해낼 수 없다는
6810 사실을 알게 되면 네 가슴도 퍽이나 아플 것이다.
하지만 이런 녀석은 우리에게 위험한 존재는 아니다,
몇 년 지나지 않아 달라지고 말 테니까.
포도즙이 아무리 괴상하게 발효된다 할지라도
결국에는 포도주가 될 수밖에 없지.

박수를 치지 않는 객석의 젊은이들에게
그대들 내 말을 듣고도 냉담한데,　　　　　　　　　　　　6815
착한 애들이니 그쯤은 눈감아주지.
그러나 생각해보라, 악마는 무척 나이를 먹었다는 사실을,
그러니 그를 이해하려면, 그대들도 늙어야 된다네!

실 험 실

　　　중세적인 실험실. 환상적 목적을 위한 커다랗고 다루기
　　　힘든 기구들.

바그너

(화덕 곁에서) 종이 울린다, 이 무시무시한 소리는
그을린 벽들을 뒤흔드는구나.　　　　　　　　　　　　　6820
더할 수 없이 진지한 이 기대가
더 이상 불확실하게 지속되지 않을 듯하다.
어둡던 부분들이 이미 밝아졌고
시험관의 가장 중심부에는 이미
마치 벌겋게 달아오른 숯 같은 것이 이글거린다.　　　　6825
아니 눈부시게 빛나는 홍옥 같은 것이
어둠을 뚫고 번개처럼 번쩍인다.
밝고 하얀 빛이 나타나는구나!

오오, 이번에는 실패하지 말아야지!
6830 아, 맙소사, 무엇이 저렇게 문을 흔들지!

메피스토펠레스

(들어오면서) 겁내지 마시오! 좋은 뜻으로 방문한 것이니.

바그너

(불안한 듯이) 어서 오시오! 성운이 좋을 때 오셨군요.

　　　　낮은 목소리로

하지만 입을 다물고 숨을 죽이시오.
곧 굉장한 일이 벌어집니다.

메피스토펠레스

(더욱 낮은 목소리로) 대체 무슨 일인데요?

바그너

6835 　　　　　　　　　　　　　　(더욱 낮은 목소리로) 인간이 만들어지는 중입니다.

메피스토펠레스

인간이라고요? 그래 어떤 사랑에 빠진 한 쌍을
연기로 그을린 당신의 실험실 안에 가두어두었소?

바그너

천만에요! 지금껏 유행하던 아이 만드는 방식을
우린 쓸모없는 장난질이라고 선언하는 바이오.
6840 생명이 튀어나오던 그 미묘한 결합 지점,
내면으로부터 밀고 나와 서로 주고받으며,
자신의 모습이 이미 본떠진 채, 우선은 가까운 것을,

다음엔 이질적인 것을 자기 것으로 만드는 그 사랑스러
운 힘은
이제 그 의미를 상실했습니다.
짐승들이야 이후에도 계속 그런 걸 즐기겠지만, 6845
위대한 재능을 타고난 인간은 앞으로는
더욱 고귀하고 순수한 탄생을 해야 합니다.
  화덕 쪽으로 몸을 돌리고
빛이 난다! 보세요!──이젠 정말 기대해도 좋을 듯합니
다.
수백 가지 물질을 혼합해서,
이 혼합이 아주 중요한데, 6850
인간의 재료를 편안한 마음으로 구성한 다음,
이 재료를 둥근 유리그릇에 넣고 밀봉합니다,
그러고는 적당히 증류시키지요,
그러면 이 일은 은밀히 처리되는 겁니다.
  화덕 쪽으로 몸을 다시 돌리고
되어가는구나! 덩어리가 점점 더 맑게 움직이고, 6855
동시에 내 확신이 더욱 더 진실이 되어갑니다.
사람들이 자연의 신비라고 찬양하던 것,
그것을 우리는 오성의 힘으로 만들어보는 겁니다,
이제껏 자연이 유기적으로 만들던 것을
우리는 인위적으로 결정체로 만드는 거지요. 6860

메피스토펠레스

오래 살다보면 많은 경험을 하게 되는데,
그런 사람에게는 세상에 새로운 일이란 있을 수 없소.
난 내 방랑 시절에 이미
결정체가 된 인종을 본 적이 있소이다.

바그너

6865 (그때까지 줄곧 시험관을 주시하고 있다가) 올라와요, 번쩍거리고, 한데 뭉칩니다,
한순간만 지나면 이뤄질 것입니다.
위대한 기획은 처음엔 미친 듯 보이는 법이지요,
그러나 앞으로는 우연이란 것을 비웃으렵니다.
훌륭하게 생각하는 두뇌도
6870 미래에는 사유하는 사람에 의해 만들어질 겁니다.

      희열에 차 시험관을 바라보며

사랑스러운 힘에 의해 유리병이 울립니다,
흐려지다가 맑아지고요, 이제 다 된 것이 틀림없습니다!
귀엽게 생긴 자그마한 인간이 우아한 자태로
몸을 움직이고 있는 게 보입니다.
6875 이제 우리가, 이제 세계가 무얼 더 바랄 것이 있을까요?
자연의 신비가 백일하에 드러났는데 말입니다.
이 소리에 귀를 기울여보세요,
목소리가 되고, 말이 되어 갑니다.

호문쿨루스[186)]

(시험관 속에서 바그너를 향해) 아, 아버지, 어떠세요? 정말 농담이 아니었군요.

자, 저를 아주 다정하게 가슴에 안아주세요,   6880

그렇다고 너무 힘을 주진 마시고요, 유리가 깨지면 안 되니까요.

사물의 특성이 그러하지요,

자연적인 것에게는 우주라도 충분치 않지만,

인공적인 것은 제한된 공간을 필요로 합니다.

    메피스토펠레스에게

아, 아저씨, 당신 익살꾼도 오셨나요?   6885

제때에 와주셔서 고맙습니다.

당신이 오시다니 저에겐 큰 행운이지요.

나도 존재하게 된 이상 활동을 해야 하고,

그래 당장 일할 채비를 갖추고 싶습니다.

당신은 노련한 분이니 빠른 길을 가르쳐주실 수 있겠지요.   6890

바그너

한마디만 하지. 지금껏 나 자신을 부끄러워해야 했는데,

늙은이 젊은이 할 것 없이 모두 온갖 문제를 갖고 내게 몰려왔기 때문이야.

예를 하나만 들자면, 아직 아무도 알아내지 못했는데,

영혼과 육체가 그렇게 아름답게 서로 어울려,

결코 떨어지지 않을 것처럼 굳게 결합되어 있는데,   6895

어찌하여 항시 하루하루를 서로 고통스럽게 만들고,
그런 다음에는——

메피스토펠레스

　　　　　　　잠깐! 나라면 차라리 이렇게 묻겠소,
왜 남자와 여자는 그렇게 사이가 나쁘냐고.
친구 양반, 당신은 결코 이 문제를 밝혀낼 수 없소이다.
6900 여기에 할 일이 있고, 바로 그 일을 이 꼬마가 하려는 것
이오.

호문쿨루스

할 일이 무엇이죠?

메피스토펠레스

　　　　　　　(옆문을 가리키며) 여기서 네 재능을
보여다오!

바그너

(여전히 시험관을 바라보며) 그래, 너는 참으로 귀여운 아
이로다!

　　　옆문이 열리자 파우스트가 침상에 누워 있는 것이 보인
　　　다.

호문쿨루스

(경탄하며) 의미심장하네요!
　　시험관이 바그너의 손을 빠져나와 파우스트 위를 떠돌

며 그를 비춘다.

아름다운 경관이로다!──무
성한 작은 숲에
맑은 물이 흐르고, 여인들이 옷을 벗어요,
참으로 매혹적인 여인들입니다!──이거 점점 더 멋있 6905
어져요.
그런데 그중 한 여인은 빛나도록 더 아름다워요,
아마 최고의 영웅이나 아니면 신의 혈통일 수도 있을 것
같군요.
투명하게 비치는 맑은 물속에 발을 담그고,
기품 있는 육체의 우아한 생명의 불길을
수정처럼 빛나는 부드러운 물결 속에서 식히고 있습니다. 6910
그런데 다급하게 퍼덕이는 이 소란스런 날갯소리는 웬일
인가요,
무엇이 철렁대고 첨벙대며 거울처럼 매끈한 수면을 어지
럽히는 걸가요?
처녀들은 무서워서 도망치는데, 그러나 여왕만은 홀로
의연하게 그곳을 향해 눈길을 보냅니다,
백조들의 우두머리가 집요하면서도 다정하게 6915
그녀의 무릎에 달라붙는 것을 자랑스럽게, 여성다운 즐
거움으로
바라보아요. 백조는 자기 집처럼 편안하게 느끼는 듯하
군요.

그런데 갑자기 안개가 피어올라
촘촘히 짠 베일로
6920 더할 수 없이 아름다운 이 장면을 덮어버리네요.

메피스토펠레스
참으로 멋들어지게 이야기하는구나!
몸은 그렇게 작아도 위대한 환상가로다.
내겐 아무것도 보이지 않는데──

호문쿨루스

                                   그럴 겁니다. 당신은
북방 출신인데다,
어두운 시대에 태어나 자랐지요.[187]
6925 기사나 승려들이 날뛰던 혼란 속에서,
어떻게 당신의 시각이 자유로워질 수 있었겠습니까!
음울한 곳만이 당신의 거처입니다.
    주위를 둘러보며
갈색의 벽돌들, 곰팡이가 슬었고 역겹기 그지없고요,
뾰족한 아치형 천장, 구불구불한 것이 짓누르는 듯하네요!
6930 이 사람이 깨어나면 새로운 문젯거리가 생겨납니다,
즉시 바로 죽어버리려 할 거예요.
숲속의 샘, 백조들, 나체의 미녀들,
이것들이 그의 예감에 찬 꿈이었는데,
어찌 그가 이런 곳에서 편안해질 수 있겠습니까!

전혀 까다롭지 않은 저도 견디기가 힘든데요. 6935
자, 그와 함께 여기를 떠납시다!

메피스토펠레스

                    그런 해결책이 있다니 반갑군.

호문쿨루스

전사한테는 전장으로 가도록 명하고
처녀들은 무도장으로 데리고 가십시오,
그러면 모든 문제가 원만하게 처리됩니다.
지금 막 생각이 났어요, 바로 오늘이 6940
고전적 발푸르기스의 밤인데,
이분이 겪어볼 수 있는 최상의 것이지요.
이분을 그의 본령으로 데리고 갑시다.

메피스토펠레스

그런 것을 난 들어본 적도 없는데.

호문쿨루스

그것이 어찌 당신의 귀에 들어가겠습니까? 6945
당신이야 낭만적 유령밖에 알지 못하는데.
그러나 진짜 유령은 고전적이기도 해야 한답니다.[188]

메피스토펠레스

그건 그렇고, 대체 우리 어디를 향해 떠날 거지?
고전적 동료들이라니 벌써 싫어지는걸.

호문쿨루스

6950 사탄 양반, 당신의 세력권은 서북쪽이지요,
그러나 이번에는 동남쪽을 향해 돛을 답시다——
널따란 평원에 페네이오스 강[189]이 막힘없이 흘러갑니다,
수풀과 숲에 둘러싸여 여기저기 조용한 안곡(岸曲)을 형성하면서.
평원은 산골짜기까지 뻗어 있고,
6955 위쪽에 신구(新舊) 두 개의 파르살루스 시가 자리하고 있어요.

메피스토펠레스

오, 맙소사! 그만두게!
그놈의 독재와 노예의 싸움일랑 집어치우게.[190]
정말 지루하다네, 겨우 끝났는가 하면,
처음부터 다시 시작되거든.
6960 그런데도 아무도, 뒤에 숨어 있는 악마 아스모데우스[191]에게
자신들이 농락당하고 있는 것을 알아차리지 못한단 말일세.
그들은 자유의 권리를 위해 싸우노라고 떠들어대지만,
정확히 관찰해보면 노예와 노예의 싸움일 뿐일세.

호문쿨루스

인간들의 반항적 성품일랑 내버려두시지요.
6965 누구나 능력껏 스스로를 지켜야죠,

어릴 적부터 말입니다. 그러다가 마침내 어른이 되고요.
그건 그렇고, 당면한 문제는 어떻게 이 사람을 치유할 수 있느냐죠.
방법이 있으면 여기서 시험해보세요,
그럴 수 없으면 나한테 맡기세요.

메피스토펠레스
브로켄 산에서와 같은 마법이라면 이것저것 시험해볼 수 있다만, 6970
이교도의 세계에는 통하지 않는다네.
그리스 사람들, 정말 별 쓸모없는 족속이야!
그런데도 이자들은 자유로운 관능의 유희로 자네들의 눈을 부시게 해서,
그대들의 마음을 밝고 쾌활한 죄악으로 유혹한단 말이야.
그에 반해서 우리들의 죄악은 항시 음울한 것으로 생각되고. 6975
하여간에, 이제 어떻게 하지?

호문쿨루스
　　　　　　　　당신이야 결코 수줍음쟁이가 아니니,
내가 테살리아의 마녀에 대해서 언급하면,
무언가 알아들을 수 있으리라고 생각하는데요.

메피스토펠레스
(음탕한 기색으로) 테살리아의 마녀라고! 그거 좋지! 오

　　　　랫동안

6980　　내가 찾았던 계집들이야.

　　　　그것들하고 매일 밤을 같이 보낸다는 건

　　　　그리 썩 즐거운 일은 아닐 테지만,

　　　　한번 찾아가보지! 시험 삼아서!

　　　호문쿨루스

　　　　　　　　　　　　　　그 외투를 들어요,

　　　　그리고 저 기사님을 감싸세요!

6985　　이 포대기가, 지금껏 그랬던 것처럼,

　　　　당신들 두 사람을 날라다줄 겁니다.

　　　　내가 앞장서서 불을 밝히지요.

　　　바그너

　　　　　　　　　　　　(불안한 듯이) 그러면 나는?

　　　호문쿨루스

　　　　　　　　　　　　아, 당신요,

　　　　당신은 집에 남아서 아주 중요한 일을 해야 합니다.

　　　　낡은 양피지를 펼치고,

6990　　처방대로 생명의 원소들을 모아서

　　　　조심스럽게 그것들을 배합하세요.

　　　　무엇을 만들까도 생각해야지만, 어떻게 만들까를 더 많

　　　　이 생각하세요.

　　　　그동안 나는 이 세상 구석을 두루 다니며

　　　　마지막 완성을 위해 불가결한 점(點)[192]을 찾아보려 합니다.
그렇게 되면 위대한 목적이 달성됩니다. 6995
그만한 노력에는 그만한 보상이 주어지는 법이니,
황금, 명예, 명성, 건강과 장수
그리고 아마도── 학문과 덕성도 얻을 수 있겠지요.
그럼 안녕히 계세요!

바그너

      (침울하게) 잘 가거라! 가슴이 무척
아프구나.
너를 다시는 못 볼 것만 같은 생각이 드는구나. 7000

메피스토펠레스
자, 이제 페네이오스 강으로 힘차게 내려가보자!
이 조카 녀석 보통이 아니야.

  관객을 향해

결국에 우리는 우리 손으로
만들어낸 피조물에 의존하게 된답니다.

고전적 발푸르기스의 밤

  파르살루스의 들판

  암흑

에리히토[193]

7005 나 음울한 여자 에리히토, 전에도 자주 그랬듯이,
이 밤의 소름 끼치는 잔치를 위해 나왔습니다.
나는 심술궂은 시인들이 과장해서 비방한 것처럼
그렇게 흉측하진 않답니다……찬양을 하든 비방을 하든,
시인이란 작자들 끝이 없네요……아득한 골짜기 저편까지

7010 잿빛 천막의 물결로 아주 희뿌옇게 보입니다,
근심과 공포에 찼던 그날 밤의 유령 같은 환영이지요.
이미 얼마나 자주 되풀이되었던가요! 앞으로도 계속
영원에 이르기까지 되풀이되겠지요……아무도 제국을
다른 사람에게 내주려하지 않지요, 아무도 제국을 힘으로 쟁취하여

7015 강력하게 지배하는 사람에게 결코 허용하려 하지 않습니다.
내면의 자아를 다스릴 줄 모르는 사람일수록, 자신의 오만한
뜻에 따라, 이웃의 의지를 지배하려드니까요……
바로 이 처절한 싸움이 그 하나의 큰 예입니다.
어떻게 폭력이 더 큰 폭력에 맞섰고,

7020 어떻게 수천 개의 꽃으로 엮어진 아리따운 자유의 화환이 찢겼고,
뻣뻣한 월계수 가지가 승자의 머리에 휘감겼는가를 보여

주는,
여기서 위대한 폼페이우스는 이전의 위대했던 융성기를 꿈꾸었고,
저기서 카이사르는 흔들거리는 운명의 저울 침을 살피며 밤을 지새웠답니다!
승패가 가려지겠지요, 그러나 누가 이겼는지는 세상이 다 알고 있습니다.

화톳불이 붉은 불길을 내며 타오르고, 7025
대지는 숨을 내쉬듯 흘린 피를 반사하며 번쩍입니다.
그리고 희귀한 밤의 경이로운 광채에 이끌려
고대 그리스 전설의 존재들이 무수히 모여듭니다.
화톳불마다 옛 설화의 형상들이 둘러싸고 있습니다,
불안하게 서성대거나 편안하게 앉은 채로…… 7030
보름달은 아니나 밝게 빛나는 달이 떠올라
부드러운 광채를 사방에 뿌려줍니다.
천막의 환영은 사라지고, 불은 파랗게 타오릅니다.

그런데! 내 머리 위! 이 무슨 예기치 않은 유성인가요?
빛을 발하고 또 몸뚱이처럼 둥근 것[194]을 비춰줍니다. 7035
생명체가 들어 있는 듯합니다. 살아 있는 것에 접근하는 것은 내겐
어울리지 않지요, 난 그들에게 해로운 존재니까요.

그렇게 하면 내 소문만 나빠질 뿐, 이로울 게 없답니다.
벌써 내려오기 시작하네요, 조심스럽게 피해야겠습니다!
멀어져간다.

상공을 나는 자들
호문쿨루스

7040 　　무시무시한 불길과 저 섬뜩한 것들 위로
　　다시 한 바퀴 빙 돌아봅시다.
　　골짜기나 들판 할 것 없이
　　모두 귀신이 나올 듯 무시무시하네요.

메피스토펠레스

　　내 예전에 황량하고 끔찍한 곳 북방에서
7045 　　창문을 통해 유령들을 보았는데.
　　여기서도 아주 끔찍한 귀신들을 보게 되는구나.
　　그러니 여기나 거기나 다 내 집처럼 편안하구나.

호문쿨루스

　　보아요! 저기 키 큰 여자 하나 우릴 피해
　　큰 걸음으로 저쪽으로 가고 있어요.

메피스토펠레스

7050 　　우리가 나는 것을 보고
　　겁을 먹은 것 같아 보이는데.

호문쿨루스

　　가도록 내버려두어요! 그분을 내려놓아요,

당신의 기사님 말예요. 그러면 당장
생명이 되돌아올 겁니다.
그분은 전설의 나라에서 생명을 찾고 있으니까 7055
요.

파우스트

(땅에 닿자마자) 그녀는 어디 있지?

호문쿨루스

그건 우리도 모릅
니다만,
여기서 탐문해볼 수 있을 겁니다.
날이 새기 전에 서둘러서
화톳불 하나하나 찾아보고 다니세요.
어머니들의 영역까지 감히 찾아가신 분이니 7060
더 이상 두려워할 것이 없겠지요.

메피스토펠레스

나도 여기서 내 몫의 일이 있네. 그런데
우리의 행운을 위해 가장 좋은 방법은
각자 화톳불 사이를 헤집고 다니며
자신만의 모험을 시도해보는 거야. 7065
그런 다음 우리가 다시 만날 수 있도록
꼬마 친구, 소리를 내며 빛을 발하게나.

호문쿨루스

이렇게 번쩍이고, 이렇게 소리를 낼게요.

유리병이 요란하게 울리고 강렬하게 빛을 발한다.

자, 새로운 경이로운 것들을 향해 힘차게 출발합시다!

파우스트

7070 (홀로) 그녀는 어디 있을까?──이제 더 이상 묻지 않으리라……

이것이 그녀가 밟던 흙이 아닐지라도,

그녀를 향해 밀려왔던 물결이 아닐지라도

이 공기만은 그녀의 말을 전했던 것이로다.

여기에! 기적에 의해 나는 이곳 그리스에 온 것이다!

7075 내가 서 있는 땅을 밟자마자 나는 그것을 느꼈도다.

잠자던 나 새로운 정신으로 불타올라,

마치 안타이오스[195]처럼 다시 일어섰노라.

이곳에 어떤 기괴한 것들이 모여 있다 해도,

내 진지하게 이 불길의 미로를 샅샅이 찾아보겠다.

퇴장한다.

메피스토펠레스

7080 (주위를 살피며) 화톳불 사이를 이리저리 헤매다보니,

정말 완전히 낯선 곳에 온 것을 알겠구나.

거의 모두가 발가벗고, 속옷이라도 걸친 자들은 어쩌다 보이니.

스핑크스들은 수치심이 없고, 그라이프[196]들은 뻔뻔하기 짝이 없다.

앞을 봐도 뒤를 봐도 끝없이 눈에 비치는 건,
곱슬머리에 날개를 단 것들뿐일세…… 7085
우리도 절대로 예절 바른 축에는 못 끼지만,
고대의 이 친구들 너무나 노골적이구나.
이런 지나친 노출 문제를 최신 감각으로
유행에 맞게 이렇게 저렇게 겉칠을 해야겠다……
역겨운 족속들이로다! 하지만 화를 내서는 안 되겠지, 7090
새로운 손님으로서 이자들에게 점잖게 인사나 해보자
……

안녕들 하시오! 아름다운 여자분들, 현명하신 그라이스[197]들이여.

그라이프

(카랑카랑한 목소리로) 그라이스가 아니오! 그라이프요!
──그 누가
그라이스라고 불리는 걸 좋아하겠소. 어떤 말이든
그 말이 연유한 근원의 울림이 남아 있는 법이오. 7095
그라우, 그램리히, 그리스그람, 그로이리히, 그래버, 그리미히 등은
어원상 그라이프와 같은 음에 속하는데,
그것이 우리의 기분을 상하게 한단 말이오.[198]

메피스토펠레스

                                        그러나, 그
게 그거군요.

존칭 그라이펜의 그라이는 물론 마음에 들겠지요.[199]

그라이프

7100 (전과 같은 목소리로 계속하여) 물론! 그 말들의 친족 관계는 이미 증명되었소,

때로는 비방도 당했지만, 칭찬을 더 많이 들었다오.[200]

처녀든 왕관이든 황금이든 움켜잡아야지,

움켜잡으려는 사람에게 대개 행운이 따르는 법이오.

개미들

(거대한 종류) 황금에 대해서 말하고 계시는데, 우린 그걸 잔뜩 모아서

7105 바위틈과 굴속에 몰래 집어넣어 두었죠

그런데 아리마스펜[201]놈들이 냄새를 맡고

멀리 훔쳐가지고 가서는 그곳에서 웃고 있습니다.

그라이프들

우리가 이자들을 곧 자백케 하겠다.

아리마스펜

이 자유로운 축제의 밤에는 제발 그러지 마십시오,

7110 내일까지 모두 흥청망청 써버리려 하는데,

이번에는 아마 그럴 수 있을 겁니다.

메피스토펠레스

(스핑크스들 사이에 앉은 채) 아주 수월하고도 기꺼이 이곳에 익숙해지는걸,

한 사람 한 사람의 말이 모두 이해가 된단 말이야.

스핑크스

우리가 유령의 음성을 입김으로 불어내면

그대들은 그 음성을 제멋대로 형태화하는군요.[202]   7115

이제 당신 이름을 대시오, 우리가 당신을 더 많이 알 수 있도록!

메피스토펠레스

사람들은 나를 여러 이름으로 부르고 있지——

여기 영국 사람 없소? 이자들은 평소 여행을 많이 해서

전쟁터나 폭포나 무너진 성벽 같은

곰팡이 낀 옛터를 곧잘 찾아다니지.   7120

여기도 그자들에게 잘 어울리는 목적지가 될 텐데.

그들이라면 증언해줄 수 있을 것이오, 옛 무대극에서

내가 늙은 악덕[203]으로 등장한 사실을.

스핑크스

어째서 그렇게 되었지요?

메피스토펠레스

                    왜 그랬는지는 나 자신도 모르겠소.

스핑크스

그럴 수도 있겠군요! 별에 대해서 좀 아시나요?   7125

지금의 별 시간에 대해 뭐라고 말하겠어요?

메피스토펠레스

(위를 쳐다보며) 별똥별이 연이어 떨어지고, 기운 달이

밝게 비치고 있군.
그런데 난 이 정겨운 자리가 좋소.
당신의 사자털로 몸이 훈훈한데,
7130 별이 있는 곳까지 올라봤자 손해만 볼 뿐이오.
수수께끼나 내보시오, 글자 맞추기 놀이라도.

스핑크스

당신 자신에 대해서 말해보세요, 그것이 곧 수수께끼가 됩니다.
당신의 가장 깊숙한 내면을 풀어보세요.
"착한 사람이나 악한 사람에게 모두 필요한 존재로서,
7135 착한 이에겐 금욕의 칼로 공격할 갑옷이 되고,
악한 이에겐 미친 짓거리를 같이하는 동료가 되나,
이 모두 단지 제우스 신을 즐겁게 할 뿐이로다."

첫째 그라이프

(카랑카랑한 음성으로) 난 저자가 마음에 들지 않아!

둘째 그라이프

(더욱 카랑카랑한 음성으로) 저놈 우리한테 무슨 짓을 하려는 거야?

둘이 함께

저런 불쾌하기 짝이 없는 작자를 여기에 둘 수는 없어!

메피스토펠레스

7140 (난폭하게) 네놈은 이 손님의 손톱이 네놈의 날카로운

발톱만 못하다고 생각하는 것이냐?
한번 시험해보라!

스핑크스

                (부드럽게) 여기 얼마든지 머물러도 좋아요,
하지만 당신 스스로 우리 틈에서 달아나고 말 겁니다.
당신의 나라에서는 당신 마음에 드는 일을 할 수 있지만,
내 생각이 옳다면, 여기는 당신에게 편한 곳이 아닙니다. 7145

메피스토펠레스

당신 상반신을 보면 정말 입맛이 당기는데,
그러나 아래쪽의 짐승 모습은 소름이 끼치는군.

스핑크스

당신처럼 사실을 날조하면 쓰디쓴 보답을 받을 겁니다,
우리의 앞발은 튼튼하니까요.
오그라붙은 말발굽 다리를 가진 당신 따위가 7150
우리 사이에 끼여봤자 기분 좋을 리가 없지요.

    세이렌들이 위쪽에서 전주곡을 부르듯이 노래한다.

메피스토펠레스

강가의 백양나무 가지에 앉아
흔들대고 있는 저 새들은 무엇이오?

스핑크스

조심해야 합니다, 아주 뛰어난 사람들도
저들의 노랫소리에 당했답니다. 7155

세이렌들

    아, 어찌하여 그대는 추하고
    이상한 것들과 어울리려 하나요!
    들어보세요, 우리 여기 떼 지어 와서
    멋진 화음 이루어 노래하나니,
7160   이것이 세이렌에게 어울리는 일이지요.

스핑크스들

    (세이렌들을 조롱하듯 같은 멜로디로) 저것들을 내려오게 하세요!
    저들은 흉측한 매의 발톱을
    나뭇가지들 사이에 숨기고 있답니다.
    당신이 저들의 노래에 귀를 기울이면
7165   달려들어 파멸시키려고 말이오.

세이렌들

    버려요, 미움을! 버려요, 시기를!
    하늘 아래 흩어져 있는
    순수한 기쁨을 우리 한데 모아요!
    물에서나 뭍에서나
7170   밝고 명랑한 몸짓으로
    반가운 손님께 인사해요.

메피스토펠레스

이거 전혀 새로운 음악들이네,
목에서 나오는 소리, 현(絃)에서 나는 소리,

이 소리들이 서로 서로 얽혀 있구나.
저 랄라라 하는 노랫소리 내겐 감흥을 주지 못한다,
귓전을 간지럽게는 하나
가슴속으로 파고들지는 못하거든.

스핑크스들

가슴 운운하지 말아요! 쓸모없는 허영이에요.
차라리 쭈그러진 가죽 주머니라고 하세요,
그것이 당신 얼굴에는 제격입니다.

파우스트

(다가오며) 참으로 경이롭도다! 보는 것만으로도 흐뭇하구나.
추한 것에도 위대하고 강맹한 기상이 엿보이는구나.
나는 벌써 행운을 예감하노니,
이 진지한 첫인상은 날 어디로 이끌 것인가?

　　　　스핑크스들을 향해

그 옛날 이들 앞에 오이디푸스 왕이 서 있었지.

　　　　세이렌들을 향해

이들 앞에서 오디세우스는 밧줄에 묶인 채 몸부림쳤지.

　　　　개미들을 향해

이들이 최고의 보물을 쌓아두었다.

　　　　그라이프들을 향해

이들이 이 보물을 충실하고 빈틈없이 지켰지.
생생한 정신이 내 몸에 스며드는 것을 느끼도다,

7190 위대한 형상이 위대한 회상을 불러오는구나.

메피스토펠레스
예전 같다면 당신 이런 것들을 욕하며 쫓아버렸을 텐데,
지금은 당신에게 이것들도 소중한 모양이구려.
하기야 연인을 찾아서 온 곳이니,
괴물들도 반가울 것이오.

파우스트
7195 (스핑크스들을 향해) 그대들 여자 모습을 한 분들, 나하고 말 좀 합시다,
당신들 중 누가 헬레네를 보았는가?

스핑크스들
우리는 그녀의 시대까지 이르지 못합니다.
헤라클레스가 마지막 남은 스핑크스들을 때려죽였거든요.
키론[204)]에게 그걸 물어볼 수 있을 텐데요,
7200 오늘 이 유령의 밤에 이리저리 뛰어다닙니다.
그가 당신 곁에 멈춰서 주기만 해도, 당신에겐 큰 성공입니다.

세이렌들
    그 일이 제대로 이루어진다 할지라도!······
    오디세우스가 우릴 업신여겨 지나쳐 가지 않고
    우리들한테 머물렀을 때,
7205   그는 많은 이야기를 해주었지요.

그 모든 이야기를 당신에게 들려드리지요,

당신이 푸른 바닷가

우리의 은신처로 오기만 하신다면요.

스핑크스

고귀하신 분, 속지 마세요!

오디세우스처럼 밧줄로 몸을 묶는 대신 7210

우리의 좋은 충고에 묶이세요.

위대한 키론을 찾아내면

내가 당신께 약속한 것을 알게 될 거예요.

   파우스트 퇴장한다.

메피스토펠레스

(기분이 나쁜 듯) 날개를 치고 깍깍 울면서 가는 것은 무엇이오?

눈으로 쫓을 수 없을 정도로 빠르고 7215

항시 일렬로 줄을 지어 나는군,

저것들 사냥꾼을 녹초로 만들겠는데.

스핑크스

겨울에 불어대는 폭풍에 견줄 만하며,

헤라클레스의 화살도 미치지 못합니다.

저들은 스팀팔리드²⁰⁵⁾라는 재빠른 새들이죠. 7220

독수리 부리와 거위 발을 가졌는데,

깍깍대는 인사는 호의의 표시랍니다.

저들은 우리와 동류가 되고 싶어 하고,

우리와 친족 관계임을 증명하려 안달입니다.

메피스토펠레스

7225 (겁을 먹은 듯) 그 사이로 무언가가 쉿쉿거리며 기어드는데.

스핑크스

그것들에게 조금도 겁낼 것 없습니다.

이들은 레르나의 뱀[206] 대가리들인데,

몸통이 잘려나갔는데도 자신들이 아직도 뭐라도 되는 듯 믿고 있어요.

그런데 당신은 어떻게 된 건가요?

7230 어째서 그리 안절부절못합니까?

어디로 가고 싶어요? 그럼 떠나세요!……

알겠군요, 저편의 합창하는 패거리한테로

목을 빼고 있군요. 자신을 억제하려 하지 말고,

어서 가보세요! 저 수많은 매력적인 얼굴들에게 인사하세요.

7235 저건 라미에[207]들인데, 아주 향락적인 화냥년들이지요.

웃음 띤 입과 뻔뻔스런 이마로 이들은

사티로스 무리의 마음을 몽땅 사로잡았습니다.

염소 다리를 가진 자는 그들에게서 무슨 짓이라도 해볼 수 있어요.

메피스토펠레스

당신들 여기 계속 머물러 있겠지? 다시 만났으면 하오.

스핑크스

그럼요! 어서 가서 저 경박한 하녀들 틈에 끼기나 해요. 7240
우리는 이집트 시대부터 수천 년 동안
같은 장소에 좌정하고 있는 것이 이미 습관이 됐답니다.
그리고 우리의 위치에 각별히 유의하고 있어요,
이 자리에서 밤과 낮을 조정하고 있거든요.[208]

    피라미드 앞에 자리하고 앉아 7245
    우리는 민족들의 심판관이 되네.
    홍수든 전쟁이든 평화든——
    우린 얼굴 한번 찡그리지 않는다네.

페네이우스[209]

    늪과 물의 요정들에 둘러싸여 있다.

페네이우스

너 속삭이는 갈대여, 한들거려라!
조용히 숨 쉬어라, 갈대의 누이들아, 7250
가벼이 산들거려라, 버들가지여,
소곤거려라, 흔들거리는 백양나무 가지여
끊어진 꿈길을 더듬으며!……
그러나 무시무시한 천둥과 은밀히
모든 것을 뒤흔드는 진동이 7255

조용한 물결의 흐름과 안식으로부터 나를 깨우는구나.

파우스트

(강가로 다가가며) 내가 제대로 들었다면

저 무성한 풀숲과 서로 얽힌

가지와 나뭇잎 뒤편에서

7260 사람 음성 비슷한 소리가 들린 것 같다.

물결도 무언가 재잘거리고,

산들바람도―― 장난치며 흥겨워하는구나.

물의 요정들

  (파우스트에게) 당신에게 진정 권합니다,

  여기 몸을 누이고,

7265   이 시원한 곳에서

  지친 사지를 쉬게 하세요.

  늘 당신을 피하는

  휴식을 즐겨보세요.

  우린 살랑대고 졸졸거리며

7270   당신 귓전에 속삭일게요.

파우스트

나는 깨어 있도다! 이 비할 데 없이 아름다운 형상들이,

저편 내 눈에 띈 그대로,

마음껏 뛰놀게 해다오.

신비스러운 느낌이 온몸을 파고드는구나!

7275 이것이 꿈인가? 아니면 회상인가?

언젠가 한번 너는 이런 행복을 맛보았었지.
수없는 물길이 부드럽게 흔들거리는
빽빽이 들어찬 관목들의 숲을 뚫고 조용히 흐른다,
물은 요란하지 않게, 졸졸 소리조차 들리지 않게 흐른다.
사방에서 흘러나온 수백 개의 물줄기 7280
한데 모여 목욕하기 알맞도록
얕게 팬 맑고 깨끗한 웅덩이를 이루었다.
건강하고 젊은 여인들의 육체가
거울 같은 수면에 이중으로 반사되어
내 눈을 황홀하게 해주는구나! 7285
한데 어울려 즐겁게 목욕하고,
대담하게 헤엄치거나, 조심스레 물을 건너기도 하다가
끝내는 소리소리 지르며 물싸움을 하는구나.
나는 이런 것들로 만족하고,
내 눈은 이곳의 이 정경만으로도 즐거워야 하겠지, 7290
그러나 내 마음은 점점 앞으로 치닫고,
시선은 저 감춰진 곳을 날카롭게 꿰뚫어 보려 한다.
울창한 녹색 숲의 풍성한 잎들이
고귀한 여왕을 숨기고 있지 않을까 하여.

경이롭도다! 백조들도 물가 후미진 곳에서 7295
당당하고도 깨끗한 동작으로,
헤엄쳐 다가오는구나.

　　　　　조용히 물 위를 떠다니며, 정답게 어울려서,
　　　　　그러나 자랑스레 뽐내며
7300　　 머리와 주둥이를 움직이고 있구나……
　　　　　그중에서도 한 마리가 유난히
　　　　　당당하고 자신만만하게
　　　　　다른 무리 속을 재빨리 헤쳐나간다.
　　　　　깃털을 솟아오르듯 한껏 부풀리고
7305　　 스스로 물결이 되고, 물결 위에 물결을 일으키며
　　　　　그 성스러운 곳으로 돌진해간다……
　　　　　다른 백조들은 조용히 깃털을 번쩍이며
　　　　　이리저리 헤엄쳐 돌아다니다가는
　　　　　곧잘 요란스럽고 화려한 싸움질도 벌인다.
7310　　 겁쟁이 시녀들의 시선을 끌어
　　　　　여왕을 지키는 그들의 소임을 잊게 하고,
　　　　　자신의 안전만을 생각하도록 만들 속셈으로.
　　　　물의 요정들
　　　　　　자매님들, 강가 푸르른 언덕 위에
　　　　　　그대들의 귀를 대고 들어보아요.
7315　　　 내가 잘못 듣지 않았다면,
　　　　　　마치 말발굽 소리가 울리는 듯합니다.
　　　　　　알고 싶어요, 대체 누가 이 밤에
　　　　　　저리 급한 소식 가져오는지를.

파우스트

급하게 달리는 말발굽 소리에
대지가 쿵쿵거리며 진동하는 듯하구나. 7320
    저쪽을 보라, 나의 눈이여!
    행복한 운명이 벌써
    나를 찾아온 것일까?
    오, 비할 바 없는 기적이로다!
말 탄 사람 하나 달려온다, 7325
지혜와 용기를 갖춘 듯 보이는데,
눈부시게 흰 백마를 타고 있구나……
난 잘못 보지 않았어, 내가 이미 알고 있는 사람이다,
필리라의 그 유명한 아들이로다!
멈추시오, 키론! 멈추어요! 당신에게 할 말이 있소…… 7330

키론

무슨 일이오? 무슨 일인데 그러시오?

파우스트

                발걸음을 좀 멈추시오!

키론

나는 쉬지 않는다오!

파우스트

       그럼 부탁하오! 나를 데리고 가주오!

키론

올라타시오! 그래야 내가 마음대로 물어볼 수 있으니.
어디로 가는 길이오? 당신 여기 강가에 서 있는데,
7335 강을 건네줄 용의가 있소.

파우스트

(올라타며) 당신 마음대로 갑시다. 이 은혜는 영원히 잊
지 않으리다……
당신은 위대한 분이시자, 많은 영웅들을 길러내어
명성을 떨친 고귀한 스승이시기도 하오,
그 고귀한 아르고호 원정대[210]의 멋진 무리와
7340 시인들의 작품 세계를 이룬 그 모든 영웅들을 가르치셨소.

키론

그 이야기는 그만둡시다!
팔라스조차도 스승으로서는 존경을 받지 못한다오.[211]
제자란 것들은 마지막엔 모두 제 방식대로 해나가지요,
마치 가르침을 받지 않은 것처럼 말이오.

파우스트

7345 의사로서 당신은 모든 초목의 이름을 알고,
그 뿌리들의 약효를 속속들이 알고 있어,
병자를 치유하고, 상처받은 자에게는 아픔을 덜어줍니다,
그러한 분을 내가 심신의 힘을 다해 여기 얼싸안고 있군
요!

키론

내 곁에서 영웅이 부상을 당하면,
나는 치료하며 도와줄 수 있었소. 7350
허나 난 내 의술을 종국에는
뿌리에서 약을 짜내는 무녀와 중들에게 맡겨버렸소.

파우스트

당신은 진정 위대하신 분입니다,
칭찬하는 말 따위는 들으려 하지 않으시다니.
겸손하게 피해나가려고 하시는군요, 7355
마치 자기 같은 사람은 부지기수라는 듯이.

키론

내 보기에 당신은 둘러대는 데 아주 능숙하오,
영주나 백성들의 비위를 잘 맞춰주겠소이다.

파우스트

하지만 이것만은 내게 고백하시겠지요,
당신은 당신 시대의 가장 위대한 영웅들을 보았고 7360
그 고귀한 인물들의 행위를 본받으려 했으며,
반신(半神)처럼 자신의 삶을 진지하게 살았다는 것을.
그런데 영웅들 중에서
누가 가장 뛰어나다고 생각하십니까?

키론

그 고귀한 아르고호 원정 대원들은 7365
모두 자기 나름대로 뛰어났소,

그래서, 자신만이 가진 능력에 따라,
서로에게 부족한 것을 충족시킬 수 있었소.
충만한 젊음과 아름다움이 중요할 때는
7370 항시 디오스쿠로이 형제[212]가 승자였다오.
결단력과 다른 이들을 구하는 데 필요한 재빠른 행동은
보레아스 두 아들[213]의 몫이었소.
사려 깊고 힘이 세며 영리하고 좋은 계략을 생각해내면서
원정대를 지휘한 것은 여자들에게 인기 있었던 이아손이
었고요,
7375 다음은 오르페우스로, 부드럽고 늘 조용하며 신중했지만
그가 칠현금을 뜯으면 모든 것을 압도했소.
눈이 날카로운 린코이스[214]는 밤낮을 가리지 않고
암초와 수심이 얕은 곳을 뚫고 성스러운 배를 몰았다오
……
힘을 모아야만 위험한 모험을 시험해볼 수 있는 법이니,
7380 한 사람이 행하면 다른 사람들은 모두 이를 칭송해야 하오.

파우스트

헤라클레스에 대해서는 아무 말도 않으시렵니까?

키론

오, 이 슬픔을! 내 그리움을 자극하지 마시오……
난 푀부스를 결코 본적이 없소,
아레스[215]며 헤르메스[216]라고 불리는 신들도 보지 않았소.

그러나 모든 사람이 신처럼 찬양하는   7385
그분이 바로 내 눈앞에 서 있는 것은 보았소.

그는 타고난 왕이었소.
젊었을 땐 보기에도 훌륭했지.
형님에게 순종했고,
사랑스러운 여인들에게도 그랬다오.   7390

가이아는 두 번 다시 그런 분을 낳지 못할 것이고,
헤베[217]는 다시는 그런 분을 하늘로 데려가지 못할 것이오.
그를 노래로 불러보려 한들 헛된 일이며
돌로 그를 조각해보려 애쓴들 되지 않을 것이오.

파우스트
조각가들이 아무리 그들의 작품을 뽐내본다 한들,   7395
당신의 말처럼 그렇게 훌륭하게 그를 형상해낼 수는 없습니다.
지금껏 가장 아름다운 남자에 대해 말하셨으니
이제는 가장 아름다운 여인의 이야기도 해주시지오!

키론
아, 뭐!……여자의 아름다움이란 별것이 아니오,
대부분 굳어버린 모습이지요.   7400
쾌활하며 삶의 즐거움이 샘솟는

그런 아름다움만을 나는 찬양할 수 있소.
아름다움이란 자기만의 만족과 즐거움에 머무나,
우아함은 누구에게나 거역할 수 없는 매력이오,
7405 내가 태워다주었던 헬레네처럼.
파우스트
당신이 그녀를 태워다주었다고요?
키론
          그렇소, 바로 이 등 위에.
파우스트
나 이미 혼란스러워 어찌할 바 모르고 있는데,
이런 행복한 자리에도 앉을 수 있다니!
키론
그녀도 내 머리채를 움켜잡고 있었소,
지금 당신이 하고 있는 것처럼.
파우스트
7410   오, 이거 정말 완전히
정신을 잃을 지경이구나! 이야기 좀 해주시오, 어떠했나요?
그녀는 나의 유일한 소망입니다!
어디에서부터? 어디로? 아, 그녀를 태워다주었습니까?
키론
그 질문이야 어렵잖게 답할 수 있소.

당시 디오스쿠로이 형제가 누이동생 헬레네를   7415
도둑떼의 손에서 구해내었지요.
그런데 좀처럼 져본 적이 없는 이 도둑들은
분기탱천하여 맹렬하게 추격해왔다오.
그때 엘로이시스 근처의 늪들이
남매의 다급한 발걸음을 가로막았소.   7420
형제들은 걸어서 강을 건넜고, 나는 물을 튀기며 그녀를
태우고 헤엄쳐 건넜소.
그녀는 껑충 뛰어내리더니 내 젖은 갈기를
쓰다듬어주었다오. 아첨하듯이 내 기분을 맞추면서
고마워했다오, 사랑스럽고 영리하게, 그리고 품위를 지
키면서 말이오.
그녀는 정말 매력적이었소! 젊었고, 늙은이의 기쁨이었   7425
소.

파우스트

기껏 일곱 살인데!……

키론

        내 보기엔, 문헌학자란 것들이
당신도 그리고 자기 자신도 속였소.
신화 속의 여인은 아주 특별한 존재요.
시인들은 자신들의 필요에 따라 멋대로 그녀를 그려내지
요,
그래서 결코 어른이 되지 않고 늙지도 않아요,   7430

항시 입맛 돋우는 자태랍니다.
젊어서 유괴되고, 늙어서도 구애를 받지요.
요컨대, 시인은 시간에 얽매이지 않습니다.

파우스트
그렇다면 그녀도 시간에 얽매이지 말아야지요!

7435 아킬레우스가 그녀를 페레에서 만난 것도
모든 시간의 한계를 벗어난 일입니다.[218] 참으로 희귀한 행복이군요,
운명을 거역하고 사랑을 얻다니!
나 또한, 더할 수 없이 절실한 그리움의 힘으로,
그 비길 데 없는 모습을 삶으로 이끌어내야 하지 않겠습니까?

7440 신들에 못지않은, 그렇게 위대하며 그렇게 부드럽고,
그렇게 고귀하며 그렇게 사랑스러운 그 영원한 존재를 말이오.
당신은 그녀를 예전에 보았으나, 나는 오늘 보았습니다,
아름답고 매력적이었소, 갈망할 만큼 그렇게 아름다웠소.
이제 내 의식이, 내 모든 존재가 완전히 사로잡혔습니다,

7445 그녀를 얻을 수 없으면 나는 살아갈 수 없습니다.

키론
낯선 양반! 인간으로서 당신은 황홀경에 빠져 있지만,
유령들 사이에서 당신은 아마 미친 것으로 보일 것이오.
그런데 마침 당신에게 다행스런 일이 있소.

매년 나는, 잠깐 동안이긴 하나,
만토의 집에 들르곤 한다오, 7450
아스클레피오스의 딸 말이오,[219] 조용히 기도 올리며
그녀는 아버지 아스클레피오스에게 빌지요, 그의 명예를 위해서라도
이제 제발 의사들의 마음을 정화시켜 달라고,
그리고 의사들이 무모한 살인을 저지르지 않게 해달라고 말이오……
여자 예언자 무리에서 그녀는 내게 가장 사랑스런 존재라오, 7455
귀신 들린 듯 무서운 얼굴로 호들갑 떨지 않으며, 남에게 잘 베풉니다.
그녀는, 당신이 얼마간 머물면, 약초 뿌리의 힘으로
당신의 병을 근원적으로 치유해줄 수 있을 것이오.

파우스트

치료 따위는 받지 않겠소. 내 정신은 멀쩡합니다.
그런 치료를 받으면 나도 다른 사람들처럼 보잘것없는 7460
속물이 될 것이오.

키론

만토라는 이 고귀한 샘의 치유를 놓치지 마시오!
어서 내리시오! 다 왔소이다.

파우스트

말해주시오, 당신은 이 소름 끼치는 밤에

자갈 깔린 강을 건너 날 어느 기슭으로 데리고 온 것이오?

키론

7465 여기는 로마와 그리스가 맞서 싸운 곳이오,[220]
오른편엔 페네이오스 강이, 왼편엔 올림포스 산이 있어요.
위대한 제국이 모래 속으로 사라져버렸답니다.
왕은 달아났고, 시민들은 환호했다오.
위를 바라보시오! 여기 아주 가까이
7470 달빛 속에 영원한 신전[221]이 서 있소.

만토

(안에서 꿈꾸듯) 말발굽 소리가
이 성스러운 계단을 울리네,
반신들께서 다가오시는구나.

키론

바로 그렇단다!
7475 이제 눈을 떠라!

만토

(깨어나면서) 어서 오세요! 거르지 않고 올해도 다시 오셨군요.

키론

네 신전이 그대로 서 있듯이 내 방문도 그렇지.

만토

아직도 지치지 않고 여전히 돌아다니시나요?

키론

네가 늘 조용하고 평화롭게 사는 것처럼,

여기저기 배회하는 것은 나의 즐거움이지. 7480

만토

난 멈춰 있는데, 시간이 내 주위를 돌고 있습니다.

그런데 이분은?

키론

    악명 높은 이 밤이

이 사람을 휘몰아 이곳으로 데려왔지.

헬레네를 그는, 광적인 열망으로,

헬레네를 얻고자 한다네, 7485

그런데 어떻게 어디서 시작해야 할지 모르고 있지.

무엇보다도 아스클레피오스의 치료가 필요한 자야.

만토

불가능한 것을 갈망하는 사람을 저는 좋아합니다.

   키론은 이미 멀리 사라졌다.

만토

들어오시오, 담대한 분이여, 기쁨이 함께 하기를!

저 어두운 길이 페르세포네[222]에게로 통합니다. 7490

올림포스의 발밑 동굴에서 그녀는

금지된 인사를 은밀히 엿듣고 있답니다.[223]

언젠가 여기서 오르페우스를 몰래 하계로 들여보냈지요.[224]

그 사람보다 더 잘해보세요, 어서! 용기를 내요!

두 사람 내려간다.

세이렌들

7495 (전과 같이 페네이오스 강 상류에서) 그대들 페네이오스 강물로 뛰어들어요!
첨벙거리며 헤엄치기 아주 좋아요,
그리고 불쌍한 사람들을[225] 위하여
노래하고 또 노래 불러요!
물이 없으면 행복도 있을 수 없지요!
7500 우리 모두 밝은 무리 지어
에게 해로 서둘러 가면,
온갖 즐거움 우리에게 주어질 것이에요.

지진

세이렌들

물결은 거품을 일으키며 되돌아오고,
강바닥엔 더 이상 물이 흐르지 않네.
7505 땅이 흔들리며 솟아올라 물의 흐름을 막아버렸고,
자갈밭과 강 언덕은 갈라져 연기를 내뿜는구나.
도망쳐요! 모두 같이 가요, 어서!
이 괴변은 누구에게도 이롭지 않으니까요.

갑시다, 그대들 고귀하고 유쾌한 손님들이여,
밝고 쾌활한 바다의 축제로!　　　　　　　　　　7510
반짝이는 물결이 살랑대며,
기슭을 적시며 조용히 부풀어올라요.
달님이 하늘과 바다에서 이중으로 빛나는 곳,
우리를 성스러운 이슬로 축축이 적셔주는 그곳으로.
거기엔 자유분방한 삶이 있지만,　　　　　　　　7515
여기엔 무서운 땅의 흔들림만 있어요.
현명한 사람들, 모두 그곳으로 갑시다!
이 근처는 온통 소름이 끼치는군요.

사이스모스[226]

(땅속 깊은 곳에서 으르렁대고 쿵쾅거리며) 한 번 더 힘껏 밀어 올리자,
두 어깨로 씩씩하게 들어 올리자!　　　　　　　　7520
그러면 우리는 땅 위로 나갈 수 있고,
모두가 우릴 겁내서 피할 것이다.

스핑크스들

이 무슨 기분 나쁜 떨림이며
혐오스럽고 소름 끼치는 진동인가!
이 무슨 요동, 이 무슨 흔들림인가,　　　　　　　7525
그네 타듯 이리저리 오가는구나!
이 무슨 참기 어려운 불쾌함인가!
그러나 우리는 이곳에서 꿈쩍하지 않는다,

설령 온 지옥이 몰려온다 해도.

7530 이제 둥근 지붕 같은 게 기이하게
솟아오른다. 바로 그 사람이군,
오래전에 백발이 된 그 노인네,
이 영감님 델로스 섬을 만들었지,
산고를 겪는 한 여인을 위해
7535 이 섬을 파도 위로 밀어 올렸지.[227]
이 노인네, 기를 쓰고, 밀치고, 누르며,
마치 아틀라스와 같은 자세로
팔을 쭉 뻗고 등은 구부린 채,
땅바닥, 풀밭, 흙더미,
7540 자갈과 굵은 모래, 그리고 잔모래와 진흙 할 것 없이
우리들 기슭의 조용한 바닥을 들어 올리고 있네.
이렇게 그는 골짜기의 평온한 땅 표면을
한 부분 비스듬히 찢어놓았네.
무섭게 힘을 쓰면서도 결코 지치지 않고,
7545 들보를 받치고 있는 거대한 여인의 석상처럼,
아직 가슴까지 땅속에 묻힌 채
엄청난 돌덩이를 머리 위에 이고 있구나.
그러나 그는 거기에서 멈추어야 한다,
스핑크스들이 자리를 잡고 있으니까.

사이스모스

이 일을 나 혼자서 이루어놓았다는 사실을   7550
사람들은 결국 인정하고야 말 것이다.
내가 마구 흔들어대지 않았던들,
어찌 이 세계가 이처럼 아름다울 수 있겠는가?
어찌 너희들의 산이 저 위
장려하고 맑은 푸른 하늘에 우뚝 솟아 있을 수 있겠는가,   7555
내가 그 산들을 밀쳐 올리지 않았다면 말이다,
그림처럼 황홀한 장관이로구나!
태초의 조상, 밤과 혼돈의 면전에서
내 거세게 행동하며,
티탄들과 함께 어울려, 마치 공놀이하듯   7560
펠리온 산과 오사 산을 내던졌을 때였지.[228]
우리는 젊음의 열기 속에서 미친 듯이 날쳤다,
싫증이 날 때까지 말이야, 허나 마지막으로 우린,
방자하게도, 파르나소스 산에다 이 두 개의 산을
중절모인 양 씌워놓았다……   7565
지금은 아폴론이 행복한 뮤즈의 무리와 함께
그곳에서 즐거운 시간을 보내고 있지.
심지어는 제우스와 그의 번갯불을 위해서도
난 올림포스 산이라는 의자를 높이 쳐들어주었다.
이제, 무섭게 힘을 들여,   7570
난 저 깊은 심연으로부터 치밀어 올라왔고

기뻐하는 주민들에게 큰 소리로 요구하는 바다,
이곳에서 새로운 삶을 시작하라고.

스핑크스들

여기 솟아오른 저 산들이
7575 태곳적부터 있었노라고 말할 수밖에 없을 겁니다,
이 산들이 땅속으로부터 삐져나오는 것을
우리 눈으로 직접 보지 않았다면 말입니다.
무성한 숲이 산 위로 퍼져나가고 있는데도,
아직도 바윗돌들이 밀려 내려오고 있어요.
7580 그러나 스핑크스라면 그런 것쯤 개의치 않는 법,
우리는 이 성스러운 자리에 까딱 않고 앉아 있답니다.

그라이프들

얇은 종잇장 같은 금, 금 조각들,
이것들이 바위틈 사이로 반짝이는 것이 보인다.
그대들 저런 보물을 빼앗겨선 안 된다.
7585 개미들이여 나서라! 저 금을 긁어모으라!

개미들의 합창

거인들이 저 산을
밀어올린 것처럼,
발 쉴 틈 없는 너희들도
어서 위로 올라가라!
7590 재빨리 나가고 들어오너라!
이런 바위틈에서는

아무리 작은 조각이라도
모아둘 가치가 있다.
아주 작은 부스러기라도
재빨리 서둘러서 7595
구석구석 살펴서
찾아내야 하리라.
너희 우글거리는 무리들아,
열심히 부지런히 일해야 한다.
오로지 금만을 가지고 오라! 7600
가치 없는 돌조각은 내버려라.

그라이프들

들어오너라! 들어와! 황금만 쌓아올려라,
우리의 갈고리 발톱을 그 위에 올려놓겠다.
더할 수 없는 최상의 빗장이니,
이 귀중한 보물은 안전하게 지켜질 것이다. 7605

피그메들[229]

우리는 이곳에 자리를 잡긴 잡았는데,
어떻게 된 일인지 모른다오.
우리가 어디에서 왔느냐고 묻지 마시오,
어쨌든 우리가 이미 여기에 와 있으니까 말이오!
어떤 나라라도 7610
삶의 즐거운 거처가 될 수 있다오.
광맥이 보이기만 하면,

	난쟁이는 벌써 일할 준비가 되어 있지요.
	난쟁이는 남자든 여자든 빠르고 부지런합니다,
7615	모든 쌍들의 모범이랍니다.
	낙원에서도 이미 그랬는지는
	잘 모르겠고요.
	하여간 이곳이 무척 맘에 듭니다,
	우리의 별 지구에게 진심으로 감사를 드립니다.
7620	동쪽에서도, 서쪽에서도
	어머니 대지는 새 생명을 잘도 낳으니까요.

닥틸레[230]들

어머니 대지가 하룻밤 사이에
자그마한 난쟁이들을 낳았다면,
대지는 또한 가장 작은 난쟁이들도 낳을 것이며,
7625   그들을 위한 배우자도 찾아주겠지요.

최고령의 피그메들

서둘러서 편안한
자리를 차지해라!
서둘러서 작업을 시작해라.
재빠름이 우리의 힘이로다!
7630   세상은 아직은 평화롭도다.
허나 너희들은 대장간을 세워라,
갑옷과 무기를
군대에게 주려면.

　　　　너희 개미들은 모두,

　　　　밀쳐드는 홍수처럼 움직여,　　　　　　　　　　7635

　　　　우리에게 쇠를 가져오너라!

　　　　그리고 너희 닥틸레들,

　　　　수많은 가장 작은 난쟁이들아,

　　　　너희들에게 명령하노니,

　　　　장작을 가져오너라!　　　　　　　　　　　　　7640

　　　　모두 층층으로 쌓아올려

　　　　발각되지 않게 가마 불에 구워라,

　　　　우릴 위해 숯을 만들어라!

총사령관

　　　　활과 화살을 들고

　　　　힘차게 나아가라!　　　　　　　　　　　　　　7645

　　　　저 연못에 사는

　　　　왜가리들을 쏘아라,

　　　　무수히 둥지를 틀고,

　　　　거만하게 으스대는 놈들을,

　　　　단숨에 쏘아 떨어뜨려라!　　　　　　　　　　7650

　　　　모조리 한꺼번에!

　　　　우리가 저들의 깃털로

　　　　투구를 장식할 수 있도록 말이다.

개미들과 닥틸레들

　　　　그 누가 우리를 구해줄 것인가!

7655 　　　　우리가 쇠를 구해주니
　　　　저들은 쇠사슬을 만드는구나.
　　　　사슬을 끊고 자유를 찾기에는
　　　　아직 때가 되지 않았다.
　　　　그러니 아직은 고분고분 굴어야 한다.

이비코스[231]의 학들

7660 　　　　살인의 고함 소리와 죽음의 신음 소리,
　　　　두려워서 날개를 치는 소리,
　　　　이 무슨 신음, 이 무슨 탄식이
　　　　여기 이 높은 데까지 들려온단 말인가!
　　　　저들은 이미 모두 살해되었고,
7665 　　　　연못은 피로 시뻘겋게 물들었구나.
　　　　흉측한 자들의 탐욕이
　　　　왜가리의 기품 있는 장식을 약탈해간다.
　　　　이 배불뚝이 꾸부정 다리 악당들의 투구엔 벌써
　　　　왜가리의 깃털들이 한들거리고 있구나.
7670 　　　　그대들, 우리 군대의 동지들이여,
　　　　바다 위를 줄을 지어 날아가는 친구들이여,
　　　　아주 가까운 친척이 당한 일이니
　　　　같이 복수하자고 요청하오.
　　　　그 누구도 힘과 피를 아끼지 말라,
7675 　　　　이 악당들과 영원한 적이 될지어다!
　　　　　까악까악 울며 공중에서 흩어진다.

메피스토펠레스

(평지에서) 북방의 마녀들은 문제없이 다룰 수가 있었는데,

이 낯선 유령들은 어째 좀 으스스하구나.

브로켄 산은 정말 편안한 곳이야,

어디를 가든 무엇이 있는지 알 수 있거든.

일제 부인은 그녀의 바위 위에서 우리를 지켜주고,[232]

하인리히는 그의 언덕에서 즐거워하고 있을 거야.[233]

코 고는 바위가 엘렌트를 향해 드르릉대는 건 사실이나,[234]

이 모두 천 년 동안이나 변함없이 지속되어온 것들이다.

그런데 여기서는 어디로 가고 어디에 있는지 도대체 모르겠으니,

언제 발밑에서 땅이 부풀어오를지도 말이야

난 평평한 골짜기를 유쾌하게 거닐고 있었는데

갑자기 내 뒤에서 산이 하나 솟아올랐다,

뭐 산이라고 부를 만한 것도 아니었지만,

나와 스핑크스들을 갈라놓기에는

충분한 높이였어.──여긴 골짜기를 따라 내려가면서

아직도 많은 화톳불이 번쩍이며 기이한 곳들을 비춰주고 있다……

게다가 요염한 계집들이 아직도 춤추며 너울대고 있다,

날 유혹하듯, 날 피하듯, 그리고 장난치듯 희롱하면서.

서둘지 말고 천천히! 난 군것질에 도통하신 몸이야,
7695 어디서든 무엇이라도 허겁지겁 낚아채는 것은 내 수준이
아니지.

라미에들

(메피스토펠레스를 유인하면서) 빨리, 더 빨리!
그렇게 계속 앞으로!
그리곤 다시 멈칫멈칫,
재잘재잘 지껄이면서.
7700 저 늙은 방탕아를
우리한테로 유혹해서
실컷 골탕을 먹이면
정말 재미있을 거야.
뻣뻣한 발로 뒤뚱대며
7705 넘어질 듯
비틀거리며 오고 있네.
다리를 질질 끌며
우리가 도망치는 대로
우릴 뒤쫓아 온다.

메피스토펠레스

7710 (멈춰 서서) 빌어먹을 남자들의 운명이로다! 속아
넘어가야만 하다니!
아담 이래로 사내들은 꾐에 넘어가기 마련이었어!
다들 늙어가긴 하지, 그렇다고 현명해지는 걸까?

너 이미 바보 노릇 실컷 하지 않았는가!

허리통을 졸라매고, 낯짝에 분칠을 한 계집들이란
원래 쓸모가 없다는 것을 알긴 하지. 7715
이 여자들은 그 어떤 건강한 것도 줄 수 없고,
어디를 붙잡아도 사지가 온통 문드러져 있지.
이런 사실을 알고 있고, 보고 있고, 움켜잡을 수도 있건만,
그런데도 저 요물들이 피리를 불면 춤을 춘단 말이야!

라미에들

(걸음을 멈추고) 잠깐! 저 작자가 생각에 잠겨 주저하며 7720
서 있다.
저자에게 다가가라, 너희들에게서 벗어나지 못하게 해
라!

메피스토펠레스

(앞으로 나아가며) 빌어먹을, 해치우자! 의혹의 올가미에
바보처럼 걸려들지 말자.
마녀가 없다면,
어떤 작자가 악마가 되려 할 것인가! 7725

라미에들

(아주 매혹적으로) 이 멋진 분의 주위를 둥글게 둘러쌉
시다.
틀림없이 우리 중 누군가에 대한 사랑이
이분 가슴속에 움틀 것이니.

메피스토펠레스

희미한 불빛이긴 하지만

7730 당신들은 예쁜 여인들인 듯하오.

그러니 당신들을 헐뜯고 싶지 않소.

엠푸제[235]

(밀치고 들어오면서) 나도 헐뜯지 마세요! 나도 예쁜 여자로서

당신들 패에 끼게 해주어요.

라미에들

저 애는 우리 틈에 낄 수 없어요,

7735 늘 우리 놀이를 망쳐놓곤 해요.

엠푸제

(메피스토펠레스에게) 당신 사촌 엠푸제가 인사드려요,

당나귀 발을 가진 친척이랍니다.

당신이야 기껏 말발굽 하나밖에 안 가졌지만,

그래도, 사촌 양반, 극진히 인사합니다!

메피스토펠레스

7740 이곳엔 그저 낯선 자들만 있으리라 생각했는데,

젠장 가까운 친척들도 보게 되네.

옛날 책이라도 들춰봐야겠군,

하르츠에서 헬라스까지 항상 친척들을 만나다니!

엠푸제

결정하면 난 즉시 행동할 수 있어요,

여러 가지 모양으로 변할 수도 있고요. 7745
그러나 이번에는 당신을 존경하는 뜻으로
당나귀 머리를 하고 나왔지요.

메피스토펠레스
이 친구들 사이에선 친족 관계가
큰 의미를 가진다는 것을 알 수 있겠구나.
그러나 무슨 일이 일어나도 상관없지만, 7750
당나귀 머릴랑은 그만두시오.

라미에들
그 추악한 여자는 내버려둬요, 그년은
아름답고 사랑스럽게 보이던 것들을 쫓아버리고 말아요.
아름답고 사랑스럽게 생각되던 것들은,
저년이 다가오면, 더 이상 그렇지 않게 된단 말예요! 7755

메피스토펠레스
이 부드럽고 가냘픈 사촌 누이들도
내게는 모조리 의심스럽다.
저런 장미꽃 같은 뺨 뒤에
무언가 흉측스런 것이 숨어 있을 듯하구나.

라미에들
어디 시험해보시지요! 우린 이렇게 많이 있으니. 7760
붙잡아봐요! 이 놀이에서 당신 재수가 좋다면,
제일 예쁜 미녀를 얻게 되겠지요.
음담이나 계속 늘어놓은들 무슨 소용이 있나요?

당신 별 볼일 없는 호색한이군요,
7765 으스대며 다가와선 뻐기기나 하고!──
자, 저 작자가 우리 사이에 끼어들었다.
차례차례 가면을 벗어젖히고,
너희들의 진면목을 보여주어라.

메피스토펠레스

제일 예쁜 것을 골라잡았다……

   그녀를 껴안으며

7770 이런 젠장! 말라빠진 빗자루 같네!

   다른 여자를 붙잡으며

그런데 요것은?……흉측한 낯짝이로다!

라미에들

꼴에 더 나은 여자를 바라나요? 꿈 깨요.

메피스토펠레스

저 작은 년을 잡아봐야겠다……
도마뱀처럼 내 손에서 빠져나가네!
7775 땋아내린 매끄러운 머리채가 꼭 뱀 같구나.
반대로 이번에는 키다리를 잡아볼까……
이런, 디오니소스의 지팡이를 움켜잡았구나!
꼭대기에는 솔방울 머리가 달려 있네.
어떻게 되는 거지?……한 번 더 이젠 뚱보를 잡아보자,
7780 혹시 재미 좀 볼 수 있을지도 모르지.
마지막으로! 자, 해보자!

정말 기름덩이구나, 아래 뱃살은 출렁이고, 동양인들 같
으면
비싼 값을 주고 사들일 텐데……
그런데 아! 이 말불버섯이 두 쪽이 나버렸네!

라미에들

이젠 흩어져라, 재빨리, 어지럽게 이리저리　　　　　　　　　7785
떠다녀라, 새까맣게 무리지어 저 침입자
마녀의 자식놈을 둘러싸고 날아보자!
불안하고도 무시무시한 원을 만들어보자!
박쥐처럼 소리 없이 날개를 쳐라!
그런데도 이 작자 어렵잖게 빠져나갔네.　　　　　　　　　　7790

메피스토펠레스

(몸을 떨며) 나도 전보다 썩 현명해진 것 같진 않군.
여기도 엉망이야, 북녘도 엉망인데,
유령들이란 거기서나 여기서나 다 기분 나쁜 것들이지,
그런 걸 믿는 민중이나 만들어낸 시인들은 몰취미한 자
들이고.
여기도 막 가장무도회가 열렸는데　　　　　　　　　　　　7795
어디서나 그렇듯 육감적 춤판이로다.
귀여운 가면들을 향해 손을 뻗어보았더니
손에 잡힌 건 소름끼치는 것들이야……
가면의 환상이 더 오래 계속되기만 한다면,
기꺼이 속아주련만.　　　　　　　　　　　　　　　　　　7800

그동안 바위들 사이에서 길을 잃고 헤매면서
내가 대체 어디에 있는 거야? 어디로 빠져나가지?
오솔길이라도 있었는데, 여긴 온통 자갈밭이로다.
평탄한 길을 걸어서 왔는데,
이젠 내 앞엔 돌 더미일세.

7805 이리저리 오르고 내렸지만 헛일일 뿐,
어디서 나의 스핑크스들을 다시 만날 수 있을까?
이렇게 엄청나리라고는 생각하지 못했어,
단 하룻밤 새에 이런 산이 생겨나다니.
이거야말로 이곳 마녀들의 힘찬 역작이라고 할 만하군!

7810 그들의 브로켄 산을 여기로 날라온 모양이니.

오레아스[236)]

(자연적으로 형성된 바위 위에서) 이리 올라오시오! 내 산은 오래되었다오,
원래의 모양 그대로 서 있지요.
이 험준한 바윗길에 존경심을 가지시오,
핀두스 산맥에서 뻗어내린 마지막 줄기라오.

7815 폼페이우스가 날 넘어 도망쳤을 때에도
나는 여기 꼼짝하지 않고 이렇게 서 있었지요.
저 옆, 환상이 빚어낸 모습이야
닭이 울면 벌써 사라져버립니다요.
저런 동화 같은 것들이 생겨났다가

7820 갑자기 다시 사라져버리는 것을 난 자주 본답니다.

메피스토펠레스
높이 솟은 참나무들의 잎으로 둘러싸인
존엄하신 머리에 경의를 표합니다.
아주 밝은 달빛도
저 숲의 어둠을 뚫고 들어가지 못하는구나.
그런데 덤불 옆으로 아주 희미하게 빛나는   7825
불빛 하나 움직이고 있네.
이게 어떻게 설명될 수 있을까!
그렇다! 저건 호문쿨루스야.
이보게, 꼬마 친구, 어디서 오는 길인가?

호문쿨루스
난 여기저기 떠다니고 있어요.   7830
그리고 최상의 의미에서 생성되고 싶어요,
내 유리병을 깨버리고 싶어 미칠 지경입니다.
허나 지금껏 내가 본 것들
속으로 들어갈 모험은 하고 싶지 않아요.
다만, 당신에게만 은밀히 말하는 건데,   7835
난 두 명의 철학자들을 뒤쫓고 있어요,
귀를 기울여보니 자연! 자연! 하는 소리가 들리더군요.
이들과 떨어지지 않으려고 합니다,
이들이 지상의 존재에 대해 틀림없이 잘 알고 있을 테니까요.
그러니 종국에는 나도 어디로 향하는 것이   7840

가장 현명할지 알게 될 겁니다.

메피스토펠레스

그건 자네 혼자의 힘으로 하게나.

유령들이 자리를 잡은 곳에는,

철학자도 환영을 받게 되는 법일세.

7845 사람들이 그의 능숙함과 유익함에 탄복할 수 있도록

철학자들은 단숨에 새로운 유령을 한 다스씩 만들어내지.

이리저리 방황해보지 않으면 자넨 통찰에 이를 수가 없네!

생성되고 싶다면, 스스로의 힘으로 이뤄보게나!

호문쿨루스

당신의 좋은 충고는 유의하겠습니다.

메피스토펠레스

7850 그럼 가보게나! 계속 살펴보기로 하세.

       헤어진다.

아낙사고라스

(탈레스에게) 자넨 자네의 완고한 고집을 굽힐 줄 모르는군,

자네를 설득시키는 데 무엇이 더 필요하단 말인가?

탈레스

물결은 어떤 바람에게도 기꺼이 몸을 숙이지,

그러나 험준한 바위는 피해 지나간다네.

아낙사고라스

이 바위도 화염의 운무에 의해 만들어졌네.   7855

탈레스

생명체는 물에서 탄생하지.

호문쿨루스

(두 사람 사이에서) 당신들 곁을 따라가도록 허락해 주세요,

저도 생성되기를 간절히 바라고 있답니다!

아낙사고라스

오, 탈레스, 자넨 지금껏, 단 하룻밤 사이에,

이런 산을 진흙으로 만들어낸 적이 있는가?   7860

탈레스

자연과 자연의 생동하는 흐름은 결코

낮이나 밤이나 시간 따위에 얽매어 있지 않다네.

자연은 법칙에 따라 모든 형상을 만들어내지,

그래서 거대한 것을 만들 때도 폭력에 의존하지는 않네.

아낙사고라스

그러나 여기선 바로 그랬네! 플루토의 무서운 불길과   7865

에올스의 가스의 거대한 폭발력[237]이

평평한 땅바닥의 낡은 껍질을 뚫고 솟아올라

새로운 산 하나가 즉석에서 생겨난 것이지.

탈레스

산이 생겨나서 그 다음에는 어떻게 되었나?

7870 그래, 산은 생겨났네, 그런데 그게 전부일세.
이런 논쟁으로 우린 시간이나 허비할 뿐이네,
참고 기다리는 사람들[238]을 줄에 매어 끌고다닐 따름이네.

아낙사고라스

산은 어느새 미르미돈[239]들로 들끓고 있네,
이들은 바위틈에 거처를 정하고 살고 있지.

7875 피그메들, 개미들, 닥틸레들과
다른 부지런한 작은 것들이지.

    호문쿨루스에게

자넨 한 번도 거대한 것을 따라하려 노력하지 않았고,
은자처럼 갇혀서 살아왔지.[240]
자네가 지배하는 일에 익숙해질 수 있다면,
7880 난 자네에게 왕관을 씌워주겠네.

호문쿨루스

탈레스 선생님은 어떻게 생각하십니까?

탈레스

                    그렇게 하라고 권유하지 않겠네.
난쟁이들과 어울려봐야 보잘것없는 일밖에 할 수 없다네,
큰 사람들과 어울려야 자네처럼 작은 인간도 크게 될 수 있지.
저길 보게! 저 검은 구름 같은 학의 무리들을!
7885 학들은 흥분해서 날뛰는 난쟁이 족속들을 위협하고 있네,

자네가 이 족속들의 왕이 되면 마찬가지로 위협을 받을
걸세.
날카로운 부리와 발톱으로 무장을 하고
학들은 난쟁이들을 향해 내리꽂고 있네.
끔찍한 불행의 전조가 벌써 저 멀리 번개처럼 번쩍이는
구나.
조용하고 평화로운 연못을 에워싸고 7890
무도하게도 왜가리들을 살해했기 때문이라네.
그러나 비 오듯 쏟아진 그 살육의 화살들은 역으로
잔인하고 피비린내 나는 복수심을 불러일으켰지,
가까운 친척인 학들의 분노를 자극하여
이들은 무도한 피그메들의 피를 원하게 되었다네. 7895
방패며 투구며 창이 이제 무슨 소용이 있겠는가?
왜가리의 깃털 장식이 난쟁이들에게 무슨 도움이 되겠나?
닥틸레와 개미들이 허겁지겁 숨는 저 꼬락서니란,
군대 전체가 벌써 동요되어, 도망치고, 무너지고 있도다.

아낙사고라스

(잠시 침묵 후에 엄숙하게) 내 지금까지 지하 세계의 힘 7900
과 신들을 찬양했었다만,
이번 경우에는 하늘을 향해 도움을 빌어야겠구나……
그대, 천공에서 영원히 늙지 않는 분이시여,
세 개의 이름과 세 개의 모습을 가진 분이시여!
내 백성 난쟁이족의 고난에 즈음하여 당신을 부르나이다,

| 7905 | 디아나, 루나, 헤카테여!²⁴¹⁾

그대 마음을 넓혀주며 더없이 깊은 정감을 일깨우는 분이시여,

그대 겉모습은 고요하나 내면으론 무서운 힘을 가진 분이시여,

당신 그림자의 무서운 입을 벌리시오,

예로부터의 그 위력을 주문을 외우지 말고 나타내시오!

　　　잠시 사이를 두고

| 7910 | 내 기원을 너무 빨리 들어주었도다!

저 하늘을 향한

내 탄원이

자연의 질서를 어지럽힌 걸까?

여신의 둥근 옥좌가 어느새

| 7915 | 더 커져서, 점점 더 크게 다가온다.

보기에도 무섭고 엄청나도다.

그 내면의 불길이 밤의 음울함을 점점 더 붉게 비추는구나……

더는 가까이 오지 마오! 위협적인 거대한 둥근 달이여,

당신은 우리와 육지와 바다를 파멸시킬 지경이오!

그럼 사실이었던가, 테살리아의 마녀들이,　　　　　　　　7920
마법에 대한 뻔뻔스러운 믿음 속에,
주문을 노래해 당신을 당신의 궤도로부터 끌어내렸다는
것이?
당신을 강요하여 재앙을 불러일으켰다는 것이?……
밝은 원반의 주위가 어두워지더니,
갑자기 번쩍이고 불꽃을 튀기며 터져버리는구나.　　　　　7925
저 요란한 폭발음! 저 쉿쉿거리는 소리!
그 속에서 천둥치고 무섭게 바람이 불어대도다!
공손히 옥좌 앞에 엎드리옵나이다!
용서하소서! 제가 이 모든 것을 불러내었습니다.

　　　　　얼굴을 땅에 대고 엎드린다.

탈레스

이 사람 참 온갖 것 듣고 보는구먼!　　　　　　　　　　7930
우리에게 무슨 일이 생겼는지 난 도대체 알 수 없네.
그가 느끼고 지각한 것을 공유하지도 못했고.
하기야 솔직히 말하면, 지금은 미쳐 돌아가는 시간이지,
그러나 달은 전과 다름없이
아주 편안하게 제자리에 떠 있구나.　　　　　　　　　　7935

호문쿨루스

저 피그메들이 있던 자리를 좀 보세요,
저 산은 둥글었는데, 지금은 뾰족해졌습니다.
저는 엄청난 충돌을 감지했는데,

　　　　　저 바위가 달에서 떨어져내려,
7940　이것저것 묻지도 않고 다짜고짜
　　　　　친구건 적이건 짓눌러 죽여버렸습니다.
　　　　　하지만 난 그 기술만은 찬양해야겠군요,
　　　　　하룻밤 새에 창조적으로
　　　　　밑에서부터, 동시에 위로부터
7945　이런 산을 만들어내다니 말입니다.
　　　　　탈레스
　　　　　진정하게나! 그저 모두 상상해본 것들이니까.
　　　　　저 추악한 난쟁이 무리들은 없어져버리라고 해요!
　　　　　자네가 그들의 왕이 되지 않은 것은 잘된 일이네.
　　　　　이젠 밝고 명랑한 바다의 축제에 가보세,
7950　그곳에선 진기한 손님들을 바라고 또 존중해주지.
　　　　　　　　함께 떠난다.
　　　　　메피스토펠레스
　　　　　(반대쪽에서 바위를 타고 오르며) 내가 이런 가파른 바윗길을 지나고
　　　　　늙은 참나무의 굳은 뿌리들을 헤치며 가야 하다니!
　　　　　내 고향 하르츠 산에선 송진 냄새가
　　　　　역청 냄새와 비슷해 내 마음에 들었는데.
7955　무엇보다도 유황이 있었지……이곳 그리스인들에게는
　　　　　그러한 것들의 흔적은 냄새도 맡을 수 없구나.
　　　　　헌데 그리스인들이 무엇으로 지옥의 고통과 불길을 지펴

는지,

호기심도 생기고 알아보고 싶기도 하군.

드리아스[242]

당신은 고향인 당신 나라에선 똑똑했는지 모르나

낯선 땅에선 당신도 별 수 없구려.   7960

그렇게 고향만 생각하지 말고,

여기 이 성스러운 참나무의 존엄함도 존중해야 하오.

메피스토펠레스

사람이란 두고 온 것을 생각하게 마련이오.

익숙해 있던 것들은 항시 천국으로 기억된답니다.

그런데 말해주시오, 저기 동굴 안에   7965

희미한 빛을 받으며 세 겹으로 웅크리고 있는 것은 무엇이오?

드리아스

저들은 포르키아스[243]들이라오! 무섭지 않으면

저리로 가서 그들에게 말을 걸어보시오.

메피스토펠레스

못할 게 무엇이오!── 하지만 꼴을 보니 놀랍긴 하다.

자존심이 무척 센 나지만, 고백하지 않을 수 없군,   7970

저런 것들을 결코 본 적이 없노라고.

이들은 정말 알라우네보다 더 지독하구나……

저 세 겹의 괴물을 본다면

가장 끔찍한 죄악도

7975 전혀 추하다고 생각되지 않을 것이다.
가장 무시무시한 지옥 문턱에라도
저런 괴물들이 있으면 우린 견뎌내지 못할 것 같다.
여기 이 아름다움의 나라에 저런 것이 뿌리박고 있다니,
그러면서도 명예롭게 고전적이라고 불린단 말이야……
7980 저것들이 움직인다, 날 알아차린 모양이야,
피리 불듯 지절거리는구나, 이 박쥐 같은 흡혈귀들이.

포르키〔아스들 중 하나〕

눈을 이리 좀 다오, 자매들아, 누가 감히
우리 신전으로 이렇게 가까이 왔는지 알아보게.

메피스토펠레스

존경하는 분들이시여! 제가 당신들 가까이 다가가,
7985 당신들의 축복을 삼중으로 받고자 함을 허락해주십시오.
아직은 낯선 사람으로서 이렇게 나타났습니다만,
내가 잘못 알지 않았다면, 나는 당신들의 먼 친척입니다.
나는 존엄한 옛 신들도 이미 뵈었습니다,
오프스와 레아의 두 분 신 앞에서 깊숙이 허리도 굽혔고요.[244]
7990 당신들의 자매이자 혼돈의 자식인 파르카[245]도,
어제── 아니면 그제 만나 보았습니다.
그러나 당신 같은 분들은 뵌 적이 없습니다,
난 지금 말도 못하겠고, 그저 황홀할 따름이외다.

포르키아스들

이 유령은 제법 사리를 아는 것 같은데.

메피스토펠레스

시인들이 당신들을 찬양하지 않다니 참 이상합니다.   7995
어떻게, 대체 어찌하여 그리되었는지요?
당신들의 고귀한 모습을 그림 속에서도 본 적이 없군요,
조각가의 끌은 당신들의 모습을 새겨야 합니다,
유노, 팔라스, 비너스 혹은 그와 비슷한 신들이 아니라.

포르키아스들

고독과 조용한 어둠에 잠겨 있다 보니   8000
우리 셋은 한 번도 그런 걸 생각해보지 못했군요!

메피스토펠레스

어쩔 수 없었겠지요? 당신들이 세상을 등진 채
이곳에서 아무도 보지 않고, 또 아무도 당신들을 보지 않으니.
당신들은 화려함과 예술이 동시에 지배하는 곳에,
날마다, 대리석 덩어리가 영웅의 모습으로 조각되어,   8005
재빨리, 빠른 걸음으로, 세상에 나오는
그런 곳에서 살아야 합니다.
또──

포르키아스들

      입 닥치오, 그리고 우리를 충동질하지 말아요!
설혹 우리가 그런 걸 안다 한들 무슨 소용이 있겠소?

8010 암흑에서 태어났고, 밤의 것들과만 친척 관계이며,
누구도, 심지어는 우리 자신까지도 거의 우릴 모르는 판에.

메피스토펠레스
사정이 그렇다 하니 별로 할 말이 없군요,
그러나 자신을 다른 사람의 모습으로 바꿀 수도 있지요.
당신들 세 분은 눈 하나, 이빨 하나면 족하니,
8015 세 분의 존재는 두 분이서 함유하도록 하고,
세 번째 분의 모습을 나에게 맡겨준다 해도
신화학적(神話學的)으로도 허용될 수 있을 것입니다,
잠시 동안 말입니다.

한 포르키아스
      너희들 생각은 어때, 괜찮을 것 같니?

다른 포르키아스들
한번 해보자!──그러나 눈과 이빨은 줄 수 없어.

메피스토펠레스
8020 당신들 하필 가장 좋은 것들을 빼앗아가는군요,
그래서야 어떻게 완벽한 모습이 될 수 있겠습니까?

한 포르키아스
당신 눈 하나를 감아요, 어려운 일은 아녜요,
그러곤 즉시 송곳니 하나만 드러내 보여요,
그러면, 옆모습은, 곧바로 우리와
8025 친자매처럼 꼭 닮게 될 거예요.

메피스토펠레스

큰 영광이오! 그렇게 합시다!

포르키아스들

                그렇게 합시다!

메피스토펠레스

                     (포르키아스

의 옆모습을 하고) 난 이미

카오스의 총애 받는 아들로 여기 서 있도다!

포르키아스들

우리는 의심할 여지없이 카오스의 딸들이고.

메피스토펠레스

이젠 자웅동체라고 욕을 먹겠군, 이 무슨 치욕이람!

포르키아스들

새로 생겨난 우리 세 자매 정말 아름답도다!   8030

우린 이제 눈도 둘, 이빨도 둘이야.

메피스토펠레스

난 이제 사람들의 눈을 피해 숨어 있어야겠다,

이 꼴을 보면 지옥의 늪에서 악마들도 깜짝 놀랄 거야.

      퇴장.

에게 해의 암벽 만(灣)

달이 하늘 높이 떠 있다.

세이렌들
  (바위 절벽 위 여기저기 자리를 잡고, 피리 불며
  노래한다) 언젠가 잿빛의 음울한 밤에
8035 테살리아의 마녀들이 무도하게도
  당신을 끌어내렸지요,
  오늘은 밤하늘의 정점에 머물면서
  출렁이는 물결의 부드럽게 번쩍이는
  빛의 북적임을 편안히 보시옵소서,
8040 그리고 파도로부터 솟아오른
  저 혼란스런 무리를 비추어주소서.
  당신께 어떤 봉사도 마다하지 않을 것이오니
  아름다운 루나, 달의 여신이여 자비를 베푸소서.
네레이덴과 트리톤들[246)]
  (바다의 진기한 존재로서) 넓은 바다 뒤흔들며
  울려 퍼지게
8045 더 날카롭고 크게 소리소리 내어,
  깊은 바닷속 무리들을 불러올리자!
  무섭게 휩쓸며 삼켜버리는 폭풍을 피해
  더없이 고요한 바다 밑바닥으로 물러났건만,

감미로운 노래 우리를 이끌어 올리는구나.

보시오! 우리가 더할 수 없는 기쁨에 잠겨 8050
우리의 몸을 황금의 사슬로 단장한 것을,
왕관과 보석에다가
팔찌와 허리띠도 함께 곁들였다오.
이 모든 것 당신들의 공로지요.
이곳에 난파되어 가라앉은 보물들은 8055
당신들이 노래하여 우리에게 준 것이죠,
당신들, 우리 만(灣)의 마녀들이.

세이렌들

우린 잘 안답니다. 바다의 상쾌함 속에
물고기들은 그저 즐거워하며
근심 걱정 없이 삶을 떠돌고 있음을. 8060
그러나! 그대들 축제로 법석대는 무리들이여,
오늘 우리는 알고 싶답니다,
그대들이 물고기보다 우월한 존재라는 것을.

네레이덴과 트리톤들

우리 여기에 오기 전에
벌써 그 생각을 했답니다. 8065
자매들, 형제들이여, 서두르자꾸나!
오늘 우린 아주 짤막한 여행을 해야 한단다,
우리가 물고기보다 더 우월하다는

완전무결한 증거를 내놓기 위해,
멀어져간다.

세이렌들

8070
순식간에 가버렸구나!
곧바로 사모트라케[247]를 향해
순풍을 받으며 사라져갔어요.
고귀한 카비렌[248]의 나라에서
저들은 무엇을 할 생각일까요?
8075
카비렌은 신들! 비할 바 없이 불가사의하지요.
끊임없이 자신을 낳고 또 낳으면서도
자신들이 누군지 결코 모른답니다.

우아한 루나여, 자비로운 마음으로
당신의 천공에 그대로 머물러주시오,
8080
밤이 끝나지 않도록,
낮이 우리를 쫓아내지 못하도록.

탈레스
(바닷가에서 호문쿨루스에게) 난 기꺼이 자네를 네레우스 영감에게 데려다주겠네.
사실 우린 그의 동굴에서 멀리 떨어져 있지도 않네,
다만 그 노인네가 아주 완고하고
8085
게다가 밉살스런 고집불통이라네.

이 까다로운 영감에게는
인간이라는 족속이 전혀 마음에 들지 않는단 말일세.
그러나 그가 미래를 내다볼 줄 알기에
그 점에선 모두가 그를 존경하며
예언자로서의 그의 지위를 존중한다네. 8090
또한 그는 많은 사람에게 좋은 일도 해주었지.

호문쿨루스
한번 시험해보죠, 문을 두드려봐요!
당장 내 유리병과 생명의 불이 희생되기야 하겠어요.

네레우스
내 귀에 들리는 것, 이것은 인간의 소리가 아닌가?
당장 마음속 깊은 데서 분노가 치미는구나! 8095
신이 되려고 혼신의 노력을 기울이나,
영원히 자신을 벗어나지 못하는 저주를 받은 형상들이로다.
아주 오래전부터 난 신들처럼 편안히 지낼 수 있었으나,
빼어난 놈들은 그래도 도와주어야 한다는 생각이 내 등을 밀었지.
그런데 마지막에 해놓은 걸 보면, 8100
내가 충고를 안 해준 것과 조금도 다를 게 없었으니.

탈레스
하지만 바다의 영감님, 사람들은 당신을 믿고 있답니다.
당신은 현자시니, 우리를 여기서 내쫓지 마시오!

이 불을 보시오. 인간과 비슷하긴 하나,
8105 전적으로 당신의 충고에 따를 것이오.

네레우스

뭐 충고라고! 충고가 인간들에게 효력을 가진 적이 있었던가?
현명한 말도 완고한 귓속에서는 굳어버리고 마오.
그렇게도 자주 자신이 한 행동에 화를 내고 자책하지만,
인간들은 예나 다름없이 제 의지만 쫓는단 말이오.
8110 내가 파리스에게 얼마나 아버지처럼 경고한 줄 아시오,
그의 욕정이 한 이방의 여인을 미혹시키기 전에 말이오.
그가 그리스의 해안에 대담하게 서 있었을 때,
나는 영혼 속에서 본 것을 그에게 말해주었소.
대기 중에 가득 찬 연기, 모든 것을 휩쓰는 시뻘건 불길,
8115 불타오르는 들보, 그 아래에서의 살육과 죽음,
트로이의 심판의 날은 시구(詩句)에 묶여
수천 년 동안 그 끔찍함이 전해질 것이라 경고했건만.
이 늙은이의 말은 그 파렴치한 녀석에겐 헛된 농담일 뿐이었소,
그는 자신의 욕망을 따랐고, 트로이는 멸망했소——
8120 오랜 고통 끝에 굳어버린 거대한 시체는
핀두스의 독수리들에겐 아주 반가운 먹이였지요.[249]
오디세우스 역시 마찬가지요! 내 그에게 미리
키르케[250]의 간계와 키클롭스[251]의 잔혹함에 대해 말해주

지 않았겠소?
그의 우유부단함과 부하들의 경박함에 대해 경고하고,
이런저런 모든 것을 말해주었소! 그런 것들이 그에게 유 8125
익했소?
실컷 풍랑에 시달린 끝에, 그것도 아주 늦게야,
파도 덕에 친절한 사람들이 사는 해안에 이르렀지요.

탈레스
현명한 사람에게 그런 행동은 고통을 줍니다,
그러나 선량한 사람은 그래도 한번 더 시도해보겠지요.
아주 조그만 감사도 그를 매우 기쁘게 하고, 8130
엄청난 배은망덕을 완전히 상쇄해줄 겁니다.
이렇게 말하는 것은 우리에게 크나큰 청이 있기 때문이오.
여기 이 아이는 올바르게 생성되길 바란답니다.

네레우스
정말 흔치 않은 모처럼 좋은 이 기분을 망치지 마시오!
오늘 나는 그것과는 전혀 다른 일이 있다고요. 8135
내 딸들을 모두 불러들였단 말이오,
도리스가 낳은 내 딸들, 바다의 저 우아한 미녀들을.
신들이 사는 올림포스에도, 당신들 인간이 사는 땅에도
그렇듯 우아하게 움직이는 아름다운 자태들은 없을 것이오.
더할 수 없이 우아한 몸짓으로 그 애들은 8140
해룡(海龍)에서 넵투누스[252]의 말로 옮겨 탔소이다,

물의 원소와 더할 수 없이 은밀하게 결합되어,
심지어는 물거품조차 그 애들을 들어 올리는 듯하오.[253]

그중 제일 아름다운 갈라테이아는
8145 오색찬란한 비너스의 조개 수레를 타고 온다오,
그 애는 키프리스가 우리를 떠난 후,
파포스에서 여신과 마찬가지로 경배를 받습니다.[254]
이 사랑스런 애는, 비너스의 후계자로서, 이미 오래전부터
신전의 도시 파포스와 옥좌 수레를 차지하고 있지요.

8150 가시오, 가요! 아버지로서 기쁨이 넘치는 이 시간에
미움은 가슴에, 질책의 말은 입에 어울리지 않소.
프로테우스[255]에게나 가보시오! 그 기이한 자에게 물으시오,
어떻게 해야 생성되고 모습을 바꿀 수 있는지를.
　　　바다를 향해 사라진다.

탈레스
이번 걸음으로 우린 아무것도 얻은 게 없군.
8155 프로테우스를 만난다 해도, 그는 곧바로 녹아 없어질 거네.
설령 그가 자네를 상대해준다 할지라도, 그의 말은 결국
우리를 놀라게 하고 혼란케 할 뿐일 걸세.
그러나 자네가 일단 그의 조언을 필요로 하니,

한번 해보기로 하고 우리의 길을 가세!

  멀어져간다.

세이렌들

  (암벽 위에서) 저 멀리에서 파도의 나라를 헤치   8160
  고
  미끄러져 오는 것이 무엇일까?
  마치 하얀 돛이
  순풍을 타고 다가오듯,
  저 정화된 바다의 요정들
  보기에도 밝고 맑구나……   8165
  암벽을 내려갑시다,
  저들의 말을 들어보아요.

네레이덴과 트리톤들

  우리가 두 손에 받쳐 들고 오는 것은
  당신들 모두를 기쁘게 해줄 거예요.
  거대한 거북의 등에서   8170
  엄숙하고 진지한 모습들 빛을 발합니다,
  이들은 우리가 모셔오는 신들이시니,
  그대들은 찬양의 노래 부르십시오.

세이렌들

  모습은 작아도
  지니신 힘은 큽니다,   8175
  난파한 사람들의 구조자시며

먼 옛날부터 숭배되는 신들이십니다.

네레이덴과 트리톤들

평화로운 축제를 벌이기 위해
우리들은 카비렌을 모셔왔지요.
8180 이 신들이 성스럽게 다스리시는 곳에서는
바다의 신 넵투누스도 얌전히 구니까요.

세이렌들

우리들은 당신들에게 미치지 못합니다.
배가 부서지면 당신들은
거역할 수 없는 힘으로
8185 선원들을 지켜주시니까요.

네레이덴과 트리톤들

우리는 세 분의 신을 모셔왔어요.
네 번째 분은 오시려 하지 않더군요.
그분 말이, 자기야말로 진정한 신이시라고요,
다른 신 모두를 위해 대신 생각해준답니다.

세이렌들

8190 한 분의 신이 아마도
다른 신을 조롱하시나 봐요.
그러나 당신들은 모든 은총을 공경하고
어떤 재앙이라도 두려워해야 합니다.

네레이덴과 트리톤들

신들은 원래 일곱 분이랍니다.

세이렌들

> 그럼 다른 세 분은 어디 계시죠? 8195

네레이덴과 트리톤들

> 우린 알 수 없답니다,
> 올림포스에나 가서 물어보시죠.
> 그곳에는 아무도 아직 생각하지 못한
> 여덟 번째 분이 계실지도 몰라요.
> 이 신들은 우리에게 자비를 베푸시지만, 8200
> 아직 이분들 모두가 완성되지는 않았답니다.
> 이 비길 데 없는 신들은
> 항시 더 나아가려 합니다,
> 결코 이를 수 없는 것을 향한
> 동경에 가득 찬 허기로 고통받는 분들이죠. 8205

세이렌들

> 신이 어디에 계시든
> 우리는 습관적으로 기도하지요,
> 태양에 계시든, 달에 계시든 간에,
> 기도는 값어치가 있어요.

네레이덴과 트리톤들

> 이런 축제를 이끄니 8210
> 우리의 명성은 드높이 빛나겠구나!

세이렌들

> 고대의 영웅들도

　　　　이런 명예를 얻지는 못했지요,
　　　　언제 어떻게 그들의 이름을 빛냈던 간에 말에요.
8215　　그들이 황금의 양피를 얻었다면,
　　　　당신들은 카비렌 신들을 모셔왔지요.
　　　모두의 합창으로 반복된다
　　　　그들이 황금의 양피를 얻었다면
　　　　우리는, 그대들은 카비렌 신들을 모셔왔지요!

네레이덴과 트리톤들
(지나간다)

호문쿨루스
저 기형적 형상들은 내게는
8220　치졸한 원시적 흙 항아리들처럼 보이네요,
그런데 현명한 학자들이 저 항아리들에 몰두하여
그 완고한 머리통들을 싸매고 있다니.
탈레스
그것이 바로 사람들이 탐내는 것이지,
녹이 슬어야 비로소 동전이 값이 나가는 법이라네.
프로테우스
8225　(보이지 않게) 그런 것이 나 같은 늙은 환상적 이야기꾼
을 즐겁게 해준다오.
신비스러울수록 더 존경스럽지.

탈레스

자네 어디 있나, 프로테우스?

프로테우스

(복화술을 사용하여 때로는 가까이, 때로는 멀리 있는 듯이) 여기야! 그리고 여기일세!

탈레스

자네의 그 오래된 장난은 용서해주지.
그러나 친구에게 쓸데없는 말은 그만두게!
난 알고 있어, 자네가 엉뚱한 곳에서 말하고 있다는 것을.

프로테우스

(먼 곳에서 말하는 것처럼) 잘 있게나!

탈레스

(나직한 목소리로 호문쿨루스에게) 그는 아주 가까이 있다네. 자, 힘차게 빛을 발하게,
저 친구 물고기처럼 호기심이 많거든.
그가 어떤 모습을 하고 숨어 있든지 간에,
불은 그를 꾀어낸다네.

호문쿨루스

빛의 양이야 즉시라도 많이 쏟아낼 수 있지만,
내 유리병을 깨트리지 않도록 조심해야 합니다.

프로테우스

(거대한 거북의 모습으로) 그렇게 우아하고 아름답게 빛나는 것이 무엇인가?

탈레스

(호문쿨루스를 가리키면서) 좋아! 자네가 보고 싶다면 더 가까이서 볼 수 있지.
그러나 조그마한 수고를 마다하지 말고
8240 인간처럼 두 발로 선 모습으로 나타나게.
우리가 숨긴 것을 보려는 자는,
우리의 호의든지 아니면 우리의 의지를 얻어야 하지.

프로테우스

(고귀한 모습으로) 소피스트적 궤변을 자넨 아직도 잊지 않았군.

탈레스

모습을 바꾸는 게 아직도 자네의 즐거움이군.

　　　호문쿨루스를 보여준다.

프로테우스

8245 (놀라서) 빛을 발하는 난쟁이라! 아직 한 번도 본 적이 없다!

탈레스

이 친구는 조언을 구해서 생성되고 싶어 한다네.
그에게서 들은 바로는, 그는 아주 기이하게도
절반밖에 태어나지 않았다고 하네.

정신적인 본성에 있어서는 부족한 것이 없으나,
물질적이며 구체적인 현실적 능력은 전혀 없다네. 8250
지금까진 유리병만이 그에게 무게를 줄 뿐,
그래서 그는 우선은 육체를 가지고 싶어 한다네.

프로테우스

너야말로 진정한 숫처녀의 아들이로다,
태어나서는 안 될 때에 벌써 태어났으니.

탈레스

(나지막하게) 내 보기엔 그는 다른 면에서도 문제가 있 8255
는데,
저 친구는 남녀 양성을 모두 지닌 것 같네.

프로테우스

그럼 오히려 성공할 가능성이 높지.
그가 어떤 인간이 되느냐에 따라 성도 거기에 순응할 걸세.
그러나 꼬마 친구, 여기선 이런저런 생각이 필요가 없다네,
넓은 바다에서 시작해야 한다네! 8260
우선은 작은 존재에서 시작해
아주 작은 놈을 삼키는 걸 즐기는 거지,
그런 식으로 차츰차츰 성장해나가서,
좀 더 높은 존재로 자신을 완성해가는 거야.

호문쿨루스

8265 여기엔 아주 부드러운 바람이 부는군요,

촉촉한 풀 냄새가 나요, 그 향기가 참 상쾌하군요!

프로테우스

그럴 게다, 사랑스러운 아이야!

그리고 더 멀리 나가면 더 상쾌해진단다,

길쭉이 뻗어나온 이 좁은 해변의 끝에 가면

8270 상큼한 바람은 이루 말할 수가 없을 거야.

저 앞에 행렬이 보이지,

막 부유하며 다가오는군, 아주 가까워졌다.

자, 같이 저곳으로 가보자!

탈레스

                나도 같이 가겠네.

호문쿨루스

세 유령의 희한한 행보로군요.

    로도스 섬의 텔히네족,[256)]

    해마와 해룡을 타고, 넵투누스의 삼지창을 흔들며 등장

    한다.

합창

8275 우리는 넵투누스의 삼지창을 만들었다네,

그 창으로 해신은 광란하는 파도도 진정시키지.

우레의 신이 하늘 가득 먹구름을 펼치면,

넵투누스는 무서운 천둥소리에 맞대응을 한다네.
그러면 위에선 날카로운 번갯불이 번쩍거리고,
밑에서는 파도와 파도가 연이어 솟구쳐 오르지. 8280
그 사이에서 공포에 사로잡혀 절망적으로 싸우는 것들은
길게 내동댕이쳐졌다가 깊은 바닷속으로 삼켜진다네.
그래서 신께서는 오늘 우리에게 왕홀을 넘겨주셨다오,
우린 이제 축제의 기분으로 떠돕니다, 안심하고 가벼운
마음으로.

세이렌들

그대들 헬리오스에 귀의한 분들이여, 8285
태양처럼 밝은 날의 축복받은 분들이여,[257)]
루나를 찬양하는 이 감동적 시간에
우리 당신들께 인사드립니다.

텔히네족

저 위 중천에 떠 있는 사랑스러운 여신이여
당신의 오라비를 찬양하는 노래 기쁘게 들으소서. 8290
축복받은 섬 로도스에 당신의 귀 기울여주시기를,
그곳에는 그분께 바치는 영원한 찬양의 노래 울려 퍼지니.
하루의 여정을 시작할 때 그리고 마쳤을 때,
그분은 불같은 시선으로 우리를 보십니다,
산들, 도시들, 바닷가, 그리고 파도, 8295
신의 마음에 들어 모두 사랑스럽고 밝습니다.
안개도 우릴 감싸지 못합니다, 안개가 살며시 스며들면,

한 줄기 햇살이 비쳐 대기와 섬을 다시 맑게 해줍니다!
그곳에서 높으신 그분 수백의 형상으로 자신을 만나보십
니다.[258]

8300 청년으로, 거인으로, 위대하신 분으로, 온유하신 분으로.
그러나 우리가 처음이었다오, 신의 위엄을
존엄한 인간의 모습으로 만들어낸 것은.

프로테우스

저것들 제멋대로 노래하고 허풍 떨게 내버려두어라!
태양의 성스러운 생명의 빛이 보기에
8305 생명 없는 조각물 따위는 그저 웃음거리일 뿐이니.
이자들은 끊임없이 녹이면서 만들지.
청동으로 무언가 주조해놓고선
제대로 된 뭔가를 만든 듯이 생각하지.
그러나 이 자랑스러운 걸작들 끝내는 어떻게 되었는가?
8310 신들의 형상들 거창하게 서 있었다만──
단 한 번의 지진이 이들을 파괴해버렸지.
이 동상들 이미 오래전에 다시 녹아버렸다.

이 땅 위에서 하는 일은, 무엇이든 간에,
언제나 힘든 노역일 뿐.
8315 삶에는 물결이 훨씬 더 유용하지.
나 프로테우스──돌고래가 너를

영원한 물의 세계로 데려다주겠다.
> 돌고래로 변신한다

자, 이제 되었다!
그곳에서 네 소망이 가장 멋있게 이루어질 것이다,
내가 너를 내 등에 태우고 갈 터이니
너는 바다와 혼약을 맺을지어다. 8320

탈레스

창조를 처음부터 시작하려는
그 가상한 요구에 응해주어라.
재빨리 행동할 수 있도록 준비를 할지어다!
이제 너는 영원한 법칙에 따라 움직일 것이니,
수없이 많은 형태들을 거쳐 8325
인간이 되기까지 많은 시간이 걸릴 것이다.

호문쿨루스

(프로테우스-돌고래에 올라탄다)

프로테우스

정신적 존재로서 넓은 바다로 가자,
그곳에선 즉시 길이와 넓이를 가지고 살아갈 수 있으며,[259)]
그 세계에선 마음대로 움직일 수 있을 것이다.
그러나 더 높은 단계에 이르려고 하진 마라, 8330

네가 일단 인간이 되고 나면,

네 발전은 거기에서 끝장이니까.

탈레스

그거야 그때그때의 상황에 달렸지. 자신의 시대에서 훌륭한 사람이 되는 것도 역시 멋진 일이네.

프로테우스

8335 (탈레스에게) 아마 자네와 같은 종류의 사람이겠지!

명성은 제법 오래 남게 되지.

이 창백한 유령의 무리들 속에서

난 자넬 수백 년 동안이나 보아왔으니 말일세.

세이렌들

(암벽 위에서) 이 무슨 둥근 구름의 띠가 달 주위를

8340 저렇게 넉넉한 동그라미로 감싸고 있는가?

그건 사랑에 불타는 비둘기들이랍니다,

날개는 빛처럼 하얗지요.

사랑의 여신이 파포스에서 보냈답니다,

그녀의 열정적인 이 새 떼를.

8345 우리의 축제, 이제 완성되었으니,

그늘 없는 기쁨 가득 차고 해맑구나!

네레우스

(탈레스에게 다가서며) 밤길을 가는 인간이야 저런 달무리를

공기의 현상이라고 부를 터이지.

그러나 우리 유령들은 완전히 다른 의견을,
유일하게 올바른 의견을 가지고 있다네. 8350
저건 비둘기들일세, 내 딸의
조개 수레 여정을 함께 하고 있지,
예로부터 익혀온
아주 특별한 유형의 경이로운 비행이라네.

탈레스

착한 사람의 마음에 드는 의견을 8355
나 또한 최상의 것으로 생각하네,
그의 조용하고 따뜻한 가슴속에
그 어떤 성스러운 것이 살아 있다면 말이네.

프실렌족과 마르젠족[260]

(바다 동물들, 바다소, 숫양 등을 타고) 키프로스의
거친 동혈 속에,
바다의 신도 파묻을 수 없고, 8360
지진의 신도 파괴할 수 없는 곳에,
영원한 바람에 감싸여서
우리는 키프로스의 수레를 지켜왔지요,
까마득한 옛날이나 다름없이,
은밀한 즐거움을 의식하면서. 8365
그러고는 밤의 살랑거림 속에서,
사랑스러운 파도의 망을 헤치고,
새로운 족속들[261]의 눈에는 보이지 않게,

　　　　　　　우린 더없이 사랑스러운 따님을 모셔옵니다
8370　　　　조용히 일하는 우리들은
　　　　　　　독수리도 날개 달린 사자도,
　　　　　　　십자가도 달도 겁내지 않지요,²⁶²⁾
　　　　　　　저 위 세상에 누가 살고 지배하든,
　　　　　　　교차하여 흥하고 망하든,
8375　　　　쫓고 쫓기든 죽고 죽이든,
　　　　　　　곡식과 도시들을 폐허로 만들든,
　　　　　　　우리들은, 늘 그랬듯이,
　　　　　　　더없이 사랑스러운 여주인님을 모셔옵니다.

세이렌들

　　　　　　　경쾌하게 움직이며, 적당히 서둘러,
8380　　　　수레를 둘러싸고 겹겹으로 원을 만들었는가 하면,
　　　　　　　어느새 흩어져 얽혀 있다가 열을 지어
　　　　　　　뱀처럼 긴 행렬을 이루어
　　　　　　　그대들 씩씩한 네레이덴 가까이 오는군요,
　　　　　　　귀엽고 거친 굳건한 여인들이여.
8385　　　　그대들 부드러운 도리덴이여, 모셔와요,²⁶³⁾
　　　　　　　어머니를 빼닮은 갈라테이아를.
　　　　　　　근엄하며 신들과 같은 위엄스런 모습,
　　　　　　　소멸되지 않을 존엄함을 갖추었으나,
　　　　　　　또한 사랑스런 인간의 여인처럼
8390　　　　매혹적인 우아함도 함께 합니다.

도리덴

    (합창을 하며 네레우스의 곁을 지나간다. 모두 돌고래를 타고 있다.) 루나여, 빛과 그림자를 우리에게 빌려주어

    이 꽃 같은 젊은이들을 맑고 밝게 비춰주소서.

    우린 이 사랑하는 낭군들을

    아버님께 보여주고 받아주시길 간청하려 한답니다.

        네레우스에게

    이들은 성난 파도의 이빨로부터   8395

    우리가 구해낸 젊은이들입니다.

    이들을 갈대와 이끼 위에 부드럽게 뉘어놓고

    몸을 덥혀주어 세상 빛을 다시 보게 해주었지요.

    이제 이들은 우리에게 뜨거운 입맞춤으로

    충실히 이 은혜에 보답해야 합니다.   8400

    사랑스런 이 청년들을 곱게 보아주세요!

네레우스

그런 일거양득은 높이 평가할 만하구나,

인정을 베풀고, 동시에 스스로도 즐거움을 얻으니.

도리덴

    아버님이 우리가 한 일을 칭찬하시고

    우리가 거두어들인 즐거움을 허용하신다면,   8405

    이들을 불사의 몸으로 만드시어,

    우리의 영원한 젊은 가슴에 굳게 안기게 해주소서.

네레우스

이 아름다운 포획물과 즐기고 싶으면,

이 젊은이들을 제대로 된 남자로 길러내렴.

8410 그러나 제우스 신만이 베풀 수 있는 것을

나는 너희들에게 줄 수 없구나.

끊임없이 출렁대며 너희들을 흔들어대는 물결은

사랑 역시 영원하게 놓아두지는 않을 것이다.

그러니 사랑의 꿈에서 깨어나면

8415 편안하게 이들을 뭍으로 보내주렴.

도리덴

사랑스런 젊은이들, 그대들은 우리에겐 소중하지만

이제 우리는 슬픈 이별을 해야만 해요.

우리는 영원한 부부간의 사랑을 원하건만

신들은 그걸 인정하지 않으려 합니다.

젊은이들

8420 그대들이 우리 씩씩한 뱃사공들을

앞으로도 그렇게 돌보아주신다면.

우린 이런 행복 가져본 적 없었고,

더 이상의 것은 바라지도 않습니다.

갈라테이아, 조개 수레를 타고 가까이 온다.

네레우스

너로구나, 내 사랑스런 딸아!

갈라테이아

　　　　　　　　　오, 아버님! 오, 이 행복!

돌고래야 멈추어라! 저 눈길이 나를 붙잡는구나.　　　　　　　　8425

네레우스

벌써 지나갔구나, 물을 차고 뛰어올라 둥근 원을 그리며

이들은 벌써 지나가버렸구나.

하긴 돌고래가 내 마음속의 격동에 무슨 관심이 있으랴!

아아! 그들이 날 데려가준다면!

그러나 단 한 번 바라본 즐거움만으로도　　　　　　　　　　　8430

일 년 동안 헤어져 있는 것을 견디어낼 수 있지 않은가.

탈레스

만세! 만세! 그리고 또 만세!

아름다움과 진실에 가득 차서

내 기쁨 꽃피어 오르나니……

모든 것이 물로부터 생겨났도다!!　　　　　　　　　　　　　8435

모든 것이 물에 의해 생명이 유지되도다!

바다여, 그대의 활동을 영원히 멈추지 말아다오.

그대가 구름을 보내주지 않았던들,

넘쳐흐르는 샘들을 주지 않았던들,

강물이 여기저기 굽어 흐르게 하지 않았던들,　　　　　　　　8440

마침내 도도히 흐르는 큰 강들을 완성시키지 않았던들,

산과 들은, 그리고 세계는 어찌 되었을 것인가?
그대야말로 생동하는 생명을 유지해주고 있노라.

메아리

(모든 등장인물들의 합창) 그대야말로 생동하는 생명이 샘솟아오르는 곳이로다.

8445 네레우스

그들은 흔들거리며 바다 저 멀리로 돌아가,
이제 더 이상 시선과 시선이 마주치지 않는구나.
윤무를 추는 무리들 긴 사슬의 고리들처럼 서로 얽혀 있고
축제의 흥취를 보여주려는 양
8450 무수한 무리들이 빙글빙글 돌고 있구나.
그러나 갈라테이아의 조개 옥좌만은
보이고 또 보이는구나.
그건 붐비는 무리들 속에서도
별처럼 빛나고 있다.
8455 우리의 사랑을 받는 것은 혼잡함 속에서도 반짝이니,
저렇게 멀리 떨어져 있어도
밝고 맑게 빛나고 있도다,
언제나 가까이 그리고 진리처럼.

호문쿨루스

　　이 매혹적인 물의 세계에서는
8460　　내가 비추는 것은 무엇이든
　　모두 매력적으로 아름답구나.

프로테우스

    이 생명의 물에서야 비로소

    너의 빛은 찬란히 빛날 것이다,

    장려한 소리와 함께.

네레우스

저 무리들 가운데 이 무슨 새로운 신비가

우리 눈에 현현하려는 것인가?   8465

갈라테이아의 발과 조개 수레를 둘러싸고 불타는 것은

무엇일까?

때론 강렬히, 때론 사랑스럽고 그리곤 달콤하게 타오르는구나,

마치 사랑의 충동에 따라 움직이듯.[264]

탈레스

저건 호문쿨루스라네, 프로테우스가 설득해서 데리고 왔지……

저 현상들은 도저히 거역할 수 없는 갈망의 징후들이네.   8470

이제 두려움에 찬 몸부림의 신음 소리가 들릴 걸세.

그가 빛나는 옥좌에 몸을 던져 산산조각이 날거야.

아, 막 불길이 솟아오르고 번쩍이는군, 벌써 쏟아지고 있어.[265]

세이렌

    서로 부딪쳐 반짝이며 부서지는 물결들을

    밝게 비춰주는 저 경이로운 불길은 무엇일까요?   8475

물결은 빛나고 출렁이며 이쪽을 밝혀줍니다.
밤의 어두움 속에서 모든 물체가 불타오르는 듯하고,
주위에는 모든 것이 불에 둘러싸여 있습니다.
이대로 다스리시오, 모든 것의 시작인 에로스여!

8480 성스러운 불길에 싸인
바다에 축복 있으라! 파도에 축복 있으라!
물에 축복 있으라! 불에 축복 있으라!
이 진기한 사건에 축복 있으라!

모두 함께

부드럽게 부는 바람이여 축복 있으라!
8485 신비스러운 동굴이여 축복 있으라!
여기 드높이 찬양받으니,
그대들 사대 원소 모두 다!

| 제3막 |

스파르타에 있는 메넬라오스 왕의 궁전 앞

헬레네, 사로잡힌 트로이 여인들의 합창대와 함께 등장한다. 판탈리스가 합창대를 지휘한다.

헬레네
찬사도 많이 받고 질책도 많이 받은 나 헬레네
우리가 막 상륙한 해안에서 오는 길입니다,
아직도 파도의 거센 흔들림에 취해 어지러워요,
허나 바로 이 파도가 프리기아 평야[266]에서부터 우리를
높이 솟구쳐 오른 등에 태우고, 포세이돈의 호의와
오이로스[267]의 힘을 빌려, 조국의 항만으로 실어다주었

지요.

저 아래에서는 메넬라오스 왕[268]이 그의 전사들 가운데

8495 가장 용맹한 자들과 함께 귀환을 축하하고 있답니다.

그러나 높이 솟은 궁전이여, 너는 나를 반갑게 맞아다오,

내 아버지 틴다레우스 왕께서 귀국하여

팔라스의 언덕[269] 가까이 지으셨고,

또, 내가 클리템네스트라와는 자매로서

8500 그리고 카스토르와 폴리데우케스와 즐겁게 놀면서 자란

그때에는,[270]

스파르타의 어느 집보다 화려하게 장식되었던 궁전이여.

너희 청동의 대문들이여, 내 반갑게 인사하노니,

언젠가 손님을 맞이하듯 활짝 열려진 너희들 문을 통해,

수많은 구혼자들 중 선택받은 메넬라오스가

8505 신랑의 모습으로 환하게 빛나며 나를 향해 왔었지.

문들이여 다시 열려다오, 내가 왕비답게

왕의 급한 분부를 충실히 이행할 수 있도록.

나를 들어가게 해다오! 그리고 지금껏

내게 휘몰아쳤던 불행은 모두 내 뒤에 남아 있어다오.

8510 나는 아무런 걱정 없이 이곳을 떠났었지,

성스러운 의무에 따라 키테라의 신전[271]을 찾았다가

트로이의 도둑[272]에게 유괴를 당한 후

참으로 많은 일들이 벌어졌다, 세상 사람들이 모두

이 일들에 대해 쉽게 이야기하지만, 누군들 듣기 좋을까,

자신에 대한 말과 말이 쌓여 허황된 이야기로까지 엮어 8515
지는 것을.

합창

> 오, 존귀하신 왕비님, 더없이 귀한 보물의
> 명예로운 소유를 소홀히 여기지 마소서!
> 지고의 행복이 당신에게만 주어졌으니,
> 아름다움의 명예는 무엇보다도 드높습니다.
> 영웅에게는 그의 이름이 앞서 울립니다, 8520
> 그래서 그는 자랑스럽게 나아가지요.
> 그러나 모든 것을 굴복시키는 아름다움 앞에서는
> 아무리 의지가 강한 남자라도 즉시 제 뜻을 굽힌답
> 니다.

헬레네

그만해두어요! 내 남편과 함께 나는 배를 타고 왔고,
이제 내가 그분 분부로 먼저 성내로 들어온 것이니, 8525
그러나 그가 무슨 마음을 품고 있는지, 난 알 수 없구나.
난 아내로서 온 것인가? 왕비로서 온 것인가?
왕이 겪은 쓰라린 고통과, 그리스인들이 오래 감내했던
불행에 대한 제물로 온 것일까?
난 정복당한 것인가, 아니면 사로잡힌 것인가, 알지 못하 8530
겠다!
신들은 내 운명과 명예를 이중적으로 결정지어,
아름다운 자태에다 위험스러운 동반자들을 붙여놓았고,

이것들은 지금 이 문지방에서조차도
음울하고 위협적인 모습으로 내 곁에 서 있도다.
8535 움푹 들어간 배 안에서부터 이미 남편은 나를
거의 쳐다보지 않았지, 기분 좋은 말 한마디도 해주지 않았다.
나와 마주 앉아 무언가 불길한 것을 생각해내는 듯했고.
그러다가, 오이로타스 강의 깊은 안곡으로 나아가던 중,
앞선 배들의 이물이 뭍에 닿자마자,
8540 그는 갑작스런 영감이라도 받은 듯 말했다.
여기서 내 병사들은 순서에 따라 하선할 것이오,
나는 해안에 대열을 짓게 하여 그들을 사열하려 하오.
그러나 당신은 계속해서 가시오, 성스러운 오이로타스 강의
비옥한 기슭을 계속 거슬러 올라가시오,
8545 꽃들로 장식된 축축한 초원으로 말을 몰아서
아름다운 평야에 이르도록 하시오,
일찍이 라케다이몬[273]이, 험준한 산들에 가까이 둘러싸인
비옥하고 넓은 들판을 일궈놓은 곳 말이오.
그런 다음 언덕 위에 높이 서 있는 왕궁으로 들어가서
8550 내가 그곳에 남겨놓은 시녀들을,
영리하고 늙은 여집사와 함께 점검하시오.
여집사에게 풍성하게 모아둔 보물들을 내보이라 하시오,
당신 아버지가 남겨놓았고 나 자신,

전시에도 평화 시에도, 끊임없이 불려서 쌓아둔 보물들
말이오.
모든 것이 질서 정연하게 정돈되어 있는지 살펴보시오. 8555
왕이 집에 돌아왔을 때, 모든 것이 조금도 변함없이
남겨놓은 그대로 제자리에 있는 것을 확인하는 것,
그것은 왕의 특권이오.
무엇을 바꾸는 것은 종의 권한이 아니오.

합창

    끊임없이 불어난 화려한 보물로 8560
    눈과 가슴을 즐겁게 하세요.
    목걸이 장식과 왕관의 보석들,
    거만하게 앉아서 무어라도 된 듯 생각합니다.
    그러니 들어가서 도전해보세요,
    저것들도 재빨리 채비를 하겠지요. 8565
    아름다움이 황금과 진주와 보석들에 맞서
    우열을 다투는 것을 무척 보고 싶습니다.

헬레네

그다음에도 왕의 지시는 계속 이어졌다.
모든 것이 정돈되어 있는지 살펴본 후에는,
필요하다고 생각되는 만큼의 삼발이 향료와 8570
그리고 제물을 바치는 제주가 신성한 예식을 행하는 데
필요한 여러 가지 제기들을 갖추시오,
솥과 주발, 그리고 납작하고 둥근 쟁반도.

높다란 항아리에는 거룩한 샘의 깨끗한 물을
8575 담아놓고, 또 불이 잘 붙을 마른 장작도
준비해두시오. 마지막으론
잘 갈아서 날이 선 칼도 빠지면 안 되오.
그 밖의 다른 모든 것들은 당신 재량에 맡기겠소.
그렇게 그는 말하고는, 나에게 떠날 것을 재촉했지.
8580 그러나 올림포스의 신들을 경배하기 위해 어떤 살아 있
는 것을
도살하려는지, 그에 대한 지시는 전혀 없었다.
마음에 걸리기는 하나, 더 이상 걱정은 하지 않겠다.
모든 것을 높으신 신들에게 맡길 뿐.
인간들이 좋게 생각하든, 나쁘게 생각하든 간에
8585 신들은 그들이 뜻하는 대로 이루어나가니,
우리 인간들로서는 그걸 참아낼 수밖에 없지.
하긴 지금까지 제주의 무거운 도끼가 제물을 바치려고
땅에 뉘어진 짐승의 목을 향하여 들어 올려졌지만
내리치지 못한 적도 가끔은 있었다. 근처의 적이나
8590 신의 간섭이 그걸 못하게 막았기 때문이지.

합창

    무슨 일이 일어날지 미리 알 순 없습니다.
    그러니 왕비답게 당당히 나아가세요,
    편안한 마음으로.
    좋은 일이나 나쁜 일은

인간에게 예기치 않게 오지요. 8595
예언도 우리는 믿을 수 없어요.
트로이가 불탈 때, 우린 보지 않았던가요,
목전에 닥친 죽음을, 치욕스런 죽음을.
그런데도 우리는 지금 여기에서
당신을 모시고 즐겁게 시중들며, 8600
하늘의 눈부신 태양을 보고 있는 걸요,
그리고 세상에서 가장 아름다운 분 당신,
행복한 우리들은 자애로우신 당신을 보고 있어요.

헬레네

무슨 일이 일어나도 개의치 않으리! 내 앞에 무엇이 있건,
지체 없이 왕궁으로 올라가는 것이 내겐 어울리리라, 8605
오래 아쉬워했고, 많이 그리워했으며, 거의 잃을 뻔했던
이 왕궁이 다시 내 눈앞에 서 있다니, 이게 어찌 된 일일까.
내 발걸음 힘차게 이 계단을 오르지 못하는구나,
어릴 적 껑충껑충 뛰어올랐던 이 높은 계단을.

  퇴장

합창

 내던지시오, 오 자매들, 8610
 그대들 슬프게 잡혀온 자들이여,
 모든 괴로움을 저 멀리멀리.

왕비님의 행복을 나눠 가집시다,
헬레네의 행복을 나눠 가집시다,
8615 아버지의 집 아궁이를 향해,
늦게 돌아오긴 했으나
그런 만큼 더 확실한 걸음걸이로
기쁘게 다가가는 헬레네의 행복을.

거룩한 신들을 찬양하시오,
8620 이 행복을 다시 찾아주고
고향으로 이끌어준 신들을!
풀려난 자 마치 날개 달린 듯
더없이 험난한 곳이라도
날아 넘건만,
8625 사로잡힌 자 감옥의 담 너머 세상으로
동경에 가득 차 두 손을 뻗어보나
헛일이로다, 근심으로 여위어만 가네.

그러나 한 분의 신께서 손을 내밀어,
멀리 떨어져 있는 여왕님을
8630 트로이의 폐허로부터
이곳으로 다시 데려오셨지요,
새로 단장된
아버지의 옛집으로.

형용할 수 없는
기쁨과 괴로움이 지난 이제   8635
예전의 젊은 시절
새로운 마음으로 생각할 수 있도록.

판탈리스

(합창의 지휘자로서) 이제 기쁨에 둘러싸인 노래의 길을 떠나
그대들의 시선을 대문으로 돌리시오.
자매들이여, 웬일일까요? 여왕께서 다시 우리 쪽으로   8640
오시지 않습니까, 흥분하신 듯 격한 걸음으로?
무슨 일입니까, 위대하신 여왕이여, 당신의 궁전 홀에서
하인들의 인사 대신, 그 무슨 놀라운 일을
당하실 수 있었을까요? 숨기지 마십시오.
당신의 이마에 불쾌한 빛이 역력하니까요,   8645
고귀한 노여움이 놀라움과 싸우는 듯합니다.

헬레네

(대문을 활짝 열어놓은 채, 몹시 격동된 듯) 제우스의 딸에게 웬만한 두려움은 어울리지 않으며
가볍게 스치는 공포의 손길도 나를 건드릴 순 없도다.
그러나 태초의 어둠의 품에서 솟아 나온 공포, 더욱이
화산의 불구덩이에서 솟아오른 이글거리는 구름처럼   8650
갖가지 모습을 한 공포가 쏟아져 내리면
영웅의 가슴도 떨릴 것이다.

그런 모습으로 오늘 하계의 유령들이
내가 궁 안으로 들어가려 하자 끔찍스레 앞에 나타났고,
8655 그래서 나는 자주 드나들던, 오래 그리워했던 문지방에서,
내쫓긴 손님처럼, 멀리 떠나고 싶은 생각뿐이로다.
아니, 그렇지 않아! 나는 그저 밝은 곳으로 피한 거야, 유령들이여,
그대들이 무엇이든, 나를 더 쫓아낼 수는 없도다.
제사를 지내야겠다, 그러면 정화된 아궁이의 불이
8660 안주인과 바깥주인을 맞아들이겠지.

합창을 지휘하는 여자

고귀하신 부인이여, 당신을 공경하며 받드는
당신의 시녀들에게 무슨 일이 있었는지 말해주십시오.

헬레네

내가 본 것을 너희들도 두 눈으로 보게 될 것이다,
태초의 암흑이 그 형상들을 곧바로 자신의 깊고
8665 기괴한 품속으로 다시 삼켜버리지 않았으면 말이다.
그러나 너희들이 알도록 몇 마디 이야기해주겠다.
내가 다음에 할 일을 생각하며,
엄숙한 걸음으로, 왕궁으로 들어섰을 때,
난 썰렁한 복도의 괴괴함에 깜짝 놀랐다.
8670 부지런히 오가는 발걸음 소리 귀에 들리지 않았고,
바쁘게 일하는 모습 눈에 보이지 않았으니.
예전에는 어떤 손님이라도 반갑게 맞아주던

하녀도 집사도 나타나지 않았다.
그러나 식당 부엌의 아궁이에 가까이 갔을 때,
나는 다 타버린 재의 희미하게 남은 불빛에 8675
얼굴을 가린 몸집 큰 여자가 바닥에 앉아 있는 것을 보았다,
잠자는 것 같지는 않았고, 무슨 생각에 잠긴 것 같았어.
난 주인으로서 그녀에게 일하라고 명령했지,
아마도 신중한 남편이 고용해서 남겨둔
여집사라고 짐작하고는 말이다. 8680
그러나 그녀는 옷을 휘감은 채 꼼짝도 하지 않았고,
내가 위협하자 그때야 비로소 오른팔을 움직였는데,
마치 나를 부엌과 홀에서 쫓아내려는 듯했어.
나는 화가 나서 그녀로부터 몸을 돌리곤, 곧바로
계단을 향해 서둘러 갔지, 그 위에는 8685
장식된 침상이 높이 솟아 있고, 보물 창고가 인접해 있지.
그런데 그 괴물이 바닥에서 재빨리 일어나더니,
명령하듯 내 길을 가로막았어, 드러난 모양인즉
비쩍 마른 키다리에 움푹 팬 눈은 핏발이 섰고 탁했지,
눈과 정신을 어지럽히는 참으로 기이한 몰골이었다. 8690
그러나 내 말은 그저 헛수고일 뿐, 아무리 애써본들
말로써 어찌 형상들을 창조적으로 만들어낼 수 있으랴.
아, 너희들 직접 보아라! 그녀가 감히 태양이 비추는 곳

까지 나왔구나!

남편인 왕이 돌아올 때까지는, 여기서는 우리가 주인이
로다.

8695 아름다움의 벗이자 태양의 신이신 푀부스께서 저 밤의
자식을

동굴로 몰아넣든가 그 힘을 억제해주실 것이다.

        포르키아스가 문설주 사이의 문지방에 나타난다.

합창

관자놀이엔 아직 젊음의 곱슬머리 출렁이지만,

나는 이미 많은 것을 체험했어요!

끔찍한 것들 많이도 보았답니다,

8700 전쟁의 참상도, 함락될 때의

트로이의 밤도.

자욱한 먼지 구름 일으키며

밀려드는 전사들의 외침 사이로

나는 신들의 무서운 고함소리 들었습니다,

8705 불화의 여신 에리스의 쇳소리가

싸움터를 지나서 성벽을 향해 울리는 것을 들었습니
다.

아, 트로이의 성벽들은 아직
서 있었지요, 그러나 불길은 이미
이웃에서 이웃으로
여기서 저기로 번져갔습니다, 8710
화염에서 생겨난 불 바람은
밤의 도시 위를 휩쓸었지요.

도망치면서 나는 보았지요, 연기와 화염
그리고 혀를 날름대며 타오르는 불길 사이로
무섭게 분노한 신들이 다가오는 것을, 8715
거대하고 기괴한 모습들이
불길에 휩싸인 자욱한 검은 연기를 뚫고
걸어오는 것을.

내가 정말 본 걸까요, 아니면 겁에 질린
마음이 그런 혼란스런 환상을 8720
불러일으킨 것일까요? 말할 수 없군요,
그러나 내가 여기서 이 끔찍한 괴물을
두 눈으로 보고 있다는 것, 그것만은
난 확실히 알고 있습니다.
두 손으로 직접 만져볼 수도 있을 겁니다, 8725
두려움이 이 위험한 대상에서
날 떼어놓지 않았다면 말입니다.

너는 포르키아스의 딸들 중
대체 누구냐?
8730 그럴 것이 너는 그 일족과
아주 흡사하기에.
아마도 태어날 때부터 백발이고,
눈 하나와 이빨 하나를
번갈아 쓰고 있는
8735 그라이프 중의 하나이겠지?

어찌 너 같은 흉측한 것이
아폴론 신의 날카로운 눈길 앞에서
아름다움의 곁에
감히 나타나려 한단 말인가?
8740 허나 앞으로 나오너라,
아폴론 신께서는 추함을 보지 않으시지,
그의 신성한 눈길이 결코
그늘을 본 적이 없는 것처럼.

아, 그러나 우리 인간은
8745 유감스럽게도 슬픈 운명으로
말할 수 없는 눈의 고통을 피할 수 없도다,
사악하고 영원히 저주받은 것이
아름다움을 사랑하는 이들의 눈에 주는 고통을.

그렇다, 그러니 들어라, 네가 뻔뻔스레
우리를 향해 올 테면, 저주를 들어라, 8750
신들이 빚어준 행복한 사람들의
저주하는 입에서 쏟아져 나오는
온갖 비난과 위협을 들어보아라.

포르키아스
정숙함과 아름다움이 손에 손을 잡고,
지상의 푸르른 길을 절대로 함께 가지 않는다는 8755
그 말은 오래된 것이나 그 뜻은 여전히 드높고 참되도다.
이 둘 모두에게는 오래된 증오가 깊숙이 뿌리박혀 있어,
어디서건 서로 마주치기만 하면,
서로가 상대에게 등을 돌려버린다.
그러고는 제각기 더 격하게 자기의 길을 서둘러 가지, 8760
정숙함은 이런저런 염려를 하나 아름다움은 아주 뻔뻔스럽고,
그러한 이들의 본성은, 나이가 미리 억눌러놓지 않는다면, 마침내
죽음의 어둠이 이들을 둘러쌀 때까지 그대로일 것이란 말이다.
낯선 나라에서 온 주제에 기고만장해 날뛰는 너희들은
내 눈에는 요란하게 쉰 목소리로 울어대는 8765
학의 무리 같구나, 이것들은 길고 검은 구름처럼
줄을 지어 우리 머리 위를 날면서,

깍깍거리는 소리 아래로 보내어, 조용히 길 가는 나그네
위를 바라보게 유혹하지, 그러나 학들은 제 갈 데로 날아
가 버리고,
8770 나그네도 그의 길을 갈 것이다. 우리들의 경우도 마찬가
지다.

너희들 대체 누구이기에, 왕의 드높은 궁전에서
주신의 시녀들처럼 거칠고, 술 취한 년들 같이 날뛰느냐?
너희들 대체 누구이기에, 마치 달을 보고 짖는 개들처럼
왕궁의 여집사에게 짖어댄단 말이야?
8775 전쟁이 낳고 싸움터에서 길러진 너희 젊은 것들아,
너희들이 어떤 족속인지 내가 모른다고 생각하느냐?
너희는 남자에 미친 년들이다, 유혹당하고 유혹하면서
전사들이나 시민들 모두의 힘을 빼놓는 것들이로다!
너희 떼거리를 보니, 푸르른 들판의 곡식 위에 내리 덮친
8780 메뚜기 떼 같다는 생각이 드는구나.
남이 부지런히 일구어놓은 것을 먹어치우는 년들! 남들이
싹 틔운 복지를 갉아먹고 망쳐놓는 년들!
너희들은 정복당해 시장에서 팔리고 교환되는 상품일 뿐
이로다!

헬레네
주부의 면전에서 그 시녀들을 꾸짖는 사람은
8785 안주인의 집안 다스리는 권한을 무례하게 침해하는 것이

다.
칭찬받을 만한 것을 칭찬하고 비난받을 짓을 벌하는 것은
안주인에게만 주어진 권한이기 때문이다.
나는 강대한 트로이가 포위당하고 함락되어 멸망한 이래
이 시녀들이 나를 위해 한 일에 만족하고 있다.
뿐만 아니라 우리가 바다에서 이리저리 헤매이며 온갖   8790
고생을
견딜 때도, 이들은 날 위하느라 수고했다,
모두 제 몸 돌보기에 급급할 때였는데 말이다.
나는 여기서도 이 명랑한 애들이 똑같이 해줄 것을 기대하고 있다.
종이 누구인지 주인은 묻지 않는다, 그가 어떻게 일하는
가를 물을 뿐.
그러니 입을 닥치고 더 이상 내 시녀들에게 히죽거리지   8795
마라.
네가 지금까지 여주인을 대신하여 왕궁을 잘 지켜왔다면,
너는 칭찬받아 마땅하다.
그러나 이제는 여주인이 직접 왔으니, 너는 물러나도록
해라,
받아야 할 칭찬 대신에 벌을 받지 않도록 해라.

포르키아스
하인들을 꾸짖는 것은 신의 축복을 받은 주인님의   8800
귀하신 부인께서 오랫동안 현명하신 업적을 쌓아

얻으신 커다란 권한입니다.
이제 당신이 새로이 인정을 받고, 왕비와 주부로서의
옛 자리에 다시 들어섰으니,
8805 오랫동안 느슨해진 고삐를 다잡아 다스리시고,
보물과 그리고 우리 하인들을 모두 거두어주십시오.
그러나 무엇보다도 저 무리들로부터 이 늙은 것을
보호해주십시오, 백조같이 아름다운 당신 곁에서
털도 제대로 나지 않은 채 빽빽거리는 저 거위들로부터
말입니다.

합창을 지휘하는 여인

8810 아름다움의 곁에 나타난 추함은 진정 추하도다!

포르키아스

현명함 곁에 나타난 무지는 진정 무지하도다!

여기서부터 합창대에서 한 명씩 나와 응대한다.

합창대 여인 1

네 아비 에레부스[274]와 어미인 밤에 대해 말해보렴.

포르키아스

그럼 네 친 조카딸인 스킬라[275]에 대해 말해보아라.

합창대 여인 2

너의 집 가계에서는 많은 괴물들이 생겨났지.

포르키아스

8815 지옥으로나 가보아라, 거기서 네 친족들을 찾아보려마.

합창대 여인 3

거기에 사는 자들 모두 네게는 너무 젊을걸.

포르키아스

티레시아스[276] 영감에게나 가서 붙어먹어라.

합창대의 여인 4

오리온[277]의 유모가 네놈의 손녀의 손녀딸이었지.

포르키아스

괴조 하르피이아[278]가 네년을 오물을 먹여 길러내었지, 아마.

합창대의 여인 5

무얼 처먹었는데 그렇게 기막힌 말라깽이가 되었을까?

포르키아스

네년이 그렇게 마시고 싶어 하는 피는 아니다.

합창대의 여인 6

네놈은 시체를 탐하지, 네놈 자신이 구역질나는 시체인데도!

포르키아스

흡혈귀의 이빨이 네 뻔뻔스런 주둥이 속에서 번쩍이는구나.

합창을 지휘하는 여자

네가 누구인지 말해서 네 입을 막아버리겠다.

포르키아스

그럼 우선 네 이름을 밝혀라, 그러면 수수께끼[279]가 풀릴 것이다.

헬레네

화가 난 것은 아니나 슬픈 마음으로 나는 너희들 사이에 나서서,

너희들의 거칠고 과격한 싸움을 금하노라.

충실한 하인들 사이에 은밀히 곪아가는 반목만큼

주인에게 더 손해되는 일은 없도다.

8830 그러면 주인이 내린 명령의 메아리는 더 이상

재빨리 완결된 행동이라는 화음으로 되돌아오지 않는다,

천만에, 이 메아리는 주인의 주위에서 소란스럽게 멋대로 날뛰고,

주인 자신도 혼란스러워져 헛된 꾸중만 퍼붓게 된다.

이뿐만이 아니다. 너희들은 예절도 잊은 분노에

8835 불길한 끔찍한 형상들을 마구 불러내었고,

이것들이 내 주위로 밀어닥쳐서, 나 자신이 하계로

끌려가는 느낌이로다. 고국의 땅을 밟고 있음에도 불구하고.

이것은 기억인가? 아니면 나를 사로잡은 망상이었나?

내가 이 모든 것이었던가? 지금도 그런가? 나는 미래에도 계속

8840 도시를 파괴하는 여자의 악몽과도 같은 저 끔찍한 모습[280]으로 남아 있을까?

젊은 애들은 몸서리치고 있건만, 가장 나이 많은 너는

태연히 서 있구나, 내게 사실대로 말해다오.

포르키아스

오랜 세월 동안 겪었던 이런저런 행운을 회상해보면,
지고한 신의 은총이란 것은 결국에는 그저 꿈과 다름없
지요.
그러나 당신은 한도 끝도 없이 드높은 은총을 받아서,   8845
살아오는 동안 그저 사랑에 미친 사람들만 보았습니다,
어떠한 대담한 모험에라도 성급하게 뛰어드는 자들이지
요.
일찍이 테세우스가 탐욕에 격동되어 당신을 잡아갔지요,
헤라클레스처럼 강하고, 아주 잘생긴 남자 테세우스가.

헬레네

사슴같이 날씬한 열세 살짜리 날 유괴해가서,   8850
아티카의 아피드누스 성에 가둬놓았었지.

포르키아스

그러나 곧 카스토르와 폴리데우케스에 의해 구출되었고,
당신은 뛰어난 뭇 영웅들의 구애 대상이 되었지요.

헬레네

기꺼이 고백하지만, 속으로는 누구보다
아킬레우스와 꼭 닮은 파트로클로스를 좋아했다.   8855

포르키아스

그러나 아비지의 뜻에 따라 대담한 바다의 약탈자이자
내정에도 능한 메넬라오스 왕과 혼인했지요.

헬레네

아버지는 딸과 함께 나라의 통치권도 주셨고,

이 부부 생활에서 헤르미오네가 태어났지.

포르키아스

8860 그러나 왕이 저 멀리 크레타에서 유산 때문에 용감히 싸울 때,

외로운 당신 앞에 아주 아름다운 손님이 나타났지요.

헬레네

무엇 때문에 그 반(半)과부 시절을 상기시키느냐?

그로부터 얼마나 끔찍한 재앙이 내게 생겨났던가?

포르키아스

그 원정은 또한 자유롭게 태어난 나 크레타의 여인을

8865 포로로 잡아와서, 긴 노예 생활을 하게 만들었고요.

헬레네

그러나 이곳에서 왕은 너를 즉시 여집사로 임명했고,

성과 대담하게 쟁취해온 보화 등등 많은 것을 맡기셨지 않았는가.

포르키아스

모두 당신이 버리고 떠난 것들이지요. 탑으로 둘러싸인 트로이의 도시와 끝없는 사랑의 환락을 향해 가느라고 말이오.

헬레네

8870 환락이란 말은 하지도 마라! 더할 수 없이 쓰디쓴 고통이

끝없이 내 머리와 가슴 위로 쏟아져내렸다.

포르키아스

그러나 사람들의 말이, 당신이 두 개의 모습으로 나타났다고 하더군요,

트로이에서 그리고 이집트에서도 보였다고 하던데요.[281]

헬레네

황폐해져 미칠 것 같은 내 마음 제발 혼란시키지 마라,

지금도 난 어느 게 진짜 나인지 모르겠다. 8875

포르키아스

또 사람들이 말하기를 텅 빈 그림자의 나라, 저승에서

아킬레우스가 올라와 열정적으로 당신과 맺어졌다 하던데요,

예전에 당신을 사랑했던 그가, 운명의 온갖 결정을 거역하고 말이오.

헬레네

난 환영으로서, 역시 환영인 그와 맺어진 것이다.

그건 꿈이었다, 전설도 그렇게 말하고 있지 않으냐! 8880

나 이대로 스러져 나 자신에게도 환영이 될 것 같구나.

합창대의 한쪽 편 사람들의 품 안으로 쓰러진다.

합창

입 닥쳐라, 입 닥쳐!

흉측한 눈길에 흉측한 말을 하는 놈아!

하기야 그 끔찍한 외이빨의 입술에서,

8885 그런 무시무시하고 혐오스러운 목구멍에서,
그런 썩은 숨결밖에 더 나오겠는가.

겉으로는 선행을 하는 듯 보이나 속은 사악한 자,
양털 가죽 아래 숨은 늑대의 흉심,
내게는 이런 자가 머리 셋 달린 개[282]의 아가리보다
8890 훨씬 더 무섭도다.
두려움에 차 우린 엿듣고 서 있다네,
깊이 숨어서 호시탐탐 노리는
그런 음흉한 괴물이
언제, 어떻게, 어디서 뛰쳐나올까? 하고.

8895 친절하고 위로에 찬 말 대신에,
망각의 편안함을 주는 상냥하고 부드러운 말 대신에,
너는 과거의 온갖 일들 중에서
좋은 일보다 아주 나쁜 일들만 들추어냈다,
그리하여 현재의 찬란함도,
8900 미래의 부드럽게 반짝이는
희망의 빛도
모조리 어둡게 만드는구나.

입 닥쳐라, 입을 닥쳐!
금방이라도 떠나버릴 것만 같은

왕비님의 영혼이 8905
　　　아직은 버티어내실 수 있도록 하게,
　　　그 영혼이 태양이 지금껏 비춘 모든 형상들 가운데
　　　가장 아름다운 자태를 단단히 붙잡을 수 있도록.

　　　　헬레네, 회복되어 다시 한가운데 선다.

포르키아스
오늘의 드높은 태양이여, 스쳐가는 구름을 헤치고 나오시오,
베일에 가려서도 우릴 황홀하게 해주었고, 이젠 눈부신 8910
광채 속에 군림하고 계십니다.
당신 앞에 펼쳐지는 이 세상 거룩한 눈으로 직접 보십니다.
저들은 나를 추하다고 욕하지만, 나도 아름다움이 무엇인지 안답니다.

헬레네
현기증이 나며 나를 둘러쌌던 무의식의 어둠에서 비틀거리며 빠져나오니,
난 다시 쉬고 싶은 심정이로다, 내 사지 육신 그렇게 지쳐 있도다.
허나 왕비에겐, 또 모든 인간에겐, 어떤 뜻하지 않은 위험이 닥쳐도, 8915
정신을 가다듬고 용기를 내는 것이 걸맞은 태도이리라.

포르키아스
이제 당신은 위엄과 아름다움을 되찾아 우리 앞에 서 계시는군요.
당신의 눈은 지시할 것이 있다고 말하고 있습니다. 무슨 분부입니까? 말씀하십시오.

헬레네
너희들의 싸움 때문에 생긴 뻔뻔스러운 소홀함을 보충해야 한다.
8920 왕께서 내게 명하신 대로 제물을 바칠 준비를 서둘러라.

포르키아스
모든 것이 집안에 준비되어 있소이다. 접시, 삼발이 향로, 날카로운 도끼,
뿌릴 정화수, 피울 향도 말입니다. 바칠 제물만 말씀하시오.

헬레네
왕께서 제물을 지정하시진 않으셨는데.

포르키아스
        말씀하지 않았다고요? 오, 비참한 말이로다!

헬레네
무엇이 그리 비참하다는 말이냐?

포르키아스
       왕비님, 당신이 제물이

란 말이오!

헬레네

내가?

포르키아스

    그리고 시녀 이것들도!

합창

             슬프고 비통하구나!

포르키아스

                   당신은   8925
도끼로 참수될 것이오.

헬레네

끔찍하도다! 그러나 짐작은 했지, 내 가련한 신세여!

포르키아스

                    피할
길이 없는 듯하오.

합창

아아! 그리고 우리는? 무슨 일을 당하는 거죠?

포르키아스

                왕비님은
고귀한 죽음을 맞으실 거다.
그러나 너희는 저 안, 지붕의 박공을 받치고 있는 높은 대들보에,
그물에 걸린 지빠귀처럼 줄지어 매달려 버둥거릴 것이다.

헬레네와 합창대는 무언가를 뜻하는 듯한, 그리고 미리 준비된 듯한 형태의 무리를 이룬 채, 놀라 굳은 모습으로 서 있다.

포르키아스

8930 이 유령들아!……본래 너희들 것이 아닌 밝은 대낮과
헤어지는 것이 두려워서 너희들 굳어버린 동상이 되어 서 있구나.
하기야 인간들 모두 너희 유령들과 마찬가지다,
존엄한 햇빛을 단념하려 하지 않거든.
그러나 아무도 그들을 죽음에서 구해주거나 구원을 빌어주지 않지.

8935 모두 그걸 알긴 하지, 허나 흔쾌히 받아들이는 놈은 거의 없단 말이야.
어쨌든 너희들은 끝장이다! 자 빨리 일을 시작하자.

> 손뼉을 친다. 그러자 문간에 가면을 쓴 난쟁이들이 나타나서 하달된 명령을 재빨리 수행한다.

나오너라, 너희 음울하고 공처럼 둥근 괴물놈들아,
이리로 굴러오너라, 맘껏 망쳐놓을 것들이 여기에 있다.
황금의 뿔이 달린 휴대용 제단을 설치하고,

8940 도끼는 번쩍거리게 갈아서 은으로 만든 틀 위에 놓아두어라.
물 항아리를 채워라, 시커먼 피로

소름끼치게 더럽혀진 곳을 씻어내야 하니.
여기 이 흙먼지 위에 값비싼 양탄자를 깔아라,
제물이 왕비답게 무릎을 꿇을 수 있도록,
또, 참수된 몸이지만, 즉시 둘둘 말아 8945
신분에 어울리도록, 품위 있는 장사를 지낼 수 있게.

합창을 지휘하는 여인

왕비는 생각에 잠겨 한옆에 서 계시고,
시녀들은 베어놓은 풀처럼 시들어가는군요.
그러나 연장자인 내겐 신성한 의무로 생각됩니다,
측량할 수 없이 나이 드신 당신과 말을 나누는 것이. 8950
당신은 경험이 많고, 현명하시며, 우리에게 호감이 있으신 듯하군요,
비록 이 아이들이 잘 모르고 어리석게도 당신을 욕했지만요.
그러니 말해주세요, 혹시 살아남을 길을 알고 계시면.

포르키아스

말해주기야 어렵지 않은데, 오로지 왕비님 한 분에게 달렸다,
자신의 목숨을 부지하고, 덤으로 너희들도 같이 살아남 8955
는 것이.
결단이 필요하지, 그것도 아주 재빠른 결단이.

합창

운명의 여신들 중 가장 존엄하신 분이여, 더없이 현명하

신 예언자시여,

황금의 가위일랑 접어두시고, 우리에게 햇빛과 구원을 말해주십시오.

우리는 벌써 사지가 허공에 매달려 이리저리 흔들리는 불쾌한 기분을 느끼고 있답니다,

8960 우리 팔다리야 그것보다는 실컷 춤추며 즐기다가,

그다음 사랑하는 이의 가슴에서 쉬고 싶어 하지요.

헬레네

이 아이들이야 불안에 떨겠지, 나는 고통스럽긴 하나 두려움은 없도다!

그러나 네가 구원의 길을 알고 있다면, 고맙게 받아들이겠다.

사실 현명하고 멀리 내다보는 사람에게는 드물지 않게

8965 불가능한 것이 가능한 것으로 나타나곤 하지, 말해보아라.

합창

말해보세요, 빨리 말 좀 해주세요, 어떻게 하면 우리가 저 무섭고

혐오스러운 올가미에서 벗어날 수 있나요? 흉측한 목걸이가 되어

우리의 목에 씌우려 위협하는 그 올가미 말이에요, 불쌍한 우리

벌써 숨이 막히고 질식해 죽는 느낌입니다, 모든 신들의 고귀한 어머니이신

레아 당신이 자비를 베풀지 않으시면요. 8970

포르키아스
너희들 길게 이어질 이야기를 참고 조용히 들을 수 있겠느냐?
이런저런 이야기들이 잔뜩 들어 있어서 그런데.

합창
참고말고요! 이야기를 듣는 동안은 살아 있는 건데요.

포르키아스
자신의 집에 머물며 귀한 보물을 잘 보관하고,
높은 궁궐 담벼락의 갈라진 틈을 메우며, 8975
빗물이 새어 들어오지 않게 지붕도 보수하는 사람은
평생을 두고 편안히 지낼 수 있을 것이다.
그러나 문지방의 신성한 경계선을 경솔하게도
스쳐가는 발길로 함부로 넘는 자는,
옛날의 그곳에 다시 돌아오면, 모든 것들이, 8980
파괴되지 않았다손 치더라도, 달라진 것을 볼 것이다.

헬레네
무엇 때문에 뻔히 알고 있는 그런 격언을 여기서 늘어놓는 것이냐?
너는 이야기하고 싶겠지, 그러나 불쾌한 일은 들추지 말아라.

포르키아스
이건 역사적 사실이지, 결코 비난이 아니오.

8985 메넬라오스 왕은 이 만에서 저 만으로 해적질을 하고 다녔소.
해안과 섬들, 모든 것을 그는 휩쓸며 약탈했지요.
그렇게 해서 노획품들을 싣고 돌아왔고, 그것들은 저 안에 꽉 차 있어요.
트로이의 성 앞에서 그는 십 년을 보냈고,
귀환하는데도, 잘은 모르지만, 몇 년인가 걸렸겠지요.
8990 그러나 왕비의 아버지이신 틴다레오스 왕의 장엄한 궁전 주변은
지금 어떠합니까? 나라의 형편은 또 어떻습니까?

헬레네

너는 이제 험담이 완전히 몸에 배어서,
비난을 하지 않으면 입을 놀릴 수 없는 모양이구나.

포르키아스

스파르타의 뒤쪽, 타이게토스 산을 뒤로하고 북쪽으로
8995 점점 고도를 높여가는 계곡은 아주 여러 해 동안 버려져 있었지요.
그 산으로부터는 오이로타스 강이, 처음에는 콸콸대는 시냇물로
흘러내리다가, 이어 우리 계곡의 무성한 갈대 사이로 폭 넓게 흐르며,
당신의 백조들을 키우고 있습니다.
그곳 뒤편 험한 산골짜기에 한 용감한 종족이 은밀히

어두운 북쪽으로부터 이주해 와 살고 있습니다. 9000
그들은 난공불락의 견고한 성을 쌓아올렸고,
그곳을 근거지로 땅과 사람들을 마음대로 약탈한답니다.

헬레네
그들이 그런 일을 해낼 수 있었을까? 전혀 가능해 보이지 않는데.

포르키아스
그들에게는 시간이 있었습니다, 아마 이십여 년가량의.

헬레네
우두머리가 한 명 있는가? 도둑들은 수가 많고, 도당을 9005
이루고 있는가?

포르키아스
그들은 도둑이 아닙니다, 허나 우두머리는 한 명 있지요.
나도 이미 그에게 약탈을 당했지만 그를 욕할 생각은 없습니다,
그는 모든 것을 다 빼앗을 수 있었는데도, 얼마 안 되는 자의적 헌납품으로
만족했거든요. 그는 그렇게 부르더군요, 공물이라 하지 않고요.

헬레네
그 사람 외모는 어떻지?

포르키아스
　　　　　　　나쁘지 않고말고요! 내 마음에 9010

꼭 듭니다.
그는 쾌활하고 대담하며 잘 생겼습니다,
그리스 사람들에게선 찾아보기 힘든 사려 깊은 남자이고요.
사람들은 그 부족을 야만인이라 욕합니다, 그러나 내 생각으로는
그들 중 그 누구도 트로이 성 앞에서 많은 그리스의 영웅들이
9015 식인종처럼 굴면서 보여주었던 그런 잔인함에는 미치지 못할 것이오.
나는 그의 위대함을 존경합니다, 그를 신뢰하고요.
그리고 그 사람의 성! 당신은 그걸 직접 보셔야 하오,
그 성은 당신의 조상들이 아무렇게나 쌓아올린
볼품없는 돌 성벽과는 전혀 다릅니다,
9020 외눈박이 거인 키클롭스가 하듯 원시적 방식으로
가공되지 않은 거친 돌 위에 곧바로 거친 돌을 쌓아올린 벽 말이오.
그와 달리 그곳에서는 모든 것이 수직이고 수평이며 규칙적입니다.
밖에서 한번 그 성을 보시오! 하늘을 향해 치솟아 오른 것이
아주 견고하고 이은 자리 하나 없이 강철처럼 매끈하지요.
9025 거길 기어오른다고요?──그런 생각조차 미끄러져 떨어

질 지경입니다.
안에는 크고 널찍한 마당이 있고, 그 주위를
갖가지 용도의 온갖 건물들이 둘러싸고 있답니다.
그곳에는 크고 작은 기둥들, 크고 작은 홍예들 하며,
안과 밖을 볼 수 있는 발코니와 회랑,
그리고 문장(紋章)도 있지요.

합창
      문장이 뭐예요?

포르키아스
        아이아스[283]는   9030
방패에 똬리를 튼 뱀을 그려놓았지, 그건 너희들도 보았
을 것이다.
테베를 공격한 일곱 용사들[284]도 각기 깊은 의미를 담은
무늬들이 그려진 방패를 가졌었단다,
거기에는 밤하늘의 별과 달이며,
여신들, 영웅과 공격용 사다리, 칼, 횃불도 있었고,   9035
부유하며 강력한 도시들을 무섭게 위협하는 것들이 있었
지.
우리의 영웅들도 그런 형상들을 먼 선조 때부터 대대로
색깔도 화려하게 자신의 표지로서 내세우고 다녔단다.
거기에는 사자, 독수리, 발톱과 그리고 부리도,
또 들소의 뿔, 날개, 장미, 공작의 긴 꼬리하며,   9040
금색과 검은색, 은색, 붉고 푸른색의 줄무늬도 있단다.

그런 것들이 넓은 방들에 줄지어 걸려 있지,
이 세상만큼이나 끝없이 넓은 방들에 말이다,
거기서 너희들은 춤도 출수 있다.

합창

                    말해줘요, 같이 춤출 만한 남자들도 있나요?

포르키아스

9045 최고로 멋진 상대들이 있지! 금발의 곱슬머리에 팔팔한 젊은이들이야.
그들은 젊음의 향기를 내뿜지, 왕비님께 너무 가까이 다가간
파리스가 유일하게 그런 향기를 뿜어냈을 거야.

헬레네

                    너는 네 소임에 걸맞지 않은 말을 하고 있구나, 결론이나 말해보아라!

포르키아스

그것은 당신이 말해야 합니다. 진지하고 분명하게, '좋다!' 라고 말하시면,
나는 당장에 당신을 그 성으로 둘러싸서 보호해드리겠습니다.[285]

합창

9050   오 말하세요,

그 짧은 단어를! 그래서 당신도 우리들도 같이 구해주세요.

헬레네

무어라고? 내가 두려워해야 한단 말이냐,
메넬라오스 왕이 나를 해치려 그렇게 잔인한 행위를 하리라고?

포르키아스

잊으셨습니까, 그가 전사한 파리스의 동생이자 당신의 남자였던
데이포부스를 그토록 처참하게 난도질했던 사실을.   9055
데이포부스가 과부가 된 당신을 억지로 빼앗아서
자기의 첩으로 만들었기 때문이죠. 그는 코와 귀를 도려내었고
여러 곳을 그런 식으로 난도질했죠. 보기에 참 끔찍하더군요.

헬레네

왕이 그자에게 그렇게 한 것은 나 때문이다.

포르키아스

그자 때문에 왕은 당신에게도 똑같은 짓을 행할 것이오.   9060
아름다움이란 나눌 수 없는 것이라오. 아름다움을 독점했던 남자는
나누어 갖는 것을 저주하며 차라리 그것을 파괴해버린답니다.

　　　　　멀리서 나팔 소리. 합창대가 깜짝 놀란다

저 나팔의 요란한 소리가 귀와 창자를 찢어발기듯
날카롭게 울려오듯이, 그 남자의 가슴을 질투가
9065　굳게 움켜잡고 있지요, 그는 결코 잊지 못한다오, 그가 한때
소유했으나 이제는 잃어버렸고, 그래서 더 이상 소유하지 못하는 것을.

합창
왕비님, 저 뿔피리 소리가 들리지 않습니까, 번쩍이는 무기가 보이지 않습니까?

포르키아스
어서 오십시오, 주인이자 왕이시어, 제가 수행한 일에 대해 기꺼이 보고 드리겠습니다.

합창
하지만 우리는?

포르키아스
　　　　　잘 알고 있을 텐데, 왕비의 죽음이 너희 눈앞에 닥쳤으니,
9070　너희들의 죽음도 곧 차례가 됨을 알아두어라. 아니, 빠져나갈 길은 없다.

　　　사이

헬레네

내가 당장 무엇을 해야 할지 생각해보았다.

너는 사악한 악령이다, 난 그걸 감지하고 있다,

하여 네가 좋은 것을 나쁜 것으로 바꾸어놓지 않을까 두렵구나.

그러나 그런 모든 걸 제쳐두고 나는 너를 따라 성으로 가겠다.

그 밖의 일은 내가 알아서 하겠다, 이러할 때 왕비의 가슴속 깊이 9075

은밀히 숨겨진 것은 그 누구에게도

알려지지 않아야 한다. 노인네, 앞장을 서라!

합창

    오 얼마나 기꺼이 우린 길을 가는가,

    다급한 발걸음으로.

    우리 뒤에는 죽음, 9080

    우리 앞에는 다시금

    치솟은 성채의

    넘을 수 없는 성벽.

    이 성벽이 이전의 트로이 성처럼

    우릴 잘 보호해주기를, 9085

    그 성이 끝내 함락된 것은

    단지 비열한 계략 때문이 아니었던가.

안개가 퍼지며 배경을 덮는다. 그리고 가까운 곳도 요량에 따라[286] 적당히 덮이게 한다.

어떻게, 대체 어떻게 된 일일까?
자매들이여, 주위를 둘러보아요!
9090 밝은 대낮이 아니었던가요?
오이로타스 강의 성스러운 물길로부터
안개의 띠가 하늘거리며 피어올라요.
갈대의 화환으로 장식된 사랑스러운 강변이
벌써 시야에서 사라졌네요.
9095 떼를 지어 헤엄치는 즐거움에 빠져
자유롭고, 우아하면서도 자랑스레
부드럽게 미끄러져가던 백조들도
아 이젠 더 이상 보이지 않아요!

그러나, 아아 그러나
9100 백조들이 우는 소리가 들려옵니다,
저 멀리서 쉰 목소리로 우는 소리가!
저 소리는 죽음을 예고한다는데,
아아 저 소리가 제발 우리에게
약속된 구원의 축복 대신
9105 마침내 파멸을 예고하는 소리가 아니었으면.
우리 백조처럼 길고 아름다운 하얀

목을 가졌는데, 그리고 아아!
백조에서 태어난 우리의 왕비님은 어이할까.
슬프도다, 슬프고 또 슬프도다!

주위에는 벌써 모든 것이 9110
안개로 휩싸였어요.
우린 서로 보이지도 않는군요!
무슨 일이 생긴 거죠? 우리 걷고 있나요?
아니면 우린 그저 총총걸음으로
땅을 스치듯 떠가고 있는 걸까요? 9115
아무것도 안보입니까? 저 앞에 혹 헤르메스가
날아가고 있는 것이 아닐까요? 황금 지팡이가
번쩍이지 않나요? 우리에게 되돌아가라고
요구하고 명령하면서, 그 끔찍한, 잿빛으로 날이 새며
붙잡을 수 없는 형상들로 가득 차고 넘쳐흐르는, 9120
그럼에도 영원히 텅 빈 저승으로 말이에요.

아니 갑자기 어두워졌어요, 안개가 광채를 잃고 흩어지네요,
어두운 잿빛으로, 담벼락 같은 갈색으로 변하면서. 성벽이 보이네요,
확 트인 시야를 견고하게 가로막고 있어요. 성의 안마당일까? 깊은 구덩이일까?

9125 여하튼 소름이 끼치는구나! 아, 자매들이여, 우린 사로잡혔어요,
그저 전에 늘 그랬던 것처럼 그렇게 사로잡힌 거예요.

성채의 안마당

중세의 환상적인 건물들이 즐비하게 둘러서 있다.

합창을 지휘하는 여인
성급하고 어리석은 것이 정말 여자들의 전형적인 꼴이구나!
순간에 좌우되고, 행복과 불행의 입김에 놀아나며,
행복과 불행 그 어느 것도 결코 침착하게 대할 줄 모르니.
9130 하나가 늘 다른 사람을 심하게 반박하고,
또 다른 자들은 그 애에게 우하고 덤벼들지.
기뻐서 웃을 때와 고통스러워서 고함칠 때만 한소리를 내는구나.
자, 조용히 해라! 그리고 왕비님이 여기서 자신과 우리들을 위해
어떤 고매한 결정을 내리실지 경청하며 기다리자.

헬레네
9135 마술사[287]여, 어디 있느냐? 네 이름이 무엇이든 간에,

이 음울한 성의 둥근 지붕 아래에서 나오너라.
네가 이 성의 기이한 성주에게 내가 온 것을 알려서,
환영할 채비를 갖추게 하러 갔다면, 고마운 일이도다.
어서 나를 그에게 인도하여 다오.
나는 이 방황의 끝을, 그리고 휴식을 간절히 바라노라.   9140

합창을 지휘하는 여인

왕비님, 아무리 사방을 둘러보아도 소용이 없사옵니다.
그 보기 싫은 것은 사라져버렸어요. 아마 저 안개 속에
처져 있나 봅니다, 어떻게 해서인지는 모르나 우리가
빨리 그리고 기이한 걸음으로 빠져나온 저 안개 말이에요.
혹은 수많은 건물들이 기이하게도 성벽으로 연결되어 하 9145
나가 된
이 성채의 미로를 절망적으로 헤매고 있을지도 모르겠습
니다,
왕후다운 성대한 환영 인사를 마련해보려고 성주의 거처
를 물으면서요.
그런데 저길 보세요, 저 위에는 벌써 떼를 지어
회랑과 창가, 그리고 현관에서 수많은 하인들이
바쁘게 이리저리 오가고 있습니다.   9150
정중하고 성대한 손님맞이를 준비하는 모양입니다.

합창

    이제 마음이 놓입니다! 오, 저길 좀 보세요,
    귀엽고 사랑스런 젊은이들의 무리가 절도 있게

	조심스런 발걸음으로 단정하게 정돈된 대열을 이루어
9155	내려오고 있는 저 광경이란. 대체 누구의 명령으로
	저 젊고 멋진 시동들이 질서 있고
	잘 훈련된 모습으로 이토록 일찍 나타났을까?
	난 무얼 가장 찬탄해야 할까! 저 우아한 걸음걸이일까,
	혹은 저 눈이 부신 이마를 감싼 곱슬머리일까,
9160	아니면 복숭아처럼 빨갛고,
	부드러운 솜털이 돋은 두 뺨일까?
	깨물어 먹고 싶지만, 그러나 그러기는 무섭구나,
	언젠가 비슷한 경우에, 말하기 끔찍하지만,
	입 안에 재가 가득 찼었으니까.[288]
9165	그러나 가장 아름다운 젊은이들이
	이쪽으로 오고 있어요.
	대체 무얼 들고 오는 거지요?
	옥좌에 오르는 계단,
	양탄자와 좌석,
9170	휘장과 천막 모양의
	장식이네요.
	우리 왕비님 머리 위에서
	이 장식들이 물결처럼 너울대요,
	구름의 화환 모양을 이루면서.
9175	왕비님 벌써 청을 받으시고

화려한 옥좌에 오르셨거든요.
자, 가까이 가자,
한 계단 한 계단
엄숙하게 열을 지어 오르자.
명예롭게, 오 명예롭게, 한층 더 명예롭게　　　　　　9180
이러한 영접 축복받을지어다!

  합창대가 말한 것들이 모두 차례차례 실행된다.

파우스트

  젊은이들과 시동들이 긴 행렬을 지어 내려온 후, 중세 기사의 궁중 예복을 입고 층계 위에 나타나 천천히 위엄 있는 자세로 내려온다.

합창을 지휘하는 여인

(그를 주의 깊게 바라보면서) 만일 신들이, 자주 그렇듯이, 이분에게
저 경탄할 만한 모습과 고귀한 몸가짐,
그리고 사랑스러운 풍채를
일시적으로 빌려준 것이 아니라면, 그는 무엇을 시작하든　　9185
늘 성공할 것입니다. 남자끼리의 싸움에서든,
지고로 아름다운 여인들과의 조그마한 전쟁에서든 간에.
평판이 높은 분들을 내 눈으로 많이 보았지만,
이분은 정말 그 누구보다도 뛰어납니다.
천천히 진중하게, 위엄 있는 절제된 걸음걸이로　　　　　9190

영주님께서 오십니다. 오, 왕비님, 그쪽으로 몸을 돌리세요!

파우스트

(옆에 결박된 남자 한 명을 데리고 다가가면서) 여기에 어울릴 장려한 인사 대신에,

더할 수 없이 정중해야 할 환영 대신에 나는

사슬에 단단히 묶인 이런 종을 당신께 데리고 왔습니다,

9195 이자가 제 의무를 저버린 탓에 나도 내 의무를 수행치 못했습니다.

여기 무릎을 꿇고, 이 드높으신 부인께

네 죄상을 아뢰도록 하라!

이자는, 고귀하신 지배자시여, 아주 드문

예리한 시력을 가지고 있어, 높은 망루에서

9200 사방을 감시하는 소임을 맡았습니다. 그곳에서 온 하늘과

드넓은 땅을 날카롭게 살펴보는 일입니다,

여기저기서 그 무엇이 나타나지 않나, 무엇이

언덕에서 골짜기 안 이 견고한 성에 이르기까지 움직이지 않나 하고,

그것이 가축들의 물결이든, 혹은 군대의 행렬이든 말입니다.

9205 우린 가축이면 보호해주고, 군대라면 맞서 대응하지요.

그런데 오늘, 이 무슨 태만입니까!

부인께서 오시는데도 그는 보고하지 않았고, 그래서

고귀한 손님께 마땅한 정중한 영접이
이루어지지 않았습니다. 이런 불법을 저질러서
이자는 자신의 삶을 망쳤습니다. 그래서 응당 9210
죽음의 형벌을 이미 받았어야 합니다만, 오로지 부인께서
결정하십시오, 처벌하든 사면하든 뜻대로 하십시오.

헬레네

당신이 제게 재판관과 지배자라는
드높은 지위를 내려주셨으니, 비록 그것이,
짐작건대, 그저 날 시험해보는 것이라 할지라도, 9215
나 또한 이제 피고인의 말을 들어보는
재판관의 첫 번째 의무를 수행하렵니다. 자 말해보아라.

망루지기 린코이스

    무릎을 꿇게 해주시오, 우러러보게 해주시오,
    죽게 해주시오, 살게 해주시오,
    신이 보내주신 이 여인에게 9220
    저는 이미 모든 걸 바쳤습니다.

    아침의 기쁨을 기다리며,
    해가 뜨나 동쪽을 살펴보고 있는데,
    놀랍게도 갑자기 해가
    남쪽에서 떠올랐습니다. 9225

    그쪽으로 시선을 돌리고는,

골짜기 대신에, 언덕 대신에,
넓은 땅과 광활한 하늘 대신에,
그녀 단 한 분만을 보려 했습니다.

9230 높은 나무 위의 살쾡이처럼
제게는 빛살 같은 시력이 주어졌습니다,
그럼에도 저는 정신을 차리려 애를 써야 했습니다,
마치 어두운 꿈에서 벗어나려 허우적거릴 때처럼.

내가 대체 어디에 있는 거지?
9235 흉벽은? 탑은? 닫힌 성문은?
안개가 너울거리고 사라지더니
이런 여신이 나타났습니다.

눈과 가슴을 그녀에게 향한 채
난 부드러운 광채를 들이마셨습니다,
9240 이 눈부신 아름다움이
나 이 불쌍한 놈을 완전히 눈멀게 했습니다.

망루지기의 의무를 잊었습니다,
뿔피리의 서약을 송두리째 잊었습니다,
날 죽인다고 위협해보십시오,
9245 아름다움은 모든 분노를 억제한답니다.

헬레네

나 자신이 불러온 잘못을 내가 처벌할 수는 없습니다.
슬프도다! 이 무슨 가혹한 운명이 날 쫓아다니는가,
어딜 가나 남자들의 마음을 유혹하여
이들이 스스로는 물론 그 어떤 존엄한 것도
가리지 않고 해를 끼치게 하니. 강탈하고, 9250
유혹하고, 싸우고, 이리저리 몰아대면서,
반신(半神)들, 영웅들, 심지어는 마귀까지도
날 정처 없이 이리저리 끌고 다녔으니.
홀로 세상을 어지럽혔고, 이중의 몸으로는 더했으며
이제 삼중, 사중으로 재앙에 재앙을 불러오누나. 9255
이 착한 사람을 데리고 가시오, 그를 풀어주어요.
신에게 우롱당한 사람에게 치욕을 주지 마십시오.

파우스트

오 왕비시여, 실수 없이 화살을 쏘는 사람과 여기 화살에
맞은 사람을 동시에 보며 나는 그저 놀랄 따름입니다.
나는 화살을 쏘아서 저 사람에게 상처 입힌 9260
그 활을 보고 있는데 화살이 연달아 날아와
나도 맞혔군요. 성과 이 광장 안 어디서나
깃털 달린 화살이 윙윙대며 이리저리 나는 듯합니다.
자, 이제 난 무엇이지요? 단번에 당신은 내 충성스런 신하들을
배신케 하고 내 성벽도 믿을 수 없게 만들었습니다. 9265

그러니 벌써부터 두려워지는군요, 내 군대가
늘 승리하며 결코 패배하지 않는 부인의 휘하로 들어갈
것 같아서.
이제 내가 무엇을 할 수 있겠습니까? 나 자신과 내 것이라
생각했던 모든 것을 당신께 바치는 수밖에.
9270 당신의 발아래 엎드려 자진해 충심으로
당신을 지배자로 섬기게 해주십시오, 당신은 나타나자마자
재산과 옥좌를 차지하셨습니다.

린코이스

  (상자 하나를 들고 등장. 그의 뒤에 다른 상자를 든
  남자들이 따른다.) 여왕님, 제가 다시 돌아왔습니다!
  저 이 부유한 자가 왕비님을 뵙기를 구걸합니다,
9275   당신을 뵈오면 그는 곧장 느낀답니다,
  자신이 거지처럼 가난하고 또 왕처럼 부유하다고.

  처음에 저는 무엇이었지요? 이제는 무엇인가요?
  무엇을 원하고 무엇을 해야 하는지요?
  더할 수 없이 예리한 시선인들 무슨 소용이 있나요!
9280   당신의 옥좌에 부딪혀 튕겨 나오는데요.

  우리는 동쪽으로부터 왔답니다.
  그것은 서쪽으로서는 재앙이었습니다.

밀려오는 사람들의 행렬은 넓고 또 길고 길어
앞장선 자는 끝에 오는 자에 대해 아무것도 몰랐답니다.

첫째 사람이 쓰러지면 둘째 사람이 나섰고, 9285
셋째 사람의 창은 나설 준비가 되어 있었지요.
이처럼 개개의 병사들은 모두 백배로 강해졌고
그래서 천여 명이 전사했어도 알아차리지 못했답니다.

우린 계속하여 밀쳐들고 돌진했습니다,
그리고 이곳에서 저곳으로 정복해나갔습니다. 9290
오늘 내가 주인인 양 명령했던 곳에서
내일이면 다른 자가 약탈하고 훔쳤답니다.

우리는 살펴봤지요,—— 황급히 살펴봤어요.
그래서 어떤 자는 아주 아름다운 여자를 잡았고,
어떤 자는 다리가 튼튼한 황소를 잡았지요, 9295
말들은 모조리 끌고 갔습니다.

그러나 저는 사람들이 보지 못하는
희귀한 보물을 찾아내길 좋아했습니다.
다른 자들도 소유하고 있는 것은

9300 제게는 메마른 풀이나 다름없었답니다.

그런 보물들을 저는 추적했지요,
내 날카로운 눈만을 따랐습니다.
나는 모든 주머니 속을 꿰뚫어 보았고
어떤 장롱도 제게는 훤히 들여다보였답니다.

9305 그래서 몇 뭉치의 금이 제 것이 되었지요,
그러나 가장 훌륭한 것은 보석들입니다.
그중 에메랄드만이 당신의 가슴을
녹색으로 장식할 수 있을 겁니다.

귀와 입 사이에선 바다 밑에서 건져낸
9310 진주가 하늘거리도록 해주십시오.
루비는 당신의 붉은 두 뺨에 압도되어
그 빛이 아주 무색해질 것입니다.

이렇게 최고의 보물들을 저는
당신이 계신 이곳에 옮겨놓습니다,
9315 피비린내 나는 수없이 많은 싸움의 노획물을
당신의 발아래 바치겠습니다.

아주 많은 상자들을 나는 끌고 왔습니다,

쇠로 된 상자는 더 많이 가지고 있지요.
저를 당신의 곁에 있게 허락해주십시오,
그럼 당신의 보물 창고를 가득 채워드리겠습니다.   9320

당신이 옥좌에 오르시자마자 벌써
이성도 재산도 그리고 폭력까지도
당신의 비길 데 없는 자태에
머리를 조아리고 허리를 굽히고 있습니다.

이 모든 것들을 내 것이라고 꽉 움켜쥐고 있었지만,   9325
이제 이것들은 내 손에서 풀려나 당신 것이 됩니다,
고귀하고 값비싸며 순수한 가치가 있다고 믿었건만
이제는 이것들이 아무것도 아니었음을 알게 되었습니다.

제가 가졌던 것들은 사라져버렸습니다,
베어져 시든 풀잎이 되었습니다.   9330
오 밝으신 눈길 한 번 던져주시어
그것들의 모든 가치를 되돌려주시옵소서!

파우스트
용감하게 싸워 얻은 이 짐짝들을 빨리 치워라,
꾸짖지는 않겠다만 칭찬할 수도 없도다.

9335 이 성 안 깊숙이 숨겨진 것 모두 이미
이분의 것이거늘, 특별한 그 무엇을 따로 바친다는 것은
쓸데없는 짓이다. 가서 보물들을 차례로
쌓아 올려라. 이제껏 보지 못한 호화스러움의
장엄한 광경을 만들어놓아라! 보석들이 맑게 갠 밤하늘의 별처럼
9340 둥근 천장에서 빛나게 하라, 그리하여
생명 없는 보물들의 생명의 낙원을 이루어놓아라.
이분의 발길보다 서둘러 앞서 가서 꽃무늬
양탄자들을 펼치고 또 펼쳐라, 부드러운 바닥이
이분의 발길을 맞을 수 있도록, 그지없는 광채가 이분의
9345 시선을 맞도록 하라, 신과 같은 이 여인만이 견딜 수 있는 광채가.

린코이스

성주님의 명령은 미약한 것입니다,
이 하인에게는 그저 손쉬운 장난질일 따름입니다.
그러나 이 아름다움의 위력은 이미
우리의 재산과 생명 모두를 지배하고 있습니다.
9350 이미 온 군대가 양순해졌고
칼들은 모두 무디어지고 마비되었습니다.
이 찬란한 모습 앞에서는
태양조차도 빛을 잃고 차가워집니다.
이 얼굴의 풍요로움 앞에서는

모든 것이 공허하고 모든 것이 허무해집니다. 9355

    퇴장

헬레네

(파우스트에게) 당신과 이야기하고 싶습니다. 제 옆으로
올라오시지요! 이 빈자리가 주인을
부르고 있습니다, 그러면 제 자리도 안정되겠지요.

파우스트

우선 무릎을 꿇고 당신께 충심으로 내 모든 것을 바친다는
서약을 하게 해주십시오, 고귀하신 부인이여. 나를 당신 9360
곁으로
끌어올려준 그 손에 입 맞추게 해주십시오.
나를 당신의 끝을 모르는 제국의 공동 통치자로서
인정해주시고, 나를 당신의 숭배자이자 종이며
수호자로서 받아주십시오.

헬레네

수많은 경이로운 일을 보고 또 듣다 보니 9365
놀라움이 나를 사로잡았고, 그래서 많은 것을 묻고 싶습
니다.
가르쳐주십시오, 왜 저 사람의 말이 나에게는
이상하게, 이상하면서도 또 정답게 울리는지를.[289]
하나의 소리가 다른 소리에 순응하는 듯하고
한마디 말이 귓전에 울리면, 9370

다른 말이 따라와 그 말을 애무하는 듯합니다.

파우스트

우리 백성들의 말투가 이미 당신의 마음에 들었다면,
오오, 틀림없이 우리들의 노래도 당신을 기쁘게 하여
귀와 마음을 아주 깊은 곳까지 만족시킬 것입니다.

9375 하지만 가장 확실한 것은 우리가 당장 연습을 하는 것입니다,
주고받는 말이 그것을 꾀어내고 불러내지요.

헬레네

자, 말해주세요, 어찌하면 나도 그렇게 아름답게 말할 수 있지요?

파우스트

아주 쉽습니다, 마음에서 우러나오면 되지요.
가슴에 그리움이 넘쳐흐르면
둘러보며 묻지요[290]──

헬레네

        누가 함께 즐길 거냐고.

9380

파우스트

이제 정신은 앞도 뒤도 바라보지 않습니다,
현재만이──

헬레네

   우리의 행복이지요.

파우스트

현재는 보물입니다, 높은 소득이고 재산이며 담보입니다.

누가 그것을 확인해주나요?

헬레네

      내 손이지요.

합창

  누가 우리 왕비님을 비난할 것인가,   9385
  왕비님이 이 성의 주인에게
  다정한 몸짓을 보여주었다고 해서.
  그럴 수밖에, 솔직히 말하면 우리 모두가
  그래 사로잡힌 몸 아닌가, 벌써 여러 번 이 신세로다,
  트로이의 치욕스런 몰락 이후에,   9390
  그리고 미로 속을 헤맸던
  무섭고도 비참했던 여정 이후에.

  남자들의 사랑에 익숙한 여자들은,
  남자들을 선택할 처지는 못 되더라도,
  남자들에 관한 한 전문가이죠.   9395
  그래서 금발의 곱슬머리를 한 목동이든,
  뻣뻣한 검은 수염의 목신이든,
  기회만 오면,
  피어오르는 사지를 맘껏 주무를 권한을
  그들에게 똑같이 나누어줍니다.   9400

벌써 두 분 가까이, 더 가까이 앉아
서로서로 몸을 기대고 있네요.
어깨와 어깨, 무릎과 무릎을 맞대고,
손과 손을 맞잡고, 폭신하고 화려한
9405 옥좌 위에서 몸을 흔들고 있어요.
고귀하신 분들은
은밀한 즐거움도
사람들의 눈앞에
대담하게 공개하는 것을
9410 꺼리지 않나 봅니다.

헬레네
나 자신 아주 멀게, 그러나 아주 가깝게도 느껴집니다.
하지만 기쁨에 넘쳐 말하렵니다, 나 여기에 있노라고, 여기에!

파우스트
난 숨이 막히고, 몸이 떨리며, 말도 나오지 않습니다.
이것은 꿈이오, 시간과 장소도 사라져버렸으니.

헬레네
9415 나 자신이 아주 쇠락한 듯, 그러면서도 매우 새롭게 생각됩니다.
낯선 당신과 진심으로 하나가 되어서요.

파우스트
기구하기 짝이 없는 운명에 대해 너무 깊이 생각하지 마

시오,

존재한다는 것은 의무입니다, 비록 순간일지라도.

포르키아스

    (격한 몸짓으로 들어오면서) 사랑 안내서의 글자나 읊어대며,

    시시덕거리며 사랑 놀이만 생각하고,　　　　　　　　　9420

    그 와중에 한가하게 서로 노닥거리고 계신데,

    그러나 그런 짓 할 시간이 없소이다.

    아득하게 울리는 천둥소리가 들리지 않습니까?

    저 요란한 나팔 소리 좀 들어보시오,

    파멸이 멀지 않았소이다.　　　　　　　　　　　　　　9425

    메넬라오스가 물밀듯이 밀려오는 군대와 함께

    당신들을 향하여 진격해 오고 있단 말이오.

    격전을 치를 준비를 하시오!

    승리자의 무리에 둘러싸여

    데이포부스처럼 난도질을 당함으로써　　　　　　　　9430

    여자들을 빼내온 대가를 치를 것이오.

    먼저 저 싸구려 계집년들이 목매달리고,

    제단에는 곧 부인을 위해

    새로 날을 세운 도끼가 준비될 거요.

파우스트

무엄한 훼방이로다! 불쾌하기 짝이 없이 밀치고 들어오　　9435
다니,

설혹 위험한 상황이라도 나는 지각없이 날뛰는 것을 좋
아하지 않는다.
불행한 소식의 전달자는 아름답더라도 추악해 보이는데,
너는 가뜩이나 추악한 것이 그저 나쁜 소식만 곧잘 가져
오는구나.
그러나 이번에는 네 뜻대로 되지 않을 것이다. 헛된 입김
으로
9440 공기나 뒤흔들어대렴. 여기에는 위험이 없다,
위험이 있다 하더라도 그저 헛된 위협에 불과하다.

신호 소리, 망루들로부터 포성, 금속의 나팔 소리와 나
무 나팔 소리, 군악, 거대한 군사들의 행진.

파우스트

아닙니다, 당신에게 곧 단결된 영웅들의 무리를
한데 모이게 해서 보여드리겠습니다.
여인들을 아주 힘 있게 보호할 수 있는 자만이
9445 그들의 총애를 받을 수 있는 자격이 있는 법이오.

대열을 떠나서 가까이 다가온 지휘관들에게
조용히 억눌러두었던 분노를 가지고 나아가라,
그것이 분명 그대들에게 승리를 가져다 줄 것이니,
그대들 북방의 젊은 꽃들이여,

그대들 동방의 꽃다운 힘들이여.

강철로 몸을 싸고, 빛살로 둘러싸여 9450
그들은 수많은 나라들을 차례로 처부쉈다,
그들이 나타나면 대지가 진동했고,
그들이 전진하면 천둥소리 뒤따랐다.

우리는 필로스[291]에 상륙했다,
늙은 네스토르가 더 이상 그곳에 없었기에. 9455
그러고는 조그만 왕국들의 떼거리를 모두
우리의 자유로운 군대들이 격파했다.

이제 지체 없이 이 성벽으로부터
메넬라오스를 다시 바다로 몰아내어라.
바다에서 헤매고 약탈하며 매복이나 하도록, 9460
그 짓이 그의 취미이자 운명이었으니.

스파르타 여왕의 명으로 공작의 칭호를
부여받은 그대들에게 축하 인사 보내노라.
이제 산과 골짜기를 점령하여 여왕의 발아래 바칠지어다.
제국의 새로운 영토는 그대들의 것이 될 것이다. 9465

너희 게르만인들이여! 코린트의 해안을
방호벽을 쌓아 지킬지어다.
수백 개의 협곡을 가진 아카이아는
그대들 고트족이 방어하도록 맡기노라.

9470 엘리스로는 프랑켄 군이 진격하고,
메세네는 작센족이 담당한다.
노르만족은 바다를 평정하고
아르골리스를 위대하게 재건할지어다.

모든 종족이 자신의 영지에 정착하게 되면,
9475 밖을 향해서는 힘과 위용을 보일지어다.
그러나 여왕께서 오랫동안 거주해오신
스파르타는 그대들 위에 군림하리라.

그대들이 각자의 번영하는 영지에서 향유하는
모든 즐거움을 왕비께서는 세세히 보실 것이다.
9480 그대들은 안심하고 그녀의 발아래에서
보장과 권리와 빛을 찾을지어다.

파우스트는 옥좌로부터 내려온다. 제후들은 명령과 지시를 가까이서 듣기 위해 그를 빙 둘러싼다.

합창

    지고로 아름다운 여인을 원하는 사람은
    다른 모든 일에 우선하여
    슬기롭게 주변에 무기를 갖춰두어야 합니다.
    저분은 달콤한 언변으로
    지상 최고의 것을 얻었지만,
    그러나 그것을 편안하게 소유할 수는 없답니다.
    몰래 숨어 들어와 교묘하게 유인해 가는 자들도 있고,
    강도들은 대담하게 그녀를 탈취해 갑니다.
    그러니 그는 이런 것을 방지할 대책을 생각해야 합니다.

    그래서 저는 우리 성주님을 칭찬하고
    그분을 다른 누구보다 더 높이 평가합니다.
    용감하고 현명하게 약속을 하셨기에
    강한 용사들이 어떤 명령이라도 기다리며
    그에게 복종하고 있지요.
    이들은 그분의 명령을 충실히 수행합니다,
    그들 자신의 이익을 얻기 위해, 그리고
    성주님으로부터 감사의 보답을 얻으려고.
    결국 양쪽 모두 드높은 명예를 얻게 되지요.

    이제 어느 누가 왕비님을

저 강력한 소유자로부터 빼앗을 수 있을까요?
왕비님은 그분의 것, 그분에게 주어지기를,
우린 갑절로 그걸 바랍니다. 그분이
그녀와 함께 우리도 안으로는 튼튼한 성벽으로

9505 밖으로는 강력한 군대로 둘러싸고 보호해주시니까요.

파우스트

이들에게 하사하는 선물은——
모두에게 각기 풍요로운 영토 하나씩이니——
크고도 훌륭하도다, 모두 진군하도록 하라!
우리는 가운데에 자리를 잡겠다.

9510 이들은 앞 다투어 지킬 것이다,
주위에 파도가 높이 이는
너 펠로폰네소스 반도를, 크지 않은 언덕들의 띠로
유럽 마지막 산맥과 연결된 너를.

그 어느 나라보다도 빼어난 이 나라가
9515 이곳에 사는 모든 종족에게 복된 나라가 되기를,
이제 이 나라는 나의 왕비 것이 되었도다,
일찍이 그녀를 우러러보던 이 나라가.

오이로타스 강 갈대의 속삭임과 더불어
그녀가 빛을 발하며 알을 깨고 나왔을 때

고귀한 어머니와 형제자매들도 9520
그 광채에 눈이 부셨도다.

오로지 당신만을 바라보고 있는 이 나라는
가장 아름다운 꽃을 피워 그대에게 환영 인사 전하오,
온누리가 당신의 것이기는 하나,
오, 당신의 조국을 더 소중이 여기소서! 9525

산등성이의 뾰족뾰족한 봉우리들
아직은 차가운 햇살을 감수하고 있으나,
암벽은 이제 녹색을 보이기 시작하고,
염소들은 빈약한 풀이나마 뜯을 수 있도다.

샘물이 솟아나, 합쳐져서 냇물이 되어 급히 흘러내 9530
리니,
골짜기와 산비탈, 그리고 초원은 벌써 녹색이 완연
하구나,
수많은 언덕들이 여기저기 흩어져 있는 들판에는
양들이 넓게 흩어져 움직이는 것을 당신은 볼 수 있
습니다.

나뉘어서, 조심스럽게, 잰 듯한 발걸음으로
뿔 달린 황소들은 험준한 벼랑을 향해 다가갑니다, 9535

그러나 모든 가축들을 위한 피난처가 준비되어 있지요,
암벽이 아치형이 되어 수많은 동굴들을 만들어놓았다오.

그곳에선 그들 모두를 목신이 지켜주고, 생명의 요정들은
울창한 숲 속 절벽의 축축하고 시원한 곳에서 삽니다.
9540 그리고 빽빽이 들어찬 나무들의 가지는
동경에 차 더 높은 곳을 향하여 치솟아오르고요.

그것은 해묵은 숲입니다! 참나무는 힘차게 솟아
가지들은 제멋대로 톱니 모양으로 얽혀 있고,
단풍나무는, 달콤한 수액 간직한 채, 부드럽고
9545 단아하게 솟아올라 짐인 양 짊어진 잎들과 즐거워합니다.

고요한 나무 그늘 아래에서는 따뜻한 젖이 샘솟아
어린아이와 양들을 먹일 준비가 되어 있고,
들판의 무르익은 음식인 열매는 가까이 있지요.
그리고 움푹 팬 나무줄기로부터는 꿀이 흐른답니다.[292]

여기에서는 안락함이 계속 이어지니,　　　　　　　　　　9550
뺨도 입도 모두 밝고 쾌활합니다.
모두가 제자리에서 대를 이어 영생하니,
그들은 만족하고 건강하답니다.

이렇듯 깨끗한 나날을 보내면서 사랑스런 아이는
자라나서 아버지의 힘을 얻게 됩니다.　　　　　　　　　9555
우리는 그걸 보고 경탄하나 아직도 의문은 남아 있지요,
이들이 신인가, 아니면 인간인가? 하는 의문은.

아폴론 신이 목동의 모습을 하였기에[293]
가장 아름다운 목동은 아폴론 신을 닮은 것이지요.
자연이 지배하는 곳, 순수한 영역에는　　　　　　　　　9560
모든 세계가 서로 얽혀 하나가 됩니다.
　　헬레네의 곁에 앉으며

그러하듯 나에게도 당신에게도 하나 됨이 이루어졌으니,
과거는 이제 우리 뒤에 내버려둡시다.
오, 당신이 가장 높은 신에게서 태어났음을 느끼시오,
당신은 오로지 최초의 세계에 속해야 합니다.[294]　　　　9565

견고한 성이 당신을 둘러싸서는 안 됩니다!
스파르타의 이웃에는 아직도, 영원한 젊음의 힘 속에,
아르카디아[295]가 널찍이 펼쳐져 있습니다,
우리들이 기쁨에 찬 나날을 보내라고 말입니다.

9570 축복의 땅에서 살자는 권유에 마음이 이끌려,
당신은 더할 수 없이 밝은 운명 속으로 피해 왔습니다.
옥좌는 변해 정자가 되고
우리의 행복은 아르카디아처럼 자유로울지어다!

> 무대 장면이 완전히 바뀐다. 줄지어 늘어선 바위 동굴에 문 닫힌 정자들이 기대어 있다. 그늘진 숲이 주위를 둘러싼 절벽까지 잇대어 있다. 파우스트와 헬레네는 보이지 않는다. 합창대는 잠이 든 채 여기저기 흩어져 누워 있다.

포르키아스
이 계집애들 얼마나 오래 자고 있는지 모르겠네,
9575 이 애들이 내가 두 눈으로 분명하고 명확하게 보고 있는 것을
꿈으로 꾸고 있는지, 그것도 난 알 수 없구나.
그러니 애들을 깨워야지. 이 젊은것들 놀라게 해주어야

겠다.
저 아래 관중석에서 이 뻔한 기적의 결말을 기필코 보겠다고
죽치고 앉아 기다리고 있는 털보 양반 당신들도 놀랄 것이오——
일어나라, 일어나! 너희들 졸려하는 곱슬머리를 재빨리 흔들어라.　　9580
눈에서 잠을 쫓아내라! 그렇게 반은 감은 눈으로 보지 말고, 내 말을 들어라!

합창
제발 말해줘요, 무슨 놀라운 일이 일어났는지 이야기해 주어요.
우린 정말 믿을 수 없는 걸 듣기를 아주 좋아한답니다,
이 바위들만 바라보고 있자니 지루해서 죽을 지경이에요.

포르키아스
눈을 비비고 일어나자마자 요것들 벌써 지루해하다니!　　9585
그럼 들어봐라. 이 동굴, 이 바위 동굴과 이 정자 안에서
우리의 주인님과 여주인님, 목가 속의 연인들인 양,
숨어서 보호받고 계신단다.

합창
　　　　　　　뭐라고요, 저 안에서요?

포르키아스
　　　　　　　　　　　　세상으

로부터

격리되어, 이분들은 오로지 나 하나만을 불러 은밀히 시중들게 하신단다.

9590 명예롭게도 곁에서 모시고 있지만, 나는, 신임 받는 하인답게,

눈길을 돌려 다른 것을 바라보지. 이리저리 돌아다니며, 효능을 모조리 알고 있는 뿌리며 이끼며 나무껍질 등을 찾아다니기도 하고.

그래서 두 분만이 호젓이 계실 수 있단다.

합창

아니 저 안에 마치 세상이 모두 들어 있는 것처럼 말하시네요.

9595 숲과 풀밭, 냇물들, 호수들이 다 있다니, 참 허황된 이야기도 잘도 엮어내는군요!

포르키아스

물론이다, 너희 철부지들아! 저 안은 알 수 없을 만큼 깊은 곳이란다.

홀과 홀들, 정원과 정원들이 연이어 있지. 그것들을 난 찬찬히 살펴보아 찾아냈단다.

그런데 갑자기 큰 웃음소리가 동굴 안에서 메아리쳤지.

내가 바라보니, 한 사내아이가 어머니의 품에서 아버지에게로,

9600 아버지한테서 어머니한테로 뛰어다니더군. 쓰다듬고 재

롱떨고,

그저 사랑스러워서 장난을 치고, 요란한 우스갯소리와 즐거운 외침이

번갈아가며 내 귀를 먹먹하게 만들었단다.

벌거벗은 천사 같은데 날개는 없었고, 숲의 신과도 비슷한데 동물 같은 느낌은 없었지.

그 애가 단단한 바닥에서 뛰자, 바닥도 탄력이 생기더니

그 앨 허공으로 솟구치게 하더라니까, 그래서 두세 번 뛰어오르자

높다란 둥근 천장까지 닿더란 말이다.

어머니는 걱정스럽게 소리쳤지. 몇 번이고 좋으니 맘껏 뛰렴,

그러나 허공을 날려고는 하지 마라, 자유로이 나는 것은 너에게 허락되지 않았단다.

그러자 성실한 아버지도 경고했지. 너를 위로 솟구쳐오르게 하는 탄력은

대지에 있단다, 발가락으로 땅을 건드리기만 해보렴,

그럼 너는 대지의 아들 안타이오[296]처럼 즉시 힘을 얻을 것이다.

이렇게 그 애는 바윗덩이 위에서 껑충껑충 뛰었어, 한쪽 모서리에서

다른 쪽 모서리로 그리고 되돌아서 마치 공이 튀듯 뛰어다녔지.

| | 그런데 갑자기 애가 험한 바위 틈새로 사라져버렸구나. |
| 9615 | 영영 잃어버린 것 같았지. 어머니는 탄식하고, 아버지는 위로하고, |

난 어찌할 바 몰라 걱정스레 서 있었고. 그런데 다시 놀라운 모습으로 나타나더구나.

그 밑에 보물이 숨겨져 있었던가? 애가 꽃무늬 옷을
품위 있게 차려입었더란 말이다.
옷소매에는 술이 흔들거리고, 가슴에는 리본이 흩날리더라니까.

9620 손에는 황금의 칠현금을 들고, 꼭 작은 아폴론처럼
애는 기분 좋게 튀어나온 바위 모서리로 걸어갔지. 우린 놀랄 수밖에.
부모는 기쁨에 넘쳐 서로를 얼싸안더구나.
저 애의 머리에서 번쩍이는 저 빛은 무엇일까? 무엇이 번쩍였는지 말하기 어렵구나,
황금의 장식일까, 강렬한 정신력의 불꽃일까?

9625 그 애는, 아직 소년이지만 이미 온갖 아름다움을 갖춘 미래의 명장(明匠)을
예고해주듯이, 그런 몸짓으로 움직였지, 영원한 선율이 사지를 타고 흐르는
그런 명장 말이다. 이제 너희들은 그런 선율을 그로부터 들을 것이고,
찬탄해 마지않으면서 그런 그의 모습을 보게 될 것이다.

합창

>당신은 그런 것을 기적이라 부르나요,
>크레타 태생의 할머니?   9630
>시구(詩句)에 담긴 교훈적인 말에
>한 번도 귀를 기울인 적 없나요?
>이오니아의 전설을, 그리고 또 헬라스의 신화들,
>신들과 영웅들로 넘쳐흐르는
>먼 조상 때부터의 그 옛 이야기들을   9635
>한 번도 들어보지 못했나요?

>오늘날 벌어지는
>온갖 일들은
>화려했던 조상들 시절의
>슬픈 여운에 불과한 것을.   9640
>당신이 한 이야기야 비교도 안 되지요.
>진실보다 더 그럴듯한
>사랑스러운 거짓이야기와는,
>마야의 아들[297]을 노래한 이야기와는.

>이 아들은 귀엽고 튼튼했지만   9645
>갓 태어난 젖먹이였기에
>아주 깨끗하고 보드라운 강보에 싸여 있는데,
>그런데 수다스런 유모들이

어리석게 잘못 생각한 나머지
9650 값비싼 장식 끈으로
꽁꽁 묶었답니다.
그러나 귀엽고 튼튼한
이 장난꾸러기 아기는 부드러우나
탄력 있는 사지를 교묘하게
9655 빼내고는, 불안하게 억누르던
보라색 껍데기를 유유히 그곳에 남겨두었죠.
마치 다 자란 나비가
굳어버린 고치의 감옥으로부터
재빨리 빠져나와 날개를 활짝 펴고
9660 햇빛 찬란한 대기 속을 대담하게,
그리고 맘껏 날아다니는 것처럼 말예요.

이렇듯 이 재빠르기 짝이 없는 아기는
모든 도둑들과 악당들뿐만 아니라,
이익을 노리는 모든 이들에게도
9665 영원히 유익한 신이라는 사실을
곧 증명해보였죠,
아주 능숙한 솜씨로 말예요.
그는 바다의 지배자로부터 재빨리
삼지창을 훔쳤고, 아레스로부터는 심지어
9670 교활하게 칼집에서 검을 훔쳐냈다오.

아폴론으로부터도 활과 화살을,
헤파이스토스[298]로부터는 부집게를 훔쳤지요.
그가 불을 무서워하지 않았다면,
아버지인 제우스 신의 번개까지도 빼냈을 거예요.
그러나 에로스와는 다리를 걸어 넘어뜨리는   9675
시합에서 승리했고요.
자신을 애무해주는 키프로스 여신[299]으로부터도
가슴에서 허리띠를 훔쳐냈답니다.

> 매혹적이며 순수한 운율의 현악이 동굴로부터 울려나온다. 모두들 귀를 기울여 듣고, 곧 마음속으로 감동한 듯이 보인다. 여기서부터 다음에 표시될 '사이'까지 계속해서 완전한 화음의 음악 반주가 흐른다.

포르키아스

저 기막히게 사랑스러운 음악을 들어보아라,
그리고 그 허황된 이야기에서 빨리 빠져나와라,   9680
너희들의 낡아빠진 잡동사니 신들을
가버리게 해라, 그들의 시대는 지나갔단다.

이젠 아무도 너희들의 말을 이해하려 하지 않는다.
우리는 더 높은 것을 요구한단 말이다.
마음을 감동시키려면   9685

마음에서 우러나와야 하는 법이다.

바위 쪽으로 물러난다.

합창

너 같이 끔찍스러운 존재도
이 감미로운 음악을 좋아하는 판이니,
병에서 막 회복된 우리야 마음이 약해져
9690   눈물을 흘리고 싶은 것은 당연하겠지.

태양의 빛이야 사라져버리라지,
우리의 영혼에 날이 밝으면,
온 세상이 가질 수 없는 것을
우리는 우리 마음속에서 찾을 수 있으니.

헬레네, 파우스트, 오이포리온, 위에서 설명한 옷을 입고 등장.

오이포리온

9695   아이들이 부르는 노랫소리 들으시면,
그것은 곧 두 분의 즐거움이고요.
내가 박자에 맞춰 뛰는 것을 보시면,
두 분 부모님 가슴 같이 뛰어요.

헬레네

인간적인 행복을 누리기 위해선
9700   사랑은 고귀한 두 사람을 가깝게 해주지만,

신적인 황홀함을 누리기 위해서는

사랑은 귀중한 세 사람을 만들어주는군요.

파우스트

그러니 이젠 모든 것이 갖추어졌소.

나는 당신의 것, 당신은 나의 것이오.

이처럼 우린 서로 묶여 있소,   9705

이것이 결코 변해서는 안 됩니다!

합창

앞으로 다가올 수년 동안의 행복이

아드님의 부드러운 모습에서 흘러나와

두 분 위에 모여드는 듯합니다.

오, 참으로 감동적인 결합이로다.   9710

오이포리온

이제 날 껑충껑충 뛰게 해주어요,

이제 날 뛰어오르게 해주어요,

까마득한 허공으로

솟구쳐 오르는 것이

내 욕망이랍니다,   9715

날 벌써 사로잡고 있는 욕망이에요.

파우스트

제발 적당히 해라! 적당히!

무모한 짓거리로 뛰어들지 마라,

네가 떨어지거나 사고를

9720 당하지 않도록 말이다.
소중한 아들이 그리되면
우린 파멸할 것이다.

오이포리온
난 더 이상 바닥에
멈추어 있지 않겠어요.
9725 내 손을 놓아요,
내 머리칼을 놓아요,
내 옷을 놓아요,
이것들은 내 것인데요.

헬레네
오, 생각해보렴! 생각해보렴,
9730 네가 누구의 자식인지를!
힘들여 아름답게 이루어놓은
나와 너와 저분의 행복을
네가 파괴해버린다면
우리의 마음이 얼마나 아플지를.

합창
9735 이 결합이 곧 깨질 것 같아
걱정스럽네요!

헬레네와 파우스트
억제해라, 억제해!
네 부모를 위해

지나치게 발랄한
격한 충동은!   9740
전원 속에서 평화롭게
평평한 땅이나 아름답게 꾸며보렴.

오이포리온

오로지 두 분을 위해서
난 참는 거예요.
합창대 사이를 휘감아 돌며 이들을 춤으로 이끌면서
여기 이 명랑한 무리들 주위를   9745
감도는 것이 더 쉽군요.
그런데 멜로디는,
움직임은 제대로 되었나요?

헬레네

그래, 잘 되었다,
멋진 윤무를 추면서   9750
저 아름다운 처녀들을 이끌어보렴.

파우스트

저 짓거리가 어서 끝났으면!
저런 속임수 같은 짓은
도통 내 마음에 들지 않는다.

오이포리온과 합창대, 춤추고 노래하면서 줄을 지은 채
서로 얽혀 돌아간다.

합창

9755   당신이 두 팔을
         귀엽게 놀리며,
         빛나는 곱슬머리를
         흔들어 나풀대면,
         당신의 발이 경쾌하게
9760   땅 위를 미끄러져가면,
         저리로 다시 이리로
         날아가듯 팔다리 움직이면,
         사랑스런 도련님은
         목적을 이룬 겁니다.
9765   우리들 모두의 마음이
         온통 당신에게 기울었으니까요.

사이

오이포리온

         너희들은 모두
         날렵한 노루들이다.
         새로운 놀이를 할 테니
9770   빨리 멀리 흩어져라,
         나는 사냥꾼이고
         너희들은 짐승이다.

합창

         우리를 붙잡을 생각이라면

재빨리 움직일 필요 없어요.
우리 모두 바라니까요, 9775
끝내는 한번 당신을
안아볼 수 있으면 하고,
그대 아름다운 모습이여.

오이포리온

숲을 헤치고 달려라!
그루터기와 바위를 향해 달려라! 9780
쉽사리 얻은 것은
내 맘에 들지 않는다,
억지로 빼앗은 것만이
날 마냥 즐겁게 한단 말이다.

헬레네와 파우스트

이 무슨 방자함인가! 이 무슨 광란인가! 9785
절제는 바랄 수도 없구나.
마치 뿔피리를 부는 것처럼
골짜기와 숲을 넘어서까지 울려대는구나.
이 무슨 난폭한 짓인가! 이 무슨 고함소리란 말인가!

합창

(한 명씩 재빨리 등장하며) 그가 우리를 그냥 지나쳐 가 9790
버렸어요,
우릴 경멸하고 조롱하면서.
그런데 저기 우리들 가운데서

제일 억센 애를 끌고 오네요.

오이포리온

(젊은 처녀를 들쳐 업고 오면서) 강제로 빼앗는 기쁨을 누리려고

9795 이 거친 계집애를 끌고 왔다
내 즐거움과 내 재미를 위해
반항하는 가슴을 꽉 끌어안고
거부하는 입에다 입을 맞추어
내 힘과 의지를 보여주겠다.

처녀

9800 날 놓아주어요! 내 몸속에도
정신적 용기와 힘이 있어요.
우리의 의지도 당신 의지 못지않아요,
그렇게 쉽사리 앗아갈 수 없다고요.
날 궁지에 몰아넣었다고 생각하나요?

9805 당신의 손을 너무 믿는군요!
단단히 붙잡아보시구려, 나도 장난삼아
바보 같은 당신을 불로 지져줄 테니.

　　　　　그녀는 불꽃이 되어 높이 타오른다.

이 가벼운 공중으로 날 따라와봐요,
이 굳어버린 무덤으로 날 따라와봐요,

9810 사라진 목표를 어디 붙잡아봐요!

오이포리온

(마지막 불꽃을 털어버리면서) 덤불 숲 사이의 이곳은

온통 바위투성이니,

이 비좁은 곳에서 무얼 한단 말인가,

난 젊고 생기발랄한데.

그래, 바람이 윙윙 소리 내며 부는구나, 9815

파도, 파도는 철썩이며 부서지는구나,

하지만 이 소리들 모두 멀리서 들려오니

거기 가까이 가보고 싶구나.

점점 더 높이 바위를 뛰어오른다.

헬레네, 파우스트 그리고 합창

너는 산양처럼 되려느냐?

떨어질까 우리 모두 두려워지는구나. 9820

오이포리온

더욱 더 높이 올라야 해요,

더욱 더 멀리 보아야겠어요.

내가 어디 있는지 이젠 알겠구나!

섬 한가운데 있구나,

육지와도 바다와도 이어져 있는 9825

펠롭스[300]의 나라 한가운데야.

합창

그대 산과 숲에서

　　　　　　평화로이 살지 않겠어요?
　　　　　　그러면 우린 곧 당신을 위해 찾아보지요.
9830　　　　줄지어 늘어선 포도나무를,
　　　　　　산언저리에서 포도 넝쿨을,
　　　　　　무화과와 황금빛 사과도요.
　　　　　　아, 사랑스러운 이 땅에
　　　　　　사랑스럽게 머물러주어요.

　　　오이포리온

9835　　　　너희 평화로운 나날을 꿈꾸는가?
　　　　　　꿈꾸고자 하는 자는 꿈을 꾸라지.
　　　　　　전쟁, 이 말이 군호(軍號)다.
　　　　　　승리! 이것이 뒤따르는 답이로다.

　　　합창

　　　　　　평화 속에 살면서
9840　　　　전쟁으로 되돌아가길 원하는 자는
　　　　　　희망의 행복으로부터
　　　　　　떨어져나간 사람이에요.

　　　오이포리온

　　　　　　이 땅이 낳은 사람들
　　　　　　위험과 위험 속에서 살아가나,
9845　　　　자유롭고 무한한 용기를 가진 사람들,
　　　　　　그들의 피를 아낌없이
　　　　　　억제할 수 없는

거룩한 뜻에 바치니
이들 모든 투사들에게
승리의 보답이 있을지어다![301)   9850

합창

올려다봐요, 그가 얼마나 높이 올라갔는지를!
그런데도 조금도 작아 보이지 않네요.
갑옷을 두른 듯, 승리를 향해 나아가는 듯,
청동과 강철로 된 듯한 모습이에요.

오이포리온

어떤 울타리도, 어떤 성벽도 소용이 없다,   9855
모두들 그저 자기 자신만을 믿을 뿐이다.
남자의 무쇠 같은 가슴이야말로
끝까지 버티기 위한 견고한 성이다.
그대들 정복되지 않고 살려거든,
가볍게 무장하고 재빨리 싸움터로 나서라.   9860
여자들은 아마존의 여인 같은 여전사가 되고
아이들도 모두 영웅이 되어라.

합창

거룩한 시여,
하늘 높이 오르시오,
더없이 아름다운 별이여, 빛나시오,   9865
멀리, 더 멀리까지,
그래도 시의 소리 언제나 우리에게 들려와요,

우린 아직도 그 시를 듣고 있어요,
기꺼이 그 시에 귀 기울인답니다.

오이포리온

9870 아니, 나는 어린아이로서 나선 것이 아니다,
무장을 갖춘 젊은이로서 온 것이다.
마음속에선 난 이미 그들과 함께 있도다,
강한 사람들, 자유로운 사람들, 대담한 사람들과.
자, 앞으로!
9875 자, 저기에
명예로의 길이 열려 있도다.

헬레네와 파우스트

태어나자마자,
밝은 날들 거의 살아보지도 못했는데,
너는 벌써 현기증 나는 높은 곳에서
9880 고통에 찬 영역을 동경하는 것이냐?
도대체 우리는 너에게
정말 아무것도 아니란 말이냐?
우리의 소중한 맺음은 한갓 꿈이란 말이냐?

오이포리온

저 바다 위에서 천둥치듯 울리는 포성이 들립니까?
9885 저기 골짜기와 골짜기들에서도 다시 울립니다,
먼지 속에서, 파도 위에서 군대와 군대가 부딪쳐

      서,
      밀치고 밀리며 처참하게 싸우고 있어요.
      여기서는 죽음이
      계명이지요,
      그거야 아주 자명한 일입니다.   9890

헬레네, 파우스트 그리고 합창
      경악스럽구나! 끔찍하구나!
      죽음이 네게는 계명이란 말이냐?

오이포리온
      내가 멀리서 보고만 있어야 한다고요?
      아닙니다! 나는 걱정과 괴로움을 같이하렵니다.

앞의 인물들
      무모함과 위험,   9895
      죽을 운명이로다!

오이포리온
      설혹 그렇더라도!──한 쌍의 날개가
      활짝 펴지는구나.
      저곳으로! 난 가야 합니다! 가야만 해요!
      날도록 허락해주세요.   9900

그는 허공에 몸을 던진다. 옷자락이 한순간 그를 지탱해준다. 그의 머리는 빛나고, 빛의 꼬리가 그의 뒤를 따른다.

합창

    이카로스[302]여! 이카로스여!
    더없이 비통하구나.

    한 아름다운 젊은이가 양친의 발아래 떨어진다. 죽은 자에게서 유명한 인물의 모습을 보는 것 같다. 그러나 육체는 즉시 사라지고, 후광이 혜성처럼 하늘로 올라간다. 옷, 외투 그리고 칠현금이 남아 있다.

헬레네와 파우스트

    기쁨 뒤에는 곧
    무서운 고통이 따르는구나.

오이포리온의 목소리

9905   (깊은 곳에서) 어머니, 이 어두운 나라에 나를
    홀로 내버려두지 말아요!

    사이

합창

    (애도의 노래)[303] 당신은 혼자가 아닙니다!──어디에 계시든,
    우리는 당신을 알고 있다고 생각하니까요.
    아아! 당신이 삶을 서둘러 떠난다 해도

누구의 마음도 당신과 헤어지지 않을 거예요. 9910
허나 우린 왜 당신을 애도해야 하는지 모르겠어요,
오히려 부러워하며 당신의 운명을 노래 불러봅니다.
맑은 날이나 흐린 날이나
당신의 노래와 용기는 아름답고 위대했습니다.

아아! 고귀한 조상과 큰 역량 갖추어 9915
지상의 행복 누리도록 태어났으나,
슬프다! 너무 일찍 스스로에 빠져들어
젊음의 꽃 꺾이고 말았구나.
세상을 보는 날카로운 시선을 가졌고,
마음속의 모든 격동을 같이 느끼며, 9920
뛰어난 여인들의 가슴속엔 사랑을 불태웠고,
그리고 비할 데 없이 독특한 노래 지으셨지요.

그러나 당신은 멈추지 않고 뛰어들었지요,
자유로운 의지로 맹목적인 운명의 그물 속으로,
그래서 당신은 거칠게도 9925
도덕과 법률과도 등을 졌습니다.
그러나 끝내는 비할 바 없이 고귀한 생각이
순수한 용기에 무게를 주었지요.
더할 수 없이 훌륭한 것을 얻으려 했으나,
당신은 그걸 이루지 못했습니다. 9930

누가 그걸 이루어내지요?──이런 음울한 물음에 대해

운명은 얼굴을 가리고 외면해버리지요,

그 그지없이 불행한 날,[304] 온 민족이

피를 흘리며 침묵하던 그때에도 그랬습니다.

9935 그러나 새로운 노래들을 다시 힘차게 부르세요,

더 이상 깊이 고개 숙이고 있지 말아요.

이 땅은 다시 영웅들을 낳을 거예요,

일찍이 영웅들을 낳았던 것처럼.

　　　　완전한 휴식. 음악도 그친다.

헬레네

(파우스트에게) 행복과 아름다움이 지속적으로는 한데 맺어질 수 없다는 옛말이

9940 유감스럽게 저의 경우에도 사실로 증명되었군요.

생명의 끈도, 사랑의 끈도 모두 끊어져버렸으니,

이 둘 모두 서러워하면서, 당신에게 괴로운 마음으로 작별 인사 합니다!

다시 한번 당신의 품에 안기렵니다.

페르세포네여, 아들과 나를 받아들이시오.

　　　　파우스트를 포옹한다. 육체는 사라지고,
　　　　옷과 베일만이 파우스트의 팔에 남는다.

포르키아스

(파우스트에게) 당신에게 그나마 남아 있는 것을 단단히 9945
붙잡으시오.
그 옷을 놓치지 말아요. 벌써 악령들이
옷자락을 잡아끌고 있어요, 저승으로
낚아채가고 싶은 거지요. 단단히 붙잡아요!
그 옷은 당신이 잃어버린 여신은 아니오나,
그래도 신성이 깃든 겁니다. 헤아릴 수 없이 드높은 9950
은총의 힘을 빌려 위로 떠오르시오,
그 옷은 천공(天空)에서 당신을, 모든 비천한 것들 위를
지나 저편으로,
빠른 속도로 날라다줄 겁니다, 당신이 견딜 수 있는 한
말이오.
우리 다시 만납시다, 여기로부터 먼, 아주 먼 곳에서.

   헬레네의 의상들이 풀어져서 구름이 되고, 파우스트를
   휘감아 높이 들어 올리고는 그를 데리고 날아간다.

포르키아스

(오이포리온의 옷과 외투 그리고 칠현금을 땅에서 집어 9955
들고, 무대 앞쪽으로 걸어나와 그 유물들을 높이 쳐들고
말한다) 이거라도 찾아냈으니 아직은 운이 좋은 겁니다!
물론 불꽃은 사라져버렸지요,
그렇다고 세상이 울고불고 할 일은 아니라고요.

이것만으로도 시인들을 잔뜩 만들어내어, 조합이나
직공 단체들처럼 서로 질시하게 만들기 충분합니다.
9960 나야 재능을 부여할 수는 없습니다만,
최소한 이 옷은 빌려줄 수 있답니다.

　　　　　무대 앞 기둥에 기대어 앉는다.

판탈리스
자, 서둘러라 애들아! 우리 이젠 마법에서 풀려났단다,
저 추악한 테살리아 노파의 끔찍한 정신적 구속에서 풀
려났단 말이다.
귀뿐 아니라 마음까지도 온통 혼란스럽게 하던
9965 저 서투르게 연주되는 뒤죽박죽 음악의 도취로부터도 풀
려났단다.
저승으로 내려가자! 왕비께서 엄숙한 걸음으로
서둘러 내려가셨단 말이다. 충성스러운 시녀라면
왕비님의 발길을 바짝 붙어 따라가야지.
우린 그분을 알 수 없는 분[305]의 옥좌 곁에서 만날 겁니다.

합창
9970 　왕비님들이야 물론 어디에서건 편안하시지요.
　저승에서도 이분들은 저 위쪽에 계시지요,
　당당하게 같은 신분의 사람들과 어울리고,
　페르세포네하고도 아주 친밀히 지내겠죠.
　그러나 우리는 저 뒤쪽 깊숙이
9975 　아스포델로스[306]가 무성한 풀밭에서,

> 길게 뻗은 백양나무나
> 열매도 맺지 못하는 버드나무하고나 어울릴 텐데,
> 무슨 재미있는 일이 있겠어요?
> 박쥐처럼 찍찍 울거나,
> 속삭이겠지요, 아무런 즐거움 없이, 유령처럼. 9980

판탈리스
명성을 얻지 못했고, 고귀한 것도 원치 않는 자는
자연의 원소에 귀속될지니, 자, 가보아라!
나는 왕비님과 같이 있고 싶은 뜨거운 욕망을 가졌다,
공적만이 아니라 충성심도 우리의 인격을 지켜준단다.

　　　퇴장

다 함께
> 우리는 햇빛이 있는 곳으로 되돌아왔어요, 9985
> 비록 더 이상 인간은 아니지만,
> 우린 그걸 느끼고 또 알고 있어요,
> 그러나 저승으로는 결코 돌아가지 않을 거예요.
> 영원히 살아 있는 자연이
> 우리의 정신에 대한 정당한 요구를 할 것이며, 9990
> 우리도 자연에 대해 똑같은 요구를 할 것입니다.

합창대의 일부
> 우리는 이들 수천 개의 가지가 떨면서 속삭이고, 흔
> 들거리면서 살랑대는 가운데

장난치듯 간질이며, 뿌리에서 생명의 샘을 가지로 살며시

꾀어 끌어올리지요. 때로는 잎들로, 때로는 꽃들로 우린 머리카락처럼 바람에 날리는

잔가지들을 풍요롭게 장식하고 이것들이 자유로이 공중으로 자라도록 하지요.

열매가 익어 떨어지면, 곧바로 명랑한 사람들과 가축들이 주우려고, 먹으려고

모여들지요. 서둘러 달려와요. 부지런히 밀쳐대면서. 그러고는 최초의 신들 앞에서 그랬듯이, 우리를 둘러싸고 허리를 굽힙니다.

다른 일부

우린 매끄러운 거울 같이 멀리까지 반짝이는 이들 암벽에

아양 떨며 매달려서는, 부드러운 파도 소리에 흔들거리고 있지요.

어떤 소리든 엿듣고 귀 기울인답니다. 새의 노래든, 갈대의 피리 소리든,

숲의 신 판의 무서운 고함 소리에도 즉시 대답을 준비하고 있답니다.

살랑대는 소리엔 살랑대며 화답하고, 천둥이 치면 그 소리에 뒤따라,

우리의 천둥소리는 두 배, 세 배, 열 배가 되어 멀리

울리며 굴러가지요.

세 번째 그룹

자매들이여! 우린 가만있지 못하는 성미라서, 냇물을 따라 달려간다오.
저 멀리 풍요롭게 장식된 언덕들이 우릴 잡아끈답니다.
항시 아래로, 더 깊숙이, 우린 메안드로스 강[307]처럼 굽이쳐 흐르며,
지금은 풀밭, 다음엔 목장, 그리고 곧 저 집을 둘러싼 정원을 적셔주어요.
저 들판 위로, 기슭과 수면 위로 하늘을 향해 뻗어 오른
측백나무들의 날씬한 꼭대기가 그걸 말해주고 있답니다.

네 번째 그룹

그대들은 맘 내키는 대로 가봐요, 우린 온통 포도나무로 뒤덮인 언덕을 둘러싸고
떠들어댈 터이니, 그곳엔 버팀목에 기댄 초록색 포도가 익어가지요.
거기엔 매일 같이 포도 재배 농부들이 종일토록 열심히 일하는 게 보여요,
정성들여 부지런히 일하는데도 수확을 걱정해야 하는 농부들 말예요.

10015 때로는 쟁기를, 때로는 삽을 사용하고, 때로는 흙을 쌓고, 가지를 자르고, 묶으며,

농부들은 모든 신들에게, 특히나 태양신에게, 기도를 한답니다.

술의 신 바코스, 이 여자 꼴을 한 신[308]은, 충직한 하인들은 아랑곳하지 않고,

정자에서 쉬거나, 동굴 안에 기대앉아서, 제일 어린 목신과 시시덕대지요.

그가 반쯤 취한 몽환 상태에 이르기 위해 필요한 술은,

10020 항시 가죽 자루나 항아리나 술통에 담겨

서늘한 지하실 좌우에 영원히 저장되어 있답니다.

그러나 모든 신들이, 특히 태양의 신 헬리오스가,

바람을 불게 하고 습기를 내리며, 따뜻하게 또 뜨겁게 이글대어 포도송이를 쌓아 올리면,

포도 재배 농부들이 조용히 일하던 곳은 갑자기 활기를 띠고

10025 잎들은 요란스레 살랑거리며, 한 그루 또 한 그루 둘러싸고 시끌벅적하지요.

가득 담긴 광주리는 삐걱거리고 들통은 덜거덕대며, 멜통은 신음합니다.

수확된 포도 모두 큰 통으로 옮겨져, 으깨어 즙 짜는 사람들 힘찬 춤을 추게 합니다.

이처럼 순수하게 태어나 농익은, 성스러운 포도 알

들은

불경스럽게 짓밟혀, 거품을 내고 사방으로 튀기며,

섞여서 불쾌하게 으깨집니다.

이젠 심벌즈와 금속성의 징소리가 날카롭게 귀에 울리는군요. 10030

디오니소스가 신비의 옷을 벗고

염소 발굽의 사내들과, 몸을 흔들어대며 춤을 추는

염소 발굽의 여인네들과 같이 등장합니다.[309]

그사이엔 질레누스[310]를 태운 귀가 큰 짐승이 귀청이

떨어지게 마구 울어대는군요.

무엇 하나 남아나는 게 없습니다! 갈라진 염소 발굽

이 예절을 모조리 짓밟는군요.

모든 관능적 감각이 흥분하여 격렬하게 돌아가고, 10035

시끄러운 소리에 귀가 멀 지경입니다.

술 취한 자들은 술잔을 찾아 더듬는데, 머리와 배는

술로 가득 찼군요.

한두 사람이 포도즙 짜는 걸 걱정해보지만, 소란만

더 키울 따름입니다,

새 술을 담으려면, 묵은 술부대의 술은 서둘러 마셔

버려야 하니까요.

    막이 내린다.

포르키아스

무대 전면에서 거인처럼 일어선다. 그러나 굽 높은 무대용 구두를 벗고, 가면과 베일을 젖히자 메피스토펠레스의 모습이 드러난다. 필요한 경우 에필로그에서 이 극을 해설하기 위해서다.

| 제4막 |

험준한 산악 지역

우람하고 뾰족뾰족한 바위 봉우리,
구름 한 덩어리가 다가와서, 봉우리에 기대는 듯하더니
앞에 있는 너럭바위에 내려앉는다. 구름이 갈라진다.

파우스트

(나타난다) 발아래 깊은 고독의 심연을 바라보면서,
나는 생각에 잠겨 이 봉우리의 끝자락에 발을 디딘다.
맑게 갠 며칠 동안 땅과 바다를 건너 부드럽게 나를
실어다준 내 구름 수레를 이제 자유롭게 풀어주노라.
구름은 흩어지지 않고 천천히 내게서 떠나간다.

	구름 덩어리는 둥글게 뭉쳐 동쪽을 향해 가고,
10045	내 눈은 놀라고 감탄하며 그 뒤를 쫓는다.

흘러가며 갈라지고, 물결 모양을 하다 또 변하는구나.
허나 무슨 형태를 갖추려는 듯하다. 그래! 내 눈은 날 속이지 않는다!──
햇빛을 받아 빛나는 침상 위에 장려한 모습으로 누워 있는 것이,
거인처럼 크기는 하나, 신과 같은 여인의 형상이로다.

10050 뚜렷이 보인다! 헤라와, 레다와, 그리고 헬레네와도 닮은 모습이,
참으로 존엄하면서도 사랑스럽게 내 눈앞에서 어른거린다.
아! 벌써 흩어지는구나! 형태 없이 넓게 퍼지고 높이 솟아올라,
아득한 빙산과 같이, 동쪽 하늘에 머물며
흘러가는 날들의 크나큰 의미를 눈부시게 반영해주는구나!

10055 그러나 밝은 안개 띠 하나 아직도 내 가슴과 이마 언저리에
부드럽게 감돌고 있다, 시원하게 그리고 애무하듯, 내 기분을 밝게 해주며.
그러더니 이젠 가볍게, 그리고 주저하듯 위로, 더 위로

올라가,
어떤 형태를 이루는구나.──황홀한 형상 하나, 나를 속이는 걸까,
오래 잊고 있었던, 까마득한 젊은 시절의 지고한 보물의 모양으로?
가슴속 깊은 곳에서 그 옛 시절의 소중한 것들이 솟아오르는구나,   10060
오로라의 사랑,[311] 가벼운 가슴 설렘이 그것임을 말해준다.
재빨리 느꼈던, 처음의, 거의 이해할 수 없었던 그 시선을,
붙잡을 수만 있었다면 어떤 보석보다도 더 빛났을 것을.
영혼의 아름다움인 양 이 사랑스런 형상은 위로 오르는구나,
흩어지지 않고서, 공중으로 높이 솟아오르누나,   10065
내 마음속의 가장 소중한 것을 끌고 가버리는구나.

    한 걸음에 7마일을 가는 장화 한 짝이 불안한 걸음걸이로 나타난다. 다른 한 짝도 바로 뒤를 잇는다. 메피스토펠레스가 장화에서 내리자, 장화는 급히 가버린다.

메피스토펠레스
기를 쓰고 서둘러서 달려왔네!
허나 말 좀 하시오, 무슨 생각을 한 거요?

이런 무시무시한 곳 한가운데에 내리다니,
10070 끔찍한 심연이 입을 벌리고 있는 이런 바위산에 말이오.
난 이 바위산을 잘 알고 있소, 허나 이 장소에 있던 것은 아니오,
이건 원래 지옥의 밑바닥이었으니 말이오.

파우스트

어리석은 전설을 참으로 많이도 알고 있구나,
또 그따위 걸 지껄이기 시작한 건가?

메피스토펠레스

10075 (진지하게) 주님이신 신께서――그 이유는 나도 잘 알고 있소만――
우리를 하늘에서 깊고 깊은 나락으로 추방했을 때,
그곳 땅속 한가운데는 온통 불길에 휩싸여 있었다오,
영원한 불길이 활활 타오르고 있었지요,
우린 주변이 너무 밝은데다,
10080 좁은 곳에 몰려 있어서 영 불편했지요.
악마들은 모두 기침하기 시작했다오,
위론 트림하고 아래론 방귀를 뀌어댔지요.
지옥은 유황 냄새와 황산으로 부풀어올랐고, 여기에서
가스가 생겨났지요! 그것이 어마어마한 압력으로 변했고,
10085 그러니 땅의 평평한 표피가, 비록 두껍긴 했지만,
곧바로 요란한 소리를 내며 파열될 수밖에 없었지요.
지금 우린 다른 쪽 끝에 있는 셈이라오,

예전에 바닥이었던 것이 이제는 꼭대기거든요.
가장 낮은 것을 가장 높은 것으로 바꾸는 그 정당한 이론[312]은
바로 여기에 근거하고 있다오. 10090
이렇게 해서 우리는 그 뜨거운 노예의 구덩이로부터
자유로운 공기가 충만한 곳으로 탈출했답니다.
이건 공공연한 비밀이지만 잘 간직해두었다가
훗날 사람들에게 알려줄 것입니다. (〈에베소서〉 제6장 12절)[313]

파우스트

거대한 산줄기는 나에게 고귀한 자태로 침묵하고 있으니, 10095
나는 산이 어디에서 왔고 왜 생겨났는지 따위는 묻지 않는다.
자연이 자신 안에 스스로의 터전을 쌓았을 때,
자연은 이 지구도 순결하고 둥글게 완성시켰다.
봉우리들과 골짜기들에 큰 기쁨을 느꼈고,
암벽에 암벽을 그리고 산에 산을 잇대어 늘어놓았다. 10100
이어서 언덕들을 편안하게 아래로 경사지게 했으니,
이들은 부드러운 선을 그리며 골짜기로 점차 흘러내린 것이다.
그 다음엔 초목이 푸르러지고 자라나지, 자연은 즐거움을 얻기 위해
미쳐 날뛰는 소용돌이 같은 건 필요로 하지 않는단 말이

다.

메피스토펠레스

10105 그렇게 말씀하신단 말이죠! 당신에겐 명백한 것으로 보이는 모양이구려.
허나 그 자리에 있던 자는 달리 알고 있다오.
난 거기에 있었소, 저 아래에서 심연이 끓어오르며 부풀고,
흐르는 불길을 실어 나르던 그때에,
또 몰로흐[314]의 망치가, 바위와 바위를 두들겨 만들어내며,
10110 산의 파편들을 저 멀리로 내던진 그때에 말이오.
아직도 땅 위에는 낯선 곳에서 날아온 거대한 바윗돌들이 부지기수인데,
누가 그런 엄청난 내던지는 힘을 설명할 수 있답니까?
철학자들이야 그걸 알 리 없지요,
바윗돌이 거기 있으니, 그냥 내버려두는 수밖에 없다는 거지요.
10115 우린[315] 머리를 짜내어 생각해보았으나 결국 헛수고였다오.
그러나 충직하고 순박한 민중들만은 그걸 알아차렸고
자신들의 생각을 철석같이 믿고 있지요.
그들에게 그 진실은 오래전에 무르익은 거지요,
이것은 기적이며, 사탄의 업적이라는 진실 말이오.

날 추종하는 순례자는, 그의 신앙의 목발에 의지하여,   10120
악마의 바위와 악마의 다리를 향해 절름거리며 간답니다.³¹⁶⁾

파우스트
악마가 자연을 어떻게 관찰하는지,
그것을 주시해보는 것도 제법 흥미로운 일이구나.

메피스토펠레스
내가 상관할 바 아니오! 자연이야 제멋대로 존재하라지!
내 명예와 관련 있는 것은──악마가 그 일에 동참했다   10125
는 사실이오.
우리야말로 위대한 일을 해낼 사람들이지요.
소동, 폭력 그리고 무의미! 보시오, 이 악마의 표시들
을!──³¹⁷⁾
그건 그렇고, 이제는 알아듣기 쉽게 말하리다.
우리가 이루어놓은 이 지구의 표면이 전혀 마음에 안 듭
니까?
당신도 측량할 수 없이 넓은 이 세상에서   10130
온갖 나라와 그 영화로움을 돌아보았지요. (〈마태복음〉 제
4장)
하기야 당신은 만족이란 걸 모르는 사람이니,
아마 아무런 욕망도 느끼지 않았겠지요?

파우스트
천만에, 그렇지 않아! 어떤 거대한 것이 내 마음을 끌었지.

알아맞혀보게!

메피스토펠레스

10135 　　　　　　그거야 어렵지 않지요.
나 같으면 이런 대도시를 찾아볼 겁니다.
한복판엔 시민의 식품 가게들이 끔찍스럽게 몰려 있고,
좁고 꼬불꼬불한 골목길, 뾰족한 박공지붕들,
비좁은 장터, 배추, 무, 양파들,
10140 기름진 고기 위에 쇠파리들이 잔뜩 달라붙어
잔치를 벌이고 있는 푸줏간,
그런 곳에서는 언제나
냄새가 진동하고 시끌벅적하기 마련이지요.
거길 벗어나면 넓은 광장들과 널따란 길들이
10145 고상한 척 굴고 있고,
그리고 끝으로, 성문이 가로막지 않는 곳엔,
외곽 도시들이 끝없이 뻗어가고 있고요.
거기에서 난 즐길 겁니다,
마차들이 요란하게 오가는 것을 보면서,
10150 흩어진 개미 떼처럼 우글거리는 사람들이
끝없이 바삐 오가는 꼴을 보면서 말이오.
내가 마차를 몰건, 말을 타건,
난 항상 그들의 중심이 되어
수십만의 사람들로부터 존경을 받을 겁니다.

파우스트

그런 것으로는 나는 만족할 수 없다. 10155

백성들이 늘어나고,

그들 나름대로 즐겁게 먹고살며, 심지어는

교양을 쌓고 학식을 늘리는 걸 보곤 좋아한다만,

그건 실은 반역자들을 길러내는 짓일 뿐이다.

메피스토펠레스

다음으로 난, 지배자로서 자부심을 갖고, 웅장하게, 10160

즐거운 장소에 환락을 위한 성을 짓겠소.

숲, 언덕, 평야, 초원, 들판을

정원으로 화려하게 개조할 것이오.

푸르른 산울타리 앞에는 비단결 같은 잔디밭,

직선으로 쭉 뻗은 길, 예술적으로 다듬은 나무들의 그늘, 10165

바위에서 바위로 떨어지는 한 쌍의 인공 폭포,

그리고 온갖 종류의 분수들을 만들겠소.

이쪽에는 당당하게 높이 솟아오르나, 그 옆에서는

쉿쉿, 핏핏 소리 내며 수많은 작은 물줄기들이 뿜어나오지요.

다음엔 그러나 절세의 미녀들을 위해 10170

편안하고 안락한 작은 집들을 짓게 할 것이오.

거기서 한없이 긴 시간을 세상과 떨어져

더없이 사랑스런 미녀들하고만 함께 보내고 싶소.

난 여인들이라 말했는데, 분명히 해두거니와,

10175 난 미인들을 항상 복수(複數)로 생각한다오.

파우스트

좋지 않아, 현대적이야! 사르다나팔[318]류의 방탕이야!

메피스토펠레스

당신이 추구하는 게 무언지 알아맞혀볼까요?

틀림없이 숭고하고 대담한 시도겠지요.

달까지 그렇게 가까이 날아가 부유하던 당신이니,

10180 그 고질병이 또 그쪽으로 당신을 이끌어대는 모양이죠?

파우스트

절대 아니다! 이 지상에는

아직도 위대한 행위를 할 여지가 남아 있다.

경탄할 만한 일을 이루어내야 한다,

나는 대담하게 노력할 힘을 느낀다.

메피스토펠레스

10185 그럼 당신은 명성을 얻으려는 것이오?

알만 하오이다, 신화적 여인과 헤어져서 왔으니.

파우스트

지배력을 얻겠다, 재산도!

행동이 모든 것이다, 명성은 아무것도 아니다.

메피스토펠레스

허나 시인들이 나타날 거요,

10190 후세에 당신의 영광을 전하고,

어리석은 이야기로 어리석은 짓을 부추기는 시인들 말이

오.

파우스트

내 생각을 너는 조금도 알아채지 못했구나.
하기야 인간이 무엇을 갈망하는지 네가 어찌 알겠느냐?
너 같이 역겨운 존재가, 비뚤어지고 심술궂은 존재가,
인간이 필요로 하는 것을 알 턱이 없지. 10195

메피스토펠레스

그럼 당신의 뜻대로 하시오!
어디 당신의 기발한 착상의 윤곽이나 좀 들어봅시다.

파우스트

내 눈은 저 아득한 바다로 끌렸다.
그것은 부풀어오르고 저절로 솟구쳐 올랐다가는,
잠잠해지는가 싶더니 다시 파도를 퍼부어, 10200
드넓은 평평한 해변을 덮치더구나.
나는 그것에 화가 났다. 마치 오만함이
거칠게 흥분된 열정적 혈기를 주체하지 못해서,
모든 권리를 존중하는 자유로운 정신을
불쾌한 감정으로 내모는 것 같았단 말이야. 10205
우연인가 보다 생각했지, 그래서 날카롭게 응시해보니,
파도는 멈춰서더니 뒤로 굴러갔지,
위풍당당히 도달했던 목표에서 멀어져가는 거야.
시간이 되면 이 유희를 반복하지.

메피스토펠레스

10210 (관객을 향해) 내겐 새로운 것이라고는 전혀 없군요,
이미 수십만 년 전부터 알고 있는 사실입니다.

파우스트

(열정적으로 말을 계속한다) 스스로 결실이 없는 파도는
그 비생산성을 퍼뜨리려
사방팔방으로 접근해온다.
부풀고 커지고 굴러와서
10215 황량한 해안의 보기 싫은 지역을 뒤덮는다.
연이은 파도는 힘에 넘쳐 그곳을 지배하지만,
물러간 뒤엔 아무것도 이루어진 게 없다.
이것이 날 불안케 하고 절망으로 이끌었도다!
이 얽매이지 않은 원소의 목적 없는 힘이라니!
10220 그리하여 내 정신은 감히 비약을 시도하려는 것,
여기서 나는 싸우고 싶다, 이것을 나는 이겨내고 싶다.

그리고 그건 가능하다, 파도가 아무리 넘쳐흘러도,
언덕을 만나기만 하면 유연히 돌아가야 한단 말이다.
파도가 아무리 오만하게 날뛰어도,
10225 약간의 높이면 그것과 당당히 맞설 수 있고,
약간의 깊이면 그것을 강력하게 끌어들일 수 있다.
그래서 나는 재빨리 머릿속에서 계획을 세우고 또 세웠다,
저 오만한 바다를 기슭에서 몰아내고,

저 드넓은 바닷물의 한계를 좁히며,
바다를 저 멀리 바다 안쪽으로 쫓아버리는 10230
그런 값진 즐거움을 얻어보려고 말이다.
나는 이미 이 계획을 차근차근 설명할 수 있게 되었다.
이것이 나의 소망이니, 이를 밀고 나가주기 바란다.

    북소리와 군악 소리가 관객들의 뒤쪽 멀리 오른편으로
    부터 들려온다.

메피스토펠레스
그거 쉬운 일입니다! 저 멀리 북소리가 들리지요?
파우스트
벌써 또 전쟁이군! 현명한 사람은 저런 소리 듣는 걸 싫 10235
어한다.
메피스토펠레스
전쟁이든 평화든 간에, 자신의 이익을 위해
무언가 끌어내려는 노력이 현명한 것이오.
주의를 기울이고, 유리한 순간이라면 모두 알아차려야
하오.
이제 기회가 왔소이다, 그러니 파우스트 선생, 붙잡으시
오.
파우스트
그런 쓸모없는 수수께끼는 듣고 싶지 않다! 10240

간단히 말해서 어찌하라는 건가? 설명해보아라.

메피스토펠레스

이리 오는 도중에 알게 된 사실인데

그 사람 좋은 황제가 큰 걱정에 잠겨 있답니다.

그 황제 당신도 알지요? 우리가 그를 도와서

10245 엉터리 재산을 그의 손에 쥐어주는 장난질을 쳤을 때,

그는 온 세상을 사들일 태세였지요.

하기야 그는 젊어서 옥좌에 올랐으니

그릇된 판단을 선호할 만도 합니다,

다스리면서 동시에 향락을 누리는 것이

10250 충분히 같이 갈 수 있으며,

정말 바람직하고 멋지다는 그런 판단 말이지요.

파우스트

크게 잘못된 생각이지. 명령을 내려야 하는 자는,

명령하는 행위 그 자체에서 행복을 느껴야 한다.

그의 가슴이 드높은 의지로 가득 찼다 해도,

10255 그가 행하려는 것은 어떤 사람도 알아차려서는 안 된다.

그가 가장 충성스런 귀에만 은밀히 속삭여준 일,

그것이 성취되면 온 세상이 놀라게 마련이지.

그러하면 그는 항시 최고의 지배자이고,

지엄한 존재일 것이다——향락을 즐기는 짓은 천하게 만들지.

메피스토펠레스

황제는 그렇지 못해요! 향락에 몰두했는데 기가 찰 지경
이었지요!
그동안 제국은 무정부 상태에 빠졌답니다,
큰 놈이건 작은 놈이건 뒤죽박죽 뒤엉켜 싸웠고,
형제들이 서로 몰아내고 죽이는 판이었지요.
성(城)과 성이, 도시와 도시가 서로 으르렁댔으며,
길드는 귀족과 싸우고,──주교는
교회나 교구와 반목했습니다.
서로 보기만 하면 적이 되는 판이었지요.
교회 안에서 살인이 벌어지고, 상인들과 여행자들은
성문만 벗어나면 참변을 당했지요.
그러는 와중에서 모든 사람들이 아주 담대해졌습니다.
산다는 것은 자신을 지킨다는 것이 되었으니까요──그
런대로 굴러갔어요.

파우스트

그런대로 굴러갔겠지, 그러다가 절뚝대고, 쓰러졌다가
다시 일어났을 거다.
그런 다음 넘어져 뒹굴고, 완전히 무너져버렸겠지.

메피스토펠레스

그런데 아무도 그런 상태를 탓할 수 없었지요,
모두가 제 주장을 할 수 있었고, 또 하려 했으니까요.
가장 미천한 자도 사람대접을 받았답니다.

그러나 마침내는 최상층의 사람들이 이건 너무 심하다고
생각했지요.
유능한 자들은 힘을 바탕으로 일어섰고
이렇게 선전했지요. 군주란 우리가 평온하게 살도록 해
주는 사람이다.

10280 그러나 황제는 그럴 능력도 의지도 없다——그러니 새
황제를
선출하여 제국에 새로운 생명을 불어넣자,
그가 모든 사람에게 안전을 확보해주고,
새로이 창조된 세계에서
평화와 정의를 합일시키도록.

파우스트
성직자놈들 냄새가 물씬 풍기는 말이군.

메피스토펠레스
10285   사실 성직자들이
그랬어요.
그자들은 살찐 배를 안전하게 하려 한 것이지요.
그래선지 다른 계층보다 더 많이 가담했고요.
반란은 커졌고, 교회에 의해 성스러운 일로 되어버렸답
니다.
우리가 즐겁게 해준 우리의 황제는 이곳으로
10290 진군해오고 있어요. 아마 마지막 전투를 치르려는 듯합
니다.

파우스트

참 안되었군, 아주 선량하고 열린 사람이었는데.

메피스토펠레스

자, 가서 살펴봅시다, 산 자는 희망을 가져야 해요.
그를 이 좁은 계곡으로부터 구해냅시다!
이번 구원은 다른 천 번의 구원과 맞먹는 결정적 구원이
될 겁니다.
주사위가 어떻게 구를지 누가 압니까? 10295
그가 행운이 있으면 따르는 신하들도 생겨나겠지요.

> 그들은 중간 산맥[319]을 넘어가 계곡에 있는 군대 배치를
> 살펴본다. 아래로부터 북소리와 군악 소리가 울려온다.

메피스토펠레스

내 보기엔 진(陣)은 잘 쳐 있어요.
우리가 가담하면 승리는 완전해집니다.

파우스트

내가 무얼 기대할 수 있을까?
속임수! 마법의 기만! 공허한 허상 따위겠지. 10300

메피스토펠레스

전투에 승리하기 위한 책략이지요!
당신의 목적을 생각하고,
큰 뜻을 위해 마음을 다잡으시오.

　　　　　황제의 옥좌와 땅을 우리가 지켜주면,
10305　당신은 황제 앞에 무릎을 꿇고서
　　　　　무한히 넓은 해안을 봉토로 받을 것이오.

　　　　　파우스트
　　　　　자넨 이미 많은 것을 해냈지.
　　　　　그러니 이제 싸움도 한번 이겨보게.

　　　　　메피스토펠레스
　　　　　아니오, 당신이 이기는 겁니다! 이번에는
10310　당신이 총사령관입니다.

　　　　　파우스트
　　　　　그거야말로 내게 걸맞은 우두머리 자리겠군
　　　　　아무것도 모르는 분야에서 명령을 내려야 하니 말이야.

　　　　　메피스토펠레스
　　　　　참모들에게 맡기면 돼요,
　　　　　그러면 사령관은 편안합니다.
10315　오래전부터 전쟁의 추악한 냄새를 맡았기에,
　　　　　미리 참모진을 구성해놓았지요,
　　　　　원시적 산악 지대의 원시적 힘의 인간들로 말이오.
　　　　　이자들을 끌어 모은 사람에겐 행운이 따를 것이오.

　　　　　파우스트
　　　　　저기 무기를 들고 오는 것들이 무엇이지?
10320　너는 산귀신들을 불러낸 것이냐?

메피스토펠레스

아니오! 페터 스켄츠[320] 같은 자들이지요,
온갖 잡동사니 같은 놈들 중에서 골라낸 정수(精髓)입니다.

　　　　세 명의 거한이 등장한다. (《사무엘 후서》 제23장 8절)[321]

메피스토펠레스

아, 저기 내가 불러낸 녀석들이 오고 있습니다!
보시다시피 나이도 서로 다르고
옷차림과 무장도 서로 다르게 하고 왔군요.
써보시면 꽤 괜찮을 겁니다.
　　　관객을 향해
요즘에야 어린애들도 모두
갑옷과 기사의 옷깃을 좋아하는 판이니,
더욱이 이 부랑배들은 비유적 존재이기에,
그만큼 더 즐거움을 줄 것입니다.[322]

싸움패

(젊고 가벼운 무장, 요란한 옷차림) 어느 놈이든 내 눈을 빤히 쳐다보면
곧장 주먹으로 주둥이를 쳐버릴 테다,
그리고 도망치는 겁쟁이놈은
뒷머리를 잡아채서 붙잡을 테다.

날강도

10335 (중년, 충분한 무장에 화려한 옷차림) 그따위 실속 없는 싸움질은 웃음거리다,
공연히 하루만 망쳐버린단 말이다.
그저 끊임없이 강도질에 몰두해야지,
다른 일은 모두 그 다음 문제야.

수전노

(노년에 중무장을 했으며, 옷을 입지 않았다) 그래봤자 별로 얻는 게 없을 거다,
10340 큰 재산도 순식간에 녹아내려,
삶의 흐름 속에 흘러가버리지.
빼앗는 것도 좋긴 하다만 더 좋은 것은 지키는 것이다.
이 늙은이의 말을 따르기만 하면
아무도 네게서 무언가 앗아가지 못할 걸.

   모두 함께 아래로 내려간다.

구릉 지대

북소리와 군악 소리가 아래쪽에서 들려온다. 황제의 천막이 세워지고 있다.

황제, 총사령관, 근위병.

총사령관

우리가 지형적으로 유리한 이 계곡으로 10345
전군을 물러서게 하여 집결시킨 것은
여전히 잘 구상된 계획으로 보입니다,
이 선택이 우리에게 행운을 가져다주기를 굳게 바랍니다.

황제

이제 어떻게 되어갈지 곧 판명이 되겠지.
그러나 절반의 도주 같은 이 퇴각은 나를 언짢게 하오. 10350

총사령관

폐하, 여기 우리의 오른편 측면을 보십시오.
이런 지형이야말로 전략상 바람직한 것입니다.
언덕은 가파르진 않으나, 보행이 쉽지만은 않습니다,
우리에게는 유리하고, 적에게는 위험합니다.
우리는 물결 모양의 평원에 반쯤 숨겨져 있으니, 10355
적의 기병대는 감히 접근하려 하지 않을 것입니다.

황제

나로서는 칭찬할 도리밖에 없도다.
여기서는 기량과 용기를 시험해볼 수 있겠소이다.

총사령관

저기, 중앙에 위치한 목초지의 평평한 지역에 펼쳐진,
밀집방진(密集方陣)을 보시지요, 사기가 충천합니다. 10360
창끝이 햇빛을 받아, 아침 안개를 뚫고,
공중에서 번쩍이며 빛나고 있습니다.

강력한 정방형의 진이 시커멓게 물결치고 있는 저 광경
이란!
수천의 병사들이 영웅적 행위를 하려는 열의로 불타고
있습니다.
10365 저것만 보셔도 우리 주력 부대의 힘을 아실 겁니다.
저들이 적의 병력을 갈라놓을 수 있으리라 믿습니다.

황제
이렇게 아름다운 광경은 처음이오.
저런 군대라면 갑절의 병력에 필적할 것이오.

총사령관
우리의 왼편 측면에 대해서는 말씀드릴 게 없습니다.
10370 대담한 영웅들이 험한 암벽을 지키고 있으니까요.
지금 무기로 번쩍이고 있는 저 바위 절벽이
좁은 협곡의 중요한 통로를 보호해주고 있습니다.
저기서 적군은 예기치 않은 전투에서
좌절할 것 같은 예감이 벌써 듭니다.

황제
10375 저기 불충한 친척놈들이 오고 있군.
저자들은 나를 숙부니 사촌이니 형제니 부르며
날이 갈수록 점점 더 교만해지고,
왕홀로부터는 권력을, 옥좌로부터는 명예를 도둑질해갔
지.
그런 다음, 저희들끼리 다투면서, 제국을 황폐케 하더니

이제는 한통속이 되어 나에게 반기를 들고 있다.   10380
민중들이란 줏대 없이 흔들리다가
물결이 그들을 휩쓸어가는 곳으로 흘러갈 뿐이로다.

총사령관

정찰을 위해 내보낸 충성스런 사람 한 명이
급히 암벽을 내려오고 있습니다. 임무에 성공했기를!

첫 번째 밀정

   교묘하고 용감한 저희들의 잠입술로,   10385
   적진을 뚫고 나갔다 다시 뚫고 들어오는 임무를
   저희들은 다행히도 성공적으로 수행해냈습니다,
   허나 별 소득 없이 돌아왔습니다.
   많은 사람들이, 흔히 말해 충성스럽다는 많은 무리들처럼,
   폐하께 그저 입으로만 충성을 맹세했습니다.   10390
   하지만 자기들 영내의 불안정, 민중들의 반란 위험성 등을 들면서,
   수수방관하는 것에 대한 변명은 늘어놓더군요.

황제

자기만 지키려는 것은 이기주의적 교리이도다,
거기에선 고마움과 호감, 의무나 명예는 찾아볼 수 없지.
생각하지 못하는가, 항시 그런 이기주의적 계산만 따른다면,   10395
이웃집의 화재가 자신도 삼켜버리게 된다는 것을?

총사령관

두 번째 밀정이 오고 있습니다. 아주 천천히 내려옵니다.
저 사람 피로에 지친 나머지 손발이 모두 후들거리는군요.

두 번째 밀정

    처음엔 저희들은 흡족한 마음으로 폭도들이

10400   우왕좌왕 헤매는 것을 보고 있었습니다.

    그런데 예기치 않게, 불쑥

    새로운 황제가 나타났습니다.

    그러자 혼란스러웠던 폭도들이 명령된 길을 따라

    들판을 지나 행군해오고 있습니다.

10405   모두가 새로 펼쳐든 가짜 깃발을

    따르고 있습니다.──양 떼의 근성이지요.

황제

반역 황제의 출현은 나에겐 소득이다.
이제야 비로소 나는 내가 황제임을 느끼노라.
지금까진 다만 군인으로서 갑옷을 입었으나,

10410 이제는 더 큰 목적을 위해 이 갑옷을 두르노라.
지금껏 모든 향연에서, 아무리 화려하고 부족한 것
없었다 할지라도, 나에겐 위험이 없어 아쉬웠도다.
그대들이 내게 그대들처럼 고리 꿰기 놀이[323)]를 하라고
권했을 때도
내 가슴은 뛰었고, 나는 마상(馬上) 창 시합의 분위기를
호흡했었다.

그대들이 내게 전쟁을 만류하지 않았던들, 10415
나는 이미 지금 찬란한 영웅적 행위로 빛나고 있을 것이다.
내가 당시 온통 불길 속에 갇혀 있는 나 자신을 보았을 때,
나는 누구에게도 의지하지 않는 내 가슴속의 독립심을 확인했었다.
불길은 무섭게 내게 달려들었지,
그건 단지 환영이었다만, 그 환영은 정말 엄청난 것이었다. 10420
승리와 명성에 대해 나는 지금껏 혼란스럽게 꿈꾸어왔으나,
이제는 내가 방종하게도 게을리했던 것을 만회하겠다.

반역 황제에게 결투를 신청하기 위해 사자가 파견된다.

파우스트, 갑옷을 입고 투구로 반쯤 얼굴을 가리고 있다. 3인의 거한은 전과 같은 무장과 옷차림을 하고 있다.

파우스트
저희들, 책망 듣지 않기를 바라며 이렇게 나섰습니다.
다급하지 않을 때에도 미리 조심하는 건 나름대로 가치가 있지요.
아시다시피 산의 정령들은 생각하고 숙고하는 자들이며, 10425

자연과 암석에 나타난 신비로운 표시들을 잘 이해하고
있습니다.
이 정령들은 이미 오래전에 평지를 떠났고,
그래서 전보다 더욱 바위산에 애착하고 있습니다.
이들은 은밀히 미로 같은 협곡들을 돌아다니며,

10430 금속을 잔뜩 머금은 고귀한 가스의 안개 속에서 일합니다.[324]
끊임없이 나누고 시험하고 결합시키면서,
그들의 유일한 욕망은 새로운 것을 발명해내는 것이지요.
영적인 힘이 깃든 조용한 손가락으로
그들은 투명한 형체들을 만들어냅니다.

10435 그러고는 영원히 침묵하는 땅속에서 수정체를 통해
지상에서 벌어지는 모든 일들을 바라보고 있습니다.

황제

나도 그러한 말을 들었고 그래서 그대를 믿겠소.
그러나, 용기 있는 분이여, 그런 것이 여기서 무슨 소용이 있겠소?

파우스트

사비니 사람인 노르치아의 무술사(巫術師)는[325]

10440 폐하의 충실하고 명예로운 신하입니다.
실로 끔찍한 운명이 그를 무섭게 위협한 적이 있었지요,
마른 가지가 타닥타닥 소리 내고 불길이 벌써 혀를 날름

거렸습니다.
주위에 엇갈리게 쌓아놓은 마른 장작더미에는
역청과 유황 다발이 섞여 있었답니다.
인간도, 신도, 악마도 그를 구해낼 수 없었는데, 10445
폐하께서 달아오른 쇠사슬을 끊어주셨습니다.
로마에서 있었던 일입니다. 그는 폐하께 큰 은혜를 입은 지라,
폐하의 행보를 늘 마음 쓰며 지켜보았습니다.
그 시간 이후 그는 완전히 자신을 잊고서,
오로지 폐하를 위하여 별을 보고 땅을 살폈습니다. 10450
그 사람이 우리에게 시급한 일이라며 폐하를 돕도록
의뢰했답니다. 산의 힘은 위대합니다.
산에서 자연은 거칠 것 없이 자유롭게 활동하지요.
그런데 우매한 성직자들은 그것을 마법이라고 욕합니다.

황제

명랑하게 와서 쾌활하게 즐기려는 10455
손님들을 접대하는 즐거운 날에는,
이리 밀리고 저리 밀쳐져도, 그리고
방마다 사람들로 비좁아도 모두 즐거워하오.
그러나 충성스런 분은 진정 드높이 환영받아야 하오,
운명의 저울이 제멋대로 이리저리 기우는 10460
이 심중한 아침 시간에,
돕기 위해 우리 곁에 힘차게 선 분이니.

허나 여기 이 결정의 순간에
그 강한 손을 의욕적인 칼에서 떼시오,
10465 수천 명의 병사들이 나를 위해 또는 나를 적대하여
싸우러 나오는 이 순간을 존중해주시오.
사나이는 홀로 서야 하오! 옥좌와 왕관을 가지려는 자는
스스로 그러한 명예를 차지할 가치를 지닐지니.
우리를 거역하고 난을 일으킨 유령 같은 자 제멋대로
10470 자신을 황제라고, 또 우리 제후국들의 주인이라고,
군의 원수라고, 제후들에게 봉토를 부여하는 주군이라고
칭하라 합시다,
나 자신의 손으로 그자를 죽음의 나라로 처넣을 것이오.

파우스트

그 위대한 일을 어떻게 완수하든 간에,
폐하의 목숨을 걸어서는 안 됩니다.
10475 투구는 볏과 깃털로 장식되어 있지 않습니까?
투구가 우리의 용기를 북돋는 머리를 보호해주기 때문입니다.
머리가 없다면 손발이 무엇을 해낼 수 있겠습니까?
머리가 잠들면, 손발은 모두 축 늘어집니다.
머리가 다치면, 손발이 모두 상처를 입으며,
10480 머리가 재빨리 회복되면, 손발은 힘차게 일어섭니다.
팔은 곧 자신의 강한 권리를 사용할 줄 알게 되어,
두개골을 보호하려 방패를 쳐들며,

칼은 즉시 자신의 의무를 알아차리고,
힘차게 막아내고 다시 후려칩니다.
튼튼한 발도 팔의 성공에 동참해서, 10485
맞아 죽은 놈의 목덜미를 힘차게 밟아버립니다.

황제

내 노여움이 바로 그렇소. 그자를 그처럼 다루어서
그 오만한 머리통을 발판으로 만들고 싶으오.

전령

    (돌아온다) 우리는 저편에서 거의
    존중도 인정도 받지 못했습니다. 10490
    우리들의 고귀하고 강력한 도전을
    그들은 얼빠진 농담이라 웃어댔습니다.
    "너희들의 황제는 실종되었다,
    저 좁은 골짜기에서 그렇게 메아리치는구나.
    우리가 그를 기억해내려 하면, 10495
    동화가 말할 것이다.── '언젠가 옛날에' 라고"

파우스트

굳건하고 충성스럽게 폐하의 곁에 서 있는
훌륭한 신하들이 원하는 대로 일이 진행되었습니다.
저기 적군이 접근해오고, 폐하의 군대는 전의에 불타 기
다리고 있습니다.
공격을 명하십시오. 유리한 순간입니다. 10500

황제

여기서 지휘하는 것은 그만두겠노라.

    총사령관에게

공(公)이여, 군을 지휘하는 그대의 의무는 이제 그대의 손에 주어졌소.

총사령관

그럼 우익군이 공격을 개시하라!

적의 좌익은, 지금 막 언덕을 올라오고 있는바

10505 오르는 마지막 발걸음을 내딛기 전에,

젊은 힘의 입증된 충성심으로 물리쳐라.

파우스트

이 씩씩한 영웅이 지체 없이

당신의 대열에 합류하여

대열과 완전히 일체가 되고, 서로 합심하여

10510 그의 용맹성을 발휘하게 허용해주십시오.

    그는 오른쪽을 가리킨다.

싸움패

(앞으로 나선다) 내게 얼굴을 내보이는 놈은 누구나

아래위 턱이 으스러지지 않고는 돌아가지 못한다.

내게 등을 돌리는 놈은, 당장 목덜미가 꺾여

목과 대가리 그리고 머리채가 소름 끼치게 늘어져 달랑 댈 것이다.

10515 폐하의 병사들이 내가 날뛰는 것처럼

칼과 곤봉을 휘둘러대면,
적들은 한 놈 한 놈 쓰러져,
저들이 흘린 피에 빠져 죽을 것이외다.

     퇴장

총사령관

우리 군 중앙의 밀집방진은 천천히 뒤를 따라
현명하게 온갖 힘을 다하여 적을 맞아라. 10520
약간 오른쪽, 그곳에서는 벌써 격렬한 전투가 벌어져
우리 군이 적의 작전을 뒤흔들어 놓았다.

파우스트

(가운데 남자를 가리키며) 이 사람도 당신의 명을 따르게 해주시오.
그는 날쌔고, 무엇이든 모조리 가로챕니다.

날강도

황제군의 영웅적 용기에 10525
약탈에 대한 갈증도 짝을 지어야죠.
반역 황제의 화려한 천막을
모든 병사의 목적으로 정하십시오.
그자 그 자리에서 오래 으스대지 못할 겁니다,
내가 밀집방진의 선두에 서겠소이다. 10530

잽싼 약탈꾼

〔주보(酒保)의 여인, 날강도에 달라붙으며〕 내가 이 사람의 여편네는 아니지만

이이는 나의 사랑스러운 서방님이죠.
우리한테 이런 기막힌 수확이 무르익다니!
여자란 움켜쥘 땐 무섭답니다.
10535 빼앗을 땐 인정사정없어요.
이길 때는 앞장서자! 무엇이든 할 수 있으니.

   두 사람 퇴장

총사령관

예상했던 대로 우리의 좌익에
적의 우익군이 격렬하게 돌진해오고 있습니다.
아군은 마지막 한 사람까지 이 좁은 협곡의 바윗길을
10540 빼앗으려는 적의 공격에 저항할 것입니다.

파우스트

(왼편을 가리키며) 장군께선 이 사람도 보아주십시오,
강한 것을 보강한다고 해서 나쁠 것 없겠지요.

수전노

(앞으로 나선다) 좌익에 대해서는 조금도 걱정하지 마십시오!
내가 있는 곳에서는 가진 것은 안전하답니다.
10545 나 이 늙은이는 지키는 데는 이골이 났습니다,
번갯불도 내가 가진 것을 쪼갤 수 없어요.

   퇴장

메피스토펠레스

(위에서 내려오면서) 자 보시오, 뒤편에 있는

험준한 바위 틈새에서,
무장한 사람들이 쏟아져 나와,
좁은 산길을 더 비좁게 하고 있는 모양을.   10550
투구와 갑옷, 칼, 방패들로
우리 뒤편에 방벽을 쌓고,
공격의 신호를 고대하고 있습니다.

   조용히, 전후 사정을 알 만한 관객들에게
저들이 어디서 왔는지 물어서는 안 됩니다.
나는 물론 지체하지 않고   10555
주변의 무기고들을 털었답니다.
저것들 거기에 아직도 이 세상의 주인인 양
말을 탄 채 아니면 두발로 당당히 서 있더라고요.
저들은 예전에는 기사, 왕, 황제들이었지만,
지금이야 그저 속이 텅 빈 달팽이 껍데기에 불과하답니다.   10560
많은 유령들이 그 안에서 치장까지 해댄 꼴이,
중세를 활기차게 다시 일으켜 세우려는 듯하군요.
어떤 악마가 그 갑옷 속에 들어 있든 간에,
이번엔 효과 만점일 겁니다.

   큰 소리로
들어보시오, 저들이 싸우기도 전에 분노하여   10565
창칼을 부딪쳐 요란한 소리를 내고 있습니다!
어서 펼쳐져 신선한 공기를 맞길 초조히 고대하던
군기들의 깃발 조각들도 이젠 힘차게 펄럭이고 있습니다.

10570 　생각하시오, 여기에 옛 사람들이 무장을 갖추고
　새로운 싸움에 뛰어들려 한다는 사실을.

> 위로부터 울려오는 무서운 나팔 소리, 적군 속에 뚜렷한 동요.

파우스트
지평선이 어두워졌구나,
다만 여기저기에 무언가 암시하는 듯한
붉은 빛만이 의심쩍게 번쩍이고 있도다.
창칼들은 이미 핏빛으로 빛나고,
10575 　바위, 숲, 공기도 그리고
온 하늘까지도 휘말려드는구나.

메피스토펠레스
우익은 힘차게 버티고 있습니다.
하지만 그중에서도 두드러지게,
싸움패 한스, 이 날쌘 거한이
10580 　자기 방식으로 재빠르게 활약하고 있습니다.

황제
처음엔 팔이 하나 추켜올려진 것을 보았는데,
지금은 벌써 열두 개의 팔이 날뛰는 게 보이는구나,
저건 자연스러운 일이 아니다.

파우스트

폐하께서는 시칠리아의 해변에 떠도는
안개 띠에 대해 아무것도 듣지 않으셨는지요?
그곳에는, 특이한 아지랑이에 반사되어,
기이한 광경이 나타나서는,
중간 높이의 허공에 떠서,
밝은 대낮에도 뚜렷한 자태로 부유한답니다.
형상과 형상들이 연이어 대기를 뚫고 나타나는데,
도시들이 이리저리 부유하고,
정원들이 떠올랐다 가라앉곤 한답니다.

황제

그러나 참으로 의심스럽도다! 높이 든
창끝마다 번개가 치는 것이 보인다.
우리 밀집방진의 번쩍이는 창끝에는
작은 불꽃이 재빠르게 춤추는 듯하다.
내게는 정말 유령의 짓처럼 보이는구나.

파우스트

용서하십시오, 폐하, 그것들은
이제는 사라져버린 정령들의 흔적입니다,
모든 뱃사람들이 신뢰하는
쌍둥이별이 내뿜는 빛의 반사입니다.
저들은 여기서 마지막 힘을 모으고 있습니다.

황제

그럼 말해주시오, 자연이 우리를 향해
기이하기 짝이 없는 힘을 모아준 것이
10605   누구의 덕택인지를.

메피스토펠레스

폐하의 운명을 가슴속에 담고 있는
그 드높은 마법의 대가 말고 누구겠습니까?[326]
폐하의 적들의 강력한 위협으로 인해
그는 마음속 깊이 격분하고 있습니다.
10610   폐하께 대한 보은으로 폐하를 구하려 합니다,
그로 인해 자신이 파멸될지라도 말입니다.

황제

사람들은 나에게 환호하며 내 화려한 행차를 이리저리 이끌었지,
나는 이제 황제가 되었고, 내 권위를 시험해보고 싶었소.
그래 좋은 기회라 싶어, 별 생각 없이,
10615   화형당할 하얀 수염의 마법사에게 시원한 공기를 선사한 것뿐이오.
그렇게 성직자들의 즐거움을 잡쳐놓았기에,
그들의 호의를 얻지 못한 것은 물론이오.
그런데 여러 해가 지난 지금
그 재미로 한 짓의 보답을 받는단 말이오?

파우스트

관대한 마음씨의 선한 행위에는 이자가 많이 붙습니다.　　　　　10620
위를 올려다보십시오!
그분이 어떤 징조를 보낼 듯합니다,
주의해 보십시오, 곧 징조가 나타날 것입니다.

황제

독수리 한 마리가 높은 하늘에서 떠돌고 있는데,
괴조 그라이프 하나가 사납게 위협하며 그 뒤를 쫓고 있　　　　10625
소.

파우스트

주의해 보십시오, 제 보기엔 큰 길조입니다.
그라이프는 기껏 설화에나 나오는 짐승이지요,
그런데 진짜 독수리와 겨루어볼 생각을 하다니,
어찌 그리 주제넘을 수 있겠습니까?

황제

이제 저 새들이 큰 원을 그리며　　　　　　　　　　　　　　　10630
빙빙 돌고 있군.──아 순식간에
서로 달려들어
가슴과 목을 찢어발기려 하는구나.

파우스트

보십시오, 저 흉측한 그라이프가
찢기고 잡아 뜯겨 손상만 입고,　　　　　　　　　　　　　　　10635
사자 꼬리를 축 늘어뜨린 채,

산봉우리 숲으로 추락하더니, 사라져버렸습니다.

황제

그대로 되기를, 저 길조처럼, 그대로 되었으면!
놀라운 심정으로 그걸 받아들이오.

메피스토펠레스

10640 (오른쪽을 향하여) 급박하게 거듭된 공격으로 인해
우리의 적은 물러서야만 하고,
이들이 어정쩡히 싸우면서,
자기들의 우익 쪽으로 밀려가니,
이로서 적군 주력의 좌익은
10645 전투 중에 혼란에 빠졌습니다.
아군 밀집방진의 강력한 선봉은
오른쪽으로 진군하다가, 번개같이
적의 취약한 곳으로 돌진합니다.──
이제 폭풍이 일으킨 파도처럼,
10650 엇비슷한 전력의 양쪽 군대가, 불꽃을 튀기며
두 군데 전투에서 거칠게 미친 듯 싸우고 있습니다.
이보다 더 멋진 작전을 생각해낼 수는 없을 겁니다.
이 전투는 우리가 이겼습니다.

황제

(왼편에 서서 파우스트에게) 보시오! 내게는 저쪽이 염려스럽게 보이오.
10655 아군의 진지들이 위태하오.

적을 향해 나르는 돌멩이도 보이지 않소,
낮은 곳의 암벽에는 이미 적들이 올라왔고,
높은 곳의 암벽에서는 아군이 이미 철수했소.
이제는!── 적이 한데 밀집하여
점차 가까이 육박해오고 있구나! 10660
저들이 이미 고갯길을 점령한 듯하오.
역도들의 사악한 노력이 결실을 맺었구나!
그대들의 마술은 헛수고였소.

    사이

메피스토펠레스
저기 제 까마귀 두 마리가 날아옵니다,
어떤 소식을 가져왔을까요? 10665
우리 편 전황이 불리하다는 소식은 아닌지 걱정스럽군요.

황제
이 흉측한 새는 무얼 뜻하는 것인가?
이것들은 격렬한 전투가 벌어진 암벽에서
이곳으로 검은 날개를 펼치고 오는구나.

메피스토펠레스
(까마귀들에게) 내 귀 아주 가까이에 앉으렴. 10670
너희가 지켜주는 자는 멸망하지 않는다,
너희들의 충고는 사리에 맞으니까.

파우스트

(황제에게) 비둘기에 대해서는 들어보셨겠지요,
이것들은 아주 먼 나라로부터도
10675 새끼와 먹이가 있는 제 둥지로 돌아옵니다.
여기에서의 중요한 차이점은
비둘기 통신은 평화에 봉사하는 반면에
까마귀 통신은 전쟁의 명령을 받습니다.

메피스토펠레스

아주 불행한 소식이 들어왔군요,
10680 저편을 보십시오! 우리의 영웅들이 지키는
저 암벽 언저리가 불리한 상황에 처했다는 것을 아실 수
있을 겁니다.
인접한 고지들에는 적이 이미 올라왔습니다,
저들이 고갯길을 점령하면,
우리는 큰 곤경에 빠질 겁니다.

황제

10685 그럼 나는 결국 속고 말았구나!
그대들이 나를 그물 안으로 끌어들인 것이지,
거기에 휘감길 때부터 섬뜩한 느낌이 들었도다.

메피스토펠레스

용기를 내십시오! 아직 패한 것은 아니니.
막판 역전을 위해서는 인내와 책략이 필요합니다.
10690 끝에 가서 상황이 절박해지는 것이야 흔한 일이지요.

제게는 명령을 전달할 확실한 전령들이 있습니다.
그러니 저에게 명령권을 넘기라고 명하십시오.

총사령관

(그사이에 다가와서) 폐하께서 이자들과 한통속이 되신 것이
저에게는 내내 고통스러운 일이었습니다.
속임수로는 확고한 행운을 만들어낼 수 없는 법입니다.   10695
저로서는 이 싸움을 더 이상 어떻게 해볼 도리가 없습니다.
저자들이 시작했으니, 저자들이 끝내야겠지요,
제 지휘봉을 되돌려드리겠습니다.

황제

사태가 호전되고 행운이 올지도 모르니
그때까지 지휘봉을 맡아두시오.   10700
이 혐오스러운 자가 정말 끔찍스럽소,
저자가 까마귀하고 친밀한 것도 마찬가지요.

   메피스토펠레스에게

나는 그대에게 지휘봉을 줄 수 없다,
그대가 적임자라고 생각되지 않는다.
그러나 명령은 해라, 그래서 우리를 구해보아라.   10705
할 수 있는 일을 해보아라.

   총사령관과 함께 천막 안으로 퇴장한다.

메피스토펠레스

저 무딘 막대기가 저 사람을 지켜주기를!

우리처럼 다른 존재들에겐 별 쓸모없는 것이지,

거기에 무슨 십자가 같은 것이 있거든.

파우스트

이제 무엇을 해야 하지?

메피스토펠레스

10710 　　　　　　　　　다 해놓았소이다!

자, 검은 사촌들아, 빨리 일을 시작해라,

거대한 산속 호수로 가거라! 물의 요정 운디네에게 내 인사 전하고,

홍수의 허상을 일으켜달라고 부탁해라.

이해하기 어려운 여자들만의 비법으로,

10715 이들은 실체에서 허상을 분리해내는 능력을 가지고 있거든.

그런데 누구나 그 허상을 보고 실체라고 확신하지.

　　　사이

파우스트

우리 까마귀들이 물의 요정에게

아주 그럴싸하게 비위를 맞춘 모양이군,

저쪽에 벌써 졸졸 물이 흐르기 시작했다.

메마르고 풀 한 포기 없는 바위틈 여기저기에
재빨리 넘쳐흐르는 샘들이 생겨나고 있으니,
이제 적의 승리는 물 건너갔구나.

메피스토펠레스
아주 기가 막힌 환영 인사지요,
무척 대담하게 기어올라 오던 놈들도 당황해합니다.

파우스트
이미 한줄기 냇물이 여러 갈래로 나뉘어 힘차게 흘러내
리며,
깊은 협곡으로부터는 곱절이 되어 다시 나타나는구나.
커다란 물줄기 하나 활처럼 휘어져 쏟아져 내려,
단숨에 넓고 평평한 암반 위를 덮치더니
사방팔방으로 거품을 뿜으며 콸콸 흐르는구나,
그러더니 이제 층을 이루어 골짜기로 떨어져 내린다.
그러니 용감하고 영웅적으로 버티어본들 무슨 소용이랴?
거센 물결이 저들을 휩쓸어가는구나.
저렇듯 무섭게 쏟아지는 엄청난 물 앞에서는 나도 소름
이 끼친다.

메피스토펠레스
이런 물의 속임질은 내겐 보이지 않소이다,
오로지 인간의 눈만이 속임을 당한다오.
하여간 이 기이한 사건은 날 즐겁게 하네요.
적병들은 이제 완전히 떼를 지어 허겁지겁 도망칩니다,

저 바보놈들 물에 빠져 죽는다 생각하고선,
굳은 땅 위에 안전하게 있으면서도 가삐 숨을 쉬며
10740 우스꽝스럽게 헤엄치는 동작을 하며 달아나고 있어요.
이제 어디서나 대혼란입니다.

      까마귀들이 다시 돌아왔다.

고귀하신 마법의 대가님께 너희들의 칭찬을 해주마.
허나 너희들 스스로 대가의 솜씨를 한번 시험해보고 싶으면,
벌겋게 달구어진 대장간으로 서둘러 가라,
10745 그곳에는 난쟁이 족속이, 절대로 지치는 법 없이,
쇠와 돌을 두드려 불꽃이 튀게 하지.
그들을 여러모로 설득하여, 빛나고, 번쩍이고,
소리 내며 파열하는 불을 만들어달라고 요구해라,
고귀하신 마법사님이 생각하시는 그런 불 말이다.
10750 멀리서 번개가 치거나
높이 떠 있는 별이 번개처럼 빠르게 떨어지는 것이야
여름에는 밤마다 일어나는 일이지.
허나 뒤엉킨 덤불 속의 번개나,
축축한 땅바닥에서 뿌지직 소리 내는 별은
10755 그리 쉽사리 볼 수 있는 것은 아니지.
그러니 너희들은, 그리 큰 수고할 것 없이,
처음에 부탁하다가, 안 되면 명령해야 할 것이다.

까마귀들 퇴장. 위에서 묘사된 대로 일이 진행된다.

메피스토펠레스

짙은 어둠이 적을 휩쌌구나!
그러니 한 걸음 한 걸음 그저 불확실할 수밖에!
구석마다 번쩍이는 도깨비불이 보이고, 10760
갑자기 섬광이 이니 눈이 부셔 보지 못하는구나.
이것만으로도 아주 훌륭할 터이나,
이젠 무서운 소리도 필요하다.

파우스트

무덤 속의 무기고에서 나온 텅 빈 갑옷들이
바깥 공기에 기운을 차린 듯하구나. 10765
저 위에서 아까부터 덜커덕대며 삐걱거리고 있으니.
참으로 기이한 불협화음이로다.

메피스토펠레스

옳습니다! 이들은 더 이상 붙잡아둘 수 없어요.
벌써 기사들이 치고받는 소리가 울리는군요,
사랑스럽던 그 옛 시절에 그랬던 것처럼 말이오. 10770
팔 가리개 철갑이며 다리를 감싼 철갑이,
교황파 기사로 또 황제파 기사로서,
그 영원한 싸움을 재빨리 다시 시작하고 있군요.
유산으로 물려받은 적대감을 고집하며, 이 유령 기사들은
화해가 불가능하다는 것을 완강하게 나타내 보이고 있고, 10775

이들이 싸우는 요란한 소리가 벌써 멀리까지 울립니다.
결국, 모든 악마의 축제[327)]에서 그러한 것처럼,
파당 간의 증오심은, 마지막 끔찍함에 이르기까지,
이번에도 최고의 효력을 발휘하고 있어요.
10780 참을 수 없이 역겨운 유령 기사들의 싸우는 소리가
때로는 째지는 듯 날카롭게 악마의 외침처럼
경악과 공포를 불러일으키며 골짜기에 울려 퍼지는군요.

관현악으로 전쟁의 소음, 마침내는 경쾌한 군악으로 바뀐다.

반역 황제의 천막

옥좌, 호화스럽게 꾸며진 주변

날강도, 잽싼 약탈꾼

잽싼 약탈꾼
역시 우리가 제일 먼저 여기에 왔어요!
날강도
어떤 까마귀도 우리만큼 빨리 날지 못하지.

잽싼 약탈꾼

맙소사! 엄청난 보물이 무더기로 쌓여 있어요! 10785
어디서부터 손을 대야 하나! 어디에서 멈춰야 하지?

날강도

천막 안이 정말 꽉 찼군!
무엇부터 움켜잡아야 할지 모르겠네.

잽싼 약탈꾼

저 양탄자가 내게 아주 알맞을 듯한데,
내 잠자리가 아주 형편없을 때가 자주 있거든요. 10790

날강도

여기 철퇴가 걸려 있군,
오래전부터 요런 것 하나 가지고 싶었지.

잽싼 약탈꾼

금실로 단을 박은 저 붉은 외투 좀 봐요,
저런 걸 갖는 것이 꿈이었다오.

날강도

(철퇴를 집어 들며) 이것이면 재빨리 해치울 수 있지. 10795
걸리는 놈 때려죽이고 앞으로 나가는 거다.
너 벌써 잔뜩 꾸려놓았다마는,
쓸 만한 것을 챙기지는 못했구나.
그런 잡동사니는 제자리에 놔두고,
이 궤짝들 중 하나를 가져가라! 10800
이건 군대들에게 줄 급료인데,

궤짝 뱃속에는 온통 금화가 들어 있단 말이다.

잽싼 약탈꾼

이 궤짝 사람 잡게 무겁네,

들 수도 없고 나를 수도 없겠소.

날강도

10805 빨리 허리를 굽혀! 몸을 숙이란 말이다!

네 억센 등짝에 지워줄 테니.

잽싼 약탈꾼

아이고! 안 돼요, 할 수 없네요!

무거워서 내 허리가 두 동강 날 지경이라오.

　　　궤짝이 떨어져 뚜껑이 열린다.

날강도

붉은 금화가 무더기로 들어 있구나,

10810 빨리 달려들어 긁어모아라.

잽싼 약탈꾼

(쪼그리고 앉는다) 어서 빨리 이 앞치마에 담아주어요,

아무리 퍼 담아도 충분히 남아 있을 테니.

날강도

이젠 충분하다! 어서 서둘러라!

　　　그녀가 일어선다.

이런, 앞치마에 구멍이 났구나!

10815 네가 가는 곳 서는 곳마다

금화를 마구 씨 뿌리듯 버리겠구나.

근위병들

(우리 편 황제의) 너희들 여기 성스러운 곳에서 무엇 하는 거냐?

어째서 황제 폐하의 보물을 뒤적거리고 있는 거냐?

날강도

우린 싼 값에 몸을 팔았으니,

우리 몫의 전리품을 챙겨야 한다. 10820

적의 천막에서는 습관적인 일이기도 하고.

그리고 우리, 우리도 군인이다.

근위병들

군인이자 동시에 도둑놈이라니,

그런 것은 우리의 군대 안에서는 있을 수 없다.

우리 폐하께 봉사하는 자는 10825

정직한 군인이어야 한다.

날강도

그런 정직이라면 우리 이미 알고 있고말고.

이른바 점령 분담금이라는 것이지.

너희들도 모두 같은 짓을 하고 있는 것이다,

'이리 내놔!' 이것이 동업자의 인사가 아닌가? 10830

    날쌘 약탈꾼에게

네가 가진 것을 끌고 떠나라,

우린 여기서 환영받는 손님이 아닌 모양이다.

    퇴장

첫 번째 근위병

말해봐, 왜 저 뻔뻔스런 녀석에게

곧장 귀싸대기 한 대 올려붙이지 않았지?

두 번째 근위병

10835 나도 모르겠어, 힘이 쭉 빠지던걸.

그자들 아주 유령 같았어.

세 번째 근위병

나는 눈앞이 어지러워지던데.

무언가 번쩍이고, 제대로 볼 수가 없더라고.

네 번째 근위병

어떻게 말해야 좋을지 모르겠다만,

10840 하루 종일 몹시 더웠고,

아주 불안하고 숨이 막힐 듯 후덥지근했어.

이놈은 서 있고 저놈은 쓰러졌으며,

손으로 쓰다듬으며 동시에 후려쳤는데,

내리칠 때마다 적이 쓰러지더라고.

10845 눈앞에는 안개 띠 같은 것이 흐늘거리고,

귓속에선 붕붕, 윙윙, 쉿쉿 소리가 요란하더란 말이야.

그런 식으로 계속되었는데, 이제 여기에 와 있는 것이지.

어떻게 된 셈인지 나도 모르겠다.

황제, 네 명의 영주들과 함께 등장한다.
근위병들은 물러간다.

황제

어찌 되었든 간에! 우리가 싸움에서 승리했도다.
적은 흩어져 도주했고 들판에서 사라져버렸소.　　　　　　　　10850
여기에 옥좌가 텅 빈 채 남아 있고, 반역자의 보물은,
양탄자에 싸인 채, 이곳을 비좁게 하고 있소.
우리는 명예롭게, 우리 근위병들의 호위를 받으며,
황제로서 제후국들의 사신들을 기다리고 있는 바요.
사방으로부터 기쁜 소식이 당도하고 있는데,　　　　　　　　10855
제국은 안정되었고, 기쁘게 우리에게 충성하겠다고 하오.
우리 전투에 요술도 섞여들긴 했으나,
결국은 오로지 우리 힘만으로 싸워 이긴 것이오.
우연한 일들이 싸우는 자들에게 이따금 도움이 된 적도 있긴 하오,
하늘로부터 운석이 떨어지고, 적들에게 피의 비가 내리기도 하며,　　10860
암벽의 동굴로부터 기이하고 힘찬 소리가 울려와서,
우리에게는 용기를 북돋아주고 적에게는 겁을 주는 일도 있지요.
어떻든 간에 패한 자는 쓰려져, 늘 반복되는 조소를 받고,
이긴 자는 자랑하며 은혜를 베풀어주신 신을 찬양하오.
그럴 때에는 명령할 필요도 없이 수백만 명이 함께 목청껏 외칩니다,　　10865

신이여, 우리는 당신을 찬양합니다!라고.
그러나, 전에는 거의 없던 일이지만, 경건한 마음으로 나 자신의
가슴속을 살펴보며, 나는 지고하신 신의 은혜를 찬미하는 바요.
젊고 활달한 군주는 그의 시간을 헛되이 보낼 수도 있겠으나,

10870 세월은 그에게 순간의 의미를 가르쳐줍니다.
그러하기에 나는, 가문과 조정과 제국을 위해서,
지체 없이 그대들 네 분 제공들과 동맹을 맺으려 하오.

   첫 번째 제후에게

오, 영주여! 질서 있고 현명한 병력 배치와, 그리고
중요한 순간에서의 영웅적이며 대담한 지휘는 그대의 업적이었소.

10875 이제 시대의 요청에 따라 평화 속에서 일하시오,
그대를 궁내상으로 임명하고, 이 칼을 하사하오.

궁내상

지금까지 제국 내의 반군 진압에 몰두하고 있는 폐하의 충성스런 군대는
국경에서 폐하와 폐하의 옥좌를 굳건히 지키게 될 것입니다,
그때엔 선조 대대의 넓은 성안 홀에서 승리의 축하연을 열고,

폐하께 성찬을 차려드릴 것을 저희에게 허락해주십시오. 10880
저는 번쩍이는 칼을 들고 폐하를 인도하며, 번쩍이는 칼을 들고
곁에 서 있겠습니다, 지고로 존귀하신 폐하를 영원히 수
행하겠나이다.

황제

(두 번째 제후에게) 용감하면서도 부드럽고 친절한 그대는
시종장을 맡아주오, 임무가 쉽지는 않으리다.
궁중에서 일하는 모든 시종들의 우두머리이니, 10885
그들 간의 내분이 있을 시에는 나쁜 신하로 여길 것이오.
귀족들, 궁중, 그리고 다른 모든 사람들의 호감을 사는
모범을 보여, 그것이 앞으로는 명예로운 귀감이 되도록
하시오.

시종장

폐하의 크신 뜻을 받드는 것은 은총을 받음이오니,
착한 자는 돕고, 악한 자일지라도 해치지 않으며, 10890
음모 없이 명명백백하고, 속임수 없이 침착하겠나이다.
폐하께서 제 마음을 알아주시면, 제게는 그것으로 충분
하옵니다.
승리의 축하연에 대한 제 환상을 펼쳐보아도 될는지요?
폐하께서 잔칫상에 임하시면 저는 황금 대야를 받쳐 들
겠나이다.

10895   즐거운 식사 시간을 위해 폐하께서 상쾌하게 손을 씻으시도록,

반지도 들고 있겠습니다, 저를 상쾌하게 씻어주는 것은 폐하의 눈길입니다.

황제

축제의 즐거움을 생각해보기에는 내 기분이 너무 진지하오.

허나 그럽시다! 축제가 상쾌한 시작을 더 즐겁게 만들 수도 있으니.

      세 번째 제후에게

그대를 궁중 요리 담당관으로 선택하겠소! 그러니 앞으로 사냥,

10900   가금류의 사육장 그리고 황실 농장이 그대의 관할하에 들 것이오.

언제나 그 달에 생산되는 것 중 내가 좋아하는 음식을 골라

정성껏 조리하도록 시키시오.

궁중 요리 담당관

훌륭한 요리가 폐하 앞에 차려져서 폐하를 기쁘게 할 때까지는,

엄격한 금식을 저의 가장 즐거운 의무로 삼겠습니다.

10905   주방의 하인들은 저와 합심하여

먼 곳의 진품을 구해와서, 시절을 앞당기도록 노력할 것

입니다.

하긴 폐하께선 식탁을 화려하게 치장하는 먼 곳의 철 이른 음식보다는,

소박하고 걸쭉한 음식을 선호하시지요.

황제

(네 번째 제후에게) 이제 이 자리에선 그저 축하연에 대한 논의만 해야 되는 듯하니,

젊은 영웅이여, 그대는 이제 헌작공(獻酌公)이 되시오.   10910

헌작공으로서 이제 우리의 술 창고가

좋은 포도주로 풍성하게 채워지도록 유념하시오.

허나 그대 자신은 절제해야 하오, 기회의 유혹에 넘어가,

지나친 흥취에 빠져들지 마시오.

헌작공

폐하, 젊은이라도 그저 신임만 얻게 되면,   10915

사람들 생각보다 훨씬 빨리, 어른으로 성장합니다.

저도 그 큰 축하연을 마음속에 그려보겠습니다.

황제의 연회석을 온통 금과 은으로 된

화려한 그릇으로 아주 멋지게 장식하겠나이다,

그러나 폐하를 위해서는 아주 우아한 술잔을 미리 골라   10920
놓겠습니다,

베네치아 산의 번쩍이는 유리잔으로, 그 안에는 안락함이 숨겨져 있어,

포도주의 맛은 더 좋아지나, 결코 취하지는 않습니다.

그런데 사람들은 왕왕 그런 경이로운 보물을 과신하곤 하지요.
그러하니 지고하신 황제 폐하의 절제력이 더 큰 보호가 될 것입니다.

황제

10925 내가 이 엄숙한 시간에 그대들에게 하사하려 한 것을
그대들은 신뢰를 갖고 믿을 만한 입으로부터 들었소.
황제의 말은 위대하며 약속한 선물은 보장할 것이오,
그러나 확실하게 하기 위해서는 고귀한 증서와
서명이 필요하오. 이러한 형식을 갖추는 데
10930 아주 적당한 사람이 알맞은 때에 오고 있군요.

대주교 겸 대재상이 들어온다.

황제

둥근 천정도 종석(宗石)에 의지하고 있으면,
틀림없이 영원히 서 있도록 세워진 것이오.
여기 네 분의 제후들을 보시오! 우리는 방금 막 의논을 마쳤소,
어떻게 황실과 조정의 존립을 더 확고히 할 수 있는지 말이오.
10935 그러나 제국 전체를 보존하는 일은,
진중하고 유효하게, 이제 그대들 다섯 분에게 맡기겠소.

공들의 영지는 다른 누구의 것보다 더 빛나야 하오.
그래서 나는 우리를 배반한 자들의 영지로써
그대들 소유 영지의 경계를 즉시 넓혀주겠소.
그대들 충신들에게 나는 많은 좋은 땅을 약속하겠소, 10940
또 기회가 오면 귀속, 매입 그리고 교환을 통하여
영지를 더 넓힐 수 있는 드높은 권리를 줄 것도 동시에
약속하는 바요.
또한 영주로서 공들에게 적법하게 주어진 권한을
공들이 방해받지 않고 행사할 수 있도록 허락하겠소.
공들은 재판관으로서 최종 심판을 내릴 수 있으며, 10945
최고 심판관으로서 내린 공들의 판결에는 상고는 유효하
지 않소.
세금, 이자와 공물, 소작료와 통행세 및 관세,
채광권, 제염권 그리고 화폐 주조권도 그대들의 것이오.
그리고 나의 고마운 마음을 완전히 보여주기 위해
우선 공들의 지위를 황제 바로 아래의 자리로 격상시켰소. 10950

대재상

저희 모두의 이름으로 폐하께 깊은 감사를 드립니다,
저희들을 강건하게 하심은 폐하 자신의 권력을 강화하는
일이옵니다.

황제

그대들 다섯 분에게 나는 더 높은 직위를 부여하겠소.[328)]
나는 아직 황제로서 제국을 위해 살고 있고, 계속 그렇게

살고 싶소.
10955 허나 전임 황제들의 승계 과정을 생각해보면, 나의 신중한 시선은
활발히 활동하는 와중에서도 위협적인 위험으로 향할 수밖에 없소.[329]
나한테도 그러한 때가 와서 소중한 사람들과 헤어지게 된다면,
내 후계자를 선출하는 것은 그대들의 의무이오.
그에게 왕관을 씌워 성스러운 제단에 높이 세우고,
10960 지금껏 이다지도 소란스러웠던 시대를 평화롭게 끝맺도록 하시오.

대재상
가슴속 깊이 긍지를 품었으되 겸손한 태도로
이 세상에서 제일가는 영주들이 폐하 앞에 허리 굽혀 서 있습니다.
충성스런 피가 핏줄 가득히 흐르는 한,
저희들은 폐하의 의지에 따라 잽싸게 움직이는 몸뚱이일 뿐입니다.

황제
10965 자, 그럼 끝으로, 우리가 지금까지 결정한 것을
훗날을 위해 증서와 서명으로 확인합시다.
그대들은 영주로서 영지를 자유로이 소유할 수 있으나,
그것이 분할되지 않는다는 조건하에 그러하오.

그대들이 나에게서 받은 것을 아무리 증대시켰다 하더라도,
장남이 그 모든 것을 그대로 물려받아야 하오.   10970
대재상
제국의 홍운과 저희들의 행복을 위한 이 막중한 규약을
소신은 기쁜 마음으로 양피지에 기록하겠나이다.
정서와 봉인은 관방(官房)에서 담당할 것입니다,
주군께서는 성스러운 서명으로 이를 확인해주십시오.
황제
그러면 다들 물러가시오. 이 중대한 날의 의미를   10975
그대들 모두 마음을 가다듬고 깊이 생각해보시오.

    세속 제후들은 물러간다

성직 제후
(남아서 비장한 어조로 말한다) 재상으로서는 물러갔으되 주교로서는 남아서,
폐하의 귓전에 진중한 간언을 드릴 수밖에 없습니다!
아버지 같은 제 마음은 폐하에 대한 근심으로 불안합니다.
황제
이런 즐거운 날에 무슨 근심거리가 있습니까? 말해보시   10980
오!

　　　　대주교
　　　　이러한 때에 폐하의 드높이 축성된 머리가 사탄과
　　　　결탁되어 있음을 보며 저는 말할 수 없이 큰 고통을 겪고
　　　　있습니다.
　　　　겉보기에는 안전하게 옥좌에 앉아 계신 듯하지만,
　　　　그러나 유감스럽게도! 주님이신 신과 교황님을 모독하
　　　　시는 것입니다.
10985　교황께서 이 사실을 아시면 당장 벌의 심판을 내리시어,
　　　　파문의 빛살로 당신의 죄 많은 나라를 멸하실 것입니다.
　　　　그분은 아직 잊지 않고 계십니다, 폐하께서 대관식 그날,
　　　　그 지고한 순간에 그 마법사를 풀어주신 사실을 말입니다.
　　　　폐하의 왕관에서 뻗어나온 최초의 은총의 빛이
10990　그 저주받은 머리에 떨어져 기독교에 큰 해가 된 것입니
　　　　다.
　　　　그러니 가슴을 쳐 속죄하고, 부당하게 얻은 행운에서
　　　　약간의 기부라도 즉시 교회에 헌납하십시오.
　　　　폐하의 천막이 세워졌던 그 광활한 구릉 지대를,
　　　　사악한 악령들이 폐하의 보호를 위해 한데 모였던 그곳을,
10995　거짓 제후의 말에 폐하께서 귀 기울였던 그곳을,
　　　　경건한 마음으로 성스러운 일을 위해 기부하십시오.
　　　　멀리 뻗어나간 산과 우거진 숲,
　　　　항시 푸른 풀밭으로 덮인 언덕들,
　　　　물고기들로 가득 찬 호수들, 급히 굽이치며,

골짜기로 쏟아져 내리는 수없이 많은 개울들, 초원과 마
을들,
그리고 작은 계곡들을 끼고 있는 저 넓은 골짜기도 바치
십시오.
이렇듯 회개하시면 사면의 은총을 받으실 것입니다.

황제

내 무거운 과오로 인해 나도 깊이 놀라고 있소.
그 땅의 경계는 그대의 재량에 맡기겠소.

대주교

첫째! 죄를 저질러 부정해진 그 장소를 11005
즉시 지고하신 분을 모시는 곳으로 공고하십시오.
그러시면 즉시 마음속에 높은 벽들이 솟아오르고,
아침 햇살이 벌써 제단을 비춰주며,
점점 커져가는 건물은 십자가의 모양으로 넓어지고,
본당은 길어지고 높아져 신도들을 기쁘게 할 것입니다. 11010
이들은 열정적으로 존엄스런 정문을 통해 몰려들며,
최초의 종소리가, 하늘로 치솟아오른 높은 탑들로부터
산과 골짜기에 울려 퍼질 것이고,
참회자들이 새로운 삶을 얻으려고 올 것입니다.
그 거룩한 낙성식의 날에는, 그날이 곧 오소서, 11015
폐하께서 참석하시면 최고의 영광이 될 것입니다.

황제

그러한 거대한 역사(役事)가 주님이신 신을 찬양하며,

또 내 죄를 참회하는 나의 경건한 마음을 널리 알려주었
으면 하오.
되었소! 나는 벌써 마음이 고양된 듯 느끼오.
대주교
11020 그럼 저는 재상으로서 최종 마무리와 형식적 절차를 추
진하겠습니다.
황제
그것을 교회에 귀속시킨다는 형식적 증서를
제출하시오. 기쁜 마음으로 서명하겠소.
대주교
(하직하고 나간다. 그러나 출구에서 돌아선다) 다음으로
는 세워질 그 교회에 십일조, 이자, 헌금 등
일체의 수익을 또한 영구히 기증하시오.
11025 교회를 품위 있게 유지하기 위해서는 많은 돈이 필요하고,
세심한 관리에는 막대한 경비가 소요됩니다.
저런 황량한 장소에 빨리 건물을 세우기 위하여
폐하의 전리품에서 약간의 황금을 내어주시지요.
또 말씀드릴 수밖에 없습니다만, 그 외에도
11030 먼 곳의 목재, 석회, 석판 등등의 것들이 필요합니다.
운반은 설교로 가르침을 받은 백성들이 맡고,
교회는 운송 봉사를 위해 떠나는 사람들을 축복할 것입
니다.

　　　　퇴장

황제

내가 짊어진 죄가 크고 무겁구나,

그 불쾌한 마법사 무리가 나에게 큰 해를 끼쳤도다.

대주교

(다시 돌아와서 깊이 머리를 숙이며) 오, 용서하십시오, 11035
폐하! 그 평판 나쁜 자에게

제국의 해안이 봉토로 부여되었습니다. 폐하께서 뉘우치는 마음으로

그곳에서 나는 십일조, 이자와 헌납, 그리고 다른 수익 등을

거룩한 교회에 바치지 않으면, 그자는 파문당할 것입니다.

황제

(불쾌하게) 그 땅은 아직 존재하지도 않으오, 바다 속에 널리 잠겨 있소.

대주교

권리와 인내심을 가진 자에게는 때가 오게 마련입니다. 11040
폐하의 말씀이 앞으로 늘 유효하기 바랍니다!

황제

(혼자서) 이러다가는 머지않아 제국 전체를 넘겨주겠구나.

| 제5막 |

확 트인 지역

나그네
그렇다! 저기에, 오랜 연륜의 힘으로 우뚝 서 있는
저 나무들이 바로 그 잎사귀 우거졌던 보리수들이다,
11045 그처럼 긴 방황 후에
저 나무들을 다시 보게 되다니!
바로 예전 그곳이고,
그 오두막이다, 폭풍이 불러일으킨 파도가
나를 저 모래 언덕으로 내던졌을 때,
11050 날 구해주었던 그 오두막이야!
친절히 맞아주었던 저 집주인에게 축복을 빌어주고 싶구

나,
남을 돕기 좋아하는 착한 부부들이었지,
그때 벌써 무척 나이가 들었으니,
오늘 다시 만나보기는 힘들 거야.
아아! 참 경건한 분들이었는데! 11055
문을 두드릴까? 아니면 불러볼까?——제 인사를 받으십시오!
두 분이 아직 살아 계셔 손님들을 친절하게 맞이하는
선행의 행복을 오늘도 누리고 계신다면.

바우키스

(할머니, 매우 늙었다) 어서 와요 손님! 조용히! 조용히 해요!
가만히! 남편을 쉬게 해줘요! 11060
긴 잠은 그 노인네에게 짧은 시간이나마
무언가 해낼 수 있는 힘을 준답니다.

나그네

말씀해주세요, 할머니, 바로 그분이시지요?
아직 제 감사를 받으실 수 있는 거지요?
예전에 할아버지와 함께 그땐 청년이었던 제 생명을 구 11065
하시려고
애쓰신 그 일에 대해서 말입니다.
이미 반쯤은 죽은 제 입에 기운 차리라고
서둘러 먹을 것을 넣어주신 바우키스 할머니죠?

　　　　　할머니의 남편이 등장한다
　　　　당신이 그렇게도 힘차게 파도로부터
11070　제 재산을 건져주신 필레몬 할아버지시죠?
　　　　당신이 재빨리 피운 불길,
　　　　당신이 울린 힘찬 종소리,
　　　　그 끔찍했던 모험의 뒤처리는 아마 하늘이
　　　　두 분에게 맡겼나 봅니다.

11075　이제 모래 언덕에 다시 올라
　　　　그 끝없는 바다를 보게 해주십시오.
　　　　무릎을 꿇고 기도하게 해주십시오,
　　　　제 가슴은 무척 벅차오릅니다.
　　　　　　　모래 언덕 위로 걸어나온다.
　　　　필레몬
　　　　(바우키스에게) 꽃들이 싱싱하게 핀 정원 한 곳에
11080　서둘러 식탁을 차리도록 해요.
　　　　저 사람 뛰어가서 깜짝 놀라도록 내버려두어요.
　　　　눈으로 보는 것을 그는 믿을 수 없을 것이오.
　　　　　　　나그네 곁에 앉으며
　　　　파도와 파도가, 거칠게 거품을 내며 연이어 밀려와
　　　　당신을 무섭게 마구 다뤘던 그 바다가,
11085　보시오, 이젠 정원이 되어 당신을 맞고 있어요,
　　　　보시오, 저 천국 같은 광경을.

나는 너무 늙어 저 일에 전처럼

일손을 도울 수는 없었지요,

그러나 내 힘이 빠져나갈수록

파도도 저 멀리로 물러갔다오. 11090

현명한 영주님의 대담한 신하들이

물길을 파고, 둑으로 막고 하면서,

바다의 권리를 축소하고

바다 대신에 주인이 되려고 했답니다.

보아요, 연이은 푸른 목초지들을, 11095

초원, 정원, 마을과 숲을.

허나 이젠 이리 와서 무얼 좀 들어요,

곧 해가 질 터이니 말이오.

저기 아득히 먼 곳에 돛이 지나고 있네요!

밤을 보낼 안전한 항구를 찾고 있다오. 11100

새들도 제 보금자리는 알고 있듯이 배도 그렇지요,

이젠 저 먼 곳으로 항구가 옮겨갔거든요.

저 멀리서야 비로소

바다의 푸른 언저리가 보이지요,

오른편과 왼편은 모두, 끝없이 넓게, 11105

사람들이 빽빽하게 모여 사는 거주지입니다.

　　　　정원. 셋이서 식탁에 앉아

바우키스

왜 말이 없어요? 몹시 시장할 텐데

한 입도 들지 않고요?

필레몬

이 양반 저 기적 같은 일에 대해 알고 싶어 할 거요,

11110 당신 이야기하길 좋아하니, 어디 들려주구려.

바우키스

좋아요! 저건 기적이었어요!

한데 오늘까지도 사람을 영 불안하게 만든다오.

그럴 것이 저 공사는 온통

올바른 방법으로 이루어진 게 아니라오.

필레몬

11115 저 해안을 그분에게 봉토로 하사한 황제께서

그런 죄를 지을 리가 있겠소?

의전관이 나팔 불고 지나가며

그걸 공포하지 않았었겠소?

우리 모래 언덕에서 멀지 않은 곳에

11120 첫발을 내디뎠지요.

천막들! 오두막들!——그러더니 숲 속에

곧 궁전이 세워졌다오.

바우키스

낮 동안에는 일꾼들이 괭이와 삽을 들고

뚝딱거리며 공연히 소란만 피우는데,

밤에 작은 불꽃들이 떼 지어 우글거리고 나면, 11125
다음 날엔 어느새 둑이 하나 서 있더라니까요.
사람을 제물로 바친 것이 틀림없어요,
밤중에 고통에 찬 비명 소리가 들렸거든요.
활활 타오르는 불길이 바다 쪽으로 흘러가면,
아침엔 운하가 하나 완성되어 있었고요. 11130
저 사람 신을 부인하는 자예요, 오래전부터
우리 오두막과 우리 숲을 탐내고 있다오.
그 사람이 이웃에서 저렇게 날치고 있으니,
우린 신하처럼 굽실대야 하나 보지요.

필레몬

그는 새로 얻은 땅에 있는 11135
좋은 농장을 우리에게 보상으로 제안했소!

바우키스

물나라³³⁰⁾에서 온 사자(使者)의 말 따위는 믿지 말아요,
당신의 언덕을 굳건히 지켜요.

필레몬

자, 예배당으로 갑시다!
마지막 햇빛을 바라보러. 11140
종을 울리고, 무릎 꿇고 기도합시다!
예로부터 믿어온 신에 의지합시다.

궁전

넓고 화려한 정원, 곧바르게 뚫린 큰 운하

아주 늙은 파우스트, 생각에 잠겨 거닐고 있다.

망루지기 린코이스
(메가폰을 통해서) 해가 지고, 마지막 배들이
힘차게 항구로 들어옵니다.
11145   커다란 배 한 척이
운하를 따라 이쪽으로 오려 합니다.
가지가지의 깃발들이 즐거운 듯 나부끼고
튼튼한 돛대들은 예인될 준비가 되어 있습니다.
당신 안에서 뱃사람은 축복받은 자신들을 찬양하니,
11150   행운이 지고의 순간에 당신께 인사합니다.[331]

모래 언덕 위에서 작은 종이 울린다

파우스트
(깜짝 놀라며) 저 저주받을 종소리 같으니! 저다지도 뻔
뻔스럽게
내게 상처를 주는구나, 마치 숨어서 쏘는 화살처럼.
눈앞의 내 제국은 무한히 넓은데

등 뒤에선 불쾌감이 나를 우롱한다.
저 시샘하는 종소리는 나에게 상기시키는구나, 11155
내 광대한 영토가 완전하지 못하노라고.
저 보리수나무, 저 갈색의 오두막,
저 무너져가는 교회당이 내 것이 아니라고.
저곳에서 쉬고 싶어도,
낯선 그림자들 때문에 소름이 끼치노라. 11160
눈엣가시요, 발바닥의 가시로다.
아, 차라리 이곳에서 멀리 떠났으면 좋으련만.

린코이스

(앞에서처럼) 오색 깃발 나부끼는 저 배 상쾌한 저녁 바람을
한 아름 돛에 품고 참으로 즐겁게 오고 있습니다!
저 빠른 배 위엔 궤짝, 상자, 자루들이 11165
엄청나게 높이 쌓여 있군요!

호화로운 배, 이국의 여러 곳에서 생산된 다채로운 산물을 풍성하게 싣고 있다.

메피스토펠레스, 세 명의 거한.

합창

    이제 뭍에 오르자,

벌써 도착했구나.
주인이시자 선주님께
11170 행운을 담뿍 가져왔습니다.

이들은 배에서 내린다. 화물들은 육지로 옮겨진다.

메피스토펠레스
이제 우리의 능력을 충분히 입증해 보였으니,
주인 나리가 칭찬해주시면 우리도 만족이다.
우리는 단지 두 척의 배로 출발했으나,
스무 척의 배로 항구에 돌아왔다.
11175 우리가 얼마나 큰일을 해냈는지는
우리의 짐을 보면 알 수 있지.
자유로운 바다는 정신도 자유롭게 해방시켜주니,
이런저런 고려 따윈 내팽개쳐버릴 수밖에!
재빨리 움켜잡는 것만이 장땡이니,
11180 고기를 낚아채듯, 배도 낚아챈다,
그래서 우선 세 척의 주인이 되면,
네 번째 배를 갈고리로 끌어 잡지.
그리되면 다섯 번째 배는 재수가 없는 거지.
힘이 있으면 권리도 있는 법.
11185 무엇을 했나? 하고 묻지 어떻게 했나?라고는 묻지 않는다.
난 항해라는 게 무엇인지 알고 있지.

전쟁, 무역 그리고 해적질,

이것들은 삼위일체야, 서로 떼어놓을 수 없지.

세 명의 거한

    고맙다는 말도 인사도 없네!

    인사도 고맙다는 말도 없네! 11190

    마치 우리가 주인님께

    고약한 냄새라도 가져온 듯 말이야.

    이 양반 잔뜩 찌푸린

    얼굴을 하고 있는데,

    임금님께 어울릴 보물도 11195

    저분한텐 마음에 들지 않나 보다.

메피스토펠레스

    더 이상의 보상은

    기대하지 마라.

    너희들 몫은

    이미 챙겼는데 뭘 그래. 11200

세 명의 거한

    그것이야 단지

    지겹던 긴 항해에 대한 보상이오,

    우린 모두

    똑같은 몫을 요구하오.

메피스토펠레스

    먼저 저 위 홀과 홀들에 11205

　　　　　　　귀중한 물건들을
　　　　　　　모조리
　　　　　　　정돈하여 진열해놓아라.
　　　　　　　주인 양반 와서
11210　　　　　풍요로운 재물들을 보고,
　　　　　　　모든 것을 좀 더 정확하게
　　　　　　　계산한다면,
　　　　　　　그는 틀림없이
　　　　　　　치사하게 굴지 않고
11215　　　　　우리 함대에게
　　　　　　　연이어 잔치를 열어줄 거다.
　　　　　　　내일이면 요란하게 차려입은 창녀들이 올 것이다.
　　　　　　　그것들은 내가 잘 챙겨줘야지.

　　　　　　　짐들이 운반된다.

메피스토펠레스

(파우스트에게) 그늘진 이마에다 음울한 시선이라,
11220　그런 꼴로 당신은 엄청난 당신의 행운을 맞이하는구려.
　　　드높은 지혜는 이제 큰 성공을 거두어,
　　　해안은 바다와 화해를 해 침탈당하지 않고,
　　　바다는, 재빠른 항해를 하라며,

해안으로부터 기꺼이 배를 맞아들이고 있소.
그러니 당신 자신에게 말하시오, 이 궁전으로부터 11225
당신의 팔이 온 세계를 안고 있다고 말이오.
바로 이곳에서 시작되었소,
여기에 최초의 일꾼들 막사가 세워졌었소.
조그마한 수로가 파헤쳐졌던 곳에
이제는 노가 부지런히 물을 튀기고 있어요. 11230
당신의 드높은 뜻을, 당신 부하들의 부지런함을
땅도 바다도 칭송하고 있단 말이오.
바로 이곳으로부터——

파우스트

                저주스러운 놈의 이곳!
바로 이곳이 날 고통스럽게 억누르고 있단 말이다.
너는 만사에 능하지, 그래서 말해야만 하겠는데, 11235
내 가슴을 쿡쿡 찌르는 것이 있어,
그걸 도저히 견디어낼 수가 없구나!
이런 말을 하게 되어 부끄럽다만,
저 언덕 위의 노인들을 그곳에서 물러나게 하고,
저 보리수들을 내 전망대로 만들고 싶다. 11240
내 것이 아닌 저 나무 몇 그루가
나의 세계의 소유를 망치고 있단 말이다.
그곳에 나는, 광활하게 사방을 바라볼 수 있도록,
가지에서 가지로 비계를 세워 전망대를 짓고,

11245	멀리까지 시야가 트이게 해서,
	내가 이룬 모든 것을 바라보고 싶다,
	현명한 뜻으로 행해져,
	수많은 사람들의 거처를 일구어낸,
	인간 정신의 걸작을
11250	한눈에 내려다보고 싶은 것이다.

풍요로움 속에 우리에게 없는 것이
우리에게 가장 혹독한 고통을 준다.
저 작은 종의 울림, 저 보리수의 향기가
교회와 무덤 속에 있는 듯이 나를 억죄어온다.

11255   더없이 강력한 의지의 결단도
저 모래 언덕에 부딪쳐 부서지는구나.
내 마음속에서 이것들을 몰아낼 수만 있다면!
저 작은 종이 울리면 나는 미칠 것만 같다.

메피스토펠레스

당연하지요! 그런 큰 불만이 있으면
11260   당신의 삶은 쓰디쓰게 될 수밖에 없지요.
그 누가 부인하겠소! 저놈의 종소리가
모든 고귀한 귀에 불쾌하게 들린다는 것을.
저 빌어먹을 딩, 뎅, 동 소리는
맑게 갠 저녁 하늘을 안개로 휘감아버리며,
11265   최초의 세례에서 장례식까지

온갖 일에 끼어듭니다요,
마치 인생이 딩과 뎅 소리 사이에서
사라져버리는 꿈인 양 말입니다.

파우스트

노인들의 반항과 고집이
훌륭한 성공을 위축되게 하는구나, 11270
깊고도 분노에 찬 고통에 시달리다 보니
이젠 올바르게 살려는 마음도 지쳐버리고 만다.

메피스토펠레스

대체 무엇 때문에 여기서 망설이고 있는 겁니까?
그자들을 진작 이주시켜야 했어요.

파우스트

그럼 가서 그들을 물러가게 해다오! 11275
내가 그 노인네들을 위해 골라놓은
예쁘고 작은 농장을 자네도 물론 알고 있겠지.

메피스토펠레스

그 노인네들을 번쩍 들고 가서 내려놓지요, 뭐.
그네들이 정신 차리고 일어나보면 일이 다 끝나버렸을 거요.
강제로 당했다 하더라도 그 후에는 11280
멋진 거처가 그들의 마음을 풀어줄 겁니다.

　　　그는 날카롭게 휘파람을 분다.
　　　세 명의 거한 나타난다.

메피스토펠레스

자, 오너라! 주인 양반 명령대로 시행해라,

내일은 선원들을 위한 잔치가 벌어질 거다.

세 명의 거한

늙은 주인 양반이 우리를 소홀히 맞았으니

11285 우릴 위한 멋진 잔치야 당연하죠.

메피스토펠레스

(관객들을 향해) 오래전에 있던 일이 여기서도 벌어집니다.

나보테의 포도밭[332]은 이미 있었던 사건이지요. (《열왕기》 1권, 제21장)

퇴장

깊은 밤

망루지기 린코이스

(성의 망루에서 노래를 부른다) 보려고 태어나,

유심히 살피라는 소임을 받고,

11290 망루지기의 의무를 지고 있으니

이 세상 내 마음에 드는구나.

먼 곳을 보고,

가까운 곳도 본다,

달과 별도,

숲과 사슴도 본다. 11295
이 모든 것들에서
영원한 질서와 아름다움을 본다.
이들이 모두 내 마음에 들듯
나 자신도 내 마음에 드누나.
너희 행복한 두 눈아, 11300
너희들이 지금껏 본 것은,
그것이 무엇이든 간에,
참으로 아름다웠다.

   사이

그러나 나는 그저 즐기려고만
여기 이 높은 곳에 있는 것은 아니구나. 11305
이 무슨 끔찍한 공포가
어둠의 세계로부터 날 위협하는가!
보리수나무의 짙은 어둠을 통해
불꽃이 번쩍이며 이리저리 날리는 것이 보인다.
불어오는 바람이 부채질하니 11310
불길은 점점 세차게 휘젓는구나.
축축한 이끼에 덮인 채 서 있던
오두막이 안으로부터 타오르고 있다.
재빠른 도움이 절실한데도,

| 11315 | 구조해줄 길이라곤 없구나.
| | 아아! 저 선량한 노인네들,
| | 평소에는 그토록 불조심을 했건만,
| | 이제 자욱한 연기의 제물이 되는구나!
| | 이 무슨 끔찍한 불행이란 말인가!
| 11320 | 화염이 솟아오르고, 검게 이끼 낀 오두막은
| | 시뻘건 불길 속에 서 있구나.
| | 이 난폭한 화염의 지옥에서
| | 착한 노인네들 제발 살아 나와야 하련만!
| | 나뭇잎 사이로, 가지들 사이로
| 11325 | 밝은 불길이 혀를 날름거린다.
| | 바짝 마른 가지들 활활 타오르다가,
| | 순식간에 불덩어리가 되어 떨어져 내린다.
| | 이 눈으로 저것을 보아야 하다니!
| | 왜 나는 멀리 보는 눈을 가졌단 말인가!
| 11330 | 떨어진 가지들의 무게를 못 이겨
| | 조그만 예배당이 무너져 내린다.
| | 뾰족한 불길이 뱀처럼 휘감아 올라
| | 벌써 나무 꼭대기에까지 이르렀구나.
| | 속이 빈 나무 밑동 뿌리까지
| 11335 | 불길 속에 뻘겋게 달아오르고 있다.

오랜 중단, 노래.

조금 전까지 내 눈을 즐겁게 해주었던 것들이
수백 년의 세월과 함께 사라져버렸구나.

파우스트

(발코니 위에서, 모래 언덕 쪽으로 몸을 돌리고) 저 위에
서 이 무슨 비탄에 찬 노랫소리인가?
허나 말도 노래도 이제는 너무 늦었다,
내 망루지기 한탄하고 있다만, 나 또한 마음속으로 11340
저 성급한 짓을 불쾌하게 여기고 있다.
그러나 보리수나무 숲 이제 파괴되어
반쯤 타버린 숯등걸의 끔찍한 꼴이 되어 있다 해도,
그곳에 곧 전망대가 설치되어,
끝없이 먼 곳을 바라볼 수 있게 될 것이다. 11345
그곳에서 나는 그 늙은 부부를 감싸 안아줄
새 보금자리도 볼 것이며,
이들 또한 관대한 배려에 대한 고마운 마음으로
여생을 즐겁게 보낼 것이다.

메피스토펠레스와 세 거한

(아래에서) 저희들 힘껏 달려왔습니다, 11350
용서하십시오, 일이 원만하게 끝나지 못했습니다.
우린 문을 두드렸고 또 두드렸습니다만,
문은 계속 열리지 않더라고요.
우리가 잡아 흔들고, 계속 두드렸더니,

11355 그 썩은 문짝이 넘어가버리지 뭡니까.
우린 큰 소리로 외치고 심한 위협을 했지요,
그런데도 들은 척도 하지 않더라니까요.
이런 경우에 흔히 그렇듯이,
그자들은 듣지도 않고, 들으려 하지도 않은 겁니다.
11360 허나 우린 지체 없이 민첩하게
그들을 당신에게 거치적거리지 않게끔 치워버렸지요.
부부는 큰 고통을 겪지는 않았고요,
놀라서 죽어버렸거든요.
그곳에 숨어 있던 낯선 남자 하나가
11365 싸우려고 덤벼들기에 해치워버렸지요.
잠깐 동안의 거친 싸움의 와중에서
숯불이 주변에 흩어졌고,
짚에 불이 옮겨 붙었지요. 이젠 마구 타올라
그 세 사람 화형당하는 꼴이 되었군요.

파우스트

11370 너희들 내 말을 듣지 않았더냐?
바꾸려고 했다, 빼앗으려고 한 게 아니었단 말이다.
이 분별없는 난폭한 짓거리를
나는 저주한다, 그 저주를 네놈들이 나누어 가져라.

합창

그 옛말, 그 옛말이 들려오는구나.
11375 힘에는 순순히 복종할지어다!

네가 대담해서 한번 맞서보려 한다면,
너는 집과 농장과 그리고——네 목숨까지도 걸어야 하느니라.

   퇴장

파우스트
(발코니 위에서) 별들은 반짝임과 빛을 감추고,
불길은 가라앉아 조그맣게 타오르고 있구나.
한 줄기 약한 바람이 불어와   11380
연기와 냄새를 이쪽으로 날려 보내는구나.
명령도 성급했고, 실행도 성급했다!
무엇이 그림자처럼 흔들거리며 다가오지?

한밤중

  네 명의 잿빛 여인이 등장한다.

첫째 여인
내 이름은 결핍입니다.
둘째 여인
     나는 채무이고요.
셋째 여인
나는 근심이지요.

넷째 여인

나는 궁핍이랍니다.

셋이서

문이 닫혀 있어 우리는 들어갈 수 없군요,

저 안에는 부유한 자가 살고 있어 들어가기도 싫답니다.

결핍

그럼 나는 그림자가 되어야지.

채무

난 없어져버릴 거야.

궁핍

호의호식하는 자들은 내게서 얼굴을 돌려요.

근심

아, 자매들, 그대들은 들어갈 수도 없고 들어가서도 안 됩니다.

허나 나 이 근심은 열쇠 구멍으로 살그머니 들어가지요.

근심은 사라진다.

결핍

그대들 잿빛 자매들이여, 여기서 물러납시다.

채무

난 네 곁에 바짝 붙어 가겠다.

궁핍

나 궁핍은 네 발꿈치에 바짝 붙어 따라가마.

셋이서

구름이 몰려오고 별들이 사라지는구나! 11395

저 뒤에서, 저 뒤에서! 멀리서 저 멀리에서,

오빠가 와요, 그가 옵니다──죽음이.

파우스트

(궁전 안에서) 넷이 오는 것을 보았는데, 셋만 가는구나,

그들이 하는 말의 뜻이 도대체 이해가 되지 않던데.

마치 궁핍이라고 울리는 것 같았고 11400

죽음이라는 음울한 운이 뒤따랐지.[333]

공허하고, 유령처럼 억눌린 소리였다.

나는 아직 자유를 싸워 얻지 못했도다.

마법을 내 길에서 멀리 떼어놓고

마법의 주문을 완전히 잊어버릴 수만 있다면. 11405

자연이여! 내가 그대 앞에 사나이로서 홀로 마주설 수 있다면

인간으로 존재하려는 노력이 보람이 있을 텐데.

예전에, 어둠 속에서 인간됨을 찾기 전까지, 불경스런 말로

나와 세계를 저주하기 전까지, 그 예전에 난 그랬었지.

그러나 이제는 공중에 저런 요귀들이 가득 차 있으니 11410

어떻게 저들을 피해야 할지 도대체 알 수가 없구나.

비록 낮이 한 번쯤 우리에게 밝고 이성적으로 웃어준다

고 해도

밤은 우리를 악몽의 그물로 얽어놓는 것을.

봄의 희망에 찬 들판으로부터 즐겁게 돌아오니,

11415   새 한 마리가 까악까악 운다. 뭐라고 우는 것이지? 재앙

이 올 거라고.

밤낮으로 미신에 얽매어 있으니

무언가가 유령처럼 나타나서 예고하고 경고하는구나.

그래서 우리는 잔뜩 위축되어 홀로 서 있는 것이다.

문이 삐걱거렸는데 아무도 들어오지 않는구나.

   몸서리를 치며

거기 누구 왔느냐?

근심

11420   그 물음에 대한 답은 예!군요.

파우스트

그런데 너는 대체 누구냐?

근심

      나는 이미 여기 와 있는걸요.

파우스트

물러가라!

근심

   나는 와야 할 곳에 온 것이오.

파우스트

(처음에는 화를 냈다가 진정하고 혼잣말로) 조심하고 마

법의 주문 따위는 외우지 말아야지.

근심

    귀로 내 말을 듣지 않는다 해도
    마음속엔 진동하듯 울릴 것이오. 11425
    온갖 형상으로 바뀌어가며 나타나
    나는 무서운 힘을 휘두른답니다.
    길 위에서도, 물결 위에서도
    영원히 두려운 길동무이죠,
    결코 찾는 법은 없어도 항시 나타나니, 11430
    아부도 받고 저주도 받는답니다.

당신은 한 번도 근심을 알지 못했단 말이오?

파우스트

나는 그저 이 세상을 헤치고 달려왔을 뿐이다.
온갖 쾌락의 머리채를 붙잡았으며
흡족하지 않은 것은 놓아버렸고, 11435
내 손길을 빠져나가는 것 또한 가도록 내버려두었다.
나는 오로지 갈망했고 오로지 성취했으며,
그러고는 다시금 소망했었다, 이처럼 나는 무섭게
내 일생을 돌진해왔다, 처음에는 웅대하고 힘차게,
그러나 이제는 현명하고 사려 깊게 나아가고 있다. 11440
이 지상의 세계를 나는 충분히 알고 있으나,
저 위편을 향한 조망은 우리에게 가로막혀 있도다.
눈을 껌벅이며 시선을 그곳으로 향한 채

구름 위에 자신과 비슷한 존재를 상상하는 자는 바보로다!

11445 이곳에 굳건히 서서 주위를 둘러볼지니,
유능한 자에게 이 세상은 침묵하지 않는다.
무엇 때문에 영원 속에서 헤맨단 말인가!
인식한 것은 붙잡을 수 있는 법이로다.
이처럼 지상에서의 나날을 보낼지니,
11450 유령들 날뛰어도 자신의 길을 가면 되는 것이다.
계속 가다보면 고통도 행복도 맛볼 것이나,
인간! 어떠한 순간에도 그는 만족할 수 없으리.

근심

      한번 내 것이 된 자에게는
      온 세상이 쓸모없게 되지요.
11455   영원한 어둠이 내려와서
      해는 뜨지도 지지도 않는답니다.
      밖을 향한 감각은 완전한데도
      내면에는 암흑이 자리 잡지요.
      가지고 있는 보화 중 그 어느 것도
11460   그에게는 진정 자기 것이 아니에요.
      행복과 불행은 그저 변덕스런 환상이니,
      그는 풍요로움 속에서 굶주립니다.
      기쁜 일이든 고통스런 일이든
      그는 그것을 다른 날로 미루어놓지요,

　　　　항상 미래를 그저 불안하게 바라보면서 말이지요. 11465
　　　　그래서 그는 결코 아무것도 끝마칠 수 없답니다.

파우스트

그만두어라! 그런 식으로 날 어찌해볼 수는 없을 것이다.
그따위 어리석은 말은 듣고 싶지 않다.
썩 없어져라! 그 형편없는 장광설도 계속되면
아주 똑똑한 사람이라도 바보처럼 홀리겠다. 11470

근심

　　　　가야 할지, 와야 할지,
　　　　그 결단을 그는 내릴 수 없답니다.
　　　　훤히 뚫린 길 한복판에서도 두려워서 더듬거리며
　　　　뒤뚱대는 발걸음을 쭈뼛쭈뼛 내딛지요.
　　　　그는 점점 깊숙이 자신을 잃어버리고는, 11475
　　　　모든 것을 비뚜름히 보게 됩니다.
　　　　자신에게도 남에게도 귀찮은 짐이 되고,
　　　　숨을 쉬면서도 질식해 죽어간다고 믿죠.
　　　　질식해 죽지는 않았으나 살아 있다 할 수도 없고,
　　　　절망하지는 않으나, 운명에 자신을 내던지지도 11480
　　　　않아요.
　　　　고통스러운 포기와 불쾌한 강요 사이를
　　　　이처럼 멈출 길 없이 굴러가니,
　　　　때로는 해방된 듯, 때로는 억눌린 듯,

깊은 잠을 자지 못하니 깨어나도 상쾌하지 않지요.

11485 이것들이 그를 제자리에서 꼼짝 못하게 하고
그에게 지옥 갈 준비를 시켜준답니다.

파우스트

불길한 유령들아, 너희들은 그런 식으로
몇 천 번이고 반복하여 인간을 다루고 있구나.
너희들은 일상적인 날들도 고통으로 얽힌
11490 추악한 혼란으로 뒤바꿔놓는구나.
악령들을 떨쳐버리는 것이 어렵다는 것을 나는 알고 있다,
너희들과 인간 사이의 견고한 정신적 연결은 분리될 수 없다.
허나 네 힘이, 오 근심이여, 은밀하게 거대할지라도,
나는 그 힘을 절대로 인정하지 않을 것이다.

근심

11495 내가 당신에게 저주를 내리고
재빨리 떠날 때, 내 힘을 알게 될 것이오!
인간들은 평생 눈먼 존재들인데,
그러니 파우스트여! 당신도 끝내는 장님이 되어야지요.

파우스트에게 입김을 분다.

파우스트

(눈이 멀어서) 밤이 점점 더 깊어가는 듯하구나,

그러나 내 내면에는 밝은 빛이 비치고 있다.   11500
내가 생각했던 것, 이제 서둘러 완성해야겠다.
주인의 말, 그것만이 중요한 것이다.
자리에서 일어나라, 너희 머슴들아, 모조리!
내가 대담하게 구상한 것을 행복하게 바라보게 해다오.
연장을 잡아라, 삽과 괭이를 놀려라!   11505
맡은 일은 즉시 해치워야 한다.
엄격한 규칙대로 열심히 일하면
비할 데 없이 좋은 보수를 받으리라.
이 위대한 일을 완성하는 데는
수천의 손을 부리는 하나의 정신으로 족하리라.   11510

궁전의 큰 앞마당

횃불들

메피스토펠레스

(감독관으로, 앞장서서) 이리로 이쪽으로! 들어오너라 들어와!
너희 휘청거리는 레무르[334]들아,
인대와 뼈로 엮인
반쯤 되다 만 놈들아.

레무르들

11515　　(합창으로) 저흰 분부를 받들고자 즉석에서 대령했습니다,
그런데, 얼핏 들은 바로는,
아주 넓은 땅을 측량해야 한다던데,
그게 우리 것이 된다고 하던데요.

뾰족한 말뚝들이 여기 있습니다,
11520　　길이를 측정하기 위한 긴 사슬도요.
왜 우리가 불려 나왔는지,
그걸 우린 그만 잊었습니다.

메피스토펠레스

여기선 측량술에 맞추느라 애쓸 필요가 없다.
자신의 치수에 따라 측정하면 된다.
11525　　가장 키 큰 놈이 기다랗게 누워라,
다른 놈들은 그 주위를 뼁 둘러 뗏장을 들어내라.
우리의 조상들을 묻으려고 했던 것처럼
긴 네모꼴 구덩이를 파란 말이다!
궁전에서 이 좁은 집으로 옮겨오게 되다니,
11530　　결국에는 이처럼 어리석게 끝나기 마련이지.

레무르들

(놀리는 듯한 몸짓으로 땅을 파면서) 젊고 팔팔해서
사랑을 했을 때에

난 이런 것이 참 달콤하다 생각했었지.
즐거운 노랫소리 들리고 흥겨운 판이 벌어진 곳으로
내 발길 향하곤 했다.

그러나 심술궂은 늙음이 살며시 찾아와 11535
목발로 날 후려갈겼다.
난 묘지 문간에 걸려 비틀거리다 넘어졌는데,
하필 그때 그 문이 열려 있었을 게 무어람!

파우스트

(궁전에서 나오면서 문설주를 더듬는다) 저 삽질하는 소리 나를 진정 기쁘게 해주는구나!
저들은 나를 위해 부역하는 무리들, 11540
새로 얻은 땅을 양순하게 만들고,
물결에는 한계를 정해주며,
바다를 침범할 수 없는 제방의 띠로 둘러싸고 있도다.

메피스토펠레스

(혼잣말로) 네가 제방을 쌓고 방파제를 만들고 한다만,
그건 결국 우리를 위해 애쓰는 짓일 따름이다. 11545
넌 바다의 악마 넵투누스를 위해
성대한 잔치를 마련하고 있는 셈이거든.
어떻게 하든 너희들은 패하고 말 것이다,
자연의 원소들이 우리와 동맹을 맺었으니,
결국에는 파멸에 이르게 될 것이다. 11550

파우스트

감독관!

메피스토펠레스

네, 주인님!

파우스트

무슨 방법이든지 간에 가능한 한
인부를 더 많이 긁어모아라.
쾌락으로 달래고 엄하게 벌을 주며,
돈을 뿌리고, 달래고, 쥐어짜기도 해라!

11555 지금 공사 중인 수로가 얼마나 길어졌는지
나는 날마다 보고를 듣고 싶다.

메피스토펠레스

(목소리를 낮추어) 내가 받은 보고에 의하면
수로가 아니라 무덤을 판답디다.

파우스트

저 산줄기에 늪지대 하나 뻗어 있어

11560 이미 이루어놓은 모든 것을 오염시키고 있다.
그 썩은 웅덩이의 물을 마저 빼내는 것,
이 마지막 일이 이룰 수 있는 최고의 업적이 되리라.
나는 수백만의 사람들에게 살 곳을 마련해주는 것이니,
비록 안전치는 않으나 행동하며──자유롭게 살 수 있는
땅을.

11565 들은 푸르고 비옥하니, 사람과 가축이

곧 안락하게 이 새로운 땅에,

대담하고 근면한 사람들이 쌓아 올린

언덕에 의지하여 평등하게 정주하리라.

밖에서는 파도가 미친 듯 제방 언저리까지 밀어닥쳐도,

여기 이 안은 천국 같은 땅이 되리니,   11570

거세게 뚫고 들어오려는 파도가 제방을 갉아먹으면

갈라진 틈을 메우려 모두가 서둘러 달려나올 것이다.

그렇다! 이 뜻을 위해 나는 모든 걸 바치겠다.

지혜의 마지막 결론은 이렇다,

자유도 생명도 날마다 싸워 얻어야 하는 자만이,   11575

그것을 누릴 자격이 있는 것이다.

위험에 둘러싸여 이렇게

아이, 어른, 노인 모두가 값진 나날을 보낼 것이니.

이처럼 붐비는 사람들의 모습을 지켜보며 나는

자유로운 땅에서 자유로운 사람들과 함께 있고 싶도다.   11580

그 순간을 향해 나는 말할 수 있으리,

"머물러라, 너 그렇게 아름답구나".

내 이 세상에서의 삶의 흔적은

영겁의 시간 속에서 결코 소멸되지 않을 것이다.

이러한 드높은 행복을 예감하면서   11585

나는 지금 지고의 순간을 향유하노라.

   파우스트, 뒤로 쓰러진다. 레무르들이 그를 붙잡아 땅

위에 누인다.

메피스토펠레스
어떤 향락도 그를 충족시키지 못했고, 어떤 행복도 그에게 충분치 않았다,
그래서 그는 끊임없이 변화하는 형상들을 쫓아다녔지.
그러던 이 가련한 자가 최후의 하찮고 공허한 순간을
11590 붙잡아두길 원하다니.
나에게 그렇듯 억세게 항거하더니만,
세월은 이기지 못해 이 늙은이 여기 모래 속에 누웠구나.
시계는 멈추었다——

합창
　　　　　　　멈추었다! 한밤중인 양 침묵하고 있다.
시곗바늘이 떨어진다.

메피스토펠레스
　　　　　　바늘은 떨어지고, 모든 것이 종결되었다.

합창
지나가버렸다.

메피스토펠레스
11595 　　　　지나갔다고! 어리석은 말이로다.
어째서 지나갔다는 것이냐?

지나간 것과 순수한 무(無)는 완전히 같은 것이다.
이 영원한 창조가 무슨 소용이 있단 말인가!
창조된 것은 모두 허무 속으로 끌려가기 마련인데!
"자 이제 지나갔다", 거기에 무슨 뜻이 있다는 말인가? 11600
아예 없었던 것과 마찬가지가 아닌가.
그런데도 무엇이 있는 것처럼 돌고 있으니.
나는 그 대신 저 영원한 공허를 좋아한다.

매장(埋葬)

레무르

    (독창) 누가 삽과 괭이로

    집을 이따위로 형편없이 지었지? 11605

레무르들

    (합창) 삼베옷을 걸친, 감각을 잃어버린 손님,[335]

    그대에겐 이것도 과분하다오.

레무르

    (독창) 누가 이 방의 가구를 이따위로 형편없이 장만했지?

    식탁과 의자는 어디에 있는 거야?

레무르들

    (합창) 그거야 잠시 동안 빌렸던 것들이야.[336] 11610

    빚쟁이들이 아주 많다고.

메피스토펠레스

육신은 누워 있는데 영혼은 이제 도망쳐 나가려고 하는구나.

피로 서명한 계약서를 재빨리 보여줘야지.

허나 유감스럽게도 요즘엔 악마로부터

11615 영혼을 가로채가는 방법이 아주 많단 말이야.

옛 방식대로 하자니 반항이 만만치 않고,

새로운 방식을 따르자니 아직 서툴고.

예전이라면 나 혼자서 해냈을 텐데,

이젠 조수들을 데려와야 할 형편이로구나.

11620 요즘은 만사가 우리에게 불리하게 되어간다.

전래의 관습, 오래된 권리,

이런 것들을 더 이상 믿을 수가 없거든.

예전에는 마지막 숨을 거두면 바로 영혼이 빠져나왔고,

난 지키고 있다가, 아주 날쌘 쥐를 잡듯이,

11625 확 낚아채어, 그걸 내 꽉 쥔 손아귀에 움켜잡았는데.

요즘엔 영혼들이 머뭇거리며 그 음울한 곳을,

추악한 시체의 구역질나는 집을 떠나려 하지 않는단 말이야.

그러다가 마침내는 서로 싫어하는 원소(元素)들에 의해

치욕스럽게 쫓겨나고 말지.[337]

11630 그래서 언제? 어떻게? 어디서? 영혼이 육체를 빠져나가

는지,
그 귀찮은 문제로 난 날마다 매시간 고통을 당해야 돼.
죽음의 신은 이젠 늙어 급속히 힘을 잃어버려, 죽은 자가
정말 죽었나? 하고 한참 동안 의심을 해야 할 지경이다.
때론 나도 굳어버린 사지를 탐내며 바라보곤 했는데,
거죽으로만 죽은 것이었고, 다시 움직이고 꿈틀거렸단   11635
말이야.

    환상적이며 시범을 보이는 듯한 몸짓으로 악마를 불러
    낸다.

힘차게 어서 나와라! 걸음을 갑절로 빨리 해라,
너희들 뿔이 곧은 친구들, 뿔이 구부러진 친구들아,
충실하고 유능한 옛 악마 출신들이여
지옥의 아가리도 같이 가지고 오너라.
물론 지옥에는 많고 많은 아가리들이 있어서,   11640
신분과 품위에 따라서 삼키는 게 서로 달랐지,
허나 앞으로는 지옥행이라는 이 마지막 놀이에서도
신분 차이를 그리 까다롭게 따지지 않을 것이다.

    왼편으로 무시무시한 지옥의 아가리가 열린다.

어금니가 벌어진다, 둥근 목구멍으로부터는
불길이 무섭게 솟구쳐 나온다,   11645

　　　　　뒤쪽에 끓어오르는 짙은 연기 속에
　　　　　영원히 타오르는 불의 도시가 보이는구나.
　　　　　불길은 파도처럼 이빨까지 몰려오는데,
　　　　　저주받은 자들이, 구원을 바라며, 헤엄쳐 나오려 한다.
11650　　허나 하이에나들이 이자들을 거대한 입으로 물어뜯으니,
　　　　　이들은 두려움에 차 화염 속의 행로를 다시 시작하는 수밖에.
　　　　　구석구석엔 아직도 많은 것들이 숨어 있으니,
　　　　　이 좁디좁은 공간에 어찌 이리 무시무시한 것들이 많을까!
　　　　　너희는 죄인들을 깜짝 놀라게 하기에 아주 적합하다만,
11655　　이들은 모든 것이 거짓이며 속임수며 꿈이라고 여긴단 말이야.

　　　　　　　　짧고 곧은 뿔이 달린 뚱뚱한 악마에게
　　　　　불타는 뺨을 가진 배불뚝이 악당들아!
　　　　　네놈들 지옥의 유황으로 살이 통통히 쪄 잘도 타는구나.
　　　　　나무 밑동처럼 짧은, 움직이지 않는 목을 가진 놈들아,
　　　　　여기 몸 아래에서 인광처럼 빛을 내는 것이 없나 숨어서 지켜봐라.
11660　　그것이 바로 영혼이다, 날개 달린 심령이야.
　　　　　날개를 뜯어버리면 흉측한 벌레가 되지.
　　　　　내 도장으로 그것을 봉인해줄 테니

불의 소용돌이 속으로 가지고 가라.

몸뚱이 아래쪽을 주의해서 살펴라,
술통배를 한 놈들아, 그것이 너희들의 의무다. 11665
영혼이 그쪽에 살기 좋아하는지는,
나도 정확히는 알지 못한다.
허나 영혼은 배꼽에 살기는 좋아하니,
그곳에서 너희들을 따돌리고 도망치지 않도록 조심해라.

    길고 구부러진 뿔을 가진 빼빼 마른 악마들에게
너희 키만 껑충 큰 바보놈들아, 11670
두 손으로 허공을 훑어라, 쉬지 말고 계속해라.
팔을 쭉 뻗고, 날카로운 손톱을 내밀어라,
나비처럼 팔랑대며 달아나는 영혼을 붙잡을 수 있도록.
그자의 영혼은 틀림없이 이 낡은 집구석이 불편해졌을 거다.
더욱이 천재란 곧바로 위로 오르려고 하지. 11675

    오른쪽 위에서 성스러운 빛이 비친다.

천상의 무리
    따르라 천사들이여,
    하늘에 속한 자들이여

　　　　　　　유유히 날갯짓을 하며,
　　　　　　　죄인을 용서하고,
11680　　　　죽어서 먼지 된 자를 되살리며,
　　　　　　　여유 있게 줄을 지어
　　　　　　　허공을 부유하면서
　　　　　　　자연의 모든 살아 있는 것에
　　　　　　　환희의 흔적을 남겨라.

메피스토펠레스

11685　듣기 싫은 소리가 들려온다, 역겨운 빽빽거리는 소리가,
　　　　반갑지 않은 빛과 함께 위에서 내려오는구나.
　　　　저것들 사내와 계집애가 뒤섞인 실패작인데,
　　　　경건한 척하는 놈들이나 저런 걸 좋아할 것이다.
　　　　너희도 알지, 우리가 저 무도한 죄악의 시간에
11690　인간이란 종족을 멸절시키려고 궁리한 것을.
　　　　우리가 생각해낸 것 중 가장 파렴치한 것[338]이
　　　　저들의 예배에는 그저 합당한 모양이다.

　　　　저 덜떨어진 풋내기들이 착한 척하며 오는구나!
　　　　저것들 우리에게서 많은 영혼을 가로채갔지,
11695　우리의 무기로 우리를 공격하고 있는 거야.
　　　　저것들도 악마다, 허나 가면을 쓰고 있지.
　　　　여기서 진다면 너희들에겐 영원한 치욕이 될 것이다.
　　　　무덤 가까이 집결하여 언저리를 굳게 지켜라!

천사들의 합창

   (장미꽃을 뿌리면서) 눈부시게 빛나는,
   그윽한 향기 발하는 장미여!   11700
   하늘하늘 허공을 떠돌면서
   은밀히 생명을 불어넣는 꽃이여,
   작은 가지들 날개가 되고
   꽃망울도 터뜨려졌으니,
   어서어서 꽃을 피워라.   11705

   봄이여, 움터 나와라,
   붉은 꽃으로, 녹색의 잎으로.
   저 아래 쉬고 있는 분에게
   낙원을 가져다주어라.

메피스토펠레스

(악마들에게) 너희들 왜 움츠리고 있느냐? 그것이 지옥 11710
의 습관이냐?
버티고 서서 뿌릴 테면 뿌리라고 해라.
바보놈들아, 모두 제자리를 지켜라!
저들은 아마 저런 꽃송이를 눈인 양 뿌려
뜨거운 악마들을 덮어버리려고 하는 모양이다.
허나 꽃은 너희들의 뜨거운 입김으로 녹아 오그라질 것 11715
이다.
자, 입김을 불어라, 풀무 귀신들아!——되었다, 충분하다!

너희 입김으로 날아드는 꽃들이 모두 빛을 잃었다.
그렇게 세게 불면 안 된다! 주둥이와 콧구멍을 닫아라.
네놈들 정말이지 너무 강하게 불어댔다.
11720 정도껏 하는 걸 전혀 모르는 놈들이라니.
꽃이 오그라들었을 뿐 아니라, 갈색으로 되고, 바싹 말라 타고 있다.
벌써 독기 서린 밝은 불꽃이 되어 이리로 날아오고 있구나.
맞서 버텨라, 단단히 한데 뭉쳐 대항해라!
힘이 빠지고 모든 용기가 사라져버렸다!
11725 악마들이 이질적인 아첨의 불길을 냄새 맡은 모양이로구나.

천사들

    축복받은 꽃잎들,
    즐거운 불꽃들,
    이들은 사랑을 전파하며,
    마음이 바라는 그대로,
11730   기쁨을 마련해준다.
    진실한 말들은
    맑은 천공에서,
    영원한 무리들에게
    어디서나 빛이 되나니.

메피스토펠레스

이 빌어먹을! 저런 치욕스런 바보놈들 같으니! 11735
악마놈들이 대가리를 처박고 거꾸로 서다니,
볼품없는 놈들이 곤두박질치며,
꽁무니가 빠지게 지옥으로 뛰어드는구나.
받아 마땅한 열탕의 벌을 실컷 즐겨라!
그러나 나는 내 자리를 지키고 있겠다. 11740

　　　　떠도는 장미꽃을 이리저리 쳐내면서
도깨비불아, 물러가라! 네까짓 것들이 아무리 세게 빛을 내다 해도,
움켜쥐면 구역질나는 끈끈한 곤죽일 따름이다.
왜 팔랑거리는 거냐? 속히 꺼져버려라!
마치 역청과 유황처럼 내 목에 달라붙는구나.

천사들의 합창

　　　　그대들의 본성에 속하지 않은 것을 11745
　　　　그대들은 피해야 해요.
　　　　그대들 마음의 평화를 어지럽히는 것을
　　　　그대들은 참고 견디어서는 안 됩니다.
　　　　그것이 억지로 뚫고 들어오려 하면
　　　　우린 힘을 다해 효과적으로 막아야 해요. 11750
　　　　오직 사랑만이 사랑하는 이들을
　　　　이끌어준답니다.

메피스토펠레스

내 머리가 타는구나, 심장도 간도 활활 타오른다.[339)]
악마를 압도하는 불이로다!
11755 지옥의 불길보다도 더 지독하구나.
거부당한 사랑에 빠진 불행한 연인들이여!
그래서 그대들은 목을 꼬아 사랑하는 연인을 바라보며,
그처럼 엄청난 비통에 잠기는 것이구나.

나도 그렇구나! 무엇이 내 머리를 저쪽으로 잡아당기는 걸까?
11760 나는 저들과 영원히 싸우기로 맹세하지 않았던가?
저것들을 보기만 해도 내 눈이 쓰리고 아팠는데.
이질적인 그 무엇이 내 몸 안에 마구 침범해 들어온 모양이다.
저것들, 저 사랑스럽기 짝이 없는 애들이 미친 듯이 보고 싶으니.
저들을 저주할 수 없도록 날 막아서는 것이 무엇일까?
11765 내가 여기서 어리석은 짓을 하게 된다면
앞으로는 나 말고 대체 누가 바보라고 불릴 것인가?
내가 증오하는 저 불쾌한 아이 녀석들이
이처럼 사랑스럽게 보이다니.

너희 귀여운 애들아, 알려다오,

너희들도 루시퍼의 일족이 아니냐? 11770
너희들 너무 예뻐서, 정말 입이라도 맞추고 싶구나.
내 보기엔 너희들 마침 때맞춰 온 듯하구나.
마치 너희들을 벌써 수천 번 본 것처럼
난 아주 유쾌하고 자연스런 기분이다.
은밀히 발정한 고양이처럼 욕정이 솟는구나. 11775
보면 볼수록 더욱 새록새록 아름다워지니,
오, 가까이 오너라, 오, 나에게 눈길 한 번만 보내주렴!

천사들

기꺼이 가지요. 그런데 왜 뒤로 물러서지요?
가까이 갈 테니 할 수 있으면 어디 그대로 있어보아요.

천사들이 이리저리 돌면서 공간을 모두 차지한다.

메피스토펠레스

(무대 전면으로 밀려나서) 너희는 우리를 저주받은 악령 11780
이라 욕하지만
너희들이야말로 진짜 마법사이다.
그럴 것이 남자고 여자고 모두 홀려대니 말이다.
저주받아 마땅한 짓거리고말고!
이것이 사랑의 원소라는 것인가?
온몸이 온통 사랑의 불길에 휩싸여 있으니, 11785
목덜미에 불이 붙은 것을 거의 느낄 수 없구나.

너희들 이리저리 떠다니고 있는데, 이리 내려와서,
사랑스런 손발을 조금 더 속되게 움직여보렴.
사실 엄숙함이 너희에게 아주 멋지게 어울리기는 한다.
11790 그러나 난 너희들이 한 번만이라도 방긋 웃는 것을 보고 싶구나.
그럼 난 영원한 황홀경에 빠질 텐데.
사랑에 빠진 사람들이 바라보듯이 하란 말이다,
입을 약간 빙긋거리기만 하면 되는 것이야.
저기 키 큰 애야, 네가 가장 맘에 드는구나,
11795 수도사놈들 같은 표정은 네겐 전혀 어울리지 않으니,
날 한번 무언가 바라는 듯한 눈길로 보아다오!
그 긴 주름 잡힌 옷은 너무나 도덕적이어서,
너희들 그 옷 벗고 다니는 것이 오히려 더 점잖게 보일 것 같다.
저 애들이 돌아서네——뒤에서 봐야지!——
11800 저 장난꾸러기 같은 녀석들 정말 입맛을 돋우는구나.

천사들의 합창

　　　　그대 사랑의 불꽃이여
　　　　밝음으로 돌아서시오!
　　　　스스로 저주받았다고 여기는 자들을
　　　　진리여 구원하소서.
11805 　　　　그들이 즐거이
　　　　악에서 벗어나도록,

모든 것이 하나 됨 안에서

축복받을 수 있도록.

메피스토펠레스

(정신을 가다듬으며) 내 이런 꼴이라니!──욥[340]처럼 온몸이

종기투성이라서 내가 보아도 소름이 끼치는구나, 11810

허나 난 또한 승리했도다, 이제 내 안의 본성을 통찰하고

나 자신과 내 혈통을 신뢰할 수 있게 되었으니 말이다.

내면의 고귀한 악마적 부분은 구원되었고,

사랑의 열병은 그저 살갗에 흔적을 남겼을 뿐이다.[341]

그 가증스러운 불길은 이미 다 타버렸고, 11815

그러니 나는, 당연히, 너희 모두를 저주하노라.

천사들의 합창

거룩한 불길이여!

그 불길에 감싸이는 자,

착한 이들과 함께

삶에서 복됨을 느끼리라. 11820

모두가 하나가 되어

날아오르며 찬양합시다,

공기가 깨끗이 정화되었으니

영혼이여, 숨을 쉬시오.

천사들, 날아오르며 파우스트의 영혼을 인도해간다.

메피스토펠레스

11825 (주위를 돌아보며) 이게 어떻게 된 일이지?──그것들 어디로 가버렸나?
어린 것들, 너희가 날 불시에 기습하여
노획물을 가지고 하늘로 도망쳤구나.
너희들이 이 무덤가에서 은밀히 탐했던 것이 바로 그것이었구나!
난 둘도 없는 큰 보물을 도둑질 당했도다.
11830 나에게 저당 잡힌 그 고귀한 영혼
그걸 그것들이 교활하게 채어가 버린 것이다.

〔**천사들**

(그사이에 보이지 않게 날아가서) 사랑이여, 자비롭고
보호해주며, 행동하는 사랑이여,
사랑하는 이에게 은혜와
아낌을 베풀어주는 사랑이여,
앞장서 우릴 이끌어주소서.
지상의 인연의 끈이
꽃처럼 속절없이 떨어지면
구름의 옷이
그를 들어 올립니다.

메피스토펠레스〕[342)]
이제 나는 누구에게 하소연해야 한단 말인가?

누가 정당하게 취득한 나의 권리를 되찾아줄 것인가?
나잇살도 꽤 먹은 내가 속아 넘어갔으니,
자업자득이로다. 정말 꼴사납게 되었구나. 11835
나는 치욕스러운 잘못을 저질렀다,
그렇게 공을 들였는데, 창피스럽게도 헛일이 되고 말았으니!
천박한 욕정이, 어처구니없는 연정이
노회한 악마를 사로잡을 줄이야.
산전수전 다 겪어 현명하다는 내가 11840
이런 철부지 같은 어리석은 일을 벌였으니,
결국 나를 사로잡은 이 바보짓
정말 하찮은 일이 아니로다.

깊은 산골짜기, 숲, 암벽

황량하고 거친 곳

거룩한 은자들, 산 위로 흩어져서, 바위틈 사이에 자리 잡고 있다.

합창과 메아리
    숲, 숲은 이쪽으로 물결치듯 흔들리고,

11845	바위, 바위들은 그 안에서 무겁게 자리 잡고 있다.
	뿌리, 뿌리들은 서로 뒤엉켜 있고,
	줄기들은 빽빽이 들어차 솟아 있다.
	밀려오는 물결 연이어 바위에 부딪혀 물을 튀기고,
	깊고 깊은 동굴은 우리를 지켜준다.
11850	사자들은 묵묵히 우리 주위를
	다정스레 살금살금 맴돌며,
	축복받은 이곳
	사랑의 성지를 우러른다.

법열에 잠긴 신부

	(아래위로 떠다니며) 영원한 희열의 불길,
11855	작열하는 사랑의 끈,
	끓어오르는 가슴의 고통,
	거품처럼 뿜어오르는 신의 기쁨.
	화살이여, 나를 꿰뚫어라,
	창이여, 내 몸을 찔러라,
11860	몽둥이여, 나를 박살내라,
	번개여, 내 몸을 태워주오.
	덧없는 것 제발
	모두 사라져버리고,
	영원한 사랑의 핵인

소멸되지 않는 별이 빛나도록.   11865

명상에 잠긴 신부

(깊은 곳에서) 내 발밑의 바위 절벽이
더 깊은 심연에 묵직하게 얹혀 있듯이,
수천 개의 개울이 반짝이며 흐르다가 합쳐져
무섭게 쏟아지는 폭포 되어 물거품 내뿜듯이,
나무줄기가 스스로의 힘찬 충동으로   11870
똑바로 공중으로 치솟듯이,
이처럼 모든 것을 형성하고 기르는 것은
전능한 사랑의 힘이로다.

마치 숲도 바위도 물결치는 듯,
주위에서 거칠게 흐르는 물소리 들려온다.   11875
허나 넘쳐흐르는 물은 사랑에 가득 차
요란한 소리 내며 심연으로 떨어져 내리느니,
바로 골짜기를 적셔주는 소임을 가졌도다.
불길 번쩍이며 내리치는 번개는
독기와 안개를 가슴에 품은   11880
대기를 정화하기 위한 것이로다.
이들은 모두 사랑의 사자들이니,
영원히 창조하며 우리를 감싸는 힘을 알려준다.
내 내면에도 불이 붙었으면,
그 안에서 정신은 혼란스럽고 차가워져   11885

둔한 감성의 한계라는 쇠사슬로
단단하게 옥죄어 고통받고 있으니.
오, 신이여! 이런 혼란스런 생각을 달래주시고
내 가난한 마음을 밝혀주소서!

천사 세라핌[343]을 닮은 신부

11890 (중간 지대에서) 이 어인 아침녘의 구름이
전나무의 한들거리는 가지 사이로 떠돌고 있는
지.
저 안에 무언가 살아 있는 것 같은데?
어린 영혼의 무리로구나.

축복받은 소년들[344]의 합창

말해주세요 아버지, 우리가 어디를 떠도는지를,
11895 말해주세요 착하신 분, 우리가 누구인지를.
우린 행복합니다, 우리 모두 모두에게
존재는 아주 가볍고 부드러워요.

천사 세라핌을 닮은 신부

아이들아! 한밤중에 태어나
정신도 감각도 반만 눈뜬 채,
11900 부모에게는 바로 잃은 아이들이나,
천사들에게는 큰 얻음이로다.
사랑을 주는 이 하나 여기 있음을
너희들도 느낄 수 있을지니, 가까이 오너라.
복받은 아이들이로다! 험난한 세상길을 걸어온

  혼적을 찾아볼 수 없으니. 11905
  내려와 내 눈 안으로 들어와라,
  세계와 지상의 것을 볼 수 있는 기관이니,
  너희들의 것인 양 이용할 수 있을 것이다.
  이 지역을 살펴보아라.
 아이들을 자신의 안으로 받아들인다.
  저것들은 나무고, 이것들은 바위란다, 11910
  저 흐르는 물은 아래로 쏟아져 내려
  무섭게 굴러가면서
  경사진 길을 재빨리 달려간단다.

축복받은 소년들

  (안에서) 엄청난 구경거리네요,
  그러나 이곳은 너무 음산하군요, 11915
  그래서 놀라고 무서워서 몸이 떨려요,
  고귀하고 착한 분이여, 우릴 보내주어요.

천사 세라핌을 닮은 신부

  늘 더 높은 영역으로 올라가거라,
  그러면 영원히 순수한 방식으로
  신께서 가까이 하시며 11920
  힘을 주시니, 모르는 사이에 성장하리라.
  그것이 자유로운 허공 속에 들어 있는
  영혼의 양식이며,
  지고의 축복으로 피어나는

11925 영원한 사랑의 계시로다.

축복받은 소년들의 합창

(가장 높은 산봉우리 주위를 떠돌면서) 손에 손을 잡고
즐겁게 원을 만들자,
성스러운 느낌을 안고
춤추며 노래 부르자.
11930 거룩한 가르침을 받았으니
너희 이젠 믿을 수 있지,
너희가 우러러보는 분을
뵈올 수 있으리라는 것을.

천사들

(파우스트의 영혼을 안고, 더 높은 공중에서 떠돈다) 영의 세계에서 고귀하신 한 분이
11935 악으로부터 구원되었으니,
"항시 노력하며 애쓰는 사람은 누구든
우리는 구원해낼 수 있습니다."
더욱이 하늘로부터 사랑의 은총까지
그분에게 내려졌다면,
11940 축복받은 무리는 그분을
진심으로 반갑게 맞을 겁니다.

젊은 천사들

성스러우며 사랑에 넘친 속죄의 여인들,

그 손으로부터 전해진 그 장미꽃들은
우리를 도와서 승리를 얻게 하고,
이 영혼의 보배를 악마에게서 뺏어내는   11945
고귀한 소임이 완수되도록 해주었습니다.
우리가 꽃을 뿌리자 악은 물러섰고,
꽃송이를 던져 맞히자 악마들은 달아났습니다.
익숙한 지옥의 형벌 대신에
악령들은 사랑의 고통을 느낀 거예요.   11950
그 늙은 악마의 두목까지도
찌르는 듯한 고통을 흠뻑 맛보았지요.
만세를 부릅시다! 우린 성공했어요.

좀 더 완성된 천사들

속세의 찌꺼기를 나르는 것은
우리들에게 늘 힘든 일입니다.   11955
설혹 그것이 석면으로 되어 있다 해도
순수하지는 못하답니다.[345]
강한 정신의 힘이
물질의 원소들을
자신에게 끌어당겨 놓으면,   11960
어떤 천사도
물질과 정신의 양자가 밀접히 결합하여
하나로 합일된 이중체를 분리할 수 없지요.
오로지 영원한 사랑만이

| 11965 | 그것을 갈라놓을 수 있습니다.[346] |

젊은 천사들

바위 봉우리를 안개처럼 감돌며
가까이서 움직이고 있는
영혼의 생명체가
지금 막 감지됩니다.
| 11970 | 안개구름이 맑게 개니

축복받은 소년들의
발랄한 무리가 보입니다.
지상 세계의 대기 압력에서 벗어나서,[347]
둥그렇게 모여
| 11975 | 이 높은 세계의

새 봄과 봄 단장에서
생기를 찾고 있습니다.
이분도 이 새로운 시작에서
저 소년들과 어울려
| 11980 | 끊임없이 상승하는 소득을 얻었으면 해요!

축복받은 소년들

우린 번데기 상태[348]의 이분을
기쁘게 맞아드립니다.
그로써 우리 또한
천사가 되는 확약을 얻게 되니까요.
| 11985 | 이분을 둘러싸고 있는

고치를 벗겨주세요,
　　　이분은 성스러운 삶으로 인해
　　　벌써 크고 아름다워졌군요.

마리아를 숭배하는 박사
　　　(가장 높고 가장 깨끗한 암굴에서) 여기는 전망
　　　이 막힘이 없어
　　　마음도 한껏 고양됩니다. 11990
　　　저기 여인들이 지나가고 있군요,
　　　위를 향해 떠가고 있어요.
　　　그 가운데, 별의 관을 쓰신
　　　빛나고 고귀하신 분 계시니,
　　　하늘의 여왕이십니다, 11995
　　　휘황한 광채를 보면 알 수 있지요.

황홀경에 빠져
　　　세계의 가장 드높은 지배자님이시여,
　　　저로 하여금
　　　푸르게 펼쳐진 하늘의 천막 안에서
　　　당신의 신비를 엿보게 해주소서. 12000
　　　이 사내의 가슴이
　　　진지하고도 부드럽게 움직이는 것을 안고서
　　　성스러운 사랑의 즐거움에 잠겨
　　　당신께 다가감을 허용해주소서.

12005 　　　당신의 거룩하신 명이 있으면
　　　우리의 용기는 꺾일 줄을 모릅니다.
　　　당신이 자비롭게 우리를 만족시켜주시면
　　　우리의 거친 열정 단숨에 진정됩니다.[349]
　　　가장 아름다운 뜻에서의 순결한 처녀여,
12010 　　　우러러보아야 할 어머니여,
　　　우리를 위해 선택된 여왕이여,
　　　당신은 신들과 동등합니다.
　　　가볍고 조그마한 구름들이
　　　그분을 둘러싸고 있으니,
12015 　　　속죄하는 여인들이구나,
　　　부드럽고 연약한 무리들이로다.
　　　그분의 무릎을 둘러싼 채
　　　하늘의 정기를 들이마시며
　　　은총을 빌고 있구나.
12020 　　　결코 접할 수 없는 당신이오나,
　　　쉽사리 유혹당하는 여인들이
　　　당신을 신뢰하여 찾아오는 것은
　　　금지되어 있지 않습니다.

　　　본능의 미약함에 이끌려 들어갔으니
12025 　　　저들은 구원하기 어렵습니다.
　　　어느 누가 스스로의 힘으로

　　　　정욕의 사슬을 끊어버릴 수 있겠습니까?
　　　　기울어진 미끄러운 바닥에서는
　　　　얼마나 빨리 발이 미끄러집니까?
　　　　눈길과 인사와 아양 떠는 입김에　　　　　　　　　12030
　　　　그 누가 넘어가지 않겠습니까?

　　영광의 성모, 허공에 떠서 다가온다.

속죄하는 여인들의 합창
　　　　당신은 저 높은 곳,
　　　　영원한 나라로 떠오르십니다.
　　　　우리들의 탄원을 들어주소서,
　　　　비할 데 없으신 분이여,　　　　　　　　　　　　12035
　　　　더없이 자비로우신 분이여!
죄 많은 여인[350]
　　　　(〈누가 복음〉 제7장, 36절) 바리새 사람의 조소에
　　　　도 불구하고
　　　　신으로 승화하신 당신 아드님의 발에
　　　　눈물을 흘려 향유처럼 발라드린
　　　　그 사랑에 의지하여,　　　　　　　　　　　　　12040
　　　　그토록 풍성하게 향유를 방울방울 떨어뜨린
　　　　그 항아리에 의지하여,
　　　　성스러운 손발을 그토록 부드럽게

닦았던 긴 머리에 의지하여 기원합니다.

사마리아의 여인

12045 (〈요한복음〉 제4장) 그 옛날에 이미 아브라함이
가축 떼를 몰고 간 그 우물에 의지하여,
구세주의 입술에 시원하게 닿았던
두레박에 의지하여,
그곳에서 솟아나와
12050 넘쳐흘러, 영원히 맑은 물을
온 세상을 두루 돌아 흐르게 한
그 샘물에 의지하여 기원합니다.

이집트의 마리아[351]

(〈사도행전〉) 사람들이 주님을 내려놓은
그 지고로 성화된 장소에 의지하여,
12055 무덤의 문간에서 훈계하며
저를 밀어낸 그 팔에 의지하여,
제가 사막에서 충실히 행한
40년간의 속죄에 의지하여,
제가 모래에 써놓은
12060 복된 작별 인사에 의지하여 기원합니다.

셋이서

큰 죄를 지은 여인들에게도
당신의 곁에 다가감을 거부하지 않으시고
속죄의 공덕을

영원의 경지로 높여주신 분이여,

오직 한 번 자신을 잊었고, 12065

자신이 잘못하고 있음을 알지 못한

이 착한 영혼에게도

합당한 용서를 베푸소서.

속죄하는 여인들 중의 한 명

(예전에 그레첸이라 불렸음. 매달려서) 굽어보

소서, 굽어보소서,

비할 데 없으신 분이여, 12070

광휘로 가득 차신 분이여,

얼굴을 숙여 제 행복을 보아주소서.

제가 일찍이 사랑했던 사람,

더 이상 혼탁하지 않은 사람,

그분이 돌아오옵니다. 12075

축복받은 소년들

(둥글게 원을 그리며 다가온다) 이분은 벌써 우

리보다 더 크게 자랐고

팔다리도 힘에 넘쳐요.

충실하게 보살펴준 대가를

듬뿍 지불할 거예요.

우리 지상에서 사는 사람들을 12080

일찍이 떠나왔으나,

이분은 많이 배웠으니

우릴 가르쳐줄 거예요.

속죄하는 한 여인

(예전에 그레첸이라 불렸음) 고귀한 영혼의 합창단에 둘러싸여

12085 이 새로 오신 분은 다시 태어난 자신을 잘 깨닫지 못하는군요.
허나 이분 새로운 삶을 잘 알지는 못하나
벌써 성스러운 무리를 닮아가고 있습니다.
보세요, 그가 온갖 지상의 인연으로부터,
그 낡은 껍질로부터 벗어나오고 있는 모습을.
12090 갈아입은 영기 어린 옷자락에서는
첫 젊음의 힘이 뻗쳐나옵니다.
제가 그를 가르치도록 허락해주십시오.
저분은 새로운 태양을 아직 눈부셔하고 있습니다.

영광의 성모

오너라! 더 높은 영역으로 오르거라,
12095 그가 너를 알아보면 뒤따를 것이니.

마리아를 숭배하는 박사

(엎드려 기도하며) 참회하는 모든 연약한 자들아,
구원자의 눈길을 우러러보라,
그대들은 은총에 감사하며

축복받은 운명으로 바뀔 지어니.
선량한 모든 자들   12100
당신을 섬겨야 할 것이오니,
동정녀여, 어머니여, 여왕이시여,
여신이시여, 항시 자비로우소서.

신비의 합창

일체의 무상한 것은
한낱 비유에 지나지 않도다.   12105
미칠 수 없는 것
여기에서 이루어지고,
형용할 수 없는 것
여기서 실현되었도다.
영원히 여성적인 것이   12110
우리를 이끌어올리도다.

— 작가 인터뷰 —

나의 파우스트는 절반의 완성품,
나머지 부분의 완성은 독자의 몫입니다.

Johann Wolfgang von Goethe

이 인터뷰는 괴테의 일기, 편지, 그리고 그의 자서전이라고 할 수 있는 《시와 진실*Dichtung und Wahrheit*》 및 그가 생전에 여러 사람들과 나눈 대담을 참조로 하여 옮긴이가 가상으로 꾸민 것이다.

김수용_ 안녕하십니까, 선생님? 이렇게 직접 뵙게 되어 기쁘고 정말 영광스럽습니다. 저승으로부터 이곳 한국 땅까지는 무척 먼 거리일 듯싶은데 인터뷰를 위해 이렇게 와주셔서 고맙습니다. 이 땅의 모든 독자들을 대신하여 감사드립니다. 원래는 제가 저승으로 선생님을 찾아뵈어야 하지만, 아직은 그곳으로 가기가 썩 내키지는 않습니다.

괴테_ (웃으면서) 나도 좋아서 그곳으로 간 것은 아닙니다. 그런데 여긴 정말 모든 것이 요란하고 현란하고 시끄럽군요. 저승의 어스름한 잿빛 세상, 음울한 침묵 속에 그림자 형태들이 흐느적거리듯 움직이는 것과는 아주 큰 대조를 이루고 있네요. 묘지 속의 적막에서 삶의 온갖 소음 속으로 바로 들어와서인지 조금은 어지럽기도 하군요. 그러나 이 소음이 싫기만 한 것은 아닙니다. 사실은 반가운 마음이 더 클지도 모르겠습니다. 내 모든 작품이 이런 삶의 소음 속에서 나온 것이기 때문입니다.

김수용_ 선생님은 독일의 대표적 작가이자, 셰익스피어, 세르반테스, 위고 등과 더불어 서구 문학을 대표하는 대문호이십니다. 그런 선생님에게 문학은 무엇이고 또 어떤 의미를 가지고 있습니까?

괴테_ 무척 어려운 질문입니다. 시대에 따라, 장소에 따라, 그리고 사람에 따라 끊임없이 문학에 대한 다양한 정의가 내려졌고, 앞으로도 또한 그럴 겁니다. 아마 이 모든 견해들의 총화가 문학에 대한 정의가 아닐까요. 그런데 이 과정이 끝없이 진행될 터이니, '문학이 무엇인가' 하는 물음에 대한 궁극적인 답은 영구히 기다려야 할 듯합니다. 철학자들의 말투를 빌려 말하자면 '절대적인 개념 규정의 불가능성'이 문학의 본성이라고나 할까요.

김수용_ 너무 우회적이고 조심스러운 답변인 듯합니다!

괴테_ 그러나 문학에 대한 견해들이 아무리 다양하고 불분명하다 해도 하나의 사실만은 확실합니다. 문학은, 이건 내 확신이자 소망입니다만, 세계 모든 사람들의 공유 재산이어야 합니다. 문학 작품이 어떤 언어로 쓰였든, 그 작품은 그 언어를 사용하는 사람들만의 것은 아닙니다. 문학은 민족이나 국민문학의 차원을 넘어서서 세계의 문학으로 발돋움해야 합니다. 바로 이런 관점에서 나는 줄곧 '세계문학Weltliteratur'을 강조해왔습니다. 내가 말하는 '세계문학'은 이른바 세계적인 수준의 문학, 즉 위대한 작품을 의미하는 것은 절대 아닙니다.

김수용_ 문학 작품의 범인류적 성격을 강조하다 보면 민족 고유의, 그리고 작가 고유의 특색이 경시되지 않을까요? 모든 문학 작품은 결코 반복될 수 없는 독창적이며 자신만의 고유한 존재가 아닙니까?

괴테_ 물론 그렇습니다. 내가 바라는 '세계문학'은 물론 인류 전체의 보편적 인간성을 지향합니다만, 이것이 개개 민족과 작가의 고유한 본성을 억누르거나 말살하는 것을 의미하지는 않습니다. 좀 복잡한 문제입니다만, 설명을 해보겠습니다. 나의 '세계문학'은 두 가지 뚜렷한 지향점을 가지고 있습니다. 첫째는 주고받는 상호 교류입니다. 문학은 정신문화입니다. 그렇기에 문학도 여타 문화와 마찬가지로 상이한 문화들과의 교류를 통해서 자신을 더 풍요롭게 발전시켜나갈 수 있습니다. 자신들만의 '순수성'이나 고유한 본성을 지키려고 스스로를 고립시키면, 그 결과는 아주 부정적일 수밖에 없습니다. 생물의 근친 교배가 그 종(種)의 열성화를 촉진시키는 것과 마찬가지지요. 18세기의 탐험가들이 찾아본 남태평양의 고립된 섬에 사는 원주민들의 문화가 원시적 수준에 머문 것은 지극히 당연한 결과입니다. 그런데도 예나 지금이나 문화의 '순수 혈통'을 주장하고 고집하는 꽉 막힌 민족주의자들의 쇼비니즘적 작태가 도처에서 횡행하고 있는 사실은 정말 안

타까운 일입니다.

김수용_ 말씀 잘 알아들었습니다. 이러한 주장들이 지금도 많은 사람들에게 호소력을 가지고 있는 것을 보면 세계는 아직도 충분히 '계몽' 되지 못한 모양입니다. 또 이런 순박하다면 순박하고 무지하다면 무지한 민족주의적 정서를 자신의 목적을 위해 부추기는 세력이 있는 것도 큰 문제고요. 그런데 다른 문화는 어떻게 수용되어야 한다고 생각하십니까? 결코 간단한 문제가 아닐 텐데요.

괴테_ 그렇지요, 간단한 일이 아닙니다. 무엇보다도 중요한 것은 다른 문화를 맹목적으로 추종하여 그 결과로서 자신들의 고유문화가 말살되지 않도록 하는 일입니다. 맹목적 추종은 맹목적 배타와 마찬가지로 위험한 수용입니다. 우리는 다른 문화를 '우리 것'으로 만들어야 합니다. 즉 어디까지나 우리 문화의 바탕 위에서 다른 것을 받아들이되, 우리에게 부족한 것, 우리가 가지지 못한 것을 선택적으로 수용하여 우리 것을 좀 더 완성된 것으로 만들어야 한다는 것입니다. 이렇게 해서 '개선된' 우리의 고유문화는 역으로 다른 문화의 개선에 기여할 수 있을 겁니다. 다른 문화에 없는 우리만의 것이 없다면 무엇으로 다른 문화의 개선에 기여할 수 있겠습니까? 이처럼 문화와 문화는 서로 주고받으면서 발전해나갈 수 있으리라 믿습니다. 내가 진정한 세계문학은 그 뿌리를 민족문학에 두어야 한다고 강조한 것도 바로 이 때문입니다. 한 문화에 의

한 다른 문화의 압살 같은 것은 있어서는 안 되지요. 그러면 세계는 점차 다양성을 상실해갈 것이며 획일화의 길로 들어설 거예요. 어딜 가나 똑 같은 문화만 접하는 세상, 생각만 해도 끔찍한 일입니다.

김수용_ 문화적 쇄국이나 문화적 침략에 의한 타 문화의 말살 등이 배제된, 서로 주고받는 문화 간의 소통을 말씀하시는군요.

괴테_ 맞습니다. 그리고 이러한 소통을 통하여 사람들은 자기들의 것과는 다른 이질적인 문화들을 용인하고 존중하는 것도 배우게 되지요. 이것이 내가 생각하는 '세계문학'의 두 번째 지향점입니다. 우리가 우리와 다른 것들에 대해 관용적이 될 수 있다면 많은 갈등이 해소될 터이고 세계는 훨씬 더 평화롭게 될 것입니다. 물론 이렇게 된다고 해서 온 세상에 평화가 들어서리라고는 믿지 않습니다. 그러나 최소한 전쟁은 훨씬 덜 잔인해질 것이며, 승자가 패자의 문화를 송두리째 파괴해버리려는 우월적 오만에 빠지는 일은 없을 것입니다.

김수용_ 이제 이야기를 선생님의 《파우스트》로 옮겨보겠습니다. 지금까지 언급하신 문화적, 또는 문학적 다양성은 이 작품에서 어떻게 구현되었습니까? 선생님은 프레데리크 소레 Frédéric Soret와의 대담에서 "나는 내가 보고, 듣고, 관찰한 모든 것을 모아두었고 이용했다. 내 작품들은 무수히 많은 다양한 개인들에게서 영양을 섭취했으며, 나는 자주 다른 사람들이 뿌린 씨를 그저 거두어들이기만 했다. 나의 작품은 괴테라는 이름을 가진 집단의 작품이다"라고 하셨는데, 이 말은 《파우스트》에 내재된 다양성을 시사한 것으로 이해될 수 있을는지요?

괴테_ 물론입니다. 나는 《파우스트》에서 나 아닌, 그리고 독일의 것이 아닌 것들을 무수히 받아들였습니다. 그래서 "괴테라는 이름을 가진 집단의 작품"이라고 한 것입니다. 우선 형식적인 측면에서 보면 나는 그리스의 고전 비극에서 19세기에 이르기까지 유럽 문학에 등장하는 거의 모든 운문 형식을 사용했습니다. 또 산문도 극의 작은 부분을 차지하고 있는데, 산문시 형식은 내 젊은 시절 슈투름 운트 드랑Sturm und Drang의 작가들이 즐겨 사용한 것입니다. 내용에서도 마찬가지입니다. "천상의 서곡", 특히 신과 악마가 파우스트의 영혼을 두고 한 내기는 성서 〈욥기〉의 골격을 모방한 것입니다. 비극 1부의 "밤" 장면에서 나는 셰익스피어의 비극 〈햄릿Hamlet〉 4막 5장의 오필리어의 노래를 가져왔습니다. 이것들은 조그마한 예에 불과합니다. 나는 여러 시대에 걸쳐 다양한 작가들이 사용한 문학적 형상, 상징, 알레고리, 비유, 전형적 인물상, 수사학적 관용구, 모티브 등등을 때로는 직접적으로 때로는 변형시켜 《파우스트》에 흡입했습니다. 표절이라고요? 천만에! 앞에서 말했듯이 문학 작품은 인류의 공동 재산입니다.

김수용_ 다양한, 서로 이질적인 형식과 내용들이 뒤섞이면 작품이 혼란스러워질 텐데, 선생님께서는 이것을 어떻게 극복하셨습니까? 서로 다른 개별적인 것들을 중재해주고, 이들 간에 조화와 균형을 이루어 작품을 통일적인 전체로 만드는 것은 선생님께서 작품 활동을 하시던 독일 고전주의 문학의 이상이자 강령이 아니었던가요? 서로 다른 부분들을 묶어서 하나의 전체로 만드는 그 어떤 이념 같은 것을 생각해볼 수 있을까요?

괴테_ 절대 아닙니다. 이미 여러 차례 강조했습니다만, 내 《파우스트》를 일관하는 이념 같은 것은 결코 없습니다. 형식이든 내용이든 간에 서로 이질적인, 많은 경우 서로 모순되며 상극을 이루는 것들의 혼재, 또는 이것들 간의 대립과 갈등은 내 《파우스트》의 기본 구조이자 골격이라고 말하고 싶습니다.

김수용_ 그럼 작품이 너무 난해해지고 독자들이 혼란스러워하지 않을까요? 독자들이 무슨 결론을 내릴 수 있겠습니까? 작가의 도움을 받지 못하고 자신에게만 내맡겨진 셈이 되는데!

괴테_ 바로 그것입니다. 《파우스트》의 독자는, 좀 오만한 표현이기는 합니다만, 여느 때의 독서 관행을 뛰어넘어야 합니다. 다양한 것들의 혼재 속에서, 모순과 갈등의 구조에서 작가가 직접 말하지 않은 그 어떤 것을 읽어내는 것은 전적으로 독자의 몫입니다. 다시 말하면 나의 《파우스트》는 절반의 완성품이지요. 나머지 부분을 완성시키는 것은 독자의 역할입니다. 따라서 모든 독자는 괴테의《파우스트》의 공동 저자인 셈이지요. 그들이 완성시킨《파우스트》는 독자의 수만큼이나 다양할 것입니다. 바로 이런 점에서 나는《파우스트》가 "측량할 수 없고, 그 때문에 풀리지 않는 문제처럼 항시 되풀이하여 관찰하도록 사람들을 꾀어낼 것이라"고 말한 바 있습니다. 통일적 획일성은 작품의 구조와 작품의 수용 모두에 있어서 내《파우스트》의 상극입니다.

김수용_ 왜 그래야 합니까? 독자들이 머리를 싸매고 끙끙 앓는 것을 저 위에서 내려다보는 것이 즐거우십니까?

괴테_ (웃으면서) 그건 아니고요. 이해를 돕기 위해서 우선 내가 강조한 '다양성'을 역사적으로 설명해보겠습니다. 이질적 '다양성'은 현대 유럽의 산물입니다. 중세 유럽에도 물론 다양한 것들은 있었지요. 그러나 이들의 '다양성'은 표면적인 것입니다. 조금만 더 깊이 파고들면 이 모든 것들의 본성이 하나라는 것을 알 수 있습니다. 즉 기독교의 교리가 이들의 근저에 놓여 있다는 것입니다. 중세 유럽은 유일 신, 유일 종교, 유일 진리라는 절대적 질서를 가진 하나의 '통일적', '동질적' 공동체입니다. 기독교적 질서가 '절대적'이라 함은 이 질서 이외의 그 어떤 다른 질서도 용납되지 않았다는 것을 의미하지요. 이런 공동체 안에서 사람들은 어떤 면에서는 편하고 갈등 없는 삶을 살았지요. 더 참된 진리를 찾아 헤맬 필요도 없고, 선과 악을 구분하느라 애를 쓰지 않아도 되었으니까요. 그저 이 기독교적 질서가 정해준 것을 '절대적'으로 따르고, 그 질서의 틀 안에서 움직이면 되었습니다. 모든 것에는 답이 주어져 있었습니다. 예를 들면 우주, 세계, 인간 모두 신의 피조물이고, 지구가 우주의 중심이며, 태양도 지구를 중심으로 돈다는 것 등입니다.

김수용_ 그렇습니다. 철저한 신본주의적 질서였지요. 인간은 피조물이자 '주(인)님'이신 하나님의 '종'이었고요. 그래서 자율적 의지도 선택의 자유도 없었지요.

괴테_ 그러나 르네상스 이후, 특히 18세기 계몽적 비판철학의 대두 이후 이 신본주의는 몰락했고, 인본주의, 즉 인간이 주인(님)으로 자처하는 시대가 태어났습니다. 이러한 '신의 죽음'은 절대적 진리로서의 기독교의 교리와 이에 근거한 범유럽적 질서의 몰락을 초래했으며, 이로 인해 유럽은 공동체적 '동질성'을 상실하게 되었지요. 거대한 통일적 동질성이 파괴된 폐허에는 무수히 많은, 서로 이질적인 '다양한' 파편들이 흩어져 있게 마련이고요. 말하자면 현대의 유럽은 중세 유럽이 가졌던 동질성을 상실했고 대신 다양성을 획득한 것입니다. 나는 《파우스트》 안에서 상이한 시대들의 다양한 형식들과 이질적인 생각들을 묶어놓음으로써 현대의 시대적 특징인 비동질적 다양성을 나타내려고 했습니다. 요컨대 내 《파우스트》에 내재하는 형식적, 내용적 다양성은 일면으로는 민족문학을 벗어나 세계문학으로 발돋움하려는 노력의 산물이고, 다른 면으로는 동질성을 상실한 '현대'라는 시대의 표현이기도 합니다. 그러나 이 둘은 사실은 떼어놓고 생각할 수 없는 것이기도 합니다. '세계문학'이 기본적으로 '다른' 문화와의 평화로운 공존을 전제로 하고 있듯이, 현대의 서로 다르고 모순되며 적대적인 이념이나 사상들 역시 궁극적으로는 공존과 상호 보완을 지향해야 합니다. 기독교라는 '절대적' 진리가 파괴된 후 나타난 '상대적' 진리들이 자신들의 상대성을 인정하지 않고, 스스로를 절대화하여 다른 '진리'들을 자신의 체계 하에 강제로 복속시키려 하면, 그 결과는 파멸적일 겁니다. 배타적, 독선적 이념의, 또는 이데올로기로 도그마화된 이념의 독재이지요. 이제 가까스로 종에서 풀려나 주인이 된 인간들이 다시 어떤 이념을 맹목적으로 따르고, 다시 이 이념의 종이 되어야 한다는 말입니다. 그런데 내가 살던 현대의 초입에 벌써 이런 징후가 감지되었고 나타나기도 했어요. 절대성을 상실한, 그래서 여러모로 제한적일 수밖에 없는 세계에서 무제한적인 것을 추구하는 무절제한 행위를 바라보는 것은 내게는 참 비참한 일이었습니다. 내 드라마의 주인공 파우스트가 바로 이런 유형을 대표하는 인물입니다.

김수용_ 그래서 《파우스트》가 "한 편의 비극"이겠지요. 그럼 《파우스트》 안의 서로 적대적인 다양성들의 구체적인 예에 대해 말씀해주실까요? 제 생각으로는 파우스트와 메피스토펠레스라는 두 상극적 인물이 가장 대표적일 듯합니다.

괴테_ 그렇게 볼 수 있겠습니다. 사실 두 인물 모두 현대 인간의 전형적 표본입니다. 우선 파우스트에 대해 말해보지요. 무엇보다도 그는 '자유인'입니다. 그가 자유로운 것은 기존의 기독교적 질서가 파괴되었기에, 그의 의식과 욕망을 얽어매고 제한할 수 있는 그 어떤 것도 존재하지 않기 때문이지요. 그는 철저하게 '주인'이 된 인본주의의 대표적 존재입니다. '주인'이기에 그는 그 누구의 명령도 따르지 않습니다. 오직 자신의 자유로운 의지만이 중요하지요. 전래된 질서의 몰락은 동시에 이 질서가 인간에게 정해준 존재 영역의 한계의 소멸이기도 합니다. 그렇기에 파우스트는 어떤 한계도 인정하지 않고 끊임없이 자아를 확충해가려 합니다. 그는 진리의 근원에까지 이르려 하며, 동시에 인간의 모든 본능적 욕망도 충족시키려 합니다. 요컨대 그는 모든 것을 이루려 하지요. 신(神)처럼 전지전능한 존재가 되려는 겁니다. 이러한 과정에서 그는 자신에게 주어지는 어떠한 한계나 제한도 인정하지 않습니다. 그의 궁극적 목표가 인간으로서는 결코 이룰 수 없는 것이기에 그는 결코 만족할 줄 모르는 사람입니다. 어떠한 성취에도 만족하여 머물 수 없는, 말하자면 항시 굶주린, 그리고 항시 더 높은 목적을 향하여 돌진해가는 존재이지요. 그렇기에 그는 악마 메피스토펠레스와의 영혼을 건 내기에서 자신이 그 무엇에 만족하여 행동을 중지하면, 어느 순간을 향해 "머물러라! 너는 너무나 아름답구나"라고 말하면, 자신의 목숨을 거두어가도 좋다는 계약을 하는 것이지요.

김수용_ 그는 항시 더 높은 것을 바라고, 그래서 미래에 대한 희망 속에 사는 사람이라고 말할 수 있겠습니다.
괴테_ 옳습니다. 희망이 아직 존재하지 않는 미래의 그 무엇에 대한 바람이라면, 파우스트의 삶의 양식은 철저한 '희망의 원칙'의 실현입니다.

김수용_ 그럼 악마 메피스토펠레스는 '절망의 원칙'을 대변하게 되겠군요.
괴테_ 그렇습니다. 메피스토펠레스의 본성은 모든 것에 대한 불신과 회의입니다. 그리고 이러한 면에서 그는 의심할 나위 없이 계몽주의의 비판적 정신을 본성으로 하는 존재입니다. 그러나 메피스토펠레스처럼 회의와 불신이 극한에 이르면 그 어떤 것도 존재의 의미를 갖기가 불가능합니다. 그는 어떤 철학자가 말했듯이 '베일을 벗긴 진리는 결코 진리일 수 없다'는 비판적 확신을 삶의 철칙으로 가지고 있습니다. 그래서 그는 위선적 위장이나 이데올로기적 허구를 밝혀내고 폭로하는 데는 천부적인 자질의 소유자입니다. 그가 파우스트의 그레첸에 대한 '정신적'이면서 '순수한' 사랑을 결코 믿으려 하지 않고 이를 동물적 욕망의 치장으로 단정하는 것은 바로 이러한 이유에서입니다. 요컨대 그는 자신의 말대로 "부정(否定)하는 정신"이지요. 그 어떤 것도 이 악마에게는 존재의 의미를 가지지 못합니다.

김수용_ 그러나 이 악마는 철저한 현실적 합리주의자이기도 한데요.

괴테_ 같은 맥락에서입니다. 그가 어떠한 초월적, 보편적 질서도 인정하지 않기에, 즉 그가 모든 정신적, 형이상학적인 것을 부정하기에 그의 세계는 형이하학적인 영역, 즉 물질과 현상의 현실적 세계로 국한될 수밖에 없습니다. 그가 여하한 도덕적 질서나 가치도 위선으로 단정하기에, 그에게는 도덕적 의구심이나 양심의 가책 같은 것은 존재하지 않습니다. 그러니 그의 행동은 철저하게 효율성과 유용성의 원칙에만 따를 수밖에 없지요. 그의 합리성은 목적이나 수단에 대한 도덕적 성찰을 배제합니다. 철저하게 도구적이지요.

김수용_ 이런 부정의 결말은 무엇일까요? 이런 식이라면 메피스토펠레스의 부정은 어떤 긍정도 가져오지 못할 것 같습니다. 일종의 '부정의 변증법'은 생각해볼 수 없는가요?

괴테_ 불가능합니다. 그가 모든 존재하는 것은 언젠가는 멸망할 것이며, 그 어떤 것도 지속적인 가치를 지닐 수 없다고 믿기에, 어떠한 행동도 그에게는 의미가 없습니다. 행동으로 성취된 것들은 언젠가 멸망할 것이니까요. 따라서 모든 존재가 존재의 의미를 갖지 못하는 것이지요. 이러한 생각의 결말은 바닥 없는 허무 의식과 절망일 것입니다. 그리고 절망은 어떤 철학자의 말대로 '죽음에 이르는 병'이지요.

김수용_ 다시 파우스트에게로 돌아가 그와 그레첸 간의 비극적 사랑에 대해 말씀을 듣겠습니다. 파우스트가 그레첸 곁에 머물 수 없었던 것은, 그래서 그레첸이 비극적 파탄을 맞이해야 했던 것도 파우스트의 끝없는 자아실현의 욕구 때문이 아닙니까?

괴테_ 그렇지요. 그레첸의 세계인 소시민적 목가는 어느 곳에서도 안주하지 못하고 끝없이 한계를 돌파해야 하는 파우스트 같은 존재에게는 아늑한 휴식처처럼 보였을 것입니다. 지친 사막의 여행객에게 나타난 오아시스라고 할까요. 바로 이 점이 파우스트가 그레첸에게 끌린 큰 이유일 것입니다. 이 목가적 세계는 엄격하나 따뜻한 아버지가 다스리는 한 가정에 비유될 수 있습니다. 부유하지는 않으나 풍요로우며 깨끗하게 정돈되어 있는, 그리고 아버지를 중심으로 엄격한 질서를 유지하면서도 화목한 가정 말입니다. 그런데 이러한 가부장적 사회에서는 가부장, 즉 이 사회를 이끄는 어른들의 권위가 절대적입니다. 그레첸이나 그녀의 어머니가 목사의 말을 조금의 의심도 없이 따르는 것은 목사와 교회가 이 사회의 '가부장'으로서 거역할 수 없는 권위를 지녔기 때문이지요. 이처럼 '가부장'의 권위가 절대적이기 위해서는 그에 대한 절대적 믿음이 있어야 합니다. 의심이나 회의는 따라서 이 사회의 가장 커다란 적이자 파괴 요인이지요. 그렇기에 모든 가부장적 사회의 공통점은 구성원들의 순박한 의식입니다. 좋게 말하면 의심할 줄 모르는 어린애같이 순박한, 나쁘게 말하면 비판적 의식이 결여된, 즉 의식 수준이 낮은 구성원들이 있어야 합니다. 이들이 무비판적으로 가부장의 질서를 따르기에 이런 사회는 갈등이 있을 수 없고요. 모든 것이 평화롭고 안정되어 있고 변화가 없지요. 즉 목가이자 무덤 속의 평온입니다.

김수용 _ 안정되어 있고 변화가 없다는 것은 이 사회가 역동적이지 못하다는 의미일 텐데요. 움직임이 없는 사회는 정체된 사회가 아닐까요?

괴테 _ 그렇지요. 철저하게 정적인 사회입니다. 바로 이것이 끊임없는 행동과 한계 돌파를 통해 끝없이 자아의 의지를 펼쳐가는 파우스트의 본성과 맞지 않는 것이고요. 그가 그레첸과의 사랑에 얽매였다면 이는 자신의 본성을 부정하는 일입니다.

김수용 _ 그럼 파우스트와 헬레네의 결합은 왜 파국으로 종결되었습니까? 헬레네는 제 견해로는 절대적인 '아름다움'의 상징입니다. 두 사람 간의 결합이 깨어졌다는 것은 헬레네로 상징되는 미의 세계 역시 파우스트의 역동적 본성을 포용할 수 없다는 뜻인가요?

괴테 _ 그렇지요, 헬레네와의 미적 합일 역시 본질은 모든 행동의 정지입니다. 단 그 성격은 그레첸의 소시민적 목가와는 다릅니다. 그레첸의 목가는 말하자면 시간의 멈춤입니다. 즉 역사의 발전과 진행이 정지된 것이지요. 그러나 미적 합일은, 심리학자들의 용어를 빌린다면, 하나의 예술적 엑스터시 ecstasy입니다. 합일의 순간 그들의 '지금'과 '이곳'의 현존에는 그들 존재의 모든 것이 집중됩니다. 즉 그들 존재가 가진 모든 가능성이 활짝 펼쳐짐으로써 극한적으로 고양된 현존을 체험하는 것이지요. 이 고양된 현존은 과거로부터 자유롭습니다. 과거의 그들의 행적이 여하했든 간에, 행복했든 불행했든, 도덕적이었든 아니면 죄악으로 가득 찼든, 합일 순간의 현존에는 아무런 영향도 미치지 못하는 것이지요. 이 현존은 또한 미래로부터도 자유롭습니다. 즉 미래에 대한 불안이나 두려움, 혹은 기대나 희망도 지금 이 순간에는 아무런 의미나 가치를 가지지 못합니다. 그도 그럴 것이 이 순간에서의 삶은 너무나 충만하고 너무나 아름다우며 완전하기에 그 자체로서 가치 있으며, 그 자체로서 목적이 되기 때문입니다. 따라서 그 외의 다른 것들은 전혀 의미가 없습니다. 이른바 진리 추구나 도덕적 가치, 혹은 헤겔 철학적인 역사의식, 즉 '역사는 끝없는 발전의 과정이어야 한다' 등등의 당위적 의식도 전혀 상관이 없습니다. 이 현존은 과거로부터도 미래로부터도 자유로운, 즉 '절대적' 현존이기에 시간의 흐름에서, 말하자면 역사의 진행에서 벗어나 있는 것이지요. 그 무엇의 성취를 목적으로 하는 행동은 이 현존에서는 불가능합니다. 오로지 충만한 삶의 향유만이 이 현존의 모든 것입니다.

김수용_ 이 미적 엑스터시는 그럼 도덕주의자들이나 역사의 발전에 대한 소명 의식을 가진 사람들에게는 비난의 대상이 되기 딱 알맞겠군요. 비슷한 것을 추구했던 최근의 아방가르드 예술론이나 미적 모더니즘이 '데카당스'하다는 비난을 받은 것처럼 말입니다. 그런데 이 절대적 현존이 역사의 흐름에서 벗어나 있다는 것은 이 현존이 역사적 현실의 저편에 있다는 것을 말하는 것이 아닐까요? '현실'이 아니라 현실 도피적 '환상'이 아닌가요?

괴테_ 그렇습니다. 환상, 혹은 모든 현실로부터 자유로운 '순수예술'의 영역에서나 가능한 것이지요. 파우스트와 헬레네가 같이 살았던 '아르카디아의 목가'는 오로지 환상의 산물입니다. 이 목가는 완전하고 자유로울 수 있으나, 비현실적이기에 현실과 조우하면 깨지기 마련이지요. 파우스트와 헬레네의 아들이자 순수예술을 상징하는 오이포리온이 현실에 개입하려고 하는 순간 추락하여 죽고 마는 것은 바로 이 때문입니다. 따라서 아르카디아의 목가 역시 그레첸의 소시민적 목가와 마찬가지로 행동하는 인간 파우스트가 지속적으로 머물 곳이 되지 못하지요. 목가는 행동의 부정입니다.

김수용_ 이제 이야기를 파우스트의 마지막 유토피아의 환상으로 돌려보겠습니다. 제게는 파우스트가 이 '낙원의 땅'에 세우려 하는 공동체는 인류의 역사적 발전이 목적으로 삼을 수 있기에 충분하다고 생각됩니다. 이곳에서는 모두가 '같이'

일하고, 그 결실을 '같이' 향유하며, 억압도 약탈도 신분 차별도 없으며, 모두가 소외되지 않은 자신의 자유로운 삶을 살아가는 것이 가능하지 않습니까? 더욱이 이 낙원은 모든 것이 주어진, 말 그대로의 '유토피아'가 아니라 유토피아적 완전성을 끊임없이 만들어나가야 하고, 그럼으로써 향락이나 나태에 빠질 위험성도 없는 '건강한' 삶을 본성으로 하고 있습니다. 선생님께서도 강조하셨지요? '완성된 것', 또는 '이미 되어진 것'이 아니라, '완성되어가는 것', 즉 '되어감'이 진정으로 가치 있는 것이라고. 그런데 왜 이 낙원에 대한 꿈을 선생님께서는 여러 가지 수법을 동원하여 '의심스러운 것'으로 만드셨습니까? 예를 들면 파우스트의 환상은 인부들의 괭이 소리로 촉발되었는데, 그는 그 소리가 인부들이 낙원을 건설하기 위해 일하는 소리로 생각했습니다. 사실은 자신의 무덤을 파는 소리였는데요. 지독한 아이러니이자 냉소적 풍자입니다.

괴테_ 그 이유를 설명해보지요. 무엇보다도 이 낙원에 대한 꿈이, 즉 이 '미래의' 유토피아에 대한 희망이 '현재의' 인간들 위에 군림하는 절대적 이념이 되어서는 안 된다고 생각했기 때문입니다. 어떤 이상이나 이념이 절대적으로 추구해야 할 대상으로 신격화되면, 이를 위해 우리는 모든 것을 희생해야 합니다. 얼핏 보면 미래의 희망을 위한 현재의 희생은 고귀하고 값진 것으로 생각될 수 있습니다. 그러나 조금만 더 깊게 생각을 해보지요. 아무리 고귀한 이념이라도 결국은 인간을 위한 것이어야 합니다. 그런데 '인간을 위한' 이념의 실현이 '인간의 희생'을 요구한다면 이는 주객의 전도입니다. 나는 생전에 프랑스 혁명의 와중에서 이런 전도를 뼈저리게 체험했습니다. 자유, 평등, 박애라는 고귀한 혁명의 이념을 실현한다고 기요틴이라는 끔찍한 살인 도구를 동원하더군요. 파우스트도 자신의 '미래의' 이상을 실현하기 위해 '현재의' 노동자들을 마구 착취하고 탄압합니다. 또 집과 토지를 팔기를 거부하는 선량한 노부부를 자신의 사업에 방해가 된다고 잔인하게 살해합니다. 이 모든 것들이 그가 자신의 이상을 '절대적으로' 추구해야 할 성스러운 것으로 확신했기 때문입니다. 그가 자신의 이상에 대해 약간이라도 비판적 거리를 가질 수 있었다면, 이런 맹목적 추구는 피할 수 있었을 것입니다. 내가 파우스트의 이상적 공동체 건설의 꿈을 여러 측면에서 비판적으로 본 것은 바로 이 때문입니다. 그의 계획은 인류가 가질 수 있는 많은 이상적 목적들 중의 하나로 '상대화'되어야 합니다. '유일한' 목적으로 '절대화'되어서는 안 됩니다.

김수용_ 그래서 선생님은 파우스트의 "지고의 순간"이 메피스토의 눈에는 "하찮고 공허한 순간"으로 보이게 하신 것이군요.

괴테_ 그렇지요. 그리고 이 "지고의 순간"과 "하찮고 공허한 순간" 사이에서, 다시 말하면 '절대화된 이상의 맹목적 추구'와 '절망과 허무의 심연' 사이에서 그 어떤 결말을 이끌어내는 것은, 앞에서도 말했듯이, 독자들의 몫입니다.

김수용_ 귀중한 시간을 내주셔서 정말 감사합니다. 어두운 나라에서도 선생님의 밝고 쾌활한 본성을 잃지 않기를 빕니다.

— 작가 연보 —

Johann Wolfgang von Goethe

요한 볼프강 폰 괴테Johann Wolfgang von Goethe는 1749년 8월 28일 독일의 프랑크푸르트 암 마인Frankfurt am Main에서 태어났다. 아버지 요한 카스파 괴테Johann Kaspar Goethe는 작위는 없었으나 황실 고문관이라는 명예직을 가진 부유한 시민이었으며, 합리적이고 이지적인 성격의 사람이었다. 어머니 카타리나 엘리자베트 괴테Katharina Elisabeth Goethe는 프랑크푸르트 시장의 딸로 라틴계 특유의 풍부한 감정과 활달하고 개방적인 성격을 지닌 여성이었다. 어린 괴테에게 동화를 들려주며 인형극을 접하게 하여 그의 예술적 감각을 일찍이 일깨워준 것은 어머니였다. 괴테는 이런 유복한 가정에서 개방적인 도시의 자유로운 분위기를 호흡하며, 당시 그의 집안과 교유하던 뛰어난 인물들과의 접촉을 통하여 많은 것을 받아들이며 자랄 수 있었다. 축복받은 유년기였다.

1765년 10월 괴테는 고향을 떠나 라이프치히 대학에서 법학 공부를 시작했다. 당시 라이프치히는 독일에서 가장 전위적인 문화 도시로, 최신 유행이 넘치고 현대적 문화와 예술을 접할 수 있는 '작은 파리'였다. 청년 괴테는 이런 대도시의 분위기에 잘 적응했고, 당시 유행하던 로코코 문학에 심취하여 매우 자유분방한 삶을 살았다. 자의식이 강한 대학생 괴테는 기성세대의 편협한 도덕관을 거부했으며, 자유로운 감정을 표현하고 절제되지 않는 열정을 발휘하는 것은 포기할 수 없는 삶의 지표였다. 이는 그가 겔러트Christian Fürchtegott Gellert나 고체트Johann Christoph Gottsched의 계몽주의적 규범시학에 등을 돌리게 된 이유이기도 하다. 괴테는 창작 활동도 시작했고, 1767년 그의 첫 번째 희곡 〈연인의 변덕Die Laune des Verliebten〉을 썼다.

1768년 괴테는 심한 병으로 학업을 중단하고 고향 프랑크푸르트로 돌아왔다. 육체적 병은 정신적 위기도 불러왔고, 곧 닥칠 것 같은 죽음의 예감 속에서 그는 어머니의 친구인 클레텐베르크Susanna von Klettenberg 부인이 소개한 신비적 경건주의에 깊이 몰입했다. 클레텐베르크 부인은 후일 《빌헬름 마이스터의 수업시대*Wilhelm Meisters Lehrjahre*》 6권에 등장하는 "아름다운 영혼"의 모델이기도 하다. 그는 이 부인을 통하여 자연의 신비와 연금술에 대해서도 관심을 가지게 되었다. 이는 그의 자연과학적 인식과 범신론의 형성에 큰 영향을 미치게 된다. 1769년 괴테는 희곡 〈공범자들Die Mitschuldigen〉

의 집필을 끝맺었다.

1770년 괴테는 슈트라스부르크에서 법학 공부를 다시 시작했다. 이곳에서 그는 헤르더Johann Gottfried Herder를 알게 되었는데, 이는 그의 생애와 독일 문학사의 커다란 전환점이 되었다. 헤르더와의 교류를 통해 그는 자연과 역사의 은밀한 합일, 개별 민족 문화의 형성 및 성장 원인에 대해 눈을 떴고, 셰익스피어William Shakespeare를 알게 되었으며 민요 등 민중문학에 숨어 있는 소박하고 자연스러운 아름다움에 관심을 가지게 되었다. 이는 괴테가 '슈투름 운트 드랑'이라고 불리는 문학 운동, 즉 자아에 대한 절대적인 집착을 배경으로 '천재, 감정, 자연'의 기치를 높이 내건 문학 운동을 여는 데 큰 영향을 미쳤다. 1774년에 발표된 소설 《젊은 베르테르의 고통 *Die Leiden des jungen Werthers*》은 이 시기를 대표하는 작품이다. 자아에 대한 어떠한 간섭도 제한도 거부하는 한 젊은이의 사랑의 기쁨과 희망, 좌절과 절망, 그리고 자살의 과정을 편지 형식으로 담은 이 소설은 당시 엄청난 충격과 파장을 야기했으며, 작가로서의 괴테의 이름을 유명하게 만들었다. 〈괴츠 폰 베를리힝겐Götz von Berlichingen〉(1771~1773), 〈클라비고Clavigo〉(1774), 〈스텔라Stella〉(1775) 등의 희곡들도 이 시기의 작품들이다. 1773년에는 《파우스트》의 집필을 시작했다.

1775년 괴테는 카를 아우구스트Karl August 공작의 초청을 받고 바이마르를 방문했고, 그의 청을 받아들여 이 공작령의 추밀원 고문을 맡았다. 이후 그는 여러 관직을 거쳐 1782년에는 재무상에 임명되었다. 1786년 이탈리아를 여행할 때까지 10여 년 동안 괴테는 주로 정무에 전념했고, 이는 작품 활동을 심각하게 위축시켰다. 그는 〈에그몬트Egmont〉, 〈이피게니에Iphigenie〉, 〈타소Tasso〉 등 많은 작품들을 구상하고 집필을 시도했으나, 공직자로서의 격무, 정치적인 상황의 고려, 궁중 내에서의 복잡한 대인 관계 등으로 인해 이 작업들을 진척시킬 수 없었다. 이러한 상황은 괴테에게 큰 좌절감과 위기의식을 불러일으켰고, 결국 그는 1786년 9월 3일 아무도 모르게 혼자서 이탈리아를 향해 길을 떠났다.

이탈리아에서의 2년 동안 괴테는 고대 그리스와 로마의 안티케Antike 예술에 흠뻑 빠져들었다. "내가 로마에 들어선 날부터 나는 정말 새로운 탄생을 경험하고 있다", "나는 새로운 청춘을 살고 있다" 등의 발언은 괴테가 고전 예술로부터 어떠한 활력과 자극을 받았는지를 잘 말해주고 있다. 이탈리아 여행은 괴테의 예술이 슈투름 운트 드랑의 격정적 반항기를 넘어서서 조화와 균형, 타협과 화해, 총체성과 완성미를 지향하는 고전주의자로 성숙해가는 계기가 되었다. 이 시기에 산문 〈이피게니에〉가 운문으로 개작될 수 있었고, 〈에그몬트〉가 완성되었으며, 《파우스트》, 〈타소〉, 《빌헬름 마이스터의 수업시대》에 대한 작업도 큰 진척을 보았다. 1790년에 《파우스트─하나의 단편Faust. Ein Fragment》이 그의 첫 전집에 실릴 수 있었던 것도 로마에서 집중적으로 작업한 결과였다.

1788년 6월 괴테는 바이마르로 돌아왔고, 후에 그의 정식 부인이 된 크리스티아네 불피우스Christiane Vulpius와 동거를 시작했다. 다음 해에는 〈타소〉가 완성되었고, 아들 아우구스트가 태어났다.

1789년 프랑스 대혁명은 괴테의 삶에 큰 그림자를 던졌다. 낡고 부패한 앙시앵 레짐에 대해 괴테는 심한 분노와 거부감을 느꼈으나, 이에 못지않게 혁명의 과격함과 파괴적 성향, 그리고 모든 질서의 몰락 또한 받아들일 수 없었다. 이는 궁극적으로 프랑스 혁명에 대한 거부로 이어졌으며, 이로 인해 괴테는 훗날 '절대 왕정의 하수인', '봉건 귀족의 앞잡이' 등 숱한 비난에 시달려야 했다. 그러나 이념의 절대화와 절대화된 이념의 극단적, 맹목적인 추구가 가져올 위험성을 예감한 괴테는 자신의 태도를 바꾸지 않았다. 프랑스 혁명과 직간접적으로 연계된 작품들, 예를 들면 희곡 〈시민장군Der Bürgergeneral〉(1793), 서사시 〈헤르만과 도로테아Hermann und Dorothea〉(1796~1797), 종군기 〈프랑스 종군Die Campagne in Frankreich〉(1793)에는 괴테의 혁명에 대한 의구심이 잘 드러나 있다.

자신의 뜻이 제대로 이해받지 못한다는 생각, 그리고 이로부터 연유된 소외감으로 고통받던 괴테에게 1794년 실러 Friedrich Schiller와 친교를 맺고 활발하게 의견과 충고, 격려를 주고받게 된 것은 큰 힘이 되었다. 1795년에는 《빌헬름 마이스터의 수업시대》가 완성되어 이듬해에 출판되었고, 실러의 재촉과 격려로 오랫동안 미루어놓았던 파우스트의 집필도 다시 시작할 수 있었다. 그렇기에 1805년 실러의 죽음은 그에게 말할 수 없는 충격과 손실을 가져다주었다.

이제 괴테에게 《파우스트》의 완성은 더할 수 없이 큰 의무이자 목표였다. 1808년 드디어 〈비극 제1부〉가 출간되었다. 그러나 괴테는 이후에도 20여 년 넘게 이 작품의 완성에 매달려야 했고, 이 거대한 비극은 1831년에 가서야 끝을 맺을 수 있었다.

노년의 괴테는 파우스트 외에도 많은 불후의 명작들을 남겼다. 《친화력 Die Wahlverwandtschaften》(1807~1809), 《빌헬름 마이스터의 편력시대 Wilhelm Meisters Wanderjahre》(1808~1829) 등 두 편의 장편소설과 자서전의 성격을 지닌 《시와 진실 Dichtung und Wahrheit》(1808~1831), 그리고 《서동시집 West-östlicher Divan》(1814~1819) 등이 이 시기에 완성된 작품들이다. 1832년 3월 22일 괴테는 위대한 시인으로서의 삶을 마감했다.

괴테는 어떤 작가였을까? 예술의 현실 참여를 높이 내세운 청년기의 하인리히 하이네 Heinrich Heine는 괴테가 오로지 아름다움의 환상적 유희에만 집착하고 현실의 모순과 문제들을 외면한 이기주의적 작가라고 비난하였다. 그런데 이런 하이네가 다음과 같은 일화를 남긴 것은 정말 흥미로운 일이다. 그 내용인즉, "어느 날 한 귀부인이 '당신은 괴테에 대해서 어떻게 생각하세요?'라고 나에게 물었다. 그런데 이 여자는 과연 자신이 무슨 질문을 하고 있는지 알고 있을까? 그녀는 내게 '당신은 우주에 대해서 어떻게 생각하세요? 세계와 역사에 대해서 어떻게 생각하세요? 신(神)에 대해서 어떻게 생각하세요?'라고 물은 것인데!"

| 주 |

111) 옛 로마의 야경꾼은 밤(12시간)을 4등분하여 3시간씩 순찰을 돌았다. 그레첸과의 비극적인 파국을 겪은 파우스트는, 새로운 출발을 위하여 이 파국이 남긴 고통과 죄의식으로부터 치유되어야 하며, 이 치유는 네 단계——안식, 망각, 회춘, 신생——를 거쳐 이루어진다.
112) 그리스 신화에 등장하는 이승과 저승을 경계 짓는 강. 죽은 자들은 이 강을 건너 저승으로 가는데, 이 강물을 마시고 이승에서의 모든 일을 망각하게 된다고 한다.
113) 호렌Horen은 그리스 신화에서 계절과 시간을 관장하는 여신이다. 호메로스의 《일리아스Ilias》에서 이 여신은 아폴론의 태양 마차가 굴러 나오는 바위 문을 지키는 역할을 맡고 있다.
114) 피타고라스 학파의 천문 이론은 태양 같은 거대한 부피와 무게를 가진 별이 측량할 수 없는 속도로 궤도를 따라 움직이면 엄청난 소리가 생겨난다고 생각했다. 그러나 이 소리는 인간의 귀로는 들을 수 없으며, 대천사 라파엘Raphael 같은 초자연적 능력을 소유한 존재만이 감지할 수 있는 것으로 이해되었다(243~246행 참조). 아리엘은 이러한 능력을 지녔으며, 다른 자그마한 요정들은 이 소리를 들을 수는 있으나 이를 감당할 수 없는 것으로 묘사되고 있다.
115) 푀부스Phöbus는 '빛나는 자'라는 뜻으로 태양의 신 아폴론의 다른 이름이다.
116) 태양을 의미한다.
117) 인간은 빛(태양) 자체를 볼 수 없다. 오로지 무지개 같은 빛의 반영만을 볼 수 있는 것이다. 즉 인간은 우주나 삶에 대한 근원적인 인식에는 도달할 수 없다. 단지 근원적 진리의 편린만을 포착할 수 있는 것이다.
118) 모든 사람이 자기가 아닌 다른 사람들이 "바보"라고 불리는 것을 좋

아한다.
119) 그리스 로마 신화에 등장하는 신의 이름으로 불리는 별들은 점성술과 연금술에서 특정한 금속과 연관되어 있다. 태양=금, 수성=수은, 금성=구리, 달=은, 화성=철, 목성=주석, 토성=납.
120) 메피스토펠레스가 속삭여주는 것을 점성술사가 말하기 때문에 황제는 같은 말을 두 번 듣게 된다.
121) 알라우네Alraune(일명 만드라고라Mandragora)의 뿌리는 인간의 형태를 하고 있으며, 이것을 가진 사람은 건강하며 날씨를 마음대로 조절하는 힘과 황금이나 보물을 얻을 수 있다고 한다. 검은 개 역시 민간 신앙에서 숨겨진 보물을 지키는 수호자로 알려져왔다.
122) 19세기 초까지도 일부 물리학자들은 감각이 예민한 사람은 특별한 감각적 증상――예를 들면 발바닥이 간지럽거나, 발이 가려운 것――을 통해 땅속의 특정 금속의 존재를 알 수 있다고 생각했다. 이러한 생각에 근거하여 메피스토펠레스는 발바닥이 간지러운 곳을 파보면 보물이 있다는 속설이 '알라우네의 뿌리'나 '검은 개'의 이야기 같은 허황한 미신이 아니라 자연의 원칙의 한 표현이라고 내세우고 있다.
123) 걷다가 휘청거리거나 걸려 넘어진 곳을 파보면 '악사(樂土)나 개가 묻혀 있다'는 속설(4992행 참조)은 괴테 시대에 널리 알려져 있었다. 메피스토펠레스는 이것 역시 지상의 존재인 사람과 지하에 묻힌 것 간에 이루어지는 자연적인 교감의 한 형태로서 파악하고 있는 것이다.
124) 연금술사들은 현자의 돌이 있어야 비로소 납을 황금으로 바꿀 수 있다고 믿었다. 메피스토펠레스의 발언은 어리석은 황제와 그 신하 일당은 현자의 돌을 쥐어줘도 아무런 일도 할 수 없을 것이라는 풍자다.
125) 이탈리아에서 도입된 사육제의 가장무도회를 뜻한다. 의전관은 황제가 로마에서 교황으로부터 황제의 통치권을 인정받았을 뿐 아니라, 귀

국길에 이탈리아의 카니발을 독일로 도입했다는 사실을 말하고 있다.
126) 다른 인물로 가장했음을 뜻한다.
127) 케레스Ceres는 고대 로마의 농업과 곡물의 여신이다.
128) 테오프라스트Theophrast는 그리스의 철학자이자 생물학자이다.
129) 인공으로 만든 환상적인 꽃이기에 생물학자는 그 이름을 알 수 없다.
130) 이 "도전"은 조화인 "환상의 꽃다발"이 다음에 나오는 생화 "장미꽃 봉오리"에 도전한 것으로 이해된다. 그러나 국내 대부분의《파우스트》번역에서는 에리히 트룬츠Erich Trunz가 편집한 함부르크 판본에 따라 이 "도전"을 생화인 "장미꽃 봉오리"가 조화인 "환상의 꽃다발"에게 던진 것으로 해석하고 있다. 옮긴이는 쇠네Albrecht Schöne가 편집한《파우스트》텍스트를 따랐다.
131) 꽃망울은 미래의 꽃에 대한 약속이며, 활짝 핀 꽃은 이 약속의 실현이다.
132) 테오르베Theorbe는 이탈리아의 저음 악기다.
133) 남자 정원사들은 눈을 현혹하는 장식용 조화에 대해 자신들의 과실이 실질적으로 즐길 수 있는 자연의 산물임을 강조하고 있다.
134) 뜨거운 음료수에 입김을 부는 것은 이를 식히기 위해서고, 언 손에 입김을 부는 것은 이를 녹이기 위해서다. 이솝 우화에서 차용된 이 모티브는 인간의 이중적 태도와 일구이언에 대한 풍자로서 자주 사용된다.
135) 어둠이나 밤, 죽음, 흡혈귀 등과 같이 음산하고 소름 끼치는 소재를 주로 다루는 낭만주의 시인들을 지칭한다. 괴테는 이들에 대한 자신의 혐오감을 숨기지 않았다.
136) 일상적 삶의 한계 때문에 충분한 답례나 보상을 할 수 없다 하더라도.
137) 인간의 운명과 삶을 결정하는 그리스 신화의 세 여신들. 이들 중 클로토Klotho는 생명의 실을 잣고, 라케시스Lachesis는 이 실을 인간에게 나누어주며, 아트로포스Atropos는 이 생명의 실을 자르는 일을

한다. 괴테는 여기서 클로토와 아트로포스의 역할을 바꾸었다.
138) 그리스 신화에 등장하는 복수의 여신들은 추악하고 괴물 같은 노파들이나 괴테는 이들을 젊고 예쁜 여자로 바꿔놓았다. 이들의 역할도 운명을 끔찍하고 피비린내 나게 좌우하는 것이 아니라 순화되어 일상적 삶의 틀 안에 자리하고 있다.
139) 아스모디Asmodi는 결혼을 파괴하는 악령이다.
140) 미래에 대한 "두려움"은 인간의 행동을 마비시켜 역사를 정체시키고 발전을 불가능케 한다. 반면 "희망"은 지금 이곳의 현실적 삶을 불확실한 미래의 목적을 위해서 희생시킬 것을 강요한다. 바로 이러한 관점에서 이들은 인류의 가장 큰 적인 것이다.
141) 초일로Zoilo는 고대 그리스의 연설가이자 수사학자로서 호메로스의 서사시를 악의적으로 비판한 인물이다. 테르지테스Thersites는 《일리아스》에 등장하는 추악한 인물로서 남을 헐뜯고 비방하는 일을 업으로 삼는다. 괴테는 이 두 인물의 이름을 합성하여 남을 비방하고 쾌감을 느끼는 소인배를 형상화하고 있다.
142) 알레고리Allegorie는 무언가에 대한 비유적 표현이다. 알레고리가 상징Symbol과 다른 점은 알레고리로 표현된 것이 무엇인지를 밝히기 위해서는 논리적 사유가 필요한 반면, 상징에서는 이 과정이 필요 없다.
143) "마차를 모는 소년"이 자신을 "알레고리"로 불렀기에 그의 진정한 실체는 아직 풀리지 않은 수수께끼다.
144) 재물의 신인 플루토스Plutos로 가장한 사람은 파우스트이다.
145) 궁중의 무도회나 연회에서 시를 낭송하여 흥겨운 분위기를 만드는 일은 궁중 시인의 가장 큰 과업이었다.
146) 시를 통해 사람들의 열광이나 격정을 불러일으킨다는 의미다.
147) 욕심과 인색함의 알레고리다.
148) 아바리치아Avaritia는 욕심, 인색함 등을 뜻하는 라틴어 명사이며 성은 여성이다. 하지만 같은 의미의 독일어 명사 가이츠Geiz는 남성 명

사이다. "말라빠진 남자"는 같은 의미를 지닌 명사들이 라틴어와 독일어에서 성이 서로 다른 사실을 역사적인 선후 관계로 변모시켜서, 여자들이 알뜰한 주부였을 때는 자신이 여성이었으나, 여자들이 낭비하고 그 대신 남자들이 절약해야 하는 최근에는 자신이 남성이 되었노라고 말하고 있다.

149) 현실의 물질적 부와 시적 세계의 정신적 풍요로움 사이에서의 방황을 뜻한다.
150) "탐욕"은 메피스토펠레스가 가장한 것인데, 메피스토펠레스는 금으로 남성 성기를 반죽해 만들었다.
151) 의전관이 음탕한 장난을 친 "탐욕"(즉 메피스토)을 쫓아내는 것은 일종의 법 집행이다. 그러나 플루토스는 "거친 무리들"(5802행)이 밀려오면 "탐욕"이 "화급한 비상 사태"에 처하게 되며, 이 비상 사태가 훨씬 더 효과적으로 "탐욕"을 쫓아낼 수 있음을 말하고 있다.
152) 판Pan으로 분장한 사람이 황제라는 사실을 말한다.
153) 플루토스가 사람들의 출입을 금지하기 위해 그려놓은 마법의 원(5762행).
154) 파운Faun은 로마 신화에 등장하는 자연의 신으로, 정력이 절륜한 호색한이다.
155) 사티로스Satyros는 술의 신 디오니소스의 추종자로 머리와 몸은 젊은 남자이지만 뿔과 하반신은 염소의 모습을 하고 있다. 성욕과 음탕함을 상징하는 존재다.
156) 놈Gnome은 땅의 보물을 지키는 정령이자 난쟁이로 알려져 있다.
157) 귀텔Gütel은 인간에게 유익한 난쟁이 요정이다.
158) "행운을 비오Glück auf"는 광부들이 갱으로 들어가면서 나누는 인사다.
159) 십계 중 놈의 발언에서 금과 관련된 세 가지 계율, 즉 도둑질과 간음, 살인을 금하는 계율을 뜻한다.
160) 목신이자 자연의 정령인 판Pan은 그리스어로 '모든 것'을 뜻한다. "세

계의 모든 것"은 "판"으로 분장한 사람이 황제임을 암시하고 있다.
161) 돌연한 공포 또는 경제적 공황을 의미하는 패닉panic은 세상을 공포에 떨게 한다는 판의 고함에서 유래한 단어다.
162) 놈의 대표들은 판, 즉 황제가 쓰는 황금과 돈을 얻기 위해서는 많은 노동(5902~5903행)과 행운("마법의 지팡이")이 따라야 함을 말하고 있다. 따라서 놈의 대표들은 손쉬운 방법——"신기한 샘"——으로 돈을 만들 것을 권유한다. 이 "샘"은 일차적으로는 플루토스의 "상자"를 뜻하나 더 나아가 손쉽게 만들 수 있는 돈, 즉 지폐를 암시한다.
163) 플루토Pluto 또는 하데스라고도 하며 그리스 신화에서의 지옥의 신(神)이다.
164) 네레우스Nereus는 그리스 신화에 등장하는 바다의 신이다. 네레우스는 50명의 딸이 있는데 테티스Thetis가 맏딸이며 펠레우스Peleus는 그녀의 남편이다. 메피스토펠레스는 황제를 "제2의 펠레우스"(6026행)라 부름으로써 그가 여신의 남편이 될 수 있다고 아첨하고 있다.
165) 피안의 올림포스 산에 거처를 정하는 것은 인간에게는 죽은 후에나 가능하다. 황제는 자신이 아직 죽을 때가 되지 않았노라고 말하는 것이다.
166) "두 분 대가"는 재무상과 파우스트를 칭하는 말이다. 재무상은 제국의 지상 세계의, 파우스트는 지하 세계의 재물을 관리하는 임무를 지니게 되는데, 황제는 두 사람의 협력을 강조하고 있다.
167) 기주 기사Bannherr는 남작과 비슷한 작위의 귀족으로, 영지 내에서의 재판권을 지니고 있으며 고유의 문장이 찍힌 깃발을 들고 출전할 수 있다.
168) 메피스토펠레스는 기독교 세계에서의 악마인 반면 헬레네는 고대 그리스의 신화적 존재다. 양자는 전혀 다른 세계에 속한 것이다.
169) 금화로 된 화폐 명칭.
170) 비교의 사제는 새 신도에게 비교의 신비를 설명하면서 그에게 거짓

으로 힘과 재능을 약속하지만, 메피스토펠레스는 파우스트를 "공허 속"으로 보내 헬레네를 불러올 수 있는 실질적 힘과 재능을 얻게 하려고 한다. "거꾸로"는 바로 이를 의미한다. 단 메피스토펠레스는 파우스트에게 이런 힘과 재능을 주어 헬레네를 불러오는 위험한 일을 자신을 대신해서 시키려는 것이다.

171) "형태로부터 자유로운"이란 표현은 물질적 형상——이미 생성된 것——으로부터 자유로운, 즉 순수한 형식에 대한 암시이다. 물질(형태)은 특정한 시간과 공간에서 존재한다. 따라서 시간과 공간을 초월한 "어머니들"의 영역에는 확실한 형태를 가진 것은 전혀 존재하지 않는다. 그러나 여기에는 어떠한 형태로든 현현할 수 있는(생성될 수 있는) 모든 형식이 집적되어 있는 "절대적 형식"의 영역이다.

172) "향 연기"와 "축복" 등은 가톨릭 교회의 의식과 관련된 말이고 예수 그리스도의 무덤을 암시하는 "텅 빈 구멍" 등은 괴테가 헬레네를 불러오는 것을 통해 예수의 부활을 풍자하고 있다는 인상을 준다.

173) "낮의 천막으로" 보내진 형상들과 달리 "밤의 둥근 천장 아래로" 보내진 형상들은 생명체로서 다시 태어나도록 선택받지 못했다. 이들은 헬레네처럼 "마법사", 즉 시인의 작품 속에서나 다시 등장할 수 있다.

174) 영원히 잠자는 미소년 엔디미온Endymion에게 입 맞추는 달의 여신 루나Luna의 전설은 수많은 화가들이 즐겨 다루는 소재였다.

175) "이건 너무 하군"을 시인의 발언으로 보기보다 다음에 나오는 궁녀장의 발언으로 보는 것이 문맥상 더 자연스럽다. 따라서 대부분의 중요한 파우스트 주해서들은 이를 괴테의 실수에 의해 잘못 기록된 것으로 보고 궁녀장의 발언으로 간주한다.

176) 그리스 신화에 따르면 헬레네는 열 살(혹은 일곱 살) 때 영웅 테세우스Theseus에 의해 납치되었다.

177) 마법에 의한 환상의 세계와 살아있는 현실의 세계를 뜻한다.

178) "이중"은 파우스트가 어머니들의 영역으로부터 헬레네를 데려왔고, 이제 파리스의 손에서 그녀를 구해내려 한다는 사실을 의미한다.

179) 익살꾼Schalk은 메피스토펠레스를 지칭한다. "천상의 서곡"에서 주님도 악마를 "익살꾼"으로 부른 바 있다(339행). "깊숙이 숨어 있"다는 말은 메피스토펠레스가 지금 파우스트의 털옷을 입고 교수로 분장해 있음을 의미하는 것으로 보인다.
180) 기이한 현상들에 넋이 빠진 조수는 이 모든 것을 종교적인 기적으로 생각하고 메피스토펠레스를 성자로 착각하여 "존귀하신 분이여"라고 부른다. "기도하겠습니다"라는 말은 이러한 맥락에서 이해되어야 할 것이다.
181) "별 볼일 없는 카드 조각 집"은 뛰어나지 못한 학문적 성취를 뜻한다. 이는 또한 무너지기 쉬운 것에 대한 비유이기도 하다.
182) 당시로서는 가장 진보적 학문인 이상주의적 관념론을 말한다.
183) 18세기 후반부터 군인과 대학생들 사이에서 유행했던 짧게 깎은 머리.
184) 극한적으로 된다는 것은 학사가 머리털을 하나도 남기지 않고 밀어버린 대머리가 됨을 뜻한다. 곱슬머리, 스웨덴식 머리에 이은 완전한 대머리로 머리가 점점 짧아지는 단계는 점점 과격해지는 학사의 성장 과정에 대한 조롱조의 비유다. 이는 또한 학문적 성장 면에서 과격한 이상주의에 빠져든다는 것에 대한 암시다.
185) "독창적 존재Original"는 슈투름 운트 드랑 문학이 최고의 것으로 치켜세운 천재의 다른 표현이다. 그러나 이 말은 또한 부정적 의미로는 괴상망측한 사람에 대한 조롱으로 사용되기도 했다.
186) 호문쿨루스Homunkulus는 라틴어로 작은 인간이라는 뜻이다.
187) "어두운 시대"는 중세의 암흑기를 뜻한다. 중세는 기독교와 봉건 귀족이라는 정신적, 세속적 질서에 의해 철저하게 제한된 삶만이 가능했고, 인간 본성의 많은 부분을 상실해야 했던 시대였다. 북방과 중세는 헬레니즘이 꽃폈던 남쪽의 고대 그리스 문화와의 대칭 개념으로 이해된다.
188) "낭만적"은 기독교적 중세를, "고전적"은 고대 그리스, 즉 안티케Antike의 세계와 그 문화를 지칭한다. 괴테는 제3막 '헬레네 막'을

'고전적-낭만적 환영극'으로 규정했다.
189) 테살리아 평원을 흘러 에게 해로 흘러드는 큰 강.
190) 기원전 48년 구 파르살루스에서 벌어진 카이사르와 폼페이우스의 싸움. 이는 제정과 삼두 정치, 즉 황제로서 독재적 권력을 행사하려는 자와 자유로운 공화국의 체제를 수호하려는 세력 간의 전쟁으로 보이나 그 내막은 두 편 모두 권력 획득에만 목적이 있었고, 어느 편이 승리하더라도 민중은 늘 노예가 되어야 했다. 이것이 메피스토펠레스가 꿰뚫어 본 이 싸움과 나아가 모든 전쟁의 본질이다.
191) 아스모데우스Asmodeus는 성서와 《탈무드》에 나오는 불화의 악마다.
192) 원문은 "아이(i)자 위에 찍을 점". 호문쿨루스는 오로지 정신적 존재이기에 완전한 존재가 되기 위해서는 육체를 얻어야 한다. 완성을 위한 "점"은 따라서 육체에 대한 비유이다.
193) 에리히토Erichto는 로마의 시인 루카누스Lucanus가 카이사르와 폼페이우스 간에 벌어진 파르살루스 평원의 전투를 묘사한 서사시에 등장하는 끔찍한 테살리아의 마녀다.
194) 메피스토펠레스의 외투로 감싸인 파우스트.
195) 안타이오스Antaios는 그리스 신화의 거인으로 대지의 여신 가이아의 아들이다. 그는 어머니 대지에 몸이 닿으면 늘 새로운 힘을 얻는다.
196) 그라이프Greif는 독수리의 머리와 날개, 사자의 몸을 가진 신화적 괴물이다.
197) 그라이스Greis는 독일어로 늙은 사람을 뜻한다.
198) 그라우grau(회색의), 그램리히grämlich(원망스러운), 그리스그람griesgram(까다로운), 그로이리히gräulich(공포스러운), 그래버Gräber(무덤), 그리미히grimmig(분노한) 등은 모두 gr로 시작되며, 그 의미는 부정적이다. 그라이프는 그들의 이름이 이러한 부정적 의미와는 무관한데도 같은 음을 가지고 있어 어원적으로 동일한 뿌리에서 파생된 것으로 오해를 살 수 있다는 이유로 기분이 상한 것이

다. 이 어원적 설명은 물론 잘못된 것이며, 당시의 어원론자들에 대한 괴테의 풍자를 표현하는 말장난이다.
199) 그라이펜greifen은 '움켜잡다', '잡으려 손을 뻗다' 등의 능동적 의미를 갖고 있다. 메피스토펠레스는 그라이프를 긍정적 의미를 가진 말과 어원적으로 연결하여 그들의 허영심을 충족시켜주려 한다. 이 어원적 연결 역시 언어학적으로는 성립되지 않는다.
200) 그라이펜은 '욕심이 많다', '소유욕이 강하다'라는 부정적 의미로도 해석될 수 있다. "때로는 비방도 당했"다는 표현은 이 부정적 해석과 연관되는 것으로 보인다.
201) 아리마스펜Arimaspen은 외눈박이 종족으로 그라이펜이 지키는 황금을 강탈해갔다.
202) 유령 음성의 입김이 정확히 무엇을 뜻하는지는 연구자들 사이에서도 의견이 엇갈리고 있다. 그러나 스핑크스가 전설상 수수께끼를 내놓는 존재임을 감안하면, 스핑크스는 메피스토펠레스가 수수께끼화한 근원적인 진실(유령 음성의 입김)을 제대로 이해하지 못하고 이를 멋대로 구체적 현실 속의 그 무엇으로 형태화함을 지적하고 있는 것으로 보인다.
203) "늙은 악덕old Iniquity"은 16세기 영국의 교훈극에 등장하는 악마의 동반자로 악마는 아니다. 메피스토펠레스는 자신의 악마로서의 본성을 숨기고 있다.
204) 키론Chiron은 그리스 신화에 등장하는 반인반마의 현자로, 헤라클레스, 아킬레우스 등 그리스의 많은 영웅들이 그의 가르침을 받았다.
205) 스팀팔리드Stymphalid는 아르카디아의 스팀팔루스 호수에 살았다는 괴조(怪鳥)로, 쇠로 된 날개와 부리, 발톱을 가졌다고 하며 사람들과 짐승들을 날개로 쳐 죽였다고 한다. 헤라클레스가 이 새들을 호수에서 쫓아냈다.
206) 히드라Hydra라고도 불리는 머리가 아홉인 뱀. 목을 잘라도 다시 생겨나기 때문에 헤라클레스는 이 뱀과 싸울 때 목을 친 다음 불로 지

져 목이 다시 생겨나지 못하게 죽였다고 한다.
207) 라미에Lamie는 고대 그리스의 민간 설화에 등장하는 젊고 아름다운 젊은 여인의 모습을 한 흡혈귀로, 젊은 남자들을 유혹하여 피를 빨아먹고 죽였다고 한다.
208) 저명한 괴테 연구가 한스 아렌스Hans Arens에 따르면, 괴테는 고대 이집트 사원 입구에서 해시계 역할을 하는 오벨리스크 기둥의 맨 꼭대기에 양각된 스핑크스를 생각하면서 이 구절을 썼다고 한다. 원문인 "Mond- und Sonnentage"를 기존의 대부분의 번역들처럼 음력과 양력으로 옮기는 것은 맞지 않다. 고대 이집트 사람들은 양력과 음력 개념을 몰랐기 때문이다.
209) 의인화된 페네이오스 강. 괴테는 라틴어 페네이우스와 그리스어 페네이오스를 교차하여 사용하고 있다.
210) 영웅 이아손Iason의 지휘 아래 아르고Argo호로 명명된 배를 타고 황금 양가죽을 찾아 콜키스로 모험을 떠난 원정대. 헤라클레스와 오르페우스를 비롯하여 모두 54명으로 이뤄졌다.
211) 호메로스의 서사시 《오디세이아Odyssey》에서 팔라스(아테나 여신)는 영웅 오디세우스와 그의 아들 텔레마코스에게 나타나 여러 차례 충고를 하나 이들이 자신의 충고를 따르지 않자 격노한다.
212) 카스토르Kastor와 폴리데우케스Polydeukes 쌍둥이 형제. 헬레네의 오빠들이기도 한 이들은 테세우스에 의해 납치된 헬레네를 구해내기도 했으며 아르고호의 원정에 참가했다.
213) 북풍의 신 보레아스Boreas의 아들인 제테스Zetes와 칼라이스Kalais.
214) 린코이스Lynceus는 그리스어로 '스라소니의 눈'이라는 의미로 눈이 밝아 아르고호의 조타수 노릇을 했다.
215) 아레스Ares는 전쟁의 신이다.
216) 헤르메스Hermes는 신들의 사자(使者) 노릇을 한 신으로 제우스의 아들이다. 〈오디세이아〉에서는 죽은 사람을 하데스로 인도하는 안내자로 나온다.

217) 헤베Hebe는 젊음의 여신으로, 헤라의 딸로서 헤라클레스를 올림포스로 데리고 올라가 그의 아내가 되었다.
218) 트로이에서 전사한 아킬레우스는 흑해에 있는 레우케 섬으로 보내져서, 거기서 역시 저승에서 올라온 헬레네와 결혼했다고 한다. 괴테는 레우케 섬을 페레로 바꾸었다.
219) 만토Manto는 아폴론의 여사제이며 예언자 티레시아스의 딸이다. 괴테는 그녀를 의술의 신 아스클레피오스의 딸로 나타내고 있다.
220) 기원전 168년 마케도니아의 마지막 왕 페르세우스가 로마의 시민 집정관 파울루스 휘하의 로마군과 싸워 대패했다. 격전지인 피드나는 키론이 진술한 곳보다 훨씬 북쪽에 위치해 있다.
221) 올림포스의 아폴론 신전.
222) 페르세포네Persephone는 제우스의 딸로 지하 세계, 즉 명부(冥府)의 왕비다.
223) 하계의 지배자 플루토에 의해 납치되어 그의 왕비가 된 페르세포네는 항시 지상 세계를 동경하며 돌아가고 싶어 한다. "금지된 인사"는 지상 세계로부터의 소식을 의미한다.
224) 오르페우스는 음악의 힘으로 플루토와 페르세포네를 감동시키고, 죽은 부인 에우리디케를 지상 세계로 데려가라는 허락을 받는다. 그러나 그가 돌아오는 도중 아내를 뒤돌아보았기 때문에 에우리디케는 다시 저승으로 돌아가야 했다. "그 사람보다 더 잘해보세요"(7494행)라는 만토의 말은 오르페우스의 실수를 되풀이하지 말라는 경고다.
225) 곧 닥칠 지진으로 인해 불행을 겪어야 할 사람들.
226) 사이스모스Seismos는 지진을 뜻하는 그리스어로 지진의 신으로도 알려진 포세이돈을 일컫는다.
227) 헤라 여신의 질투로 인해 분만할 곳을 찾지 못한 레토를 위해 바다의 신 포세이돈(사이스모스)이 델로스 섬을 솟아나게 해 분만 장소를 마련해주었다. 이때 태어난 신이 아폴론과 아르테미스다.
228) 펠리온과 오사는 올림포스 산과 함께 테살리아 산맥을 형성하는 큰

산들이다.
229) 고대의 신화에 등장하는 난쟁이족으로 나일 강 상류에 살았다고 한다. 이들은 사이스모스가 만든 산에 거주할 새로운 주민으로 등장한다(7571~7572행).
230) 그리스 신화에 등장하며, 피그메보다도 더 작은 난쟁이로, 금속 세공술의 대가다.
231) 이비코스Ibykos는 고대 그리스의 음유시인으로, 그가 도둑 떼에게 살해되는 것을 본 학이 이 살인 행위를 폭로하여 복수의 계기를 만들어주었다고 한다. 이 전설은 실러Friedrich von Schiller의 "이비코스의 학들Die Kraniche des Ibykos"를 통해 유명해졌다.
232) 일제는 하르츠 산맥에서 발원한 강들 중의 하나로 괴테는 이 지명을 의인화하고 있다.
233) 하인리히의 언덕Heinrichshöhe 역시 하르츠 산맥 구릉의 한 지명이다.
234) 코 고는 바위는 바람이 불면 코 고는 소리를 낸다는 하르츠 산에 있는 바위 이름. "엘렌트" 역시 하르츠의 도시 이름이다.
235) 엠푸제Empuse는 여러 가지 모습으로 변할 수 있는 괴물 유령. 외다리 또는 한 발이 청동이나 당나귀 발이다.
236) 오레아스Oreas는 그리스 설화에 등장하는 산의 요정이다.
237) 에올스는 그리스 신화에 등장하는 바람의 신으로 바위 동굴에 살았다. 고대 그리스의 학자들은 땅속 동굴에 있는 물과 공기가 압력을 받아 폭발하기 쉬운 가스를 형성해낸다고 믿었다. 괴테는 이 두 가지 사실을 연결하여 "에올스의 가스의 거대한 폭발력"이라는 표현을 이끌어 낸 것으로 보인다.
238) 탈레스의 수성론과 아낙사고라스의 화성론 중 어느 것이 진리로 밝혀지는지 알기 위해 이 토론의 결과를 지켜보는 사람들.
239) 미르미돈Myrmidon은 개미로부터 파생했다는 테살리아 지방의 한 종족. 여기에서는 앞서 등장했던 피그메족, 개미, 닥틸레족 등 모든

난쟁이 부족을 총칭하는 이름으로 사용되고 있다.
240) 호문쿨루스가 유리병 안에 갇혀 있음을 의미한다.
241) 달은 하늘에서는 루나, 지상에서는 디아나, 지하 세계에서는 헤카테로 불린다. 또한 초승달, 보름달, 그믐달의 세 개의 모습으로 나타난다.
242) 나무의 요정.
243) 바다의 신 포르쿠스와 여동생 케테 사이에서 태어난 세 자매. 이들은 한 개의 눈과 한 개의 이빨만을 가지고 있어 필요할 때 서로 돌려가며 사용했다고 한다.
244) 오프스와 레아는 거인 크로노스의 아내이자 제우스의 어머니를 가리키는 로마와 그리스 이름이다.
245) 인간의 수명을 다스리는 운명의 세 여신.
246) 네레이덴은 바다의 신들 중 하나이자 트로이 전쟁을 예언한 네레우스의 50명의 딸들을 일컫는 이름이다. 이들은 아버지의 이름을 따라서 네레이덴으로, 그리고 어머니 도리스의 이름을 따라서는 도리덴으로 불리기도 한다. 괴테는 이 두 이름을 모두 사용하고 있다. 트리톤은 바다의 신 포세이돈과 네레우스의 딸 암피트리테 사이에서 태어난 아들들로 하반신은 물고기, 상반신은 인간의 모습을 하고 있다. 이들은 조개껍질 피리를 불어 사나운 바다를 진정시키는 능력을 가진 것으로 전해진다.
247) 사모트라케Samothrace는 에게 해 북쪽에 위치한 섬으로, 고대에는 카비렌의 신전으로 유명했던 곳이다.
248) 카비렌Kabiren은 뱃사람들의 수호신으로 알려져 있으나, 그 수와 모습 등이 불분명한 신비에 싸인 신들이다. 이들은 기원전 4세기부터 약 600년 동안 마케도니아에서 이집트에 걸쳐 숭배되었으나, 이들의 기원이 어디인지는 알려지지 않았다.
249) "핀두스의 독수리"는 뮤즈의 산 핀두스에 거주하는 시인들의 무리를 뜻한다. 즉 트로이의 멸망은 시인들에게 아주 좋은 작품의 소재를 제

공했다는 의미다.
250) 키르케Circe는 아이아이아 섬의 마녀로 오디세우스를 유혹하여 그의 귀향을 1년 늦추었다.
251) 키클롭스Cyclops는 외눈박이 거인이다.
252) 넵투누스Neptunus는 그리스 신화의 포세이돈에 상응하는 로마의 바다의 신이다.
253) 괴테는 미의 여신 비너스(아프로디테)가 물거품에서 탄생했다는 신화를 원용하고 있다.
254) 비너스는 바다 거품에서 태어난 후, 키프로스 섬에 올랐기 때문에 키프리스라고도 불린다. 이 섬이 기독교화되기 직전까지 이 섬의 파포스에는 비너스의 신전이 있었다. 괴테는 비너스가 키프로스를 떠나 올림포스로 옮겨갔고, 그 후 갈라테이아가 비너스의 후계자로서의 지위, 신전, 수레 등 모든 것을 물려받은 것으로 상정하고 있다.
255) 프로테우스Proteus는 불, 물, 나무, 사자 등등으로 끊임없이 자신을 변형시키는 본성을 가지고 있다.
256) 텔히테Telchinen족은 로도스 섬에 사는 바다의 괴물로 넵투누스(포세이돈)의 삼지창을 만든 것으로 전해진다.
257) 헬리오스Helios는 티탄족 히페리온의 아들로 티탄 신족 시대의 태양의 신이며, 로도스 섬에 그의 신전이 있다. "태양처럼 밝은 날의 축복받은 분들"은 텔히네족이 로도스 섬에 거주하고 있음을 말해주고 있다.
258) 로도스 섬에는 헬리오스를 조각한 수많은 석주들과 조각들이 있어 이 신을 갖가지 모습으로 나타내고 있다.
259) "길이"와 "넓이"는 물질적 차원을 나타낸다. 즉 물질(육체)만이 길이와 넓이를 가질 수 있는 것이다. 따라서 길이와 넓이를 가지고 산다는 것은 순수한 정신인 호문쿨루스가 물의 세계에서는 육체를 얻을 수 있다는 의미로 해석된다.
260) 마법과 의술에 능한 고대의 종족.

261) 더 이상 신화나 전설을 믿지 않는 근대의 이성 일변도의 사람들을 뜻한다.
262) 로마의 독수리, 베네치아의 마르쿠스 사자, 십자군의 십자가, 터키의 반달 등은 모두 키프로스를 차례로 지배한 세력들을 상징하는 것이다.
263) 네레우스와 도리스의 50명의 딸들은 때로는 아버지 이름을 따라 네레이덴으로, 때로는 어머니 이름을 따라 도리덴으로 불린다. 괴테가 이 두 이름을 함께 쓴 것은 아름다움과 여성적인 것이 거칠고 조야한 것을 순화시킨다는 그의 생각을 나타낸다.
264) 이 두 시행과 이후의 대부분의 시행들이 갈라테이아와 호문쿨루스 간의 성적 교합을 직접적으로 묘사하거나 암시하고 있다.
265) 호문쿨루스의 불길이 갈라테이아의 조개 수레 안으로 쏟아지고 있음을 의미한다. 그들의 교합은 호문쿨루스(또는 그가 들어 있는 유리병)의 파괴와 그의 죽음으로 종결된다.
266) 트로이가 있는 소아시아 서쪽의 평야.
267) 오이로스는 남동풍이다.
268) 메넬라오스Menelaos는 스파르타의 왕이자 헬레네의 남편. 트로이를 공략한 그리스군의 총사령관인 아가멤논 왕의 동생이기도 하다.
269) 팔라스(아테나) 여신의 신전이 있는 산.
270) 스파르타의 왕 틴다레우스의 아내 레다는 백조로 변신한 제우스와 사랑을 나눈 후 두 개의 알을 낳는다. 이 알들에서 아들 둘과 딸 둘이 태어났는데, 바로 헬레네와 클리템네스트라, 그리고 카스토르와 폴리데우케스이다.
271) 키테라 섬에 있는 아프로디테의 신전.
272) 헬레네를 유괴한 트로이의 왕자 파리스.
273) 제우스의 아들이자 스파르테Sparte의 남편. 그의 이름을 따 이곳의 평야를 라케다이몬 평원으로, 이곳에 세워진 도시를 아내의 이름을 따서 스파르타로 부른다.

274) 에레부스Erebus는 카오스에서 태어난 태초의 암흑이다.
275) 스킬라Scylla는 처음에는 아름다운 여인의 모습이었으나 마녀 키르케의 저주로 끔찍한 바다 괴물로 변한 마녀다. 지나가는 뱃사람들을 잡아먹었다고 한다.
276) 티레시아스Tiresias는 무려 일곱 세대에 걸쳐 살았다는 테베의 장님 예언가다.
277) 오리온Orion은 거대한 몸집의 사냥꾼으로 황소의 가죽에서 태어났다. 메피스토-포르키아스의 손녀의 손녀딸이 오리온의 유모라는 말은 메피스토펠레스가 바로 이 늙은 황소라는 뜻의 욕설이다.
278) 하르피이아Harpyia는 아르고호의 전설에 등장하는 괴조로, 눈이 먼 현자 피네우스의 음식을 가로채고, 남은 음식에는 똥을 싸 악취와 오물로 도저히 먹을 수 없게 만들었다.
279) 합창대가 망자의 나라 하계에서 온 사실과 메피스토가 지옥에서 온 사실이 밝혀진다는 의미이다.
280) 헬레네를 차지하려는 영웅들이 전쟁까지 서슴지 않은 까닭에 도시들이 파괴되었음을 암시하는 표현이다. 즉 도시를 파괴하는 주범은 헬레네 또는 그녀의 아름다움인 것이다.
281) 이집트의 헬레네에 관한 전설은 고대 그리스의 시인 스테시코로스Stesichoros에 의한 것으로, 이 설에 따르면 파리스가 트로이로 유혹해 간 헬레네는 사실은 허상이며, 진짜 헬레네는 당시 이집트에 있었다고 한다.
282) 저승의 문을 지키는 개 케르베로스를 뜻한다.
283) 아이아스Aias는 트로이 정복에 참여한 그리스의 영웅들 중 한 명이다.
284) 고대 그리스의 극작가 아이스킬로스Aeschylos의 희곡 작품.
285) 메피스토펠레스가 분한 포르키아스가 '이끈다' 또는 '안내하다' 등의 동사 대신에 '둘러싸다(그리고 보호해주다)'의 의미인 umgeben이라는 동사를 사용한 것은 헬레네와 시녀들이 이동을 통해 파우스트의 성으로 가지 않을 것임을 의미한다. 즉 파우스트의 성은 '메넬

라오스 왕의 궁전 앞'이라는 같은 무대 장소에 메피스토펠레스의 마법을 통해 세워지는 환상적 무대일 뿐이다. 이는 9574행 이후의 '아르카디아의 목가'에도 적용된다. 이러한 이유로 괴테는 3막의 헬레네 극을 하나의 '환영극'이라고 부른 바 있다.

286) 연출자의 요량에 따라.
287) 메피스토펠레스를 일컫는 말.
288) 가루 같은 씨앗이 들어 있는 이른바 '소돔의 사과'에 대한 비유다. 이는 사해(死海)에 면한 죄악으로 가득 찼던 도시 소돔에서 유래한다. 이 도시는 주민들이 젊은 청년의 모습을 한 천사들까지도 성적으로 희롱하려 한 후에 하느님의 노여움으로 재가 되었다고 한다.
289) 린코이스의 노래가 헬레네에게 낯설게 들린 것은 노래의 운율, 특히 각운(脚韻) 때문이다. 고대 그리스의 시행은 각운을 사용하지 않았다.
290) 원문에서의 각운의 상응을 우리말로 옮기는 것이 불가능하므로 아래의 원문을 참고하기 바란다. 9379행의 끝 단어 überfließt의 끝음 ießt와 9380행의 끝 단어 genießt의 끝음 ießt가 상응한다. 9381행과 9382행 역시 단어의 끝음 ück으로 묶인 시행이 된다.

Faust :	Das ist gar leicht, es muß vom Herzen gehn.	
	Und wenn die Brust von Sehnsucht überfl**ießt**,	9379
	Man sieht sich um und fragt –	
Helena :	Wer mit gen**ießt**.	9380
Faust :	Nun schaut der Geist nicht vorwärts nicht zur**ück**,	9381
	Die Gegenwart allein –	9382
Helena :	Ist unser Gl**ück**.	

291) 스파르타의 이웃에 있는 항구 도시로 트로이 전쟁에서 이름을 날린 현명하며 용맹한 네스트로의 영지다.
292) "젖"과 "꿀"은 이른바 '황금시대'라고 불리는 안티케의 목가적 낙원인 '아르카디아'를 암시하고 있으며, 동시에 구약성서의 젖과 꿀이

흐르는 약속의 땅과도 의미상으로 연관성이 있다.
293) 외눈박이 거인 키클롭스를 죽였기에 아폴론 신은 그 벌로 일 년 동안 테살리아의 왕 아드메토스의 소를 돌봐야 했다.
294) "최초의 세계"는 원래는 '황금시대'인 안티케의 '아르카디아'의 낙원을 뜻하나, 여기서는 파우스트와 헬레네를 위해 다시금 창조된 목가적 낙원 '아르카디아'를 칭한다.
295) 많은 시인들이 여러 세대에 걸쳐 목가적 낙원으로 칭송한 아르카디아는 원래 스파르타의 북쪽에 인접해 있는 산악 지방의 이름이다.
296) 안타이오스Antaios는 바다의 신 포세이돈과 대지의 신 가이아 사이에 태어난 아들. 그는 땅에 닿을 때마다 새로운 힘을 얻었기 때문에 헤라클레스는 그와 싸울 때 이 사실을 알아차리고 그를 들어 올려 목을 졸라 죽였다.
297) 제우스와 마야 사이에 태어난 헤르메스 신을 가리킨다.
298) 헤파이스토스Hephaistos는 그리스 신화에 등장하는 불의 신이자 대장장이 신.
299) 비너스(아프로디테)를 칭한다.
300) 탄탈로스의 아들이자 아가멤논 왕의 조부. 펠로폰네소스 반도는 그의 이름을 따른 것이다.
301) 오이포리온은 오스만 제국의 압제로부터 조국의 독립과 자유를 찾으려는 그리스의 자유 전사들에 대해 언급하고 있다.
302) 이카로스Icaros는 발명가 다이달로스의 아들로, 아버지가 만든 날개를 밀랍으로 몸에 붙이고 하늘을 날다가 태양열로 밀랍이 녹아 추락해서 죽었다.
303) 합창대의 애도의 노래는 영국의 낭만주의 시인 바이런George Byron(1788~1824)을 향한 것으로 보인다. 바이런은 그리스 독립 전쟁에 참여했다가 병사했다.
304) 그리스 독립 운동의 거점이었던 메솔롱기온Mesolongion이 터키군에 의해 함락된 1825년 12월을 말한다.

305) 저승 세계의 여왕 페르세포네를 일컫는다.
306) 저승에서 피는 백합과의 꽃. 괴테는 호메로스의 서사시에 등장하는 이 꽃을 원용하고 있다.
307) 소아시아의 프리기아 지방에 있는 강의 이름. 굴곡이 많은 것으로 유명하다.
308) 바코스, 즉 술의 신 디오니소스를 화가들은 보통 여자의 얼굴을 한 청년으로 그려왔다. 그는 때로는 여인의 의상을 입은 모습으로 나타나기도 한다.
309) 염소 발굽의 남녀는 디오니소스의 시종인 반인반수의 사티로스를 말한다.
310) 디오니소스의 스승으로 늘 술에 취한 채 나귀를 타고 다닌다.
311) 오로라Aurora는 새벽빛을 나타내는 로마의 여신이며, "오로라의 사랑"은 첫사랑을 가리킨다. 파우스트는 그레첸과의 첫사랑을 회상하고 있는 것으로 보인다.
312) 메피스토펠레스는 화성론으로 지구의 생성을 설명하는 동시에 이 이론을 사회적 혁명론과 연관시키고 있다.
313) 괴테는 간혹 작품의 부분적 내용과 연관된 성서 구절을 표시해놓았다.
314) 몰로흐Moloch는 클롭슈토크Friedrich Gottlieb Klopstock(1724~1803)의 〈메시아〉에 등장하는 지옥의 영주 중 하나. 여호와의 공격에 맞서 지옥을 지키기 위해 끌어 모은 바위들로 새로운 산맥을 쌓아 올렸다고 한다.
315) 메피스토펠레스는 자신을 학자들과 동일시함으로서 학자들에 대한 조롱의 효과를 더 크게 하고 있다.
316) "악마의 바위"와 "악마의 다리"는 모두 고트하르트Gotthard 고갯길에 있는 지명들로, 이 길은 로마로 가는 순례자들이 넘는 알프스의 험준한 고갯길 중의 하나다.
317) 신이 노아의 홍수로 세상을 벌한 후, 인간들을 버리지 않았다는 "표

시"로서 무지개를 만들었다고 한다. 메피스토펠레스는 이를 풍자적으로 원용하여 자신의 "표시"로서 "소동, 폭력 그리고 무의미"를 들고 있다. 황폐한 땅에 널려 있는 거대한 암석들은 지옥에서의 악마들의 "소동"과 이들이 "폭력"적으로 멀리 내던진 산의 파편들이다. 그리고 이것들이 아무것도 이루지 못하고 그저 여기저기 뒹굴고 있는 것은 이러한 악마적 작업의 "무의미"를 보여주는 "표시"라는 것이다. 존재하는 모든 것이 결국은 의미 없다는 주장은 악마가 신의 창조를 의미 없는 행위로서 단정하는 근거이기도 하다.

318) 전설에 의하면 아시리아의 왕 사르다나팔은 극도의 방탕한 삶을 살았다고 한다.

319) "중간 산맥Mittelgebirge"은 높고 험준한 산맥과 평야 지대 사이에 위치한 중간 크기의 산맥들을 모두 포괄하는 말이다. 파우스트와 메피스토펠레스는 험준한 산악 지대Hochgebirge에서 출발하여 중간 산맥을 넘어선 다음 산맥의 끝자락인 구릉 지대Vorgebirge로 점차 내려온다.

320) 그리피우스Andreas Gryphius가 1657년 발표한 희극 〈페터 스퀜츠 씨Herr Peter Squenz〉의 주인공으로 형편없는 수준의 배우들로 구성된 극단의 우두머리다.

321) 괴테는 〈사무엘 후서〉에 등장하는 다윗의 세 용사를 풍자적으로 모방하여 인간의 심성에 내재된 폭력성과 탐욕의 알레고리로서 이 세 명의 폭력적 인간들을 등장시켰다.

322) 당시 만연하던 낭만적 중세 기사 문학과 낭만주의의 환상의 열광에 대한 괴테의 조롱.

323) 말을 타고 달리며 창으로 매달린 고리를 꿰는 경기. 마상 창 시합과는 달리 전혀 위험하지 않아 귀부인들도 이 경기를 했다고 한다.

324) 괴테의 광물론에서는 금속이 처음에는 가스 형태의 결집체였다가 고체로 굳어진 것으로 설명되고 있다. 그는 보석도 이러한 금속성의 가스가 결정체로 변한 것이라고 생각했다.

325) 노르치아는 중부 이탈리아의 산악 지역으로 마술사가 많기로 유명한 곳이다. 사비니는 노르치아에 인접한 지역이다.
326) 10439행에서 언급된 노르치아의 마법사.
327) 메피스토펠레스는 모든 전쟁을 "악마의 축제"로 정의하고 있다.
328) "더 높은 직위"는 황제를 선출하는 선제후(選帝侯)의 지위를 의미한다.
329) 신성 로마 제국의 황제 자리는 끊임없는 세력 각축에 의해 결정되었고, 따라서 축출된 황제도 많았다. 이러한 황위 계승의 역사를 되돌아보며, 황제는 끊임없이 자신의 황위를 노리는 "위협적인 위험"에 대해 신중하게 생각해야 한다고 말하고 있다.
330) 파우스트가 간척 사업을 통해 얻은 매립지를 가리킨다.
331) 11149~11150행에서의 "당신"이 무엇을 지칭하는지에 대해서는 연구자들 사이에도 의견이 다양하나 일반적으로는 항구와 항구가 마련해주는 안전함을 뜻하는 것으로 이해되고 있다. 즉 뱃사람들은 위험한 항해를 마치고 안전한 항구로 무사히 귀환한 데 대해 기뻐하고 있는 것이다.
332) 구약성서 〈열왕기〉 1권 21장에 기록된 사건. 사마리아의 왕 아하브는 그의 궁전 옆에 있는 나보테의 포도밭을 사거나 다른 것과 바꾸려고 했으나 나보테가 이를 거절하자 이를 강제로 빼앗는다.
333) 궁핍과 죽음에 해당하는 독일어는 Not와 Tod로 이 단어는 발음상 서로 상응하며 각운을 이룬다.
334) 한밤중에 배회하는 사악한 망령을 고대 로마인들은 '레무르'라고 불렀다. 괴테는 1812년 남부 이탈리아 쿠마이에 있는 무덤에서 이 레무르의 부조를 본 적이 있다.
335) 삼베옷은 수의를 뜻하며, 파우스트는 이제 모든 감각을 잃어버린 시체다.
336) 괴테는 화려한 궁전과 초라한 무덤의 대비를 통해서 전자의 무상함을 부각시키고 있다. 파우스트의 삶, 그의 성취, 제후로서의 화려한

위치 등 모든 것이 "잠시 동안 빌렸던" 덧없는 것들인 것이다.
337) 시체가 부패하기 시작해서야, 즉 마치 신체를 구성하는 원소들이 "서로 싫어하는" 것처럼 분해되기 시작해서야 영혼이 육신을 떠난다는 의미다.
338) 악이 생각해낸 "가장 파렴치한 것"으로 남성의 거세나 천사의 경우처럼 중성화를 통한 수태와 출산의 불가능성을 생각할 수 있다. 출산의 불가능성은 악마들이 "죄악의 시간"에 궁리한 "인간이란 종족"의 "멸절"을 목적으로 한다.
339) "머리"는 이성, "심장"은 감정, 그리고 "간"은 본능적 욕망에 대한 비유다. 괴테 시대의 사람들은 간이 본능적 쾌락의 기관이라고 생각했다.
340) 악마에게 온갖 시련을 당하나 믿음을 잃지 않는 신의 충직한 종복. 구약성서 〈욥기〉의 주인공.
341) 욥은 악마의 시험으로 인해 온몸이 망가졌으나 고귀한 정신과 믿음을 잃지 않았기에 구원받을 수 있었다. 메피스토펠레스의 발언은 이 이야기를 자신에게 적용한 것이다. 그가 천사의 유혹이라는 시험을 견뎌내고 본성의 "악마적 부분"을 지킬 수 있었기에 그는 천사와의 싸움에서 승리한 것이다. "종기"는 그가 사랑이라는 내면의 열병으로부터 치유되었음을 말해준다.
342) 〔 〕 안의 내용은 친필본2(H2)에 정서되어 있으나 인쇄본 텍스트의 판본이 된 친필본(H)에는 빠져 있다. 쇠네는 이 누락이 고의가 아니라 착각으로 인한 것으로 판단하고 자신이 편집한 파우스트 텍스트에 이 부분을 추가했다. 본 역서도 쇠네의 견해를 따라 이 부분의 번역을 이 책에 삽입했다.
343) 구약성서 〈이사야〉 제6장 2절에 나오는 세 쌍의 날개가 달린 치품천사(熾品天使).
344) 한밤중에 태어난 후 바로 죽은 어린아이. 속세의 삶을 살지 않았기에 죄악에 물들지는 않았으나 세례를 받지 못했기에 인간의 원죄로부터

는 벗어나지 못한 상태이다. 따라서 진실한 지복(至福)에는 아직 이르지 못하고 인간과 천사의 중간에 위치해 있다.

345) 고대 그리스의 학자들은 이 불에 타지 않는 석면을 '순수한, 더럽혀지지 않은 돌'이라 불렀고, 그 이후로 석면은 순수함에 대한 상징이 되었다. 그러나 천사들은 이 물질이 아무리 순수한 것이라 할지라도 그것이 정신이나 엔텔레케이아entelecheia가 아닌 물질인 이상 결코 완전히 순수할 수 없다고 말하고 있다.

346) 오로지 신만이 영혼을 육체적·물질적 요소로부터 해방시켜 완전히 순수하게 할 수 있다.

347) 높이 올라갈수록 공기가 희소해지고 대기의 압력이 약해진다. 괴테는 가톨릭적 영혼의 승천 과정을 대기물리학 이론과 연관시키고 있다. 이는 파우스트의 영혼의 승천이 단순히 기독교적 구원의 관점으로 볼 수만은 없다는 것을 암시해준다.

348) 괴테는 파우스트의 영혼이 더 높고 더 순수한 영역으로 승천해가는 과정을 나비의 변형 과정에 비유하고 있다. 알-유충-번데기-나비로 변해가는 과정에서 번데기는 아름다운 나비로 태어나기 전 단계이다. 파우스트 역시 현재의 단계를 넘어서야 순수한 완성이 이를 수 있는 것이다.

349) 마리아를 숭배하는 박사는 여성을 사랑하는 남성으로서 발언하고 있다. 마리아에 대한 그의 사랑은 순수하게 종교적·정신적인 것이 아니라 육체적·감각적 성격도 다분히 지니고 있다. 이는 진정한 사랑이 정신과 육체의 양면성을 모두 지녀야 한다는 괴테의 생각과 일치한다.

350) 예수의 발을 눈물로 적시고 긴 머리로 닦은 후 향유를 발라주었다는 막달라 마리아.

351) 알렉산드리아의 창녀. 예루살렘의 그리스도 묘지 교회에 들어가려 했으나 보이지 않는 힘에 의해 거부당했다. 사막에서의 47년간의 속죄 생활 후 기독교도로서 묻어달라는 기원의 글을 모래 위에 쓰고 죽

었다. 후에 성녀의 칭호를 받았다.

옮긴이에 대하여

김수용은 1943년 전북 군산에서 태어났으며, 서울대학교 문리과 대학과 같은 대학교 대학원을 졸업한 후, 독일의 본 대학과 뒤셀도르프 대학에서 독문학을 공부했다. 1980년 하이네에 대한 논문으로 박사 학위를 취득했고, 1981년부터 연세대 독어독문학과 교수로 재직하고 있다.

주요 관심 분야는 18, 19세기의 독일 문학으로 주로 레싱과 계몽주의 문학, 괴테와 실러로 대표되는 고전주의 문학, 그리고 복고주의 시대의 독일 문학, 특히 하이네의 작품 세계로, 이 분야에 관한 많은 학술 논문들을 발표했다. 지은 책으로는《하이네. 예술과 참여와 끝없는 물음》,《예술의 자율성과 부정의 미학》,《유럽의 파시즘》(공저) 등이 있으며, 최근에는《괴테 파우스트 휴머니즘》이라는 괴테의 파우스트에 관한 연구서를 썼다.

그는 파우스트 연구서를 쓰면서 이 작품의 제대로 된 번역의 필요성을 절감했다 한다. 지금까지 나온 국내의 많은 파우스트 번역본들이 대부분 낡은 텍스트(함부르크 판본)를 옮긴 것이어서 최근의 연구 결과를 제대로 반영하지 못하고 있다는 사실과, 그리고 여기저기에서 적지 않은 오역들을 발견한 것이 새로운 번역을 하게 만든 동기라고 한다. 그러나 작업이 끝 난 지금, 과연 의도했던 '제대로 된 번역'이 되었는지에 대해서는 심한 회의감을 느끼고 있다.

현재는 독일 고전주의 문학에 대한 연구서를 준비하고 있으며, 퇴임한 이후에는 힘이 닿는 대로 하이네의 작품을 우리말로 옮길 예정이다.

kim1234@yonsei.ac.kr

**책세상문고
세계문학
0 3 5** 파우스트—한 편의 비극 2

초판 1쇄 | 2006년 8월 15일
초판 2쇄 | 2016년 3월 30일

지은이 | 요한 볼프강 폰 괴테
옮긴이 | 김수용
펴낸이 | 김현태
펴낸곳 | 책세상

전화 | 704-1251(영업부) 3273-1334(편집부)
팩스 | 719-1258
주소 | 서울시 종로구 경희궁길 33 내자빌딩 3층(우편번호 03176)
이메일 | bkworld11@gmail.com
홈페이지 | www.bkworld.co.kr

등록 1975. 5. 21 제1-517호
ISBN 978-89-7013-578-6 04850
　　　978-89-7013-373-7 (세트)

책값은 뒤표지에 있습니다.
잘못된 책은 바꿔드립니다.